DES MENSCHEN WOLF

TROPEN

ROMAN

APOSTOLOS DOXIADIS

AUS DEM
ENGLISCHEN
VON
BARBARA HELLER

Tropen
www.tropen.de
Die Originalausgabe erschien unter dem Titel
»Three Little Pigs« im Verlag Canelo, London

Printed in Germany
Cover: Herburg Weiland, München
unter Verwendung einer Illustration von © canelo
Gesetzt von Dörlemann Satz, Lemförde
Gedruckt und gebunden von CPI – Clausen & Bosse, Leck
ISBN 978-3-608-50157-5

DIE ERSTE NACHT

4. Januar 1974
In einem Seniorenheim in den Alpen

Als wir diese grässliche *zuppa di cipolle* schlürften, mein lieber *Signore*, da haben Sie mich gefragt, ob ich aufgrund meiner langjährigen Erfahrung – so höflich haben Sie's umschrieben, dass ich hier in dieser *casa per anziani* sitze und selbst uralt bin –, ob ich also aufgrund meiner langjährigen Erfahrung zu der Anschauung gelangt bin, dass aus einem schlechten Menschen ein guter Mensch werden kann ... Ja, ja, ist ja gut, junger Mann, regen Sie sich nicht auf, ich weiß, dass Sie's nicht so gesagt haben. Aber darauf lief Ihre Frage doch hinaus, oder? ... Tja, Sie sehen, einen *anziano* belügt man nicht so leicht – jedenfalls, solange sein Gehirn sich noch nicht in *zabaglione* verwandelt hat.

Machen Sie sich's bequem. Meine Antwort auf Ihre Frage ist nicht gerade kurz, aber keine Sorge: Hier kann man nachts sowieso nichts anderes tun als schlafen, Albträume haben oder eines natürlichen Todes sterben. Aber sehen Sie erst mal nach, ob Ihr Gerät funktioniert, ob das Band läuft ... Okay? Wollen Sie's nicht noch mal checken? ... Nein? Sicher? ... *Va bene.*

Also, hören Sie zu.

Es waren einmal vor langer, langer Zeit drei Brüder.

Ihr Vater war in einem gottverlassenen Nest in den Bergen Lukaniens zur Welt gekommen, mitten im Fußgewölbe des Stiefels, den *bella Italia* bildet. Er hieß Benvenuto Franco Soundso –

ein langer italienischer Name –, und er war arm, bettelarm. Aber er hatte geschickte Hände, und als Kind lernte er von einem Cousin die Kunst der Schuhmacherei. Doch da es in seinem Dorf, als er älter wurde, keine Arbeit für ihn gab, ging er weiter nach Norden, in die Stadt Salerno. Dort fand er eine Anstellung in einem Schuhgeschäft, in dem auch Schuhwerk repariert und Maßschuhe angefertigt wurden.

Er war ein guter Handwerker und ein fleißiger Arbeiter, und schließlich gab ihm sein Chef seine einzige Tochter Consolata zur Frau. Als der Chef nach einigen Jahren das Zeitliche segnete, übernahm Benvenuto Franco Soundso das Geschäft.

Um diese Zeit, im Jahr 1897, wurde der älteste seiner Söhne geboren, jener drei Brüder also, von denen hier die Rede ist: Alessandro, in unserer Geschichte »Al« genannt. Doch die Freude der Eltern über den Stammhalter währte nicht lange, denn wenig später traf der erste Schicksalsschlag die Familie: ein Feuer. Geschäft und Werkstatt brannten bis auf die Grundmauern nieder. Da entschloss sich Benvenuto, Salerno zu verlassen und sich westwärts zu wenden, der Route zu folgen, die der große Italiener Cristoforo Colombo entdeckt hat, in das Land, das nach dem anderen großen Italiener Amerigo Vespucci benannt ist. Ach, *Signore*, hätten die Italiener sich Amerika nur patentieren lassen, statt es den Briten, den Krauts und den Polacken gratis zur Verfügung zu stellen!

Wie auch immer. Noch ehe die Familie das Schiff bestieg, hatte Benvenuto seine Consolata wieder geschwängert, und 1901, einige Monate nach ihrer Ankunft in New York, brachte sie den zweiten Bruder Nicola zur Welt, in unserer Geschichte »Nick« oder auch anders genannt – für die anderen Namen müssen Sie sich noch ein Weilchen gedulden.

Wie Sie sicher wissen, *Signore*, war Amerika damals für die Armen in Europa das gelobte Land. Sie glaubten, die Flüsse dort trügen Kiesel aus purem Gold von den Bergen herab, die Gehsteige in den großen Städten wären mit Diamanten übersät, die keiner aufhob, weil jeder schon zu viele davon hatte, und sogar die gottverdammten Hunde würden mit einem Silberlöffel im Maul geboren! Das alles war natürlich, wie die Amerikaner sagen – entschuldigen Sie die Ausdrucksweise eines armen *anziano* –, Bullshit. Es gab keine Kiesel aus purem Gold, keine diamantenübersäten Gehsteige. Aber es gab Chancen. Und wer hart arbeitete oder clever war oder natürlich beides, der konnte sie nutzen.

Benvenuto Franco Soundso fand Arbeit bei einem mondänen Schuhmacher in Manhattan. Er verdiente nicht schlecht, und bald bekam er eine Gehaltserhöhung und dann noch eine. Und Consolata war ihm eine gute Frau, die mit Geld umgehen konnte. Nach kurzer Zeit hatten sie so viel gespart, dass Benvenuto sich, auch mithilfe eines Bankkredits, selbständig machen konnte. Er eröffnete in Brooklyn ein kleines Schuhgeschäft mit angeschlossener Werkstatt. Und da der Name »Franco Soundso« für die Einheimischen zu lang war, strich er ihn auf die Hälfte zusammen. Auf seinem Ladenschild stand: Ben Frank De Luxe. Ganz schön feudal, was?

In den folgenden Jahren hatte die Frank-Familie ein richtig gutes Leben. Das Geschäft lief immer besser, und eines Tages ging Ben wieder zur Bank und nahm einen Kredit für den Erwerb eines kleinen Wohnhauses in der Nähe des Ladens auf. Die Kinder wuchsen gesund und kräftig heran, die Frau war glücklich. 1912 aber kam der zweite Schicksalsschlag, ein viel schwererer diesmal als das Feuer in Salerno. Bei der Geburt des dritten Sohnes verblutete Consolata. Das Baby blieb am Leben. Es erhielt den Namen Leonardo – der »Leo« in unserer Geschichte.

Eines muss ich Ihnen noch zu Ben Frank sagen. Trotz des bescheidenen Erfolgs, den er mit seinem Geschäft erreicht hatte, war er ein schwacher Mensch. Zu Consolatas Lebzeiten fiel das nicht weiter ins Gewicht, denn sie hatte, wie so viele gute Ehefrauen, genug Kraft für beide. Nachdem sie aber gestorben war, traten die Risse in seinem Charakter zutage. Um sich über den Verlust hinwegzutrösten, begann Ben Frank zu trinken. Und als wäre das noch nicht schlimm genug, beschloss Amerika nun plötzlich, sich in diese idiotische Sache in Europa einzumischen, später der Erste Weltkrieg genannt. Anfangs kümmerte das Ben Frank nicht groß. Was kratzte es ihn, was diese verrückten Amerikaner taten? Aber dann wurde sein ältester Sohn Al – er war inzwischen zwanzig und arbeitete im Geschäft mit, für seinen Vater eine dringend benötigte Hilfe – einberufen und zur kämpfenden Truppe nach Europa geschickt.

Und es stand noch mehr Ärger ins Haus. Bis zum Tod seiner Frau hatte Ben Frank seine Kreditraten regelmäßig gezahlt. Der Bankdirektor sprach ihn mit »Mr. Frank« an, er kaufte die Schuhe für sich und seine Frau bei ihm und so weiter. Als Ben Frank aber zur Flasche griff, begann er seine Arbeit zu vernachlässigen. Die Hälfte der Zeit war er betrunken, die andere Hälfte verkatert. Solange sein Sohn mitarbeitete, wirkte sich das nicht allzu sehr aufs Geschäft aus. Nachdem Al jedoch in den Krieg gezogen war, kippte die Situation. Es ging bergab, und Ben Frank geriet mit den Kreditraten in Rückstand.

Was tun? Ein vernünftiger Mensch hätte vielleicht mit dem Trinken aufgehört und mehr gearbeitet. Aber als der, der er nun mal war, tat Ben Frank genau das Gegenteil: Er trank noch mehr und arbeitete noch weniger. Und wie so mancher, der bis zum Hals in Schwierigkeiten steckt, versuchte er seine Probleme dadurch zu lösen, dass er – na, was wohl? Dass er zu spielen anfing. Aber er war kein guter Spieler, er wusste auch nicht, wann es Zeit war aufzuhören, und so verlor er ständig. Die wenigen Male, die er gewann, spielte er weiter, um den Verlust vom Tag zuvor wieder hereinzuholen. Und verlor noch mehr. Schließlich konnte er seine monatlichen Zahlungen an die Bank nicht mehr leisten und verlor auch das Geschäft. Sein Haus wurde zwangsversteigert, und er musste mit seinen beiden jüngeren Söhnen zu einer unverheirateten Cousine ziehen. Nick Frank ging von der Schule ab und suchte sich einen Job – was im Übrigen keine Tragödie war, denn er hatte sowieso nicht viel gelernt. Ein früherer Kunde seines *papà* kannte jemanden im Plaza, dem Nobelhotel am Central Park, und verschaffte ihm einen Posten als Page. Kein großartiger Karrierestart, aber wenigstens bekam er dort zweimal am Tag eine anständige Mahlzeit und brachte Geld nach Hause – das sein Vater dann vertrank und verspielte.

1919 schließlich, nur eine Woche, bevor Bens Ältester aus dem Krieg zurückkehrte und die Zukunft für die Frank-Familie wieder etwas rosiger hätte aussehen können, kam der dritte und letzte Schicksalsschlag.

Das war so: Eines Abends sitzt Ben Frank beim Poker im Hinterzimmer einer Kneipe in Brooklyn. Plötzlich, mitten in einem Blatt, beschuldigt er einen der Mitspieler, einen Typen, den er noch nie gesehen hat, falsch gespielt zu haben. Der Alkohol in seinem Blut tut das Seine dazu, und schon artet der Streit in eine Schlägerei aus: Ben Frank, der als Kind in seinem Lukaneser Dorf so manchen Faustkampf gewonnen hat, fühlt sich mächtig stark, steht auf und haut dem anderen eine rein. Aber bevor er überhaupt realisiert, was eigentlich los ist, zieht ein anderer Typ, den er auch noch nie gesehen hat, ein Messer. Ben Frank markiert den starken Mann, schnappt sich eine Flasche vom Tisch und knallt sie dem Typen mit dem Messer auf den Kopf. Die Flasche zerschellt, aber den oberen Teil hat Ben noch in der Hand, und damit geht er auf den Typen los. Er trifft ihn genau hier, seitlich am Hals, und das scharfe Glas schneidet dem Mann die Halsschlagader durch, als wäre sie eine gekochte Bohne.

Als Ben Frank das Blut spritzen sah, packte ihn die Panik, und er rannte los, rannte und rannte, bis er keine Luft mehr bekam und nicht mehr rennen konnte. Die Cops fanden ihn, wie er keuchend und weinend auf dem Bordstein saß. Sie nahmen ihn mit aufs Revier und klagten ihn des Mordes an. Da erst erfuhr er den Namen des Mannes, den er getötet hatte: Luigi Lupo. Der sagte ihm zunächst nichts. Es dauerte ein paar Stunden, bis er begriff, dass er sich sein Opfer nicht schlechter hätte aussuchen können, in hundert Jahren nicht. Denn zu seinem Pech, zu seinem unfassbaren Pech – oder besser zum unfassbaren Pech seiner Söhne, sein eigenes Schicksal war ohnehin besiegelt – hatte er das einzige Kind von Tonio Lupo getötet, dem sizilianischen Gangster, der in der Boulevardpresse »der Schrecken von Brooklyn« genannt wurde, dem *capo* einer der berüchtigtsten *borgatas* oder Mafiafamilien der damaligen Zeit.

Tonio Lupo war zu dem Zeitpunkt schon ein kranker alter Mann. Dennoch stattete er dem Mörder seines Sohnes zwei Tage später höchstpersönlich einen Besuch auf dem Revier ab. Wieso ziehen Sie die Brauen hoch, *Signore*? Sie wundern sich, wie so etwas möglich war? Das brauchen Sie nicht. Tonio Lupo war damals ein Mann, vor dem jeder in New York Respekt hatte. Auch die Cops.

Wie auch immer. Der alte *capo* wurde in Ben Franks Zelle geführt, gestützt von einem *sgarista*, einer Art »Soldat« in einer *borgata*. Der *sgarista* trug einen Stuhl für ihn herein, dann schickte Lupo ihn hinaus und redete, heiser krächzend wie ein stark erkälteter Frosch, unter vier Augen mit dem Mörder seines Sohnes, von Mann zu Mann.

Folgendes sagte er:

»Du, *figlio di puttana*, hör zu, hör mir gut zu. Gott hat mir ein Kind geschenkt, eins nur, und es war ein Sohn, zweiundvierzig Jahre alt, und du hast ihn mir genommen. Dir hat deine Hure von Ehefrau drei Söhne geboren, und alle sind lebendig und gesund, du gottverdammter Dreckskerl! Ich bin ein kranker alter Mann, ich habe nicht mehr lange zu leben. Aber freu dich nicht zu früh. Der Fluch, den ich hiermit über dich verhänge, meine *maledizione*, wird weiterleben, so lange, bis er sich erfüllt hat, nicht einmal, nicht zweimal, sondern dreimal! Höre also, du Schweinehund: Deine Söhne werden sterben, alle drei, sobald sie zweiundvierzig sind, so alt, wie mein Luigi war, als du ihn umgebracht hast. Denk drüber nach, du Lukaneser Stück Scheiße, denk gründlich drüber nach in den nächsten Tagen, den letzten deines erbärmlichen Lebens.«

Nicht lange danach schickten die Cops Ben Frank den Fluss rauf … Ah, ich seh schon, *Signore*, Sie wissen nicht, was »den Fluss rauf« bedeutet. Na, woher auch – so ein rechtschaffener, netter junger Mann wie Sie. Ich sag's Ihnen: Sing Sing ist damit gemeint, vielleicht haben Sie davon gehört … Ach, in einem Film haben Sie's gesehen, sehr schön. Ich weiß ja nicht, was Sie da gesehen haben, aber damals war Sing Sing noch ein richtig harter Knast und nicht die Freizeiteinrichtung von heute, mit Volleyballteams und Knackis, die Nähen und Stricken und weiß Gott was alles lernen. Aber wie auch immer. Ben Frank sollte bis zu seinem Prozess und dann bis zu seiner Hinrichtung dort bleiben – was für ein Urteil hätte ein armer Mann wie er nach einer solchen Tat sonst schon erwarten können? Doch wie es sich so traf, blieb ihm das Vergnügen, auf Old Sparky bei lebendigem Leibe geröstet zu werden, erspart. Denn als er eines Tages in der Essensschlange stand, kam ein anderer Häftling auf ihn zu, ein dicker, dunkelhäutiger Typ – nicht negerdunkel, einfach normal dunkel – und flüsterte ihm ins Ohr: »Schöne Grüße von Tonio Lupo.« Dann schlitzte er ihm die Halsschlagader auf, so wie Ben Frank Luigi Lupo die Halsschlagader aufgeschlitzt hatte, nur mit einer Stahlklinge. Ben Frank sackte zusammen, und niemand rührte einen Finger, um ihm zu helfen oder einen Wärter zu rufen. Da lag er, blutend wie ein Schwein, zitternd und zuckend, und das Leben spritzte aus ihm heraus, und vielleicht träumte er, dass er jetzt im Himmel Consolata wiedersehen würde oder so.

Wie auch immer. Tonio Lupo hatte dafür gesorgt, dass ihm seine »Grüße« erst ausgerichtet wurden, nachdem er Besuch von einem seiner Söhne bekommen hatte. Um seine Rache voll auszukosten, wollte Lupo, dass die drei Frank-Brüder wussten, was sie erwartete, damit sie sich für den Rest ihres Lebens bis zum Alter von zweiundvierzig Jahren so elend wie nur irgend möglich fühlten. Zufällig war es Al Frank, der älteste, der seinen Dad in Sing Sing besuchte. Der arme Kerl war gerade erst aus Europa zurückgekommen und trug noch Uniform. Ihn klärte Ben Frank also über Tonio Lupos *maledizione* auf: Der alte *capo* habe ein

Todesurteil über ihn und seine beiden Brüder verhängt, das vollstreckt werden solle, sobald sie zweiundvierzig seien.

In Anbetracht der Umstände war Al Frank nicht weiter überrascht, als er zwei Tage später erfuhr, was seinem Vater im Knast widerfahren war. Die Nachricht machte ihn auch nicht trauriger, als er ohnehin schon war. Im Gegenteil: Er war erleichtert, würde ich sagen, denn Ben Franks Ermordung bewahrte ihn und seine Brüder vor der Schande des Gerichtsverfahrens, davor sich das Urteil der Geschworenen anhören zu müssen, und vor dem schrecklichen Warten auf die Hinrichtung. Im Grunde ermöglichte ihm der Tod seines alten Herrn, sich umgehend auf das Problem zu konzentrieren, das er und seine Brüder nun hatten.

Eines muss ich Ihnen jetzt schon sagen, *Signore*, auch wenn es im weiteren Verlauf noch mehr als deutlich wird: Al Frank war ein ausgesprochen cleverer Typ. Und wie alle cleveren Typen war er auch praktisch veranlagt, das heißt, er lebte in der realen Welt und nicht in irgendeiner Traumwelt. Statt also zu jammern und zu klagen und sein Schicksal zu verfluchen, schaltete er, nachdem Ben Frank ihm von der *maledizione* erzählt hatte, sofort sein Gehirn ein.

Er und seine Brüder hatten es mit einer furchtbaren Drohung zu tun, einer Drohung, bei der selbst mächtige Leute niedergekniet wären und wie Kleinkinder zur Madonna gebetet hätten. Mächtig war Al zwar nicht, aber da er clever war, wusste er, dass das Problem vom Beten nicht weggehen würde. Und er war auch nicht erleichtert, als er einige Monate, nachdem sein *papà* in Sing Sing umgebracht worden war, die Schlagzeile einer New Yorker Tageszeitung las: TONIO LUPO, »DER SCHRECKEN VON BROOKLYN«, IM BETT GESTORBEN. Mit Lupos Tod war nichts gewonnen, denn der *capo* hatte zweifellos einkalkuliert, dass er längst tot sein würde, wenn der älteste der drei Frank-Brüder zweiundvierzig wurde … Clever, wie Al war, glaubte er keine Sekunde daran, dass es sich bei der *maledizione*, wie Lupo es genannt hatte, um einen veritablen Fluch handelte. Ihm war von vornherein klar, was es wirklich war: angekündigte Rache, eine Rache, deren Vollzug Lupo ganz bestimmt nicht in Gottes Hand gelegt hatte. Al Frank war zwar nicht übermäßig fromm, aber er wusste, dass der Allmächtige, selbst wenn er so streng und rachsüchtig war, wie ihn ein *padre* in der Sonntagsschule beschrieben hatte, so etwas wie Lupos *maledizione* nicht würde durchgehen lassen. Auge um Auge vielleicht, sogar Auge um Zahn. Aber es musste das Auge des Sünders sein, nicht das seiner Söhne. Gott war schließlich kein Sizilianer, er war kein Anhänger der *vendetta*. Die Abrechnung des alten Mafioso mit den Söhnen des Mörders seines Sohnes würde zu hundert Prozent Menschenwerk sein. Und die Männer, die sie zu gegebener Zeit in die Hand nehmen würden, waren nicht mit Lupo gestorben.

Al traf seine Entscheidung auf der Grundlage dessen, was er bereits in jungen Jahren als das Wichtigste im Leben erkannt hatte: dass der Treibstoff, der Männer am Laufen hält – und Frauen ebenfalls, auch wenn sie bei seiner Beschaffung nicht die gleiche Rolle spielen –, das Geld ist. Und je mehr Treibstoff man hat, desto besser ist es, denn desto weiter kommt man. Er musste an seinen alten Lateinlehrer denken, einen unangenehmen Kerl, der immer gern das römische Sprichwort *Homo sine pecunia est imago mortis* zitiert hatte. Sollte Al Frank sich je ein Wappen zulegen, würden unter der Abbildung einer goldenen Münze, einer Geldkassette oder dergleichen eben diese Worte auf einem geschweiften Spruchband stehen: »Ein Mann ohne Geld ist ein Bild des Todes.« Wie das in der Praxis aussah, hatte er ja an seinem

Vater gesehen. Solange Ben Frank Geld hatte, war er jemand, als er keines mehr hatte, war er nur noch ein Gerippe. Wenn es also, folgerte Al, eine Möglichkeit gab, sich und seine Brüder vor der *maledizione* zu schützen, dann musste Geld im Spiel sein. Welche Form die Lösung des Problems letztlich auch annahm – es würde eine Art Geschäftsvereinbarung sein, ein Quidproquo, ein Geben und Nehmen. Alles im Leben hat seinen Preis, und das galt zweifellos auch für sein Leben und das seiner Brüder. Aber es würde vermutlich kein geringer Preis sein.

Nun hatte Al zu diesem Zeitpunkt natürlich null Geld. Das war die schlechte Nachricht. Die gute Nachricht war, dass ihm noch massenhaft Zeit blieb, bis er zweiundvierzig wurde, volle zwanzig Jahre. Und in dieser Zeit, so beschloss er, würde er Millionär werden … Habe ich da eben ein Lächeln gesehen, mein junger Freund? Ja, leichter gesagt als getan, werden Sie denken. Ganz richtig! Aber Sie dürfen nicht vergessen, dass Al Frank eine Menge zu bieten hatte. Er war nicht nur clever, cleverer, als die Polizei erlaubt, er war auch bienenfleißig und ehrgeizig noch dazu, ein Mann, der sich ständig neue Ziele steckte und nicht ruhte, bis er sie erreicht hatte. Und zu diesen Eigenschaften kam eine weitere hinzu, vielleicht eine noch wichtigere: ein angeborenes Talent, Lady Luck nicht vorüberziehen zu lassen.

Schon im Krieg war er Ihrer Ladyschaft begegnet. Ich meine damit den Beginn seiner Freundschaft mit Wilbur Worthington junior oder Willie, wie seine Freunde ihn nannten, dem Alleinerben der mächtigen Kaufmannsfamilie, Eigentümer des Worthington's, des größten Kaufhauses im damaligen New York. Trotzdem – oder vielleicht gerade deswegen, denn er brauchte sich nicht um seinen Lebensunterhalt zu kümmern – war Willie ein Abenteurer. Als Amerika in den europäischen

Krieg eintrat, beschloss er, zur Abwechslung mal zu kämpfen. Er stellte sich das wie eine Jagdpartie vor oder wie einen Flug mit einem Aeroplan, diesem brandneuen Spielzeug, mit dem er so gern spielte. Er meldete sich freiwillig, weil er ein Dummkopf war, wurde Offizier, weil er reich war, und ging an die Front, weil er glaubte, dass man dort den meisten Spaß hatte. Als er sich bis zu den Knien im Schlamm eines Schützengrabens in Flandern wiederfand, merkte er allerdings, dass die Sache gar nicht so spaßig war. Aber da war es schon zu spät.

Lady Luck war es zu verdanken, dass Willie Worthington Als befehlshabender Offizier wurde. Dann aber nahm Al die Dinge selbst in die Hand, und zwar von dem Moment an, als Willie während eines Giftgasangriffs der Krauts das Bewusstsein verlor und Al ihn in Sicherheit brachte. Er tat das nicht etwa aus Heldenmut, sondern aufgrund schlichter Intelligenz: Er hatte sich an die Vorschriften gehalten und seine Gasmaske aufgesetzt, bevor die Granaten fielen, während sein CO mit ungeschütztem Gesicht im Graben gestanden und die Aussicht betrachtet hatte. Als Al ihn stürzen sah, drückte er ihm eine Maske aufs Gesicht, schleifte ihn in den Unterstand, der als Büro diente, und bewahrte ihn damit auch noch vor einer Mörsergranate, die Sekunden später an der Stelle einschlug, an der Willie gelegen hatte. Das trug Al – ganz zu Recht – den Titel »Der Mann, der dem Lieutenant das Leben gerettet hat« ein.

Als Willie nach einigen Wochen im Lazarett an die Front zurückkehrte, machte er Al zu seiner Ordonnanz. Und nicht nur das. Da Al ein wohlerzogener, angenehmer Mensch war, wurde er für den Rest des Krieges auch Willies bester Kamerad. Wenn die Kämpfe es erlaubten, saßen die beiden bis tief in die Nacht im Unterstand, tranken Willies Brandy und spielten Gin Rommé.

Und als im November 1918 der Krieg zu Ende war, gab Willie Al seine New Yorker Adresse und forderte ihn auf, ihn zu besuchen, sobald er wieder zu Hause war.

Wie bereits geschildert, war Al in den ersten Tagen nach seiner Rückkehr mit höchst unangenehmen Dingen beschäftigt: Er besuchte seinen Vater im Gefängnis, er erfuhr von der *maledizione*, er erhielt die Nachricht von Ben Franks Tod und so weiter. Doch kaum hatte er seinen Dad beerdigt, suchte er Willie in dessen Haus auf, einem vierstöckigen Brownstone in der East Sixty-First Street. »Wie geht's deiner Familie?«, erkundigte sich Willie. »Gut«, antwortete Al, »und deiner?« (Er dachte nicht daran, Willie Worthington auf die Nase zu binden, dass sein Vater ein Mörder war.) Um einen Job brauchte er gar nicht erst zu bitten. Noch ehe er das Brownstone wieder verließ, hatte er einen, im Hauptbüro von Worthington's, in der obersten Etage des Kaufhauses in der Fifth Avenue.

Da Al kein College besucht und keine Berufserfahrung hatte, war seine erste Arbeitsstelle eher bescheiden, ein Schreibtischjob. Alle wussten, dass er nur wegen seiner Freundschaft mit dem Sohn des Chefs eingestellt worden war. Aber weshalb auch immer – bald zeigte sich, dass der Neue weder ein Dummkopf noch ein Faulenzer war. Im Gegenteil. Al arbeitete hart – ach, *Signore*, und wie hart er arbeitete! Von Tagesanbruch bis Mitternacht saß er im Büro, er machte Überstunden ohne Ende, nie nahm er Urlaub, und selbst die Wochenenden verbrachte er am Schreibtisch. Und da er den Kopf immer voller neuer Ideen hatte, wurde ihm bald mehr Verantwortung übertragen, und dann noch mehr, und immer noch mehr.

Zwei Jahre nach seiner Einstellung – er war inzwischen vierundzwanzig – gab Wilbur Worthington senior den Löffel ab, und neuer Chef, *capo* des Kaufhauses, wurde Willie. Als eine seiner ersten Amtshandlungen nahm er Al in sein persönliches Team auf, die Truppe, die den Laden schmiss. Und da Al so fleißig und so kompetent war, schob er ihm immer mehr von der Arbeit zu, die er selbst hätte machen sollen. Willie liebte nun mal wilde Partys, Vormittage im Bett, Tennis, Polo und Aeroplan fliegen am Wochenende. Aber das war kein Problem, Al kümmerte sich ja um alles.

Als Al sechsundzwanzig war – gemäß den Modalitäten der *maledizione* hatte er noch sechzehn Jahre zu leben –, machte Willie ihn zum Einkaufsleiter. Dass es im Business darum geht, billig einzukaufen und teuer zu verkaufen, haben Sie vielleicht schon mal gehört? Billig einzukaufen, das war jetzt Als Job. Endlich, so glaubte er, würde er richtig reich werden. Doch als er erfuhr, mit welchem Gehalt seine neue Position ausgestattet war, seufzte er. Sicher, es war gutes Geld, viel mehr, als sich der noch nicht einmal dreißigjährige Sohn eines armen italienischen Einwanderers hätte erträumen können, aber bei Weitem nicht genug für die Aufgabe, die vor ihm lag: sein Leben und das seiner Brüder von den Killern, die Lupo auf sie angesetzt hatte, zurückzukaufen. Um so reich zu werden, wie es ihm vorschwebte, durfte er nicht für andere arbeiten, sondern musste sein eigener Chef werden.

Wie schon erwähnt, verstand es Al, Gelegenheiten beim Schopf zu packen. Und die nächste, die sich bot, packte er beim Schopf. Ein aufstrebender, vielversprechender französischer Geschäftsmann namens Armand Luthier wollte Worthington's die amerikanische Alleinvertretung für seine Luxusstoffe übertragen. Al gefielen die Stoffe, sehr sogar, und er war überzeugt, dass sie bei den reichen Gattinnen, die bei Worthington's einkauften, gut ankommen würden. Er bat Willie um grünes Licht für einen Vertragsabschluss mit Luthier, aber Willie war so damit beschäftigt, Spaß zu haben, dass er der Sache nicht die gebührende Beachtung schenkte und der verärgerte Luthier den Eindruck gewann, dieser dämliche Amerikaner wolle ihn abblitzen lassen. Da witterte Al seine Chance und machte Luthier ein eigenes Angebot: Wenn er ihm seine Stoffe anvertraue, werde er, Al, eine neue Firma mit einem neuen Laden gründen und sie dort exklusiv vertreiben. Die beiden trafen sich zu einem guten Essen, gefolgt von kubanischen Zigarren – Als Gewohnheit, kubanische Zigarren zu rauchen, nahm hier ihren Anfang –, und wurden handelseinig. Al kündigte bei Worthington's, was der dumme kleine Willie mit einem Wutanfall quittierte. Mit seinen Ersparnissen und einem Bankkredit eröffnete Al das »Luthier« an der Fifth Avenue, zwei Straßen vom Kaufhaus seines Ex-Arbeitgebers entfernt.

Und er behielt recht: Die Luthier-Stoffe erfreuten sich großer Beliebtheit, und das Geschäft lief so gut, dass er ein Jahr später einen zweiten Laden in Boston und wieder ein Jahr später zwei weitere in Chicago und Philadelphia eröffnete. Doch das war erst der Anfang. Al Frank ging nach Europa und schloss Verträge über Import und Verkauf von Schweizer Uhren, englischen Kaschmirprodukten und Zigaretten, italienischen Seidenstoffen und Kristallwaren, französischem Porzellan und weiß Gott, was sonst noch. Und als das alles unter Dach und Fach war, gründete er eine Kette von Nobelkaufhäusern unter seinem eigenen Namen: »Frank Luxury Stores«. Luthier nahm den Wegfall seines Namens im Tausch gegen ein Aktienpaket der neuen Firma seines supercleveren jungen Partners gern in Kauf.

Nachdem Al einmal ins Geschäftsleben eingestiegen war, gab

es kein Halten mehr. Nach dem Börsencrash vom Oktober 1929 gingen zahlreiche Unternehmer pleite. Nicht so Al Frank, dafür war er zu clever. Er witterte in der Krise neue Gewinnchancen. Als einer der Ersten begriff er, dass die Menschen angesichts einer unsicheren Zukunft zwar an langlebigen Gütern, nicht aber an Bedarfsartikeln wie Nahrungsmitteln, Parfüms und dergleichen sparten. Anfang der 1930er Jahre begann er, Aktien anderer Warenhäuser aufzukaufen, die jetzt für ein Butterbrot zu haben waren. Und 1932 – er war inzwischen fünfunddreißig – schenkte ihm Lady Luck ihr allerstrahlendstes Lächeln. Willie Worthington – nach Als Weggang nicht mehr sein Freund – kam auf die glorreiche Idee, mit einem seiner heiß geliebten Sportflugzeuge abzustürzen. Er war sofort tot.

Manche behaupteten, es sei Selbstmord gewesen, denn die Aktienkurse seines Unternehmens waren in den Monaten zuvor katastrophal eingebrochen. Kann sein. Fest steht jedenfalls, dass Al seine Chance erkannt und zu Schleuderpreisen Worthington-Aktien gekauft hatte, sodass er beim Absturz seines Ex-Kumpels bereits einen hübschen kleinen Anteil an dessen Firma besaß. Die Aktienmehrheit und das Brownstone in der Sixty-First-Street erbte Thelma Worthington, ein Jahr vor Willies Tod noch eine kleine Sekretärin, später dann seine Frau. Geschwister hatte Willie nicht, und er hatte auch keine Zeit gehabt, sich einen Erben zuzulegen.

Thelma, damals sechsundzwanzig und eine ausgesprochen heiße Braut, ernannte sich zur Präsidentin von Worthington's. Al suchte sie unverzüglich auf, teilte ihr mit, dass er einen kleinen Anteil an der Firma besitze, und trug ihr seine Dienste als Berater an. Einen besseren Mann für diese Position hätte Thelma nicht finden können. Al Frank war einer der erfolgreichsten

Neulinge in der amerikanischen Geschäftswelt, und er besaß ein angeborenes Gespür fürs Geldverdienen. Worthington's war ein Jahr später wieder auf den Beinen, Thelma zwei Jahre später wieder flach auf dem Rücken und ihr neuer Ehemann auf ihr: Al Frank. Sie waren noch kein Jahr verheiratet, als Thelma ihr erstes Kind zur Welt brachte, einen Jungen, Al Frank junior. Das Worthington-Vermögen würde nun also Als eigen Fleisch und Blut erben. Gut gemacht, Al!

Er gründete eine weitere Firma namens Frank & Worthington, die nicht nur Worthington's und Frank Luxury Stores besaß, sondern auch Anteile an einem halben Dutzend anderer Unternehmen, die Al nach dem Börsencrash erworben hatte. Die Boulevardpresse nannte ihn nun den »Kaufhauskönig«, und das mit gutem Grund. Doch damit war sein Appetit noch nicht gestillt. Er expandierte international.

Bis 1935 war der älteste der drei Frank-Brüder richtig reich geworden, und er wurde von Tag zu Tag reicher. Sein riesiges Vermögen vermehrte sich unaufhaltsam weiter. Die Routen, auf denen ihm sein Reichtum zufloss, begannen in China, wo er Seide und Tee einkaufte, verliefen durch Asien, wo er sich mit tonnenweise Kräutern und Gewürzen, Edelsteinen, Stoffen und was weiß ich noch alles eindeckte, überzogen ganz Europa, wo er mit englischen, deutschen, italienischen und französischen Herstellern Verträge abschloss, erstreckten sich übers Mittelmeer nach Afrika, wo er Kakaobohnen, Kupfer und Diamanten raffte, und reichten über den Atlantik bis nach Südamerika, wo er Kaffee, Südfrüchte, noch mehr Kupfer und alles mögliche andere zusammentrug. Das alles strömte auf den amerikanischen Markt und verwandelte sich dort in Dollars. Al Franks Dollars. Noch vor seinem vierzigsten Lebensjahr rangierte Frank-Bruder

Nummer eins in einem Wirtschaftsmagazin unter den hundert reichsten Männern Amerikas. Man stelle sich vor: Der Sohn armer Einwanderer aus den Bergen Lukaniens hätte jetzt, wenn er wollte, einen Pool mit Goldmünzen füllen und wie Dagobert Duck darin baden können.

Al Frank hatte erreicht, was er sich vorgenommen hatte, als er von Don Tonio Lupos *maledizione* erfuhr: Er war Millionär geworden, vielfacher Millionär. Eigentlich eine höchst angenehme Situation. Aber nun wurde es Zeit, mit seinem Geld sein Leben und das seiner Brüder zu retten.

Da Al ein praktisch veranlagter Mensch war, hatte er in all den Jahren, in denen er sein Vermögen angehäuft hatte, kaum einen Gedanken an die *maledizione* verschwendet. Nicht, dass er sie vergessen hätte – wie könnte man so etwas vergessen? Hin und wieder wachte er mitten in der Nacht schweißgebadet aus einem Albtraum auf, in dem eine große, dunkle Gestalt mit dem Körper eines Mannes im Anzug und dem Kopf eines Wolfes, mit einer passenderweise *lupara* genannten Waffe herumfuchtelte, der unter Mafiosi bevorzugten abgesägten Schrotflinte. Im Wachzustand aber war Al durch und durch Realist, er glaubte fest an die Devise »Zeit ist Geld« und hielt es für unsinnig, dieses kostbare Gut mit Spekulationen zu vergeuden. Für den Augenblick brachte es nichts, sich Sorgen zu machen. Denn sosehr er die *maledizione* auch fürchtete – eines stand für ihn fest: Die Leute, die Lupo beauftragt hatte, ihn und seine Brüder umzubringen, würden sich nicht vor der Zeit rühren.

Al hatte zwar außer seinem Bruder Nick – von ihm wird in unserer Story zu gegebener Zeit die Rede sein, *Signore* – niemandem von der *maledizione* erzählt, sich aber immerhin die Zeit genommen, Erkundigungen über die Vorgehensweisen der Mafia einzuziehen. Und aus dem, was er dabei in Erfahrung brachte, schloss er ganz richtig, dass Lupos Rache keine Nullachtfünfzehn-Gangsterangelegenheit sein würde, genau genommen überhaupt keine »Angelegenheit«, keine bloße Abrechnung in Unterweltkreisen. Mitnichten, Sir. Das Urteil, das der tote *capo* über Ben Franks Söhne verhängt hatte, war von anderer, einer fast religiös zu nennenden Art. Verstehen Sie, was das bedeutet, *Signore*? Die Ermordung der Frank-Brüder würde eher einem Ritual gleichen, einem Opfer an eine antike Göttin, die Rachegöttin, die machtvoller über die Seele dessen herrscht, der an sie glaubt, als die Madonna über die eines guten Katholiken. Und ein Ritual, das keinen Regeln folgt, ist kein Ritual. Weder legen die Christen Weihnachten in einem Jahr auf den zweiundzwanzigsten und im nächsten auf den siebenundzwanzigsten Dezember, weil das besser fürs Geschäft ist, noch feiern die Amerikaner den Unabhängigkeitstag mal am zweiten, mal am vierten und mal am sechsten Juli, je nachdem, wie es in den Terminkalender des Präsidenten passt. Al Frank konnte daher sicher sein, dass sein zukünftiger Mörder sein Blut erst dann auf dem Altar der Rachegöttin vergießen würde, wenn er zweiundvierzig war, keinen Tag früher.

Ein praktisch veranlagter Mensch vertut seine Zeit nicht mit verfrühten Sorgen. 1937 aber, zwei Jahre vor der Deadline – hier übrigens ein sehr treffender Ausdruck –, kam Al zu dem Schluss, dass er sich allmählich ernsthafter mit der Sache befassen müsse. Zwei Tage, nachdem er vierzig Kerzen auf seiner Geburtstagstorte ausgepustet hatte, erkundigte er sich nach dem Namen des New Yorker Top-Staranwalts und lud ihn zum Essen in eine eigens gebuchte Privatsuite im Plaza ein. Dort erzählte er ihm die ganze Geschichte: von Ben Franks Anfangszeit in Amerika über die guten und danach die schlechten Jahre nach dem Tod seiner *mamma*, als sein *papà* zu trinken und dann zu spielen anfing, bis hin zu dem schrecklichen Abend in der Bar, als Ben Frank Luigi Lupo tötete, und dem noch schrecklicheren Tag, als Tonio Lupo ihn in seiner Zelle aufsuchte. Bis dahin hatte der Staranwalt sein saftiges Steak hinuntergeschlungen wie ein – *mi scusi, Signore*, wie ein hungriger Wolf, hätte ich fast gesagt – und sich vermutlich gedacht, was für ein Blödsinn das alles sei, spleenige Ängste eines Millionärs, beste Voraussetzung dafür, ein fettes Honorar für nichts zu kassieren. Als aber der Name Tonio Lupo fiel, hörte er auf zu essen und hob die Brauen, um sie dann, nachdem Al ihm von der *maledizione* erzählt hatte, zu einem Stirnrunzeln zusammenzuziehen. Eine ganze Weile schwieg er.

»Hören Sie, Mr. Frank«, sagte er schließlich, »ich wollte schon sagen, sie sollten die ganze Sache vergessen, dieser sogenannte Fluch sei nichts weiter als die leere Drohung eines alten Mannes, der um seinen einzigen Sohn trauert. So hätte ich bei jedem anderen Namen reagiert. Ich verfüge über einige Erfahrung mit der Denkweise der Sizilianer und hätte daher gesagt, dass sich mit dem Tod Ihres Vaters in Sing Sing sozusagen der Kreis des Blutes geschlossen hat und Sie sich nicht die geringsten Sorgen um sich und ihre Brüder zu machen brauchen. Aber da die Drohung mit dem Namen Tonio Lupo verknüpft ist, verbietet mir das mein berufliches Gewissen. Sie verstehen: Tonio Lupo war … Tonio Lupo!«

»Was zum Teufel soll das heißen?«, fragte Al.

»Nur dies: dass Tonio Lupo nicht umsonst ›der Schrecken von Brooklyn‹ genannt wurde. Er war so grausam, so brutal, dass man in Mafiakreisen heute noch ›Der ist ein Tonio Lupo‹ sagt, wenn man jemanden als besonders blutrünstig beschreiben will. Und glauben Sie mir, Mr. Frank, Mafiosi haben sehr hohe Maßstäbe in Sachen Blutrunst!«

Al Frank verschluckte sich fast an seinem Steak.

»Trotzdem«, fuhr der Anwalt fort, »glaube ich nicht, dass unser Problem keine Lösung zulässt.« (Was für ein Anwalt wäre er wohl gewesen, wenn er das nicht gesagt hätte?) »Schließlich hat alles auf der Welt seinen Preis.«

»Genau meine Erfahrung«, sagte Al einigermaßen erleichtert.

»Gut. Dann schlage ich vor, wir versuchen, Ihr Leben und das Ihrer Brüder von denen, die beauftragt sind, es, äh, Ihnen zu nehmen, zurückzukaufen.«

»Okay«, sagte Al. »Aber wie finden wir die?«

»Auf die übliche Art: durch Herumfragen. Diskret, versteht sich.«

Drei Tage später rief der Staranwalt Al wieder an, und sie speisten erneut in der Plaza-Suite. Es sei ihm gelungen, einiges in Erfahrung zu bringen, berichtete er, vor allem, dass Tonio Lupo ohne einen Erben gestorben und seine *borgata* aufgelöst worden sei; die meisten ihrer *caporegimes*, also ihrer »Leutnants«, und ihrer *sgaristi* seien in die Familie des »Dicken Luke« Gattino, eines anderen Brooklyner *capo*, aufgenommen worden. Einige Jahre nach Lupos Tod habe sich die Gattino-*borgata* allerdings ebenfalls aufgelöst, nachdem der »Dicke Luke« und sein Sohn, der »Dünne Luke«, umgelegt worden seien. Ihre Geschäfte habe Jimmy Charlie übernommen, ein Sizilianer, trotz seines Namens. Lupo und Jimmy Charlie hätten sich jedoch auf den Tod nicht ausstehen können, sagte der Anwalt, es sei also ausgeschlossen, dass der »Testamentsvollstrecker des Don«, wie er den Killer zu nennen beliebte, nunmehr Mitglied von Charlies *borgata* sei.

Um mit dem »Testamentsvollstrecker des Don« Kontakt aufzunehmen, schlug der Staranwalt als ersten Schritt einen Besuch bei Tonio Lupos Witwe vor. Al war begreiflicherweise schockiert, als er das hörte, aber der Anwalt beruhigte ihn: *Signora* Lupo sei eine tiefgläubige, sehr freundliche und sanfte Frau, das genaue Gegenteil ihres Mannes. Er diktierte Al auch gleich einen Brief an sie. Als Staranwalt war er natürlich ein Meister des Wortes, und es wurde ein sehr emotionaler, sehr bewegender Brief, ein Appell an die Gottesfurcht der Dame, in dem sogar von den Tränen der Muttergottes und dergleichen mehr die Rede war. Von diesen Schnörkeln abgesehen, handelte es sich schlicht um die Bitte, Al Frank, dem Sohn des Mannes, der ihren Sohn getötet hatte, ein Treffen zu gewähren. Al schrieb den Brief von Hand, und der Anwalt nahm ihn mit und ließ ihn zustellen.

Wie von ihm vorhergesagt, war *Signora* Lupo, damals bereits hoch in den Achtzigern, einverstanden, und so fuhren sie zu ihr nach Seagate in Brooklyn. Al schaffte es, sich während des Gesprächs ganz entspannt zu geben, wenn auch nicht so entspannt, dass er von den schönen *amaretti allo zabaglione* gekostet hätte, die *Signora* Lupo ihnen anbot. Der Staranwalt hielt eine Einführungsrede mit langen Wörtern, gefälligen Metaphern und allem Drum und Dran, des Inhalts, was für ein netter Mann Al sei und was für ein reicher obendrein. Letzteres äußerte er eher indirekt, denn stinkreich zu sein hat unter den christlichen Tugenden keinen sehr hohen Stellenwert. Anschließend sprach Al ein paar einstudierte Worte, kurz, aber nicht schlecht: Ihm sei »gerüchteweise zu Ohren gekommen«, sagte er, ihr verstorbener

Mann habe möglicherweise geplant, ihm und seinen beiden Brüdern Schaden zuzufügen.

Signora Lupo hörte sich alles mit ihrem freundlichsten Lächeln an und sagte dann:

»Hören Sie, *Signori*, mein armer Tonio ist in tiefer Reue über seine Sünden gestorben, von denen er, da er nun mal ein Mensch war, leider nicht wenige begangen hat. Aber wie der heilige Paulus in seinem Brief an die Epheser sagt: Gott ist reich an Barmherzigkeit. Er hat meinem Mann in seinen letzten Monaten große körperliche Leiden gesandt, und der *padre*, der ihm zur Seite stand, hat ihn ermahnt, sie als das zu begreifen, was sie in Wahrheit waren: ein Geschenk des Herrn in seiner unendlichen Güte, um ihn zur Buße zu bewegen. Und mein armer Tonio hat den Rat des *padre* befolgt. Er hat ihm seine sämtlichen Sünden gebeichtet, eine nach der anderen, und er hat die Heilige Kommunion empfangen.«

»Und, äh, welcher *padre* war das?«, fragte der Anwalt.

»Der ist schon lange tot«, antwortete *Signora* Lupo lächelnd. »Nicht lange nach Tonio hat auch er, Gott hab ihn selig, seinen Geist ausgehaucht.« Sie nahm Als Hand, blickte ihm in die Augen und fuhr fort: »Mein lieber *Signor* Frank, hätten Sie meinen armen Mann in seinen letzten Tagen im Krankenhaus gesehen, Sie würden keine Sekunde um Ihr Leben oder um das Ihrer Brüder bangen. Er war wie ein Baby, er hat nur noch geweint und die Madonna, voll der Gnade, um Erbarmen und die Krankenschwestern um Morphium angefleht.«

Ihres Erachtens, schloss die alte Dame, sei es undenkbar, dass »der arme Tonio« vor seinen Schöpfer getreten sei, ohne vorher eine so schwerwiegende Angelegenheit wie die von Mr. Frank angesprochene geregelt zu haben. Mit der Last einer solch unerlösten Sünde auf seiner Seele wäre er nicht gestorben. Und in dem höchst unwahrscheinlichen Fall, dass »der arme Tonio« tatsächlich Anweisung gegeben habe, Ben Franks Söhnen nach dem tragischen Tod ihres lieben Luigi »irgendwie zu schaden« – *Signora* Lupo schloss diese Möglichkeit nicht aus –, hätte er sie in seinen letzten Lebenstagen mit Sicherheit zurückgenommen.

Der Staranwalt blieb diplomatisch. Er glaube ihr, sagte er, hundertprozentig. Trotzdem wüsste er gern, ob die *Signora* in dem »höchst unwahrscheinlichen Fall« – um ihr zu schmeicheln, gebrauchte er ihre eigenen Worte –, dass ihr verstorbener Mann etwas gegen die Frank-Brüder im Schilde geführt hatte, irgendeine Idee habe, wen er mit der, äh, Ausführung beauftragt habe? Ob ihr da ein Name einfalle? Im Tausch gegen diese Information, sagte der Anwalt, sei Mr. Frank zu einer äußerst großzügigen Spende an eine kirchliche Einrichtung ihrer Wahl bereit, ein Waisenhaus für die *bambini*, ein Pflegeheim für die *anziani*, was auch immer. Die alte Dame lächelte liebreizend und antwortete, jegliche Spende Mr. Franks an eine mit Mutter Kirche verbundene Institution werde dem Spender zum Segen gereichen. Aber zu der gewünschten Information werde sie ihm leider nicht verhelfen, denn die könne sie ihm nicht geben. Sie wisse nichts, versicherte sie noch einmal, und sie sei dem Grab schon zu nahe, um ihre Lebensbilanz noch mit einer Lüge zu beflecken. Das sei die Wahrheit, die reine Wahrheit.

Sagte jedenfalls *Signora* Lupo.

Und so gingen sie wieder, kein bisschen schlauer als zuvor. Wie jeder, der sich in einer schwierigen Lage befindet, war Al dringend trostbedürftig, und ein kleiner Trost waren ihm die Beteuerungen der Witwe auch. Aber als Komplettgarantie verstand er sie nicht, dazu war er zu clever. Der Staranwalt versprach, sich nach alternativen Informationsquellen umzusehen, und nannte ihm wenige Tage später einen Verwandten von Lupo, einen entfernten Neffen namens Umberto Soundso. Er hatte herausgefunden, dass der Mann nicht gerade ein Musterbürger war, aber auch kein *uomo d'onore*, also kein richtiger Mafioso. Als sie ihn sahen, wussten sie warum. Dieser Umberto war ein Schwachkopf, zu nichts zu gebrauchen – nicht umsonst hatte ein Mafioso ihn dem Anwalt gegenüber bei seinem Spitznamen genannt: »Babbazzu«, was so viel heißt wie »Idiot«. Den konnte man also vergessen. Dass Lupo etwas so Wichtiges wie die Rache für seinen Sohn diesem Trottel anvertraut hatte, war ausgeschlossen.

Al schlug vor, einen Privatdetektiv einzuschalten, aber der Anwalt meinte, das bringe nichts. Wenn ein Mafioso schon bei den Cops oder vor dem Richter nicht auspacke, auch nicht unter Androhung einer langen Haftstrafe, dann werde er es bei irgendeinem dämlichen Privatschnüffler erst recht nicht tun. Also machten sie den nächsten Schritt. Al war sich zwar durchaus bewusst, dass er jetzt auf einem Minenfeld herumschnüffelte, ging aber dennoch auf den Vorschlag des Anwalts ein, sich mit gewissen Mafia-*capi* zu treffen, die der Anwalt für »sicher« hielt. Al gefiel das nicht, aber was blieb ihm anderes übrig?

Die drei, die der Anwalt nannte, hatten eines gemeinsam: Sie waren Lupos Todfeinde gewesen und hatten somit ganz bestimmt nichts mit der Vollstreckung seines Testaments zu tun. Der Erste war der bereits erwähnte Jimmy Charlie aus Brooklyn, der Typ, der jetzt die Reste der Gattino-*borgata* führte, die Lupos Revier geerbt hatte, der Zweite war Bob »der Schalldämpfer« Iacca aus Chicago, der Dritte das Finanzgenie des organisierten Verbrechens, Jake Lowski. Die Treffen fanden in einem besonders streng bewachten Gebäude in der Bronx statt, dessen Eigentümer, ein Mandant des Staranwalts, für Als Sicherheit garantierte, solange sie sich auf seinem Grund und Boden befanden – was immer »garantieren« in diesem Fall hieß.

Zu Beginn jedes Treffens schilderte der Anwalt dem *capo* die Situation und überreichte ihm einen Umschlag mit zehntausend Dollar, eine »Spende« von Mr. Frank, zum Dank dafür, dass der *capo* ihnen seine Zeit schenkte. Alle drei nahmen die Spende natürlich hocherfreut entgegen, nur Bob Iacca, »der Schalldämpfer«, meinte, das »wäre doch nicht nötig gewesen«.

Al war angenehm überrascht, als der Erste, Jimmy Charlie, ihm mehr oder weniger das Gleiche auftischte wie die Witwe, abzüglich der frommen Soße. In seinen letzten Lebenstagen, sagte Charlie, sei Lupo ein zahnloser Pitbull gewesen, ein wimmerndes Baby, nur noch ein Schatten seiner selbst. Ihm persönlich – und das machte Charlies Worte noch überzeugender – wäre ja nichts lieber gewesen als ein dicker Packen von Mr. Franks Geld, um dann sagen zu können: »Ich kümmere mich darum.« Aber seiner ehrlichen Meinung nach gebe es da nichts zu kümmern. Für ihn sei diese *maledizione* Blödsinn, die leere Drohung eines gebrochenen Mannes – und nicht nur wegen Lupos Zustand, sondern auch, weil allein schon die Idee total bescheuert sei.

»Sehen Sie's doch mal logisch, Mr. Frank«, sagte er. »Würde ein Mann wie Tonio Lupo jemandem glauben, egal, wer es ist und wie loyal er ist, wenn er sagt, er legt drei Mann für ihn um, den ersten in zwanzig Jahren, jemandem, der genau weiß – und Lupo weiß, dass er's weiß –, dass Lupo das nicht mehr kontrollieren kann, weil er dann nicht mehr da ist? Ausgeschlossen! Ich hab ihn gehasst, den Hurensohn, seine Seele soll in der Hölle schmoren, aber dumm war Tonio Lupo nicht. Nein, Sir. Bei so einem Auftrag, wie Sie ihn beschreiben, dieser *maledizione*, wie

Sie's nennen, wär ihm doch klar gewesen, dass er sein Geld zum Fenster rausschmeißt. Und das hätte er niemals getan.«

Der nächste war Bob Iacca, »der Schalldämpfer«. Entweder er teilte Jimmy Charlies hehre Ehrlichkeitsprinzipien nicht, oder er war schlicht anderer Meinung. Er hörte sich an, was der Anwalt zu sagen hatte, und erklärte dann, er wolle sich ein bisschen umtun und werde sich anschließend mit seiner Sicht der Dinge und vielleicht auch einem konkreten Vorschlag wieder melden. Al sagte, er wäre ihm überaus dankbar, wenn er seine Zeit in die Suche nach einer Lösung für sein Problem investieren würde, und seine Dankbarkeit sei auch keineswegs – äh – platonisch. (Bob Iacca wusste wahrscheinlich nicht, was »platonisch« bedeutet, aber den Sinn verstand er.) Und tatsächlich meldete sich »der Schalldämpfer« nach ein paar Tagen und sagte, er habe die Sache geregelt, Al könne jetzt wieder in Frieden schlafen. Er verlangte fünfzig Riesen für dieses »Regeln«, nicht für sich, wie er erklärte, nur »zur Deckung der Unkosten, Sie verstehen, Mr. Frank«. Ob Al verstand, weiß ich nicht, jedenfalls zahlte er. Aber zufrieden war er nicht, denn der Anwalt meinte hinterher, das Wort eines Mafioso einem Außenstehenden gegenüber sei nicht unbedingt bindend; außerdem klang die Formulierung »in Frieden schlafen«, die der »Schalldämpfer« gebraucht hatte, verdammt nach »in Frieden ruhen«.

Das kürzeste Treffen war das mit Jake Lowski.

»Hören Sie, Mr. Frank«, sagte der alte Fuchs. »Ich nehme doch kein Geld von Ihnen für etwas, das Sie sowieso schon wissen. Ihre Lage ist nicht gerade ungewöhnlich. Okay, dieser Dreckskerl Lupo mag ja durchaus Anweisung gegeben haben, Sie und Ihre Brüder zu gegebener Zeit kaltzumachen. Na und? Meinen Sie nicht, dass da draußen, während wir uns hier unterhalten, Typen rumlaufen, die *mich* kaltmachen wollen? Ist doch klar! Und fragen Sie mal Ihre Freunde, die Bonzen, mit denen Sie verkehren, fragen Sie die Rockefellers, fragen Sie die Guggenheims – meinen Sie, da gibt's nicht genug Kerle, die *die* kaltmachen wollen? Irgendwo ist doch hinter jedem reichen, mächtigen Mann einer her. Das ist nun mal Berufsrisiko. Also tun Sie, was jeder vernünftige Mensch an Ihrer Stelle tun würde: Halten Sie die Augen offen.«

Was Lupos Witwe und Jimmy Charlie ihm versichert hatten, wirkte durchaus beruhigend auf Al, er hätte vermutlich sogar darauf gewettet, dass kein Anlass zur Sorge bestand, dass also entweder aus dem Grund, den die Witwe oder aus dem, den Charlie genannt hatte, derzeit kein Killer auf ihn und seine Brüder angesetzt war. Denn, so dachte Al, selbst wenn es einen Mordauftrag gegeben hatte und selbst wenn Lupo ihn in seinen letzten Lebenstagen nicht reumütig zurückgezogen hatte – in den achtzehn Jahren seit seinem Tod konnte dem Auftragnehmer ja weiß Gott was passiert sein: Er konnte es sich anders überlegt haben, er konnte sein Honorar verpulvert haben, oder – und das war das Wahrscheinlichste – er war aus dem einen oder anderen Grund selbst beseitigt worden; die Boulevardpresse war schließlich voll von Berichten über Mafiosi, die sich gegenseitig aus dem Weg räumten. Und beruhigend für Al, wenn auch nicht übermäßig, war auch die Erklärung des »Schalldämpfers«, er habe die Sache geregelt. Immerhin hatte er fünfzig Riesen dafür genommen, was ja nicht gerade wenig ist. Nebenbei, *Signore*: Wenn Sie wissen wollen, wie viel das heute ungefähr wäre, müssen Sie's mit zehn multiplizieren.

Das alles waren tröstliche Gedanken, die Al durch eine schlaflose Nacht helfen konnten. Aber er war zu clever, um es dabei bewenden zu lassen. Auch wenn er es für unwahrscheinlich hielt, dass Lupos Auftragskiller, die reale Verkörperung des Wolfsmenschen mit der *lupara* aus seinem Albtraum, überhaupt existierte – oder existiert hatte –, beschloss er dennoch, Lowskis Rat zu befolgen und die Augen offenzuhalten. Und die Ohren.

Als Erstes sicherte er seine beiden Häuser, das Brownstone in der East Sixty-First Street und die Villa, die er sich vor Kurzem auf einem großen Grundstück auf Long Island gebaut hatte. An dem Brownstone ließ er die Fenster der beiden unteren Etagen vergittern, und um das Anwesen auf Long Island wurden eine hohe Mauer und innen noch ein Stacheldrahtzaun gezogen. Er heuerte bewaffnete Wachleute an, größtenteils pensionierte Polizisten, zwei davon Besitzer ausgebildeter Wachhunde. Einige der Männer postierte er vor seinen beiden Häusern, andere sicherten sein Büro im neuen Frank-Worthington-Gebäude in der Fifth Avenue, direkt neben Worthington's. Letztere achteten teils draußen darauf, wer das Gebäude betrat, teils sahen sie sich die Leute an, die mit dem Aufzug ganz nach oben fuhren – das Treppenhaus hatte Al sperren lassen – und durchsuchten jeden, der Als Privatbüro betrat.

Zum Boss seiner Schlägertruppe machte Al nach einiger Zeit einen pensionierten FBI-Agenten, angeblich ein Mob-Experte. Der war der Meinung, die Gefahr sei am größten, wenn Al von A nach B unterwegs sei, und ließ ihn nirgends mehr zu Fuß hin. Al musste sich einen gepanzerten Wagen anschaffen, ein Monster von einem Mercedes Benz, den er eigens aus Deutschland kommen ließ und auch dann benutzte, wenn er nur ein paar Straßen weiter wollte. Auf jeder Fahrt begleiteten ihn jetzt sechs Bewaffnete, zwei in dem Mercedes, vier in einem vorausfahrenden Auto.

Der Einzige, der den Grund dieser Mobilmachung kannte – außer dem Staranwalt und den drei Mafia-*capi* –, war Frank-Bruder

Nummer zwei, Nick Frank, der ja von Anfang an über die *maledizione* Bescheid gewusst hatte. Allen anderen gegenüber, einschließlich seines jüngsten Bruders Leo, seiner Frau Thelma und seiner wichtigsten Geschäftspartner, ließ Al offiziell verlautbaren, er habe Drohungen erhalten – nichts wirklich Ernstes, aber er wolle eben auf Nummer sicher gehen.

Thelma fand die veränderten Lebensgewohnheiten, die ihnen die neuen Sicherheitsmaßnahmen aufzwangen, ausgesprochen lästig, und er musste ihr etwas mehr erklären. Auf ihr wiederholtes Drängen log er »streng vertraulich«, der Direktor des FBI, J. Edgar Hoover persönlich, habe ihn telefonisch gewarnt: Eine Gruppe von Mafiosi plane Schutzgelderpressungen im Importbereich und wolle ihm möglicherweise ans Leder. Doch auch das ließ Thelma kalt; sie fand, er treibe es zu weit. Der arme Al Frank, der arme, stinkreiche Al Frank! Verstehen Sie, *Signore*, er wollte Thelma ja nur deshalb nicht die Wahrheit sagen, weil er glaubte, sie würde ganz krank werden vor Sorge, wenn sie erfuhr, dass ein so brutaler Mafioso wie der »Schrecken von Brooklyn« einen Auftragsmörder auf ihren Göttergatten angesetzt hatte. Dass Thelma sich keinen Deut um das Wohl ihres Göttergatten scherte – jedenfalls nicht, solange sie seine Erbin war –, und dass sie außerdem im Moment »anderweitig beschäftigt« war, ahnte er nicht. Ihr Interesse hatte sich auf andere Dinge verlagert, oder besser, auf andere Menschen, genauer gesagt, auf einen anderen Mann. Doch dazu später mehr.

Ein Jahr verging, und Als Schutzmaßnahmen wurden immer umfangreicher. Sein Ex-FBI-Sicherheitschef verwehrte ihm nun auch noch das Wenige, was er außer der Arbeit liebte: Essen in einem angesagten Restaurant, den Besuch einer Show mit Thelma und Freunden. Auch »unnötige Wege«, wie der Mann es nannte, wurden gestrichen. Immer seltener übernachtete Al in dem Brownstone in Manhattan und immer öfter in der Villa auf Long Island, wo er sehr viel besser zu schützen war.

Einige Tage vor Neujahr 1939, also vor dem ersten Tag seines zweiundvierzigsten Lebensjahrs, teilte Al seiner Frau, seinen Brüdern und seinen Untergebenen mit, dass er bis auf Weiteres Long Island nicht mehr verlassen werde. Seine persönliche Schaltzentrale werde er in einen großen Anbau verlegen, der zurzeit in ein Büro umfunktioniert werde. Seine Sekretärinnen und persönlichen Assistenten würden dann dort arbeiten, und die Führungskräfte von Frank & Worthington würden Sonderausweise erhalten, um bei Bedarf das Anwesen betreten zu können. Im – seltenen – Fall einer geschäftlichen Besprechung mit einem Außenstehenden müsse sich der Besucher mit einer gründlichen Durchsuchung einverstanden erklären, bevor er zu Mr. Frank vorgelassen werde. Wollte Lupos Killer – vorausgesetzt natürlich, es gab ihn überhaupt – also zu ihm, würde er erst einmal die Verteidigungsanlagen einer mächtigen Festung überwinden müssen. Und das hielt Al Frank, der Geschäftsmann, der Pragmatiker, für schlechterdings unmöglich.

Jetzt gehen wir in der Zeit zurück, *Signore*, zu dem Mord an Luigi Lupo. Wie schon gesagt, erzählte Ben Frank seinem Ältesten bei ihrer letzten Begegnung von der *maledizione*, und Al glaubte das Geheimnis Nick anvertrauen zu müssen. Bruder Leo, damals erst sieben, war noch zu jung, um mit etwas so Schrecklichem konfrontiert zu werden.

Nick Frank war ein ganz anderer Typ als Al. Er war nicht übermäßig helle und auch in seiner Einstellung zur Arbeit eher Durchschnitt. Mit anderen Worten: Seine Einstellung zur Arbeit war die eines ganz normalen Menschen, der lieber Spaß hat, als sich groß anzustrengen, der lieber herumhängt, als zu arbeiten. Aber er war arm, also musste er arbeiten. Sein erster Job, mit sechzehn – wenn Sie genau zuhören, werden Sie sich später daran erinnern –, war der eines Pagen im Plaza Hotel. Und er war darin recht erfolgreich, auf seine Art. Zwar besaß er nicht Als Verstand, aber er sah sehr gut aus. Und wie Al hatte er ausgezeichnete Manieren, denn ihre *mamma* hatte sie gut erzogen. Die Bonzen, die im Plaza abstiegen, und besonders ihre Damen fanden Gefallen an ihm – »Ist der nicht süß, mit seinem Käppi!« –, und die Trinkgelder, die er kassierte, beliefen sich auf mehr als das Doppelte seines Gehalts.

Als Ben Frank in Sing Sing umgebracht wurde, war Nick neunzehn. Er sah inzwischen weit mehr nach einem Mann aus als nach einem Jungen und hatte auch schon Gelegenheit gehabt, die Wirkung seines guten Aussehens auf die Frauen zu testen. Als Erstes an den Zimmermädchen im Plaza. Er ging mit einigen von den Unverheirateten aus, merkte aber bald, dass auch Verheiratete ein bisschen Abwechslung nebenher zu schätzen wussten, vorausgesetzt, Diskretion war garantiert. Da er in einem Hotel arbeitete, hatte er reichlich Gelegenheit, seine Liebeskünste während der Arbeitszeit auszuüben, nicht nur in den Wäschekammern, von denen es praktischerweise auf jeder Etage eine gab, sondern auch in nicht belegten Gästezimmern. Einmal wurde er mit einem besonders attraktiven verheirateten Zimmermädchen beinahe von einer Reinigungskraft erwischt – beinahe insofern, als sie erst beim Nachspiel erwischt wurden –, aber beide beteuerten ihre Unschuld, und schließlich hieß es, im Zweifel für den Angeklagten. Doch dann begann Nick seine Aktivitäten auf die Gäste auszudehnen, in der Regel auf die *Signoras*, also die Bonzenfrauen, aber auch auf die *Signorinas*, also die Bonzentöchter. Dummerweise wurde er diesmal mit der Hand in der Keksdose ertappt, beziehungsweise mit seinem Soundso in der Soundso der jungen Frau eines hochgeschätzten alten Stammgastes. Zum Glück für die *Signora* und das Hotel war es ein Zimmerkellner und nicht der Ehemann, der die beiden erwischte, und die ganze Sache wurde vertuscht. Zum Unglück für Nick aber meldete der Zimmerkellner den Vorfall der Direktion, und Nick wurde gefeuert.

Es war das Jahr 1922. Der große Bruder Al bat seinen Freund Willie Worthington um einen Job für Nick – er selbst konnte ihm keinen verschaffen, weil er in der Firma noch nicht hoch genug aufgestiegen war. Um erneute Peinlichkeiten zu vermeiden, sorgte er jedoch dafür, dass Nick nicht als Verkäufer eingestellt wurde, denn die Kundschaft bestand fast ausschließlich aus reichen *Signoras* und *Signorinas*. Er brachte ihn im Hauptbüro unter, in einer fast ausschließlich mit Männern besetzten Abteilung. Nick war jedoch nach sechs Jahren Spät- und Nachtdienst im Hotel das frühe Aufstehen nicht mehr gewöhnt, und nachdem er mehrmals zu spät zur Arbeit erschienen und verwarnt und noch einmal verwarnt worden war, kündigte er. Al verkaufte er diesen Schritt als nobles Opfer: Er wolle ihm weiteren Ärger ersparen. In Wirklichkeit aber hatte es ihn zu Tode gelangweilt, den ganzen Tag am Schreibtisch zu sitzen. Er arbeitete nun da und dort, nahm allerlei Gelegenheitsjobs an, bis er im Frühjahr 1924 als Kellner im Restaurant des Algonquin Hotels in der Forty-Fourth Street eingestellt wurde.

Ich weiß nicht, wie es heute ist, aber in den Zwanzigerjahren war das Algonquin ein piekfeiner Laden. Im Plaza traf man das große Geld an, aber im Algonquin verkehrten die interessanten Leute, die Maler, Schauspieler, Musiker, Schriftsteller und so weiter. Wer am Broadway etwas darstellte, ging nach der Show zum Essen ins Algonquin. Auch die meisten Bosse des aufstrebenden neuen Gewerbes, der Filmindustrie, fanden sich dort ein, wenn sie aus Los Angeles nach New York kamen.

Und so geschah es, dass Nick eines Tages einen Mann etwa in seinem Alter bediente, der ihn immer wieder anstarrte, auf eine Art, die Nick nicht gefiel. Nachdem er seine Mahlzeit beendet hatte, gab er Nick seine Visitenkarte und bat ihn, doch einmal in seinem New Yorker Büro vorbeizuschauen. Der Name auf der Karte, Irving Thalberg, sagte Nick nichts, so wenig wie seine Firma, irgendeine Neugründung namens Metro-Goldwyn-Mayer Pictures. Er konnte sich beim besten Willen nicht vorstellen, wieso ein Filmmensch ihn, einen Kellner, in seinem Büro sehen wollte. Vielleicht gab er dort eine Party und brauchte jemanden, der die Canapés servierte. Doch Nick war neugierig, und an seinem nächsten freien Vormittag ging er hin.

Thalberg war inzwischen wieder in Hollywood, aber sein Assistent war da, ein typischer Showbusiness-*finocchio.* Sie wissen, was ein *finocchio* ist, *Signore*? … Wie bitte? … Ja, ja, ein Homosexueller – zu meiner Zeit nannte man das eine Schwuchtel. Aber wie auch immer. Der Typ führte Nick in einen Raum, in dem ein Fotograf dann Aufnahmen von ihm machte, mal so, mal so, von vorne und im Profil, und der *finocchio* kriegte sich gar nicht wieder ein: »Oooh!« und »Aaah!« und »Toll siehst du aus, Darling!« Dann konnte Nick gehen. Drei Wochen später traf im Algonquin ein Brief ein, auf dem sein Name und links oben »Metro-Goldwyn-Mayer« stand. Darin war eine Einladung nach Los Angeles, zu einwöchigen »Probeaufnahmen«. Eine Zugfahrkarte lag auch bei und eine nettes Sümmchen in bar. »Spesen« nannte sich das.

Nun ist es ja nicht ungewöhnlich, dass ein arbeitsloser Schauspieler Kellner wird, aber dass ein arbeitender Kellner Schauspieler wird, habe ich noch nicht gehört. Man darf allerdings nicht vergessen, dass der Film damals noch in den Kinderschuhen steckte, da konnte man es mit gutem Aussehen weit bringen. Nicks Gehirn, soweit vorhanden, fing Feuer bei der Aussicht auf die Chance, die ihm da geboten wurde. Er bat im Algonquin um drei Wochen unbezahlten Urlaub – damals brauchte man von der Ostküste zur Westküste noch fünf Tage –, und als der abgelehnt wurde, kündigte er kurzerhand.

Ohne seinem großen Bruder etwas davon zu sagen – Al hätte ihn garantiert mit allerhand logischen Argumenten davon abzuhalten versucht –, stieg Nick in den Zug. Eine Woche später stand er mit großen Augen in einem gigantischen Filmstudio. Und dort machten sich die wahren Profis ans Werk. Sie klebten ihm einen falschen Schnurrbart an, dann einen anderen, dann verwarfen sie den Schnurrbart wieder und verpassten ihm einen Kinnbart, dann verwarfen sie auch den Kinnbart und probierten es mit Koteletten, ohne Koteletten, mit einer blonden Perücke, einer Langhaarperücke, einer Kurzhaarperücke, einer mittellangen Perücke – das volle Programm. Nachdem sie zigtausend Bilder von ihm in jeder nur denkbaren Verkleidung geschossen hatten, stellten sie ihn auf die Studiobühne und filmten ihn, mal so und mal so, aus der Nähe und von weiter weg, von oben herabblickend und von unten heraufblickend. Er musste lächeln, kichern, lachen, fröhlich schauen und mürrisch schauen, so tun, als wäre er wütend und als wäre er eingeschnappt. Er musste gehen, rennen, hüpfen. Sie steckten ihn in verschiedene Kostüme – Pirat, Cowboy, Scheich und was sonst noch alles – und auch in normale Sachen, einen leichten Anzug, einen dunklen Anzug und einen Smoking, in welchem er dank seiner Kellnerjahre am natürlichsten wirkte. Einige Tage später bestellte Thalberg ihn in sein Büro und gab ihm einen Einjahresvertrag als »Nebendarsteller«. Nick unterschrieb, ohne ihn gelesen zu haben – ich meine, was gab es da schon zu lesen? Gleich anschließend schrieb er an seinen großen Bruder und teilte ihm mit, dass er drauf und dran sei, ein Filmstar zu werden.

Aber er wurde nicht sofort einer. Zunächst bekam er eine kleine Rolle, dann noch eine und noch eine. Damals waren die Filme wesentlich kürzer als heute und wurden sehr viel schneller abgedreht, und so spielte Nick in einem Jahr in über zehn Filmen mit, lauter kleine Rollen, die jedoch immer größer wurden. Als man ihm seinen nächsten Vertrag aushändigte, diesmal über drei Jahre, stellte er als Erstes fest, dass er jetzt im Monat fast so viel verdiente wie früher im ganzen Jahr, als er noch Koffer durch die Flure des Plaza geschleppt und im Algonquin Gäste bedient hatte. Er war mächtig stolz auf sich, und er hatte auch allen Grund dazu. Eines Tages sah er in einem Boulevardblatt in LA einen Bericht über einen seiner Filme – »der junge Schauspieler mit den wunderbar lasziven, dunklen Augen« stand da, geschrieben zweifellos von einer notgeilen Dame –, schnitt ihn mit der Nagelschere aus und schickte ihn an Al. Für Klein-Leo, inzwischen dreizehn, legte er Geld für ein Fahrrad bei.

Nach seinen ersten Rollen im Rahmen des neuen Vertrags bestellte Thalberg ihn eines Tages in sein Büro und sagte, er sei sehr zufrieden mit ihm und habe Großes mit ihm vor. Nick werde in seinem nächsten Film eine größere Rolle bekommen, nicht die Hauptrolle, noch nicht, aber eine ziemlich große. Und er halte es für ratsam, seinen Namen zu ändern, in Nicholas Franco, das klinge exotischer. Nick war natürlich einverstanden. Zwei Jahre und einige größere Rollen später startete Nicholas Franco seinen ersten Direktangriff auf den Starruhm, mit der Titelrolle in *Der Rebell von Jaipur*. Er spielte einen spanischen Söldner, der sich in die verwaiste Tochter eines guten Maharadschas verliebt, der von seinem Cousin, einem bösen Maharadscha, ermordet worden ist. Aus Liebe schreibt der Söldner sich die Sache der Gerechtigkeit auf die Fahnen, führt einen Aufstand der Untertanen des bösen Maharadschas an und erringt schließlich sowohl die Prinzessin als auch den Thron.

Der Rebell von Jaipur wurde zu einem kleinen Hit, Thalberg freute sich, und das Studio machte einen satten Gewinn. Wichtiger war dem Produzenten jedoch, dass er auf dem besten Wege war, einen neuen Star herauszubringen, einen, der es schon bald mit den großen Latin Lovers wie etwa Rodolfo Valentino oder Ramón Navarro würde aufnehmen können. Nick Frank – *mi scusi*, Nicholas Franco – konnte sein Glück kaum fassen. Wenn er sich morgens nach dem Aufwachen umsah, erblickte er neben sich meist irgendein Hot Babe, das er auf einer Party am Abend zuvor abgeschleppt hatte, und ringsum das schön möblierte, schicke Apartment, das er gemietet hatte. Dann musste er die Augen zu- und wieder aufmachen, um sich davon zu überzeugen, dass er nicht träumte. Und einmal, als er den Sunset Strip hinunterging und ihn von der Titelseite einer Filmzeitschrift plötzlich sein Konterfei anlächelte, blieb er wie angewurzelt stehen, bekreuzigte sich und sprach halb flüsternd die Worte, die er als Kind so oft aus dem Mund seiner lieben *mamma* gehört hatte: »Wie groß ist deine Gnade, Mutter Gottes!«

Genau in diesem Moment erinnerte sich der zweite Frank-Bruder wieder an Tonio Lupos *maledizione*. In all den Jahren hatte er versucht, sie zu vergessen, mit beträchtlichem Erfolg, denn Al hatte ja gesagt, er werde sich, wenn er erst reich sei, um die Sache kümmern. Und ebenfalls genau in diesem Moment kam er auch auf die Lösung des Problems. Es war, so schilderte er es ein paar Jahre später seinem Bruder Leo, »als hätte sich der Himmel aufgetan, als würde ich dort oben *mamma* sehen und sie würde zu mir sprechen«. Das Schicksal war extrem grausam gewesen, als es ihnen den fürchterlichen Fluch sandte, den Tonio Lupo über sie verhängt hatte, aus Rache für ein Verbrechen, das sie nicht begangen hatten. Nun aber hatte eine himmlische Macht ihm einen Ausweg gezeigt. Sein Bruder Al glaubte, sich mit Geld retten zu können, vorausgesetzt natürlich, es gelang ihm, genug davon anzuhäufen. Nick wusste jetzt eine bessere Methode: Berühmtheit.

Und schon hatte er den ganzen Plan im Kopf, bis ins kleinste Detail. Er stand erst am Anfang einer großartigen Karriere, davon hatte ihn der Erfolg von *Der Rebell von Jaipur* überzeugt. Er war zu Größerem und immer noch Größerem berufen, emporgetragen von der Bewunderung seiner wachsenden Fangemeinde. Ohne jeden Zweifel würde er schon bald Hollywoods Topstar sein. Was hatten denn Valentino, Navarro und dieser Typ mit dem albernen Schnurrbart, dieser Fairbanks, was er nicht hatte? Er sah besser aus als sie alle zusammen, das hatte ihm eine seiner Freundinnen gesagt! Und wenn es so weit war, wenn er als größter Filmstar der Welt den Gipfel des Ruhmes erklommen hatte, würde er eine Riesenparty schmeißen und alle Mächtigen im Lande einladen, Senatoren, Generäle, Unternehmer – ja, vielleicht sogar den Präsidenten! –, dazu alle großen Zeitungsleute sowie Vertreter der wichtigsten Rundfunksender. Natürlich würden alle kommen, denn einen Filmstar liebte jeder. Und wenn die Stimmung auf dem Höhepunkt war, wenn die Leute tranken und tanzten und Spaß hatten, würde er auf eine Bühne steigen und sagen:

»Hört mich an, alle, die ihr hier versammelt seid, hör mich an, Amerika! Ihr sollt wissen, dass ich, euer geliebter Nicholas Franco« – vielleicht sollte er an dieser Stelle auch seine Brüder erwähnen, dachte er, das würde gut ankommen – »ja, ihr sollt wissen, dass ich zur Zielscheibe der Rachsucht eines bösen Menschen geworden bin, zur Zielscheibe eines grausamen Fluchs, einer *maledizione*, wie man in Italien sagt. Aber: Bin ich hilflos angesichts dieser furchtbaren Gefahr? Bin ich allein? Nein, meine lieben Freunde, das bin ich nicht! Denn ich habe ja *Sie*, Sie alle, ich habe Millionen und Abermillionen von Fans in ganz Amerika, ja, auf der ganzen Welt! Und so bitte ich Sie, Sie alle und besonders jene, die an den Hebeln der Macht sitzen, Politiker, Richter, die furchtlosen Männer der Polizei, die tapferen Soldaten der Armee, mich zu beschützen. Im Namen der Kunst, der ich so viel gegeben habe, bitte ich Sie, die Unmenschen zu finden, die mit meiner Hinrichtung betraut sind, und ihre finsteren Pläne zu durchkreuzen!«

Beim Gedanken an die Wirkung dieser Worte auf die Nation traten Nick Tränen in die Augen. Er zweifelte nicht daran, nicht im Geringsten, dass dieser Appell das Problem lösen und ihn darüber hinaus zu einem noch größeren Star machen würde, als er es bis dahin schon sein würde, nicht nur zu einem Helden der Kunst, sondern auch zum Märtyrer – einem Beinahe-Märtyrer jedenfalls. Angesichts einer so angenehmen Vorstellung, einer so erhebenden und befriedigenden Vision, eines so mächtigen

Beweises dafür, dass eine gütige Macht in seinem Leben waltete, fügte Nick seinem Spiel im nächsten Film eine Extraprise Inbrunst hinzu. Eine zu starke Prise wohl, denn als Thalberg die Arbeitskopien sah, die sogenannten Klatschkopien, rief er den Regisseur und forderte ihn auf, einige Szenen noch einmal zu drehen. »Was ist bloß in Franco gefahren, dass er dermaßen übertreibt, ist ihm der Erfolg in seinen dummen Kopf gestiegen, oder was?«, fragte er. »Wahrscheinlich liegt's an dem weißen Pulver, das er dauernd schnupft«, antwortete der Regisseur. Das weiße Pulver war übrigens Kokain, das man damals in Amerika über einen verständnisvollen Arzt noch ganz legal bekommen konnte.

Wie auch immer. Eine Zeitlang setzte sich der Aufwärtstrend in Nicks Karriere noch fort. Als Nächstes spielte er die männliche Hauptrolle in *Rivalinnen der Liebe*, einer romantischen Komödie um eine englische Lady und ihr Dienstmädchen, die sich beide in denselben Mann verlieben, einen Operntenor, gespielt von Nick, der nur den Mund auf und zu machte. Auch dieser Film war recht erfolgreich, allerdings waren die Rollen der beiden Damen größer als seine. (Am Ende kriegt das Dienstmädchen den Tenor, falls es Sie interessiert.) 1927 landete er dann seinen allergrößten Erfolg – und zugleich seinen letzten, was er da aber noch nicht wusste – mit *Drago, der Pirat*. Er spielte darin den Sohn eines Lords, der als Baby von Piraten entführt wird und in Unkenntnis seiner wahren Herkunft als einer der ihren aufwächst, eine Art Tarzan der Meere. Am Ende kommt die Wahrheit natürlich ans Licht, er kehrt im Triumph nach England zurück, wird selbst ein Lord und vom König zum Admiral ernannt. Sehr ergreifend, das Ganze.

Nick Frank verdankte seinen Aufstieg im Filmgeschäft seinem guten Aussehen und Lady Luck, der Glücksgöttin, zwei Faktoren also, die mit irgendeiner Form von Eigeninitiative – Arbeit, Anstrengung oder was auch immer – nicht das Geringste zu tun hatten. Für seinen Absturz hätte er von Rechts wegen den Löwenanteil an Verantwortung selbst übernehmen müssen. Das tat er aber nicht – wie die meisten Loser gab er anderen die Schuld.

Unmittelbar nach dem Erfolg von *Drago, der Pirat* wurde er für eine der beiden Hauptrollen in *Der Graf und der Vagabund* ausgewählt. Thalberg wollte mit dem Film hoch hinaus: Er sollte sein allergrößter Erfolg werden. Die Story spielt in Paris zur Zeit der Französischen Revolution, und ihre Stars sind zwei Brüder, die als Kinder getrennt wurden, nachdem ihre Eltern von Räubern umgebracht worden sind. Der Ältere wird von einer Adelsfamilie adoptiert und erbt den Grafentitel, der Jüngere wächst auf der Straße auf, als Schmuddelkind, so ähnlich wie in dem Streifen *Der Prinz und der Bettelknabe*, nur sind es hier richtige Brüder. Sie wachsen heran, und der Graf vergnügt sich damit, Orgien zu feiern, rechtschaffene Bauern zu malträtieren und unberührte Mädchen zu entjungfern, wohingegen der tapfere, ehrliche Vagabund für die Rechte der Armen und Verfolgten eintritt und nach Ausbruch der Revolution einer ihrer *capi* wird. Eines Tages lässt er den Grafen – dass es sein lange verschollener Bruder ist, weiß er nicht – wegen seiner jüngsten aristokratischen Schandtaten verhaften, und das Revolutionstribunal verurteilt ihn zum Tod durch die Guillotine. Angesichts der grauenvollen Aussicht, den einzigen Kopf, den er besitzt, zu verlieren, bittet der Graf eine schöne Maid – früher unschuldiges Opfer seiner Begierden, jetzt unsterblich in den Vagabunden verliebt –, sich bei letzterem für ihn einzusetzen. Als er mit flehend erhobenen Händen vor ihr kniet, bemerkt sie ein Amulett an seinem Hals, genau so eines, wie es der Vagabund trägt. Da wird der Guten klar, was Sache ist – dass nämlich der Graf ihres Liebsten verschollener Bruder ist –, und sie setzt den Vagabunden ins Bild. Der begnadigt den Grafen, und so entgeht dessen Hals durch die Großmut des Vagabunden in letzter Sekunde dem Fallbeil. Der Graf, nunmehr Ex-Graf, schwört, bis an sein Lebensende der Sache der Revolution zu dienen, und der Vagabund, nunmehr Ex-Vagabund, erringt den Ruhm, die Macht und die schöne Maid. Ende der Story.

Gefällt sie Ihnen, *Signore*? Nick gefiel sie, sehr sogar, bis er erfuhr, dass er den Grafen spielen sollte; die Rolle des Vagabunden hatte man bereits Douglas Fairbanks versprochen. Verdammt, dachte er, der Graf sollte in dem Film doch der ältere Bruder sein, dabei war er, Nick, im wirklichen Leben zehn Jahre jünger als Fairbanks! Was sollte der Quatsch! Der Kerl war praktisch ein *anziano*, verschrumpelt wie eine Dörrpflaume, wenn er nicht gerade zentimeterdick mit Make-up zugekleistert war! Kaum hatte Nick also von dieser Schweinerei, dieser schweren persönlichen Kränkung – so empfand er es – erfahren, beschloss er, aktiv zu werden. Er würde nicht tatenlos zusehen, wie dieser abgehalfterte Fairbanks seine erste reelle Chance, ein Superstar zu werden, mit Füßen trat.

Das war seine erste schlechte Idee. Die zweite, noch schlechtere, war sein Plan, die Rolle des Vagabunden dadurch zu ergattern, dass er die Darstellerin der schönen Maid vögelte. Sie war ein hübsches Ding, und er wusste, dass sie das Vertrauen eines der großen Produzenten genoss; war sie erst einmal seinem Charme erlegen, konnte sie sich bei dem Mann für ihn verwenden. Was er jedoch nicht wusste: Das hübsche Ding genoss außer dem Vertrauen des Produzenten auch seine *braciola*, seinen Schwanz. Und als sie ihm weitererzählte, was Nick ihr gesagt hatte, begleitet von der Information, dass er versucht habe, sie zu vergewaltigen – zur Erklärung für den Knutschfleck an ihrem Hals –, bekam Nick statt der Rolle des Vagabunden einen kräftigen Tritt in den Hintern. Der Produzent teilte Thalberg mit, dass dieser schmierige Latino-Emporkömmling nicht in *Der Graf und der Vagabund* spielen werde, weder den Vagabunden noch den Grafen, nicht einmal den Lakaien, der dem Grafen seinen Brandy serviert.

Nicholas Francos Schnapsidee, sich Douglas Fairbanks' Rolle zu erschleichen, sprach sich in Hollywood herum, die Leute sagten »ts-ts-ts, wie konnte er nur«, und schließlich kam die Sache Fairbanks selbst zu Ohren. Zwar modifizierte die schöne Maid ihre Darstellung der Ereignisse in den folgenden Tagen dahingehend, dass aus der »versuchten Vergewaltigung« ein »versuchter Kuss« und aus dem Knutschfleck ein besonders übler Mückenstich wurde, worauf der große Produzent, der sie vögelte, doch noch sein Okay dazu gab, dass Nick den Grafen spielte – aber jetzt war Fairbanks eingeschnappt. Er stellte Thalberg ein Ultimatum: Entweder der Film werde ohne Nick gedreht oder ohne ihn. Die Entscheidung fiel Thalberg nicht schwer. Am Ende kam *Der Graf und der Vagabund* überhaupt nicht zustande, und Thalberg drehte stattdessen den *Dieb von Bagdad*, seinen größten Triumph. Nick seinerseits fand sich auf dem Gehsteig vor den Studiotoren wieder, inmitten von Konfetti, die einmal sein Vertrag gewesen waren.

Erst wollte er das Studio verklagen, aber dann folgte er vernünftigerweise dem Rat eines Anwalts und ließ es bleiben. So hatte er noch ein paar angenehme Jahre in Hollywood. Er spielte mehrere schöne Rollen in Filmen kleinerer Studios, von denen einige auch recht gut ankamen. Keiner aber erreichte auch nur annähernd den Erfolg von *Drago, der Pirat*.

Die Berühmtheit, die Nick mit seinen ersten Erfolgen erlangt hatte, begann zu schwinden. Das focht ihn jedoch nicht allzu sehr an. Er war noch jung, und das Leben war überaus freundlich zu ihm. In seinen Anfängen hatten seine Fans oft seinen »jungenhaften Charme« gerühmt. Seitdem aber, so glaubte er, hatte er sich verändert und war mittlerweile geradezu unwiderstehlich, ein Mann mit verwegenem Charisma, laszivem Blick und allem Drum und Dran. »Verwegen« mochte ja noch stimmen, weil es seinen Charakter widerspiegelte, aber das Ausmaß seines Charismas war ein Produkt seiner eigenen Fehleinschätzung, einer Fehleinschätzung, die sich durch zunehmende Mengen Kokain in seiner Blutbahn weiter verfestigte. Er sah eine Zukunft voller aufregender Möglichkeiten vor sich. Da jedoch nichts darauf hindeutete, dass sich auch nur eine davon realisieren würde, wurde er Stammgast in LAs Speakeasys – es war die Prohibitionszeit – und betrank sich immer häufiger mit schwarz gebranntem Alkohol.

Selbst in diesem Zustand bekam Nick Angebote und hätte sich als B-Promi noch eine Weile halten können, mit Glück sogar bis er zweiundvierzig war. Doch dann geschah etwas Unerwartetes, was seinen hochfliegenden Ambitionen ein jähes Ende bereitete. 1928 kam der erste »Talkie« heraus, der erste Tonfilm. Man sah die Schauspieler jetzt nicht mehr nur die Lippen bewegen, sondern hörte sie auch sprechen. Das war eine völlig neue Situation, wunderbar für das Publikum, für viele Stummfilmstars aber alles andere als das. Für einige war es eine Tragödie, die allerdings nicht einer gewissen Komik entbehrte, wie man in diesem alten Film mit Gene Kelly sieht, diesem *Dancin' in the Rain.* Ja, ja, schon gut, *Signore, Singin' in the Rain.* Es war wirklich lustig – für alle außer den Betroffenen –, wenn sich herausstellte, dass eine Filmdiva kreischte wie ein Pfau, sobald sie den Mund aufmachte, oder dass der große Macho-Lover piepste wie ein Vögelchen. Einige Schauspieler der alten Garde hatten natürlich mehr zu bieten als nur ein hübsches Gesicht und überlebten das Aufkommen des Tonfilms. Für viele andere aber, auch für Nicholas Franco, bedeutete es das Ende.

Genau. Unser großer Star in spe gehörte zu den Talkies-Opfern, und das auf der ganzen Linie: Seine Stimme klang besonders in den höheren Tonlagen der Leidenschaft wie die Sirene eines Rettungswagens, und seine Schauspielerei war ungefähr so miserabel wie die von dessen Fahrer. Er bestand auf Probeaufnahmen, in denen er jedoch so lächerlich wirkte, dass die Studioleute sie sich noch stundenlang ansahen, um ihren Spaß zu haben. Der Einfaltspinsel kapierte einfach nicht, dass sein Aussehen ihn zwar zum Film gebracht hatte, seine Stimme ihm aber den Weg in den Tonfilm versperrte. Noch ein weiteres Jahr konnte er sich mit Rollen in einigen der letzten Stummfilme in Hollywood halten. Doch ab 1930 wurden keine mehr gedreht, und er bekam nur noch Angebote für kleine Nebenrollen in den Talkies, Statistenrollen, die er aus Stolz ablehnte. Wer sich darauf kapriziert hat, den Gipfel des Ruhmes zu erklimmen, kann nicht am Fuß des Berges herumkrebsen.

Nick Frank ertrug es nicht mitanzusehen, wie um ihn herum die neuen Stars von Triumph zu Triumph eilten, nachdem seine eigene Karriere den Bach hinuntergegangen war, und so machte er sich auf und verließ Hollywood. Eine Zeitlang hielt ihn sich eine reiche Geschiedene in San Clemente als eine Art Schoßhündchen, aber irgendwann hatte sie genug von ihm und setzte ihn vor die Tür. Er wurde von Tag zu Tag unausstehlicher. Die Hälfte der Zeit hing er mit alkoholvernebeltem Gehirn in Kneipen herum und jammerte über das grausame Schicksal, die andere Hälfte verfluchte er, vom Kokain aufgeputscht, Thalberg und all die anderen Schwachköpfe in den Studios, die ein großes Talent nicht zu schätzen wüssten. Die wenigen Leute, die noch mit ihm redeten, langweilte er mit seinen Träumen vom großen Comeback, wenn er den größten Kassenschlager der Filmgeschichte landen und es allen zeigen würde.

Doch offenbar hatte Lady Luck Nick Frank nicht ganz vergessen. Nicht lange, nachdem ihn die Geschiedene hinausgeworfen hatte, bekam er überraschend ein Angebot aus Mexiko: In einem Film für den lateinamerikanischen Markt sollte er die Hauptrolle spielen. *Drago, der Pirat* war dort ebenso wie in Venezuela oder irgendeinem anderen obskuren Land ein Riesenerfolg gewesen. Man bot ihm gutes Geld, und noch besser: Ein spanischsprachiger Film war die ideale Lösung für sein Stimmproblem, ein Dings, ein *deus ex machina.* Aus unerfindlichen Gründen wurden in Mexiko nämlich auch die »Talkies« stumm gedreht: Die Schauspieler machten wie in der guten alten Zeit nur den Mund auf und zu, die Stimmen wurden nachträglich im Studio hinzugefügt. Da Nick kein Wort Spanisch konnte, musste ein anderer Schauspieler seinen Text sprechen, sodass seine Stimme kein Thema war.

Der mexikanische Film – irgendetwas mit dem Wort *amor* im Titel – wurde ein Erfolg, und Nick begann von einer glänzenden Karriere für Nicholas Franco zu träumen. Doch dann erwischte ihn irgendein hohes Tier, ein Politiker oder so, mit seiner *goomah*, seiner Geliebten, im Bett, und auch dieser Traum platzte. Er konnte einfach seinen Schwanz nicht bei sich behalten, dieser Nick!

Aber wie auch immer – er hatte noch Glück, dass er mit einer Tracht Prügel und einer Warnung davonkam: Entweder er schaffe seinen Arsch aus dem Land, oder sein Arsch lande in einem Graben, mit dem Rest von seinem Körper dran. Und so zog der »legendäre Hollywoodschauspieler Nicholas Franco«, wie er in einem dümmlichen mexikanischen Werbetext genannt worden war, weiter nach Argentinien, wo er ebenfalls einige Filme drehte, ebenfalls nach dem Ich-das-Gesicht-du-die-Stimme-Prinzip. Wieder sah es eine Zeitlang so aus, als könnte er dort Fuß fassen, solange er nur seine Sauferei, seine Kokserei und seinen Hang, die falschen Damen zu vögeln, im Griff hatte. Doch als irgendein Schmierfink in der Lokalpresse »das Ausnahmetalent Nicholas Franco, verkannt von den Hollywood-Produzenten, die sich damit ins eigene Fleisch schneiden« pries, redete Nick sich plötzlich ein, er sei eben doch ein begnadeter Schauspieler, und übernahm eine Bühnenrolle in einem großen Theater in Buenos Aires. *Der Cousin aus New York* hieß das Stück.

Inzwischen hatte er etwas Spanisch gelernt, und da er einen Amerikaner spielte, den »Cousin« nämlich, passte es, dass er nur gebrochen und mit einem Yankee-Akzent Spanisch sprach, die Rolle verlangte es sogar. Das Publikum bog sich vor Lachen, wenn »Nicholas Franco« mit seiner Fistelstimme losnäselte. Da es sich um eine Komödie handelte, störte sich niemand daran. Im Gegenteil: Die Kritiker überschlugen sich vor Lob. Sie hielten seine Stimmlage für Absicht und schrieben, er sei nicht nur ein großer Liebhaber, er sei auch ein genialer Komiker. Nick bekam das in den falschen Hals, und nachdem das Stück ausgelaufen war, investierte er das Geld, das er damit verdient hatte, in die Produktion eines weiteren Stücks, in dem er die Hauptrolle spielen wollte. Er entschied sich für eine Art Tragödie, und eine Tragödie war es auch für den Hauptdarsteller und Produzenten. Am ersten Abend brandete, sobald der große tragische Held Nick den Mund aufmachte, noch schallenderes Gelächter auf als bei *Der Cousin aus New York,* und am Ende des ersten Akts wurde er von der Bühne gebuht. Die Lokalblätter berichteten ausführlich und amüsierten sich köstlich über ihn. So endete Nicholas Francos kurze Laufbahn als Theaterschauspieler.

Das war die schlechte Nachricht, und sie war schlecht genug. Die gute Nachricht war, dass sein Bruder Al mittlerweile Millionär war und ihm Schecks schickte, dank derer er seine Misere recht komfortabel ertrug. Er stieg in guten Hotels ab und kleidete sich teuer, trank erstklassigen Alkohol und schnupfte erstklassiges Koks. Er war inzwischen ein eingefleischter Kokser, was ihn mehrmals in missliche Situationen brachte, wenn auch nicht so misslich, dass ihm die eine oder andere Schmiergeldzahlung nicht wieder herausgeholfen hätte. Dann aber, im Dezember 1935, wurde er in Baja Blanca unter dem Vorwurf schwerer Körperverletzung an einem armen Kerl, der ihm beim Ringelpiez mit Anfassen in die Quere gekommen war, festgenommen und hinter Gitter gebracht. Nick bestach einen Wärter, der schickte Al ein Telegramm, und Al schickte seinen besten Anwalt nach Argentinien. Dessen hochtrabende juristische Argumente machten dort wenig Eindruck, die prall mit Dollars gefüllte Brieftasche, die er mitgebracht hatte, dafür umso mehr. Mittels Bestechung gelang es ihm, Nick aus dem Gefängnis und anschließend aus dem Land herauszuholen.

Kaum war Nick in New York, übergab Al ihn der Obhut des Leiters einer privaten, auf die Bedürfnisse der Reichen und Dummen zugeschnittenen Spezialklinik. Dort musste er bleiben, ob er wollte oder nicht – es war die Sorte Klinik mit vergitterten Fenstern –, bis er seine schlechten Gewohnheiten abgelegt hatte.

Nach einem Jahr wurde er entlassen, clean, vom Alk ebenso wie vom Koks. Das war die gute Nachricht. Die schlechte Nachricht war, dass er in jeder anderen Beziehung ein Wrack war. Die Geldzuwendungen des großen Bruders waren versiegt. Wenn er den gewohnten Komfort beibehalten wolle, beschied ihm Al, habe er von nun an jeden Morgen in der Zentrale von Frank & Worthington zur Arbeit zu erscheinen. Der Job, den er Nick zuwies, war mehr als anspruchslos, mit null Verantwortung natürlich – und damit auch null Risiko von Ärger fürs Geschäft, aber einem üppigen »Gehalt«. Es wurde ihm am Monatsende ausgezahlt, jedoch nur unter der Bedingung, dass er an jedem Arbeitstag von neun bis fünf anwesend war und außerdem vom Alkohol wie auch vom weißen Pulver komplett die Finger ließ. Ihm blieb nichts anderes übrig, als sich an dieses neue Leben zu gewöhnen. Er hasste alle und alles um sich herum.

In seinen Tagträumen machte Nick Frank sich weiterhin etwas vor, was sein großes schauspielerisches Talent anging, und phantasierte von einem triumphalen Comeback. Nicht mehr vormachen konnte er sich dagegen, dass seine Berühmtheit ihn vor Tonio Lupos *maledizione* bewahren würde – er war nicht berühmt. Trotzdem ließ er sich keine grauen Haare wachsen. Sein großer Bruder war ja jetzt superreich, genau wie er es geplant hatte, da hatte er das Problem doch bestimmt längst gelöst. Als Al sich nach seinen Gesprächen mit *Signora* Lupo und den drei Mafiosi mit einem Trupp bewaffneter Bodyguards umgab, wurde Nick allerdings ein wenig nervös. Wenn Al die *maledizione* aus der Welt geschafft hatte, warum ergriff er dann solch extreme Sicherheitsmaßnahmen? Einmal fragte Nick ihn danach, aber die Antwort lautete, er solle sich keine Sorgen machen, alles werde gut gehen. Damit musste Nick sich zufriedengeben. Was blieb dem armen Kerl auch anderes übrig?

An dieser Stelle, *Signore,* mögen uns die beiden ersten Frank-Brüder Al und Nick gestatten, sie für eine Weile zu verlassen, damit wir einen Blick auf die frühen Jahre des dritten werfen können. Klein-Leo soll sich schließlich nicht einsam fühlen, *il bambino piccolissimo*!

Im Gegensatz zu seinen Brüdern war der Junge in seliger Unkenntnis der *maledizione* aufgewachsen. Er wusste nur, dass sein *papà* aus der Wohnung verschwunden war, als er sieben war; Nick hatte ihm gesagt, er sei »verreist«. Nachdem Al wenige Tage später aus Europa zurückgekehrt und Ben Frank in Sing Sing kaltgemacht worden war, wurde Al zum *pater familias.* Er beschloss, bei der Lüge zu bleiben, und erklärte Klein-Leo, *papà* sei zu *mamma* gegangen, und weil es im Himmel so schön sei, werde er nicht mehr wiederkommen. Al nahm den kleinen Bruder in seine Obhut, und so wuchs auch Leo heran, ohne Bekanntschaft mit Ihrer königlichen Kargheit, der Armut, zu machen. Da Al bei Worthington's von Anfang an ein gutes Gehalt bekam – noch kein großartiges, aber ein gutes –, mietete er eine hübsche kleine Wohnung in einer anständigen Gegend und nahm auch eine unverheiratete Tante bei sich auf. Al war gut zu Leo, wirklich. Im Lauf der Jahre gab er ihm, was immer er konnte, außer Zeit, denn die hatte er nicht, weil er ununterbrochen arbeitete.

Trotzdem nahm er sich jeden Samstagnachmittag ein paar Stunden frei, führte Nick und Leo in ein italienisches Restaurant und spendierte ihnen ein leckeres Essen. Anschließend ging er mit dem Kleinen ins Kino oder zu einem Baseballspiel.

Als Leo zwölf war, erlitt die unverheiratete Tante einen Herzinfarkt, und dann noch einen, und dann fiel sie tot um. Nick war zu der Zeit in Hollywood, und da es keine anderen Verwandten gab, die sich um Leo hätten kümmern können, entschloss sich Al, ihn auf eine feine Privatschule zu schicken, dieselbe, die auch Willie Worthington besucht hatte. Willie schrieb dorthin und empfahl den Jungen als einen »wahren Gelehrten von untadeligem Charakter«. Okay, Leo war zwar ein schlaues Bürschchen, aber einen Hang zur Gelehrsamkeit hatte er so wenig wie Babe Ruth – und übrigens auch Willie Worthington. Dennoch brachte er irgendwie ganz passable Noten zustande. Sein Charakter allerdings war alles andere als untadelig. Nach einem Jahr erhielt Al ein Schreiben vom Rektor der feinen Privatschule, des Inhalts, dass man Leo nahelege, »seine Studien an einer anderen Bildungseinrichtung fortzusetzen« – mit anderen Worten: Er flog raus. Daraufhin schickte der große Bruder den kleinen Bruder auf eine andere Privatschule und zwei Jahre später wieder auf eine andere. Wenn Leo später von dieser Zeit erzählte, pflegte er zu scherzen, er sei von Schule zu Schule gewandert, »weil ich eben gern neue Orte und neue Leute kennenlerne«. In Wirklichkeit hielt es natürlich keine Schule lange mit ihm aus. Trotzdem schaffte er an der mittlerweile fünften Schule seinen Highschoolabschluss und kam sogar auf ein halbwegs ordentliches College, von dem er mit einer Art Diplom in der Tasche abging.

Wenn ich mir überlege, wie Al seinen kleinen Bruder behandelte, scheint es mir, als sei Lady Luck sogar bei Leo Franks

Geburt zugegen gewesen – vielleicht war sie ja seine gute Fee. Die Zeche zahlte Al, der ständig hinter ihm herräumen musste: Immer wieder musste er eine neue Schule finden, wenn Leo in einer Prüfung beim Schummeln erwischt worden war oder einem hohlköpfigen Mitschüler das Taschengeld abgegaunert hatte. Die neue Schule erhielt dann jeweils eine Geldspende von Al, damit sie seinen missratenen kleinen Bruder überhaupt aufnahm. Und zweimal musste er intervenieren, um zu verhindern, dass Leo vom College verwiesen wurde, das erste Mal, weil er ein wertvolles altes Buch aus der Bibliothek geklaut hatte – Als Anwalt brachte überzeugende Argumente dafür vor, dass es sich nicht um Diebstahl gehandelt habe, sondern in einem Zustand der Geistesabwesenheit geschehen sei –, das zweite Mal, weil er im Zusammenhang mit der College-Footballmeisterschaft illegale Wetten organisiert hatte.

Wissen Sie, *Signore*, auch richtig clevere, richtig ausgebuffte Leute können extrem dumme Seiten haben, mentale blinde Flecke sozusagen. Bei Al war das sein kleiner Bruder. Wenn der mittlere Bruder Nick wieder einmal vom Weg abkam, räumte Al hinter ihm her, weil er nicht anders konnte, aus einem altmodischen Familiensinn heraus. Aber nie hielt er Nick für unschuldig an dem Schlamassel, in den er sich hineinmanövriert hatte. Mit Leo war das anders. Wann immer der Bengel etwas ausgefressen hatte, erklärte Al, der arme Kleine werde missverstanden. Und wenn er ahnte, dass die Vorwürfe ein Körnchen Wahrheit enthielten, fand er tausend Entschuldigungen für ihn, die alle darauf hinausliefen, dass der arme Junge ja »ein Waisenkind« sei. Von der Sache her stimmte das natürlich: Leo war Waise, sowohl seine Mom als auch sein Dad hatten das Zeitliche gesegnet. Aber mit all dem Geld und der Fürsorge, die ihm sein großer Bruder angedeihen ließ, hatte er es wesentlich besser als die meisten Kinder noch lebender Eltern.

Hier ein Paradebeispiel für Als Betriebsblindheit in Sachen Leo, aus der Zeit, als der kleine Bruder seinen Collegeabschluss gemacht und angeblich alles über Geld, also über die »Wirtschaft«, gelernt hatte. Wie auch immer. Al hatte aus der Erfahrung nichts gelernt und bat einen Freund, einen erfolgreichen Börsenmakler, Leo eine Zeitlang ohne Bezahlung in seinem Büro arbeiten zu lassen, damit der Kleine sah, »wie der Markt funktioniert«, bevor er ins Familienunternehmen eintrat, wo ihn eine große Karriere erwartete – in Als Träumen zumindest. Und Leo legte sich ins Zeug, und wie.

Kaum hatte er den Dreh des Börsenmaklerspiels heraus – ein ausgemachter Schwindel, wenn Sie mich fragen: Geld machen diese Leute auf jeden Fall, egal, ob ihre Kunden gewinnen oder verlieren –, fing er an, mit den Konten zu jonglieren, die er betreuen sollte. Al hatte ihm einen hübschen Batzen Bargeld gegeben, damit er auch privat investieren konnte, während er bei dem Makler arbeitete, als Training on the job sozusagen. Doch Leo gedachte, Phantasie walten zu lassen, und begann sein eigenes Konto mit den Kundenkonten zu vermengen. Es war ein uralter Trick: Er kaufte früh am Tag vielversprechende Aktien, ohne sie auf ein bestimmtes Konto innerhalb der Firma zu buchen. War der Kurs der Aktie bei Börsenschluss gefallen, belastete er den Vorgang einem Kundenkonto und kassierte die Provision für die Transaktion; war er gestiegen, verkaufte er die Aktie wieder und verbuchte den Kursgewinn auf seinem eigenen Konto. Und niemand merkte etwas.

Das Schöne an dem System ist ja, dass es faul ist wie ein Dreidollarschein und man trotzdem endlos damit weitermachen kann, vorausgesetzt, man wird nicht zu gierig. Aber zeigen Sie mir einen genügsamen Betrüger, und ich zeige Ihnen einen spendablen Geizhals. Einige Monate funktionierte Leos Masche bestens, er machte eine Menge Geld, und Al dachte schon, der Kleine sei ein Finanzgenie. Doch als Leo zu der Überzeugung gelangte, dass sein System narrensicher sei, überspannte er den Bogen beziehungsweise das Geld seiner Kunden. Er machte hohe Verluste und verteilte sie auf mehrere Konten. Ein Kollege kam ihm auf die Schliche und meldete die Sache dem Chef. Al hatte höllische Schwierigkeiten, seinen Freund so weit zu kriegen, dass er darauf verzichtete, die Behörden zu verständigen. Am Ende gelang ihm das auch, aber erst, nachdem er für den Verlust in fünfstelliger Höhe, mit dem sein Bruder die Kundenkonten belastet hatte, aufgekommen war und seinem Freund zusätzlich einen fetten Scheck überreicht hatte, um sich dafür erkenntlich zu zeigen, dass er Verständnis für die schwierige Lage des »armen Waisen« aufbrachte.

Wissen Sie, es gibt Typen, bei denen sind gute Erziehung, gute Schulen, gute Colleges und das alles komplett für die Katz. Das liegt daran, dass man dort zwar eine Menge über, äh, lateinische Gedichte, Einwohnerzahlen südamerikanischer Hauptstädte oder die Lösung irgendwelcher aberwitzigen Trigonometrie-Aufgaben lernt, aber rein gar nichts über besseres Benehmen. Mit Benehmen meine ich wohlgemerkt nicht gute Manieren oder so – Leo hatte ausgezeichnete Manieren! Früher hatte man Al immer dazu beglückwünscht, wie gut er seinen kleinen Bruder erzogen habe: Leo redete ältere Leute mit »Sir« und »Madam« an, er hielt den Damen die Tür auf, bei Tisch machte er sich nicht als Erster über das Essen her und dergleichen mehr. Hinter dieser Fassade aber war er ein Flegel. Und ein Flegel blieb er auch.

Während er bei dem Broker arbeitete, hatte Al ein schickes kleines Apartment mit Blick auf den Central Park für ihn gemietet, zwei Straßen von dem Brownstone der Familie in der Sixty-First Street entfernt. Nachdem er jedoch bei seinen Gaunereien erwischt worden war, behielt Al ihn genauer im Auge. Als Leo unter Als direkter Aufsicht im Hauptbüro von Frank & Worthington anfing – ein bisschen was hatte Al immerhin gelernt –, musste er zu seinem Bruder und dessen Frau ziehen, damit Al ihn auch außerhalb der Arbeit im Blick hatte. Anfangs benahm er sich mustergültig, in jeder Hinsicht. Dass sein Börsenschwindel aufgeflogen war und er nur um Haaresbreite dem Knast entgangen war, hatte ihm einen Riesenschreck eingejagt, und eine Zeitlang hielt er sich strikt an Als Richtlinien, wie man sich als Mitglied der Eigentümerfamilie zu benehmen habe, sogar an das wirklich unmenschliche Verbot – so empfand er es –, Sekretärinnen und Liftgirls zu vögeln.

Leo war ebenso wie Nick ein sehr gutaussehender Mann. Er hatte zwar nicht Nicks »laszive« Augen – seine waren eher Fuchsaugen –, ansonsten aber genau die Visage, auf die Frauen abfahren, und er wusste sie zu nutzen. Was ihm Al im Büro verbot, das tat er zu Hause – schließlich war keine Rede davon gewesen, dass er dort niemanden vögeln dürfe! Und als er mit dem gesamten in Betracht kommenden weiblichen Personal des Brownstones durch war – eine alte Köchin war, glaube ich, die einzige, die verschont blieb –, machte er sich an Thelma heran … Sie sehen mich so ungläubig an, *Signore*. Doch, doch, Sie haben schon richtig gehört. Der Flegel machte sich an die Frau seines Bruders ran! Da kann man sich natürlich fragen: Hätte er das auch getan, wenn ihn diese *puttana* nicht irgendwie dazu ermutigt hätte? Wahrscheinlich nicht. Aber das heißt noch lange nicht, dass sein Verhalten in Ordnung war, ganz bestimmt nicht! Wissen Sie, *Signore*, mir sind in meinem Leben ein paar ziemlich brutale Kerle untergekommen, Leute, die einem bedenkenlos die Kehle durchgeschnitten hätten, aber selbst denen wäre es nicht im Traum eingefallen, die Ehefrau eines Kumpels anzurühren, schon gar nicht die eigene Schwägerin. Im Ernst, sogar Typen mit zehn Leichen auf dem Kerbholz waren in solchen Dingen moralischer als Leo. Hab ich »moralischer« gesagt? *Mi scusi.* Falsches Wort. Damit jemand irgendetwas mehr oder weniger ist, muss dieses Etwas erst mal eine Bedeutung für ihn haben. Und Moral hatte für Leo keinerlei Bedeutung. Nehmen wir zum Beispiel das Wort *micchia.* Hat es eine Bedeutung für Sie? Wenn ich Sie frage »Was macht Ihr *micchia* heute?«, können Sie dann antworten? … Nein, sehen Sie, das können Sie nicht, weil Sie das Wort *micchia* nicht kennen, was auch völlig normal ist. (Falls es Sie interessiert: Es heißt »Schwanz« auf Sizilianisch.) Genauso fremd war Leo das Wort »Moral«. Man muss sich das mal vorstellen, *Signore:* Diese kleine Ratte macht mit der Frau des eigenen Bruders rum und wohnt dabei unter seinem Dach, isst mit ihm an seinem Tisch und lebt von seinem Geld! Pfui Teufel! Ekelhaft ist das!

Aber wie auch immer. So viel erst mal zu Leo. Nur eins sollte ich noch dazu sagen: In der ganzen Zeit, nachdem er das College abgeschlossen hatte und um den Knast herumgekommen war, als er bei Frank & Worthington arbeitete, bei seinem Bruder wohnte und heimlich dessen Frau vögelte – in dieser ganzen Zeit wusste er nichts von der *maledizione.* Al hatte ihm nichts davon gesagt, kein Sterbenswörtchen, und Nick auf Anweisung des großen Bruders auch nicht. Und so glaubte Leo als erwachsener Mann immer noch, das Leben seines *papà* habe so geendet, wie es begonnen hatte, er sei ein tüchtiger kleiner Geschäftsmann gewesen, der bei einem Verkehrsunfall ums Leben gekommen war – und er und seine Brüder hätten noch ihr ganzes Leben vor sich, bis ins hohe Alter.

Al, stets überbehütend, wenn es um den »armen kleinen Leo« ging, hatte entschieden, dass die Wahrheit auch weiterhin von dieser zarten, unschuldigen Seele fernzuhalten sei. Einmal davon abgesehen, dass Leos Seele alles andere als unschuldig war, hatte das natürlich eine gewisse Logik: Wenn Al das Problem der *maledizione* irgendwann, wie er hoffte, mit seinem Geld lösen konnte, weshalb sollte er den kleinen Bruder dann beunruhigen?

Doch dann kam das Jahr 1939, und Al beschloss, sich erst einmal voll und ganz auf seine eigene Rettung zu konzentrieren.

Sie erinnern sich, *Signore*: Entgiftet, clean wie sonst was und zu Tode deprimiert hatten wir Nick Frank verlassen.

Eines Vormittags im Frühjahr – er saß bei Frank & Worthington in seinem Büro, ganz vertieft in eine wichtige Tätigkeit wie das Durchblättern einer Filmzeitschrift, das Ermitteln seiner Däumchendrehgeschwindigkeit oder dergleichen – kam seine sogenannte Sekretärin herein, eine alte Schachtel, die Al mit der Aufgabe betraut hatte, dafür zu sorgen, dass Nick sich während der Arbeitszeiten in seinem Büro aufhielt. Ein Besucher wolle ihn sprechen, sagte sie und reichte ihm eine Visitenkarte, auf der in schön geprägten Lettern ein Name stand, den er nicht kannte: Joseph Koltai. Das Wort darunter aber kannte er, und es schickte einen heftigen Schauer seinen Rücken hinunter, einen Tausend-Volt-Elektroschock: »Filmproduzent«. Der Schweiß brach ihm aus, und bis er unten in der Lobby war, um den Besucher zu begrüßen – den strengen Bestimmungen zufolge, die Al eingeführt hatte, durften Fremde das Gebäude nicht über eine bestimmte Grenze hinaus betreten –, klebte ihm sein Hemd klatschnass am Körper.

Ein freundlich wirkender Mann Ende vierzig in einem eleganten Dreiteiler und mit einer Zigarre zwischen den Fingern erwartete ihn. Er schüttelte Nick herzhaft die Hand und sagte, er sei ein großer Fan von ihm. Nicks Erregungslevel stieg. In gutem Englisch, wenn auch mit einem deutlichen Akzent, stellte sich dieser Joseph Koltai vor: Er sei ungarischer Abstammung, arbeite aber als Filmproduzent in London; zuletzt habe er *Rendezvous in Salzburg* produziert. Nick erwiderte, er habe von dem Film gehört, ihn aber nicht gesehen. Der erste Teil dieser Aussage war übrigens gelogen, der zweite stimmte. (Nick hatte sich, seit er nicht mehr selbst schauspielerte, keinen einzigen Film mehr angeschaut, es deprimierte ihn zu sehr.) Koltai sagte, er sei für ein paar Monate nach Los Angeles gezogen, »um eigenä und anderä britischä Intäressen zu verträten«, und schiebe im Moment ein riesiges – »ein riiiesigäs« – Projekt an, eine internationale Produktion, aber das sei vorerst noch streng geheim. »Als intimär Kennär des Filmgeschäfts, Mr. Frank, verstähen Sie natürlich, dass Geheimhaltung im Anfangsstadium eines riiiesigän Projekts von äußerstär Wichtigkeit ist.«

Das verstehe er vollkommen, versicherte Nick. Nach dem Grund von Koltais Besuch wagte er nicht zu fragen, und Koltai nannte ihn auch nicht. Er sagte aber, er würde Nick sehr gern mehr über dieses geheime Projekt erzählen, wenn Nick ihm die Ehre erweisen wolle – er sei wirklich ein »riiiesigär« Fan von ihm, wiederholte er –, sich am Abend mit ihm zum Essen im Plaza zu treffen, wo er abgestiegen sei, oder auch morgen zum Lunch, wenn es ihm heute Abend nicht passe. Nein, das sei schon in Ordnung, sagte Nick, er möge nur das Essen im Plaza nicht. Wie es dann mit dem Algonquin wäre, fragte Koltai, und Nick antwortete seufzend, das Essen dort möge er auch nicht, also schlug Koltai das Delmonico's vor, und dabei blieb es dann. Nick hätte natürlich auch in der Hölle mit einem Produzenten gespeist, der mit ihm über ein »riiiesigäs« Projekt sprechen wollte – in der Hölle, aber nicht in einem Hotel, in dem ihn womöglich ein Portier grüßte, der ihn noch als Pagen gekannt hatte, oder in einem Restaurant, in dem ihn ein Kollege aus seinen Kellnertagen bediente.

Er konnte es kaum erwarten und platzte schier vor Neugier, zwang sich aber, zehn Minuten zu spät im Delmonico's zu erscheinen; er wollte sich rar machen, ein Spiel, das er in seinen ruhmreichen Tagen oft praktiziert hatte. Beim Hummer Newburg sprach Koltai von den Filmen, in denen Nicholas Franco mitgespielt hatte. Der wunderbare Mensch hatte sie alle gesehen, jeden einzelnen! Nicht nur die bekannteren wie *Der Rebell von Jaipur*, *Rivalen der Liebe* und natürlich Nicks Meisterstück, *Drago, der Pirat*, sondern auch die früheren, in denen er nur Nebenrollen gespielt hatte, sogar die südamerikanischen Mixturen mit Nicholas Francos Gesicht und der Stimme eines Einheimischen. Nick war perplex und fühlte sich dermaßen geschmeichelt, dass ihm fast schwindlig wurde, ein Zustand, der sich nach dem ersten Drink seit seinem Entzug noch verstärkte. Zwar hatte er Al geschworen, nie wieder einen Tropfen Alkohol anzurühren, aber das hier war natürlich etwas anderes. Joseph Koltai hatte ihm zu Ehren ein Flasche sündhaft teuren Froschfresserwein bestellt, einen Château Soundso, und es wäre ein Affront gewesen, nicht wenigstens mit ihm anzustoßen. Während des Hauptgangs leerten sie die Flasche vollends, wobei Nick den Löwenanteil übernahm. Zum Dessert wurde ein weiterer Froschfresserwein serviert, süß wie der schönste Traum. Koltai bot Nick eine Havanna an und rückte mit seinem Stuhl näher, senkte die Stimme und kam dann »zum Punkt«, wie er es formulierte.

Folgendes sagte er in etwa: Neben der Arbeit in seiner eigenen Filmgesellschaft in London, einem kleinen, aber feinen Unternehmen, fungiere er in diesem besonderen Fall als Mittelsmann zwischen einem bedeutenden britischen Produzenten, dessen Namen er noch nicht preisgeben dürfe, und einem der größten Hollywood-Studios, dito. Sein Ziel sei es, dieses »riiiesigä« Projekt auf die Beine zu stellen, von dem er gesprochen habe, »mit Sichärheit die größtä Produktion, die es in där gesamten Filmgeschichtä jä gegäben hat«. Wie allgemein bekannt, sagte Joseph – sie waren bei der Hälfte der Flasche Château Soundso zum Du übergegangen –, habe die Filmindustrie mit dem Aufkommen der Talkies einen enormen Sprung nach vorn gemacht (kein Kommentar von Nick), und jetzt, mit Einführung der Farbe, befinde man sich im Anfangsstadium eines noch größeren Aufschwungs. *Vom Winde verweht* werde, so erwarte man, bis Ende des Jahres ein Kassenschlager werden; viele in der Branche gingen sogar davon aus, dass der Film die Zuschauerrekorde von *Schneewittchen* und *Der Zauberer von Oz* brechen werde. Er, Koltai, und seine Partner seien jedoch entschlossen, im Jahr darauf eine noch größere Sache auf den Markt zu bringen, einen Film, der dazu angetan sei, sämtliche bisherigen Millionenerfolge auf ihrem eigenen Terrain zu überbieten. Nick lauschte offenen Mundes. Man werde natürlich in Farbe drehen, fuhr Koltai fort, mit einem Budget von vier Millionen Dollar, dem höchsten je dagewesenen. Nick pfiff durch die Zähne. Und was die Story angehe: Die sei absolut unschlagbar, es sei nämlich die bekannteste und auch die beliebteste Story der Welt: das Leben Jesu. Nicht simpel und trocken erzählt, wohlgemerkt, nicht so, wie der Pfarrer sie im Kindergottesdienst erzähle. Keine Rede! Das Drehbuch werde im Moment von einem erstklassigen Hollywood-Autor überarbeitet – dessen Name leider ebenfalls ein streng gehütetes Geheimnis sei –, der darin all die hochdramatischen Elemente unterbringen werde, die die Verfasser der Evangelien, die ja keine Profi-Geschichtenerzähler gewesen seien, nicht zu nutzen gewusst hätten.

Nick hing zitternd an Koltais Lippen und versuchte krampfhaft, sich zusammenzureißen, um nicht zu fragen, weshalb er zum Mitwisser dieser überaus ehrgeizigen Pläne gemacht werde. Das ging natürlich am ehesten mit noch mehr von dem süßen Dessertwein.

Viele der grundsätzlichen Entscheidungen im Zusammenhang mit dem »riiiesigän« Projekt, fuhr Koltai fort, seien bereits gefallen. Die Wichtigste aber stehe noch aus, nämlich die Besetzung der Hauptrolle. Bei diesen Worten musste Nick so heftig schlucken, dass die Pärchen, die im Battery Park ein paar Straßen weiter auf den Bänken herumknutschten, mit Sicherheit ein leichtes *terremoto* verspürten, ein Erdbeben. Koltai aber ließ sich von Nicks weit aufgerissenen Augen nicht beirren und erwähnte wie nebenbei, dass bereits sämtliche großen Stars als Kandidaten für die Rolle ins Spiel gebracht worden seien. Dabei trete jedoch ein Problem auf, das bei einer Zusammenarbeit zwischen Leuten, von denen jeder seinen eigenen Kopf habe, immer auftrete: Der eine große Produzent wolle Schauspieler X für die Rolle des Jesus, der andere Schauspieler Y, ein dritter Schauspieler Z und so weiter, und so sei man bisher zu keinem Ergebnis gekommen.

Da habe einer in der Runde eine grandiose Idee gehabt – nicht er, wie er gestehen müsse, aber er habe sofort begeistert zugestimmt. Der Mann habe vorgeschlagen, sich mit dem Problem an die Kinobesucher selbst zu wenden, also eine »Marktanalysä« durchzuführen, wie es bei den Herstellern von Seife, Zahnpasta oder dergleichen vor Einführung eines neuen Produkts neuerdings üblich sei. Das Team habe zugestimmt, und die »Marktanalysä«-Jungs hätten sich darangemacht herauszufinden, wer der am meisten geliebte männliche Schauspieler der letzten fünfzehn Jahre sei.

»*Gäliebt*, das war das Wort, das wir den Marktanalysä-Jungs mitgegäben haben, Nicholas«, sagte Koltai, und bei diesem Wort in Verbindung mit seinem Namen aus ruhmreichen Tagen verschleierten sich Nicks Augen. »Ich habä pärsönlich darauf bestanden«, fuhr Koltai fort. »Nicht ›bäliebt‹ odär ›ärfolgreich‹ oder sonst etwas, sondärn ›gäliebt‹. Denn im Filmgeschäft gäht es ums Härz!« Und da Jesus der am meisten geliebte Mensch der Welt sei, so die Überlegung der Produzenten, sei die ideale Besetzung für die Rolle derjenige Schauspieler, den das Publikum am meisten *liebe*.

Die Produzenten hätten sich nägelkauend in Geduld geübt, und dann, nach ein paar Wochen, hätten die Ergebnisse der »Marktanalysä« vorgelegen. Einige der am meisten geliebten Schauspieler der letzten fünfzehn Jahre habe man erwartet, mit John Barrymore und Rudolf Valentino auch zwei ältere, aber auch neuere Stars wie Errol Flynn und Gary Cooper. Erstaunlicherweise, so Koltai, sei Douglas Fairbanks nicht dabei gewesen. Die Leute mochten ihn zwar, die Frauen mehr als die Männer, »abär sie *lieben* ihn nicht«. Doch noch ein weiterer Name habe weit oben auf der Liste rangiert – eine Überraschung für die meisten der Produzenten, nicht aber für Joseph Koltai: Nicholas Franco.

Das Herz des armen Nick klopfte inzwischen wie eine Trommel in den Händen eines betrunkenen Gorillas, und er musste alle Register seiner bescheidenen Schauspielkunst ziehen, um möglichst gelassen murmeln zu können:

»Ach, w-weißt du, Joseph, das ü-überrascht mich nicht. Du hättest m-mal sehen sollen, wie meine F-Fans mich angehimmelt haben. Das war ja so be-bewegend.«

So bewegend, *Signore*, dass Nick bei der Erinnerung daran beinahe in Tränen ausbrach.

Aber es kam noch besser.

»Hören Sie ärst, was noch kommt, bävor Sie mir sagen, ob Sie übärrascht sind«, sagte Koltai. Anfangs habe keiner der Produzenten außer ihm selbst, der Nicholas Francos magische Augen – »lasziv« sagte er nicht, er sprach von »magischen Augen« – nie vergessen habe, groß auf seinen Namen geachtet, auch dann nicht, als er noch auf der Liste gestanden habe, nachdem bereits einige der Stars gestrichen worden waren, einer, weil er zu alt war, ein anderer, weil er zu hart wirkte. Den triftigsten Grund habe ihnen Rudolf Valentino geliefert: Er war tot. Doch auch mit der abgespeckten Liste sei die Diskussion über die Besetzung der Hauptrolle ergebnislos verlaufen, denn wie es so schön heiße: »Viele Köchä värdärben den Brei.« Nun sei guter Rat teuer gewesen, bis Koltai vorgeschlagen habe, was für ihn auf der Hand lag: Man solle die »Marktanalysä«-Jungs ein zweites Mal bemühen, und diesmal sollten die Kinobesucher direkt gefragt werden, welcher der verbliebenen Schauspieler auf der Liste dem Bild, das sie von Gottes Sohn hätten, am nächsten komme. Einige der Produzenten hätten eingewandt, dadurch könne das Geheimnis des »riiiesigän« Projekts durchsickern, am Ende aber hätten alle dem Vorschlag zugestimmt. Und dann kam das Ergebnis der zweiten »Marktanalysä«.

»Willst du hören, wie sich die Kinogängär entschieden haben, bist du bäreit?«, fragte Koltai.

Nick gab ein Ächzen von sich, das für ein Ja durchgehen konnte.

»Ganz oben auf där Liste, als där Bäste für die Rollä, stähst du, mein Freund. Nicholas Franco!«

Statt einer Antwort verlor Nick das Bewusstsein und kippte vornüber. Zum Glück saß er, sodass er sich nicht die hübsche Nase ruinierte, seiner Visage aber blieb es nicht erspart, im Omelette surprise zu versinken. Nachdem er, dribbelnd wie ein Fußballer mit einem unsichtbaren Ball, zur Toilette gegangen war und mit trockenem, sauberem Gesicht und nassem, verschmiertem Hemd wieder zurückgekommen war, trank er den extrastarken Kaffee, den Koltai ihm bestellt hatte.

Als sie das Ergebnis der zweiten »Marktanalysä« sahen, fuhr Koltai fort, hätten sich die anderen – er selbst natürlich nicht – überrascht geäußert, weil Nicholas Franco ja seit zehn Jahren in keinem Hollywoodfilm mehr mitgespielt hatte. Als Erstes hätten sie gefragt: »Ist er interessiert?«

»Ob wer interessiert ist?«, wollte Nick wissen.

Koltai lachte. »Na, du natürlich!«

Nick Frank hätte am liebsten losgebrüllt, aber seine alten Reflexe funktionierten noch und er riss sich auch jetzt wieder zusammen.

»Na j-ja«, sagte er. »K-kommt drauf an.«

»Auf was?«, fragte Koltai ganz ängstlich. »Auf die Gagä?«

»Ja, das auch«, antwortete Nick gespielt gleichgültig. »Aber auch auf ein paar andere Dinge.«

»Übär alles, auch übär die Gagä, kann man zu gegebenär Zeit noch räden. Die wichtigstä Fragä ist im Moment die: Wenn alles anderä okay ist und deinen Wünschen äntspricht, würdest du dann in Ärwägung ziehen, wiedär auf där Leinwand zu ärscheinen? Im Prinzip, meine ich.«

Nick machte eine »bedeutungsvolle Pause«, wie man es im Showbusiness nennt, und sagte dann: »Also, *gesetzt den Fall*, alles andere ist okay, dann *könnte* ich es im Prinzip in Erwägung ziehen.«

»Gottseidank!« Koltai stieß einen erleichterten Seufzer aus.

Dann schaltete er in den Schnellgang. Die Sache werde nicht ganz einfach werden, erklärte er. Nick sei zwar als Spitzenkandidat, als bester Jesusdarsteller aus der »Marktanalysä« hervorgegangen, und in dem Team, das die Entscheidungen treffe, sei er für zwei Leute – ihn, Koltai, und noch einen anderen – bereits der Favorit, aber die übrigen vier würden nicht leicht zu überzeugen sein. Einer dränge heftig auf Gary Cooper, ein anderer sei Tyrone-Power-Fan, zwei seien noch unentschieden. Zudem gebe es Druck von außen, von den unabhängigen Geldgebern. Einer, ein Texaner, ein Ölmagnat mit null Ahnung vom Film, sei auf Errol Flynn fixiert. Wenn Nicks Befürworter also den Kampf gewinnen wollten, so Koltai, seien sie auf seine volle Kooperation angewiesen.

»Das versteht sich von selbst«, sagte Nick und fügte noch hinzu: »Sofern wir uns über die Gage und, äh, alles Übrige einigen können natürlich.«

Nick setzte seine Schauspielerei noch eine Weile fort und sagte am Ende, er werde Koltai und den anderen Fan im Team nach besten Kräften und auf jede nur erdenkliche Weise unterstützen. Bevor sie sich trennten, musste Nick dem »Produzenten« noch schwören, dass er bis auf Weiteres niemandem etwas von dem »riiiesigän« Projekt sagen werde, keiner Menschenseele, kein Sterbenswörtchen. Weder seiner Freundin noch seinen nächsten Angehörigen, noch seinen Kollegen. »Es ist eine Top-Secret-Mission«, so formulierte es Koltai. Das erinnerte Nick an einen Hauptmann der britischen Armee, den er einmal gespielt hatte, und er salutierte und sagte: »Aye, aye, Sir.« Koltai lachte.

»Humor hast du auch«, sagte er. »Sähr gut.«

Am nächsten Tag meldete Nick sich krank und fuhr mit Koltai zu einer Adresse in der Forty-Second Street, wo der »Produzent« einen Termin im Studio eines New Yorker Starfotografen vereinbart hatte. Als Teil der »Top-Secret-Mission« – Nick war vorgewarnt – nahm Koltai ein paar Bücher mit berühmten Jesusdarstellungen mit und stellte sich dem Fotografen, der noch einen Visagisten und einen Perückenmacher vom Broadway dazugeholt hatte, als Maler vor. Mr. Frank werde ihm für ein Jesus-Gemälde Modell stehen, und er wolle gern mehrere Varianten durchspielen, um zu sehen, welche sich am besten eigne. Das Schminken, das Anprobieren verschiedener Perücken und Bärte, das ganze Shooting – alles erinnerte Nick an die Anfangszeit seiner Karriere, und seine Augen füllten sich mit Tränen, was einige wirklich schöne Aufnahmen ergab.

Zwei Tage später traf er sich mit Koltai zum Kaffee. Der »Produzent« zeigte ihm die Fotos. »Mein Gott!«, rief Nick. »Ganz genau«, erwiderte Koltai. Noch am selben Tag flog er nach LA und kam drei Tage später – mittlerweile reiste man per Flugzeug, und die Entfernungen waren geschrumpft – mit guten Nachrichten zurück. Das Produzententeam habe sich von »Nicholas Francos«

Aufnahmen sehr beeindruckt gezeigt, berichtete er, und mehr noch: Auch mit Gary Cooper habe ein Shooting stattgefunden, woraufhin Nicks zweiter Fan jedoch gemeint habe, Cooper sehe auf den Bildern aus »wie Gott, der im nächsten Moment seinen Six-Shooter zieht«. Nick fand das urkomisch, und beide bogen sich vor Lachen.

Zusammenfassend könne man sagen, dass sich die Dinge geklärt hätten, sagte Koltai: Es stünden jetzt nur noch Nick alias Nicholas Franco, Errol Flynn und Gary Cooper zur Auswahl, wobei Cooper, Six-Shooter hin oder her, nach wie vor einen hartnäckigen Befürworter im Team habe. Ein kleines Problem sei auch aufgetaucht, weil ein britischer Geldgeber noch Lawrence Olivier ins Spiel gebracht habe, aber das werde sich leicht lösen lassen.

»Lawrence Olivier?« Nick kicherte. »Jesus hatte doch keinen britischen Akzent.«

»Ganz genau«, sagte Koltai wieder.

Sie trafen sich noch ein paarmal, und mit jedem Treffen stiegen Nicks Hoffnungen. Irgendwann, meinte Koltai, müsse er zu Probeaufnahmen an die Westküste und dann mit Make-up, Perücke und dem entsprechenden Gewand eine Szene aus dem Drehbuch spielen. Nicks Stimme war bisher nicht zur Sprache gekommen – vielleicht war Koltai ja ein so glühender Fan von ihm, dass er sogar sie mochte –, doch Nick hatte insgeheim angefangen, sich von einem Stimmtrainer coachen zu lassen, der ihm ein paar Tricks beibrachte, vor allem, wie er seiner Stimme, wenn er leise sprach, einen tieferen, zwar ein wenig heiseren, aber durchaus reizvollen Klang verleihen konnte. Musste er brüllen oder auch nur laut sprechen, funktionierte das natürlich nicht, aber Jesus hatte ja bekanntermaßen auch nicht mit irgendwelchen Leuten herumgebrüllt. Schließlich stammte von ihm der Ausspruch »Selig sind die Sanftmütigen«.

Nick ging jetzt nicht mehr aus, sondern verbrachte die Abende in seinem schicken Apartment in der Thirty-Fifth Street, machte Stimmübungen und las in den Evangelien, um sich in seine Rolle einzufühlen und Texte zu proben, die bei seinem Vorsprechen verlangt werden konnten. Er stellte sich, mitunter in ein Bettlaken gehüllt, vor den großen Spiegel in seinem Schlafzimmer und sprach etwa: »Lasset die Kindlein zu mir kommen« oder »Noch ehe der Hahn kräht, wirst du mich dreimal verleugnen« oder »Vater, vergib ihnen, denn sie wissen nicht, was sie tun«.

Den neuesten Nachrichten von der Produzentenfront zufolge – Koltai überbrachte sie persönlich bei einem Drink oder einem Dinner in New York, oder er rief aus LA an – lief alles gut für Nick. Bis Koltai sich eines Tages, etwa vier Wochen nach dem ersten Essen im Delmonico's, überraschend aus New York meldete und um ein Gespräch bat; es sei dringend. Er klang ernstlich besorgt, und Nick erschrak so heftig, dass er einem Treffen in der Bar des Plaza zustimmte.

»Es gibt schlechtä Neuigkeiten, mein liebär Nicholas«, sagte Koltai gleich zu Beginn und löste damit ein *terremoto* in Nicks Seele aus. Die Kosten hätten das veranschlagte Budget gesprengt, fuhr er fort, sie lägen mittlerweile bei knapp fünf Millionen Dollar, und die Produzenten seien immer stärker auf finanzielle Unterstützung von außen angewiesen, speziell vonseiten dieses gottverdammten Texaners, des Ölmagnaten. Der Kerl sei wirklich das Letzte, das Allerletzte. Zwar habe er Vernunft angenommen und nicht länger auf Errol Flynn bestanden, dann aber verlangt, dass eine seiner Gören die Maria Magdalena spiele. Auch das habe man ihm ausreden können – Maria Magdalena sei schließlich eine Nutte gewesen, und ihr Text könne jederzeit zusammengestrichen werden –, aber jetzt dränge er plötzlich darauf, dass dieser völlig ungeeignete neue Typ den Jesus spiele, dieser Henry Fonda, weiß Gott warum. Er sei dermaßen verbohrt, dass er sogar gedroht habe, dem Projekt seine Unterstützung zu entziehen, wenn Fonda die Rolle nicht bekomme.

»Was versteht denn so ein texanischer Hinterwäldler vom Film?«, fragte Nick genervt.

»Gar nichts«, antwortete Koltai. »Aber du kennst ja Hollywood.«

Nick fluchte und sagte, er habe es gewusst, verdammt, er habe es doch gleich gewusst. Was sie jetzt tun sollten? Ob diese anderen Produzenten denn keine Eier in der Hose hätten? Ob denn keiner diesem verfluchten Texaner Kontra gebe? Es gehe doch nicht an, dass irgendein Landei über das Schicksal des ehrgeizigsten Projekts der Filmgeschichte entscheide! Koltai bemitleidete Nick eine Weile, dann erhellte plötzlich ein Hoffnungsstrahl seine Miene.

»Hör zu, Nicholas«, sagte er, »mir ist da eine Idää gekommen, mit där wir vielleicht zwei Fliegen mit einer Klappä schlagen können: Wir sichärn die Finanzierung und sorgen dafür, dass du die Rollä bekommst.«

»Worauf wartest du, Mann«, sagte Nick. »Spuck's aus!«

»Also …«, begann Koltai vorsichtig, »angenommen wir finden einen neuen Geldgäbär, aber einen, der Nicholas Franco als Jesus will und keinen anderen …«

Nick schaute verdutzt drein.

»Klingt gut«, sagte er. »Aber wo findet man so einen Geldgeber?«

Koltai blies einen Rauchring. »Folgendes habe ich mir überlägt, und ich fühle mich värpflichtet, es dir mitzuteilen. Vielleicht ist es ja eine dumme Idää, eine sähr dumme. Sie ist mir untär där Dusche gekommen, bevor ich dir die schlechtä Nachricht übärbracht habä.«

»Jetzt sag schon!«

Koltai zögerte noch ein bisschen.

»Gut ... sagen wir, rein hypothätisch ...« Ein weiterer Rauchring. »Okay, also: Wie wäre es mit deinem Brudär?«

Nick verschlug es die Sprache.

»Al?«

Sie werden verstehen, *Signore*, dass Nick nach all dem Ärger, den er seinem großen Bruder im Lauf der Jahre bereitet hatte, nicht gerade begeistert war bei dem Gedanken, Al um fünfhundertsiebzigtausend Dollar anzugehen, die Summe, die der Texaner investiert hätte. Er sprach es zwar nicht aus, aber man sah es ihm an, und Koltai entschuldigte sich dafür, dass er die Idee überhaupt ins Spiel gebracht hatte. Aber die Zeit laufe ihnen davon, sagte er, und er wisse allmählich nicht mehr weiter, beim besten Willen nicht. Wahrscheinlich verhandle das große Hollywoodstudio, während sie sich hier unterhielten, bereits mit diesem Fonda über die Gage, und möglicherweise werde sogar schon sein Vertrag aufgesetzt.

»Damit wir uns recht värstähen ...«, sagte Koltai. »Mir ist vollkommen klar, in welchär Situation du dich befindest. Niemand bittet seine Värwandten gärn um Geld. Abär ...«

»Aber was?«, seufzte Nick kreuzunglücklich.

»Abär du siehst das nicht richtig.«

»Für mich gibt's da kein richtig«, stöhnte Nick.

»Irrtum. Vertrau mir! Du bist där Künstlär, abär ich bin där Geschäftsmann. Und dein Brudär ist auch einär, ein *großär* Geschäftsmann. Und weil är das ist, wird är begeistärt sein, wenn är sich die prognostizierten Einnahmen aus *Das Läben Jesu* anschaut. Denk vor allem nicht, dass du deinen Brudär um ein Almosen bittest. Im Gägenteil, du bietest ihm eine großä Investitionsmöglichkeit. Eine riiiesigä Investitionsmöglichkeit! Schau …«

Koltai zog ein maschinengeschriebenes Blatt voller Zahlen hervor und begann sie Nick zu erklären. Nick hatte nichts mit Zahlen am Hut, aber das Wort, das Koltai gebraucht hatte – Investitionsmöglichkeit – hatte er von Al schon oft gehört. Das eröffnete ihm eine neue Perspektive. Obwohl er Al mehr als einmal Unannehmlichkeiten bereitet hatte, liebte sein Bruder ihn nach wie vor und würde stolz auf ihn sein, wenn er erfuhr, dass ihn das amerikanische Volk der »Marktanalysä« zufolge zum perfekten Jesus gewählt hatte. Er nahm also das Blatt mit den Zahlen, fuhr nach Long Island hinaus – Sie erinnern sich, es war das Jahr 1939, Al hatte sein Büro dorthin verlegt – und erzählte ihm davon.

In seiner ersten Reaktion gab Al ihm zu verstehen, dass er nicht die Absicht habe, Geld – schon gar nicht fünfhundertsiebzigtausend Dollar – dafür auszugeben, dass Nick auf die Leinwand zurückkehrte. Er sagte es nicht so direkt, aber sein Stirnrunzeln sprach Bände. Doch dann sah er sich das Blatt an, das Nick vor ihn hingelegt hatte, und genau wie von Koltai vorhergesagt, veränderte sich seine Miene. Denn selbst wenn dieses *Leben Jesu* nur ein mäßiger Erfolg wurde, so schloss er aus den Zahlen, würde der Film das investierte Geld binnen drei Monaten wieder einspielen. Und wenn es besser lief, winkte eine gigantische Rendite, deren Obergrenze nur noch der Himmel war. Al hatte zwar keine Ahnung vom Filmgeschäft, aber eine in ihrer

Einfachheit geniale Idee erkannte er als solche. Eine populärere Story als die von Jesus würde man nicht finden, und wenn man sich noch so sehr anstrengte. Und vor allem: Millionen Menschen im ganzen Land machten gratis Reklame dafür, jede Minute, jede Stunde, jeden Tag. Gab es eine bessere Werbung für einen Film?

Al bat also seine engsten Geschäftspartner, einen Marketingmenschen und einen Zahlenmenschen, zu sich nach Long Island. Auch sie sahen sich das Blatt mit den Zahlen an, unterhielten sich dann darüber und kamen zu dem Schluss, dass es sie nichts kosten würde – außer vielleicht ein bisschen Zeit –, noch mehr Details aus diesem Produzenten herauszuholen. Al sagte es Nick, und Nick rief Koltai im Plaza an. Da Eile geboten war – der Texaner drängte beharrlich auf Henry Fonda – wurde ein Treffen für den folgenden Tag vereinbart.

Und so fuhr Joseph Koltai an einem schönen Frühlingsvormittag in einer eigens gemieteten Limousine mit Chauffeur in Long Island vor. Der Marketingmensch und der Zahlenmensch nahmen ebenfalls an der Besprechung teil, und auch Nick war anwesend, wenn auch von seinem Bruder angewiesen, nicht zu viel zu sagen – am besten gar nichts –, damit Al und seine Partner Koltai in die Mangel nehmen und an die Fakten gelangen konnten, die sie für ihre Entscheidung benötigten.

Die Zusammenkunft fand in Als Büro im Gartenpavillon statt und dauerte etwas über eine Stunde. Die drei stellten Fragen, Koltai antwortete. Es ging um Zahlen, Prozentsätze und Investmentrenditen, alles Dinge, von denen Nick nichts verstand und die ihn auch nicht interessierten. Als sein Bruder jedoch am Ende vorschlug, gemeinsam noch einen Drink zu nehmen, vermochte er nur mit Mühe einen Freudenschrei zu unterdrücken.

Er wusste, wie diese Einladung zu verstehen war: Sie war ein gutes Zeichen, denn in Geschäftsdingen vergeudete Al keine Zeit mit Nettigkeiten, außer wenn es ihm mit einem Deal wirklich ernst war.

Al persönlich kredenzte allen einen feinen Froschfresser-Brandy – ein Frank-&-Worthington-Import – in schönen italienischen Kristallgläsern, dito. Ein Bedienter trat ein und stellte eine Silberschale mit karamellisierten und schokoladeüberzogenen Mandeln auf den Tisch, eine Spezialität aus der Anfangszeit von Frank Delicacies. Auch Joseph Koltai trug zu der festlichen Stimmung bei: Er holte seinen Lederbeutel hervor und ließ seine Havanna-Zigarren herumgehen. Und Nick, der ihnen bereits verfallen war, erklärte, die dürfe man sich nicht entgehen lassen, es seien mit Abstand die besten Zigarren der Welt. Al brachte einen Toast auf das Filmgeschäft aus, was Nick als ein noch besseres Zeichen deutete, ein so hervorragendes, dass er es sich nicht verkneifen konnte, Koltai mit einem kaum wahrnehmbaren Augenzwinkern seine Freude zu signalisieren.

Die fünf Männer tranken ihren Brandy, rauchten ihre Zigarren und plauderten über dieses und jenes, der Zahlenmensch über die Wall Street, die sich endlich vom Börsencrash erholt habe, der Marketingmensch über Franklin Roosevelt und seine Sozipolitik, Al über diesen kleinen Deutschen, Adolf Hitler, der, obwohl stilmäßig eine Lachnummer, wahre Wunder vollbracht habe, was die Wiederbelebung der Wirtschaft und den Bau der Autobahnen angehe. Koltai sagte nicht viel, er äußerte nur gewisse Zweifel an Hitlers friedliebender Natur. Nach einer halben Stunde schaute er auf die Uhr, sagte etwas von einem Termin in der Stadt und entschuldigte sich. Al Frank dankte ihm dafür, dass er ihn als Investor eines »äußerst vielversprechenden Projekts«

ins Auge fasse, und versprach, sich am nächsten Tag bei ihm zu melden.

Nick, aufgekratzt und unentwegt plappernd, begleitete Koltai ans Tor und sagte, er sei sich sicher, dass der Fisch angebissen habe, dann eilte er ins Haus zurück, um zu hören, was für einen Eindruck sein Bruder von dem Produzenten gewonnen hatte. Der Marketingmensch sagte, er halte es für eine gute Idee, in den Film zu investieren, aber man solle noch etwas mehr über diesen Koltai in Erfahrung bringen, der Zahlenmensch fand die Idee nicht gut, nicht wirklich, seiner Meinung nach sei das Risiko zu hoch. Nick wollte sein Insiderwissen über das Filmgeschäft in die Debatte einbringen, wurde von Al jedoch beschieden, er solle diese Dinge den Großen überlassen. Kaum hatte er es ausgesprochen, stöhnte er plötzlich auf wie jemand, dem man mit voller Wucht in die Eier getreten hat. Erschrocken sahen ihn die anderen an: Er verdrehte die Augen und gab einen langgezogenen, erstickten Laut von sich, als müsste er sich übergeben. »Al, was hast du?«, fragte Nick. »Er hat sich an einer Mandel verschluckt«, sagte der Zahlenmensch. »Wir müssen ihm auf den Rücken hauen«, meinte der Marketingmensch und versetzte Al einen kräftigen Schlag. Doch statt nun wundersam zu genesen, kippte Al vornüber, packte mit beiden Händen das Leinentischtuch und riss es zu sich heran, sodass alles, was darauf stand, zu Boden krachte. Dann richtete er sich halb auf, einen Moment nur, und fiel schließlich um, dauerhaft diesmal, sein Gesicht färbte sich dunkelrot wie eine *melanzana*, und Schaumbläschen traten ihm vor den Mund.

»Einen Arzt!«, rief der Marketingmensch, während der Zahlenmensch nur fassungslos neben Nick stand, der in gleichmäßigen Abständen »*Madonna mia, Madonna mia*« sagte.

Als eine Viertelstunde später der Krankenwagen kam, war es zu spät. Frank-Bruder Nummer eins war tot.

Nick Franks erste Reaktion war keine, die man normalerweise in einem solchen Fall erwarten würde, nämlich Trauer. Er konnte in diesem Moment nur an eines denken: Al Franks Tod bedeutete, dass er sich von seinem Traum eines triumphalen Comebacks verabschieden musste. Doch dann, eine knappe Stunde später, als Leo Frank in seinem schicken Sportflitzer die Einfahrt des Anwesens auf Long Island hinaufröhrte, änderte sich seine Stimmung. Denn nachdem sie sich umarmt hatten, flüsterte Leo ihm eine großartige Neuigkeit ins Ohr: Das Testament ihres Bruders mache sie beide zu schwerreichen Männern. (Das wusste Leo bereits, von einem Bettgeflüster mit Thelma.) Und so wich Nicks erste, enttäuschte Reaktion einer zweiten: Da er nun Millionär war – nichts anderes konnte »schwerreich« bei Al bedeuten – und damit selbst in *Das Leben Jesu* investieren konnte, gestattete er sich den Luxus, um seinen Bruder zu trauern, und seufzte ausgiebig, weinte ein bisschen und so weiter. Er frönte diesen Gefühlsbekundungen jedoch nicht allzu lange, denn wenige Stunden später trat eine dritte Emotion an ihre Stelle: Angst.

Das geschah in dem Moment, als Nick begriff, was doch von Anfang an offensichtlich gewesen war. Aus irgendeinem Grund aber drang es erst zu ihm durch, als er es klipp und klar im Radio hörte: »Der Vorstandsvorsitzende von Frank & Worthington Enterprises in New York, der angesehene Geschäftsmann Alexander Frank, ist am frühen Nachmittag in seinem Haus auf

Long Island einem Herzinfarkt erlegen. Er wurde zweiundvierzig Jahre alt.« Nick war wie betäubt. Al war mit zweiundvierzig gestorben, genau wie Tonio Lupo es gesagt hatte! Allerdings war er nicht ermordet worden – für den Arzt war es eindeutig ein Herzinfarkt gewesen –, also musste das Alter Zufall sein. Ein tragischer Zufall, das schon. Es sei denn ... Es sei denn ... *Madonna mia*, was, wenn ...

Wie Sie ja bereits wissen, *Signore*, saß hinter Nick Franks »lasziven Augen« ein Gehirn von der Größe einer Kichererbse. Angesichts dieser geistigen Ausstattung wird es Sie nicht überraschen, dass er der Typ war, der auf Dinge abfährt, an die hirnlose Frauen glauben. Sie wissen schon, »Kontaktaufnahme mit Verstorbenen«, Kristallkugeln und Kartenlegen, der Typ, der jeden Morgen, bevor er aus dem Haus geht, sein Horoskop in der Zeitung liest, um zu erfahren, was die Sterne an diesem Tag für ihn bereithalten. Was das betrifft, war er ein Trottel, aber seit Al ihm von Lupos *maledizione* erzählt hatte, war ihm immerhin klar gewesen – weil es Al klar war, der es ihm erklärt hatte –, dass der alte *capo* das Wort nur als Redewendung benutzt hatte. In Wahrheit hatte er ihrem Dad mitgeteilt, dass er die Ermordung seiner drei Söhne im Alter von zweiundvierzig Jahren in die Wege geleitet hatte. Doch nun, ohne Al, der ihm den Kopf hätte zurechtrücken können, wandte sich Nicks einfältiger Geist neuen Ufern zu: Was, wenn Tonio Lupo seine *maledizione* wörtlich gemeint hatte? Wenn er die Söhne des Mörders seines eigenen Sohnes mit einem *Fluch* belegt hatte? O, *Dio mio*! Was, wenn diese Bestie in Menschengestalt eine grauenvolle, böse Macht gegen sie entfesselt hatte, so wie dieser mächtige Araber in der Oper, dieser »Montezuma« oder »Montenegro« oder so ähnlich, gegen Rigoletto, mit der Folge, dass die Tochter des armen *pagliazzo* in der Schlussszene stirbt, worauf der Vater »La *maledizioo*OOOOOO*-ooneee*!!!« ausruft? O Mutter Gottes! O süße Jungfrau Maria!

In Nicks schlichter Gedankenwelt war plötzlich alles glasklar. Natürlich! Hätte Lupos Drohung lediglich bedeutet, dass ein paar Gangster den Willen ihres Chefs ausführten, dann hätte Al sie längst gekauft – mehr Geld als ein Mafia-Ganove hatte er allemal. Und selbst wenn ihm das aus irgendeinem Grund nicht gelungen wäre, wenn Lupos Fluch auf einen ganz gewöhnlichen Mord hinausgelaufen wäre, dann wäre Al durch eine Kugel, ein Messer oder eine Bombe gestorben, durch irgendetwas, womit sich Gangster gegenseitig umbringen, aber doch nicht an einem Herzinfarkt! Dass es ein Herzinfarkt gewesen war und dass es Al erst mit zweiundvierzig passiert war, ließ nur eine Erklärung zu: Tonio Lupo hatte die dunklen Mächte der Unterwelt gegen die Frank-Brüder aufgeboten, wie diese Voodoo-Freaks in der Karibik. Lag das nicht auf der Hand? Doch, das tat es, wenn man Nicks Kichererbse von einem Gehirn im Kopf hatte.

»Wir trauern heute nicht nur um Al, kleiner Bruder!«, flüsterte er Leo ins Ohr, als sie an diesem Abend im Wohnzimmer der Villa auf Long Island in einer Ecke beisammenstanden, während Freunde und Kollegen Thelma ihr Beileid aussprachen. »Wir trauern auch um uns.«

Da Leo jedoch nichts von der *maledizione* wusste, fand er seinen dämlichen Bruder einfach nur melodramatisch. Er selbst war ziemlich aufgekratzt, wobei er sich natürlich alle Mühe gab, es zu verbergen. Für ihn war Als Tod ein Glücksfall, ja, geradezu ein Wunder, denn jetzt besaß er nicht nur seinen eigenen, persönlichen, beträchtlichen Haufen Kohle, sondern er konnte auch frei über Thelma verfügen.

»Also, ich trauere nicht um mich«, entgegnete er flüsternd. »Und das solltest du auch nicht tun. Wir sind jetzt Millionäre. Kein Grund zum Trauern, Mann. Nicht der geringste!«

Leos Reaktion machte Nick klar, dass sein Bruder endlich die furchtbare Wahrheit erfahren musste. Und natürlich war es nun seine, Nicks, traurige Pflicht, ihn über die *maledizione* aufzuklären. Nachdem die Besucher gegangen waren und Thelma sich in ihr Zimmer zurückgezogen hatte, setzte sich Frank-Bruder Nummer zwei mit Frank-Bruder Nummer drei hin und erzählte ihm die ganze Geschichte, von *papàs* Niedergang nach *mammas* Tod, über seine Trinkerei und seine Spielsucht, bis hin zu dem unglaublichen Pech, dass er im Streit ausgerechnet den Sohn von Tonio Lupo, dem »Schrecken von Brooklyn«, getötet hatte. Leo hörte interessiert zu; es war ja auch eine gute Story. Als Nick ihm aber sagte, was Al in Sing Sing von ihrem *papà* erfahren hatte, dass nämlich der alte *capo* ihn in seiner Zelle aufgesucht und seine *maledizione* über ihn verhängt hatte – Leo konnte nicht Italienisch, und Nick musste ihm das Wort erklären –, platzte der kleine Bruder los.

»Was für ein Scheiß!«

Um ihn fairerweise nicht nach seiner ersten Reaktion zu beurteilen, müssen wir bedenken, was Leo von dem Mann wusste, der ihm das erzählte: Nick war ein Dummkopf, und dass ein Dummkopf dummes Zeug glaubt, ist ja klar.

»Das ist doch alles Quatsch, Nick«, sagte er. »Merkst du das nicht? Du hast doch Thelma gehört: Al ist eines natürlichen Todes gestorben. Das hat der Arzt, der teuerste gottverdammte Arzt in New York City, selbst gesagt!«

Doch Nick stand ganz im Bann seiner Dunkle-Mächte-Theorie.

»Genau mit zweiundvierzig«, sagte er.

»Na und? Kein Gangster kann einen Herzinfarkt herbeiführen, und wenn er noch so schlau und mächtig ist!«

»Ich rede ja auch nicht von einem *Menschen*, du Naivling«, fuhr Nick fort. »Ich rede von einem *Fluch*! Dass Lupo das Wort *maledizione* gebraucht hat, sagt dir das denn gar nichts? Es ist doch völlig offensichtlich: Mächte *jenseits des Fassbaren* haben Als Tod herbeigeführt!«

Leo, zu glücklich, um sich diesen Schwachsinn noch länger anzuhören, klopfte Nick auf die Schulter und schlug vor, einen Absacker zu nehmen und dann ins Bett zu gehen, um erst mal alles zu überschlafen.

Nicks Geschichte ließ ihn jedoch nicht von vornherein kalt, jedenfalls nicht komplett. Der erste Teil – die letzten Lebensjahre ihres Vaters und auch die Art, wie er gestorben war – erschien ihm sehr viel plausibler als die koschere Version, mit der er aufgewachsen war, die Version vom hart arbeitenden, bei einem Verkehrsunfall ums Leben gekommenen Familienvater. Im Lauf der Jahre hatte er immer mehr Lücken darin entdeckt: Ein Verwandter machte komische Andeutungen, oder ein rätselhaftes Schweigen trat ein, wenn jemand seinen *papà* erwähnte, und dergleichen mehr. Jetzt ergab das alles einen Sinn: Ben Frank war am Ende seines Lebens ein Trinker und ein Spieler gewesen, Leo konnte sich sogar erinnern, dass er manchmal nach Alkohol gerochen hatte. Und vielleicht war er wirklich in eine Schlägerei geraten, vielleicht war dabei wirklich ein Gangster gestorben, und dessen Kumpels hatten ihren Zorn an seinem alten Herrn ausgelassen. Bis hierher war daran nichts Seltsames, man las so etwas ja täglich in der Zeitung. Was Nick aber sonst noch so dahergeredet hatte, von Flüchen und »dunklen Geistern« und so weiter, das war natürlich Quatsch. Offenbar hatten all die Trashfilme, in denen er mitgespielt hatte, und die Ströme von Alkohol und Drogen, die er durch seine Adern gejagt hatte, dem armen Kerl den Kopf vernebelt. Sie lebten schließlich im Amerika des zwanzigsten Jahrhunderts und nicht in Verdis Italien oder irgendeinem Horrorfilm, in dem Geister aus dem Jenseits Rache üben.

Hätte aber auch nur der leiseste Verdacht bestanden, dass etwas faul war an Als Tod, hätte Leo sich über den zweiten Teil von Nicks Geschichte Gedanken gemacht, die Rache eines Mafioso, die selbst noch Al und seine Brüder einschloss. Aber ein solcher Verdacht bestand nicht, das bestätigte ihm auch Thelma, als sie am Abend in sein Zimmer kam, um in ihrer Trauer Trost zu suchen. (Schöne Trauer! Schöner Trost!) Ohne die *maledizione* zu erwähnen, fragte Nick sie noch einmal nach der Todesursache, die ihnen der Arzt wenige Stunden zuvor mitgeteilt hatte. Sie könne ihm den Totenschein zeigen, wenn er wolle, antwortete sie, da stehe es schwarz auf weiß: »Schwerer Herzinfarkt infolge Koronarthrombose.«

»Etwas anderes kann es also nicht sein?«, fragte Leo.

»Natürlich nicht«, sagte Thelma. »Und jetzt hör auf, dumme Fragen zu stellen, und komm ins Bett, Teddybär.«

Nun ja. Von der »trauernden Witwe« beruhigt, vergaß der *orsachiotto*, der »Teddybär« – so nannte ihn Thelma im Bett –, Nicks Hirngespinste wieder, zumal ihn in den folgenden Tagen etwas weit Wichtigeres beschäftigte. Wie sich nämlich herausstellte, hatte Al seine Brüder *nicht* zu Millionären gemacht. Sein Vermögen wurde zwar auf insgesamt über hundert Millionen geschätzt – so konnte es am nächsten Tag alle Welt in der Zeitung lesen –, aber seinen Brüdern hatte er nur fünfhunderttausend

Dollar pro Nase hinterlassen. Das war nicht gerade ein Taschengeld, aber auch nicht genug, um Leos Appetit zu stillen. Als er erfuhr, was in Als Testament stand, beschloss er daher, alles, was er an Talent, Energie und Zeit besaß, in den Dienst der guten Sache zu stellen – als solche sah er es – und das Unrecht wiedergutzumachen, das ihm von diesem miesen Geizkragen angetan worden war. Es würde ein Fulltimejob werden, und zum Glück verplemperte Nick seine, Leos, Zeit nicht noch weiter mit dieser »Fluch«-Geschichte. Als er ihn bei Als Beerdigung wiedersah – es war das letzte Mal, dass sie sich trafen, aber das wussten sie da noch nicht –, richtete Nick nicht ein einziges Wort an ihn, und auch an niemanden sonst. Er wirkte blass und mitgenommen, nur noch ein Schatten seiner selbst. So hatte er zwar schon vorher ausgesehen, seit seinem Entzug, ein Schatten seines besten, seines Hollywood-Ichs, aber jetzt sah er noch schlechter aus, wie der Schatten eines Schattens. Vielleicht nahm er wieder Drogen, dachte Leo, oder er betrank sich regelmäßig, oder er dachte die ganze Zeit an diese aberwitzige *maledizione*.

Ein paar Wochen nach der Beerdigung von Frank-Bruder Nummer eins erhielt Frank-Bruder Nummer drei einen Brief von Frank-Bruder Nummer zwei, in dem er ihm mitteilte, dass er sich auf eine Weltreise begeben und lange Zeit fort sein werde. »Den wären wir los«, dachte Leo.

Als Nick Frank kaum eine Stunde, nachdem Al den Löffel abgegeben hatte, von Leo erfuhr, dass Als Testament ihn zum Millionär machen würde, hatte es ihn in den Fingern gejuckt, sofort zum Hörer zu greifen, Koltai anzurufen und ihm die wunderbare Neuigkeit mitzuteilen, dass *Das Leben Jesu* einen neuen Geldgeber habe, einen riesigen Fan von Nicholas Franco: Nick Frank! Und dass sie diesem dreckigen Texaner jetzt sagen konnten, er solle sich seine stinkenden, ölverschmierten Dollars in den Arsch schieben, sie würden das Projekt allein durchziehen, und zwar *presto, prestissimo*! Doch dann fand er, so etwas gehöre sich nicht, und entschloss sich, noch ein paar Stunden den trauernden Bruder zu spielen. Als kultivierter europäischer Gentleman würde Koltai einen gewissen Anstand zu schätzen wissen.

Nick genehmigte sich eine Menge Drinks an Als Todestag, die ersten aus Verzweiflung, weil er glaubte, das Projekt sei gestorben, die nächsten aus Freude, weil er glaubte, es sei wieder auferstanden, nachdem er jetzt Millionär war, und die weiteren, vom frühen Abend bis tief in die Nacht, aus Angst vor einer Rigoletto-mäßigen *maledizione*, vor den dunklen Mächten der Unterwelt und dergleichen mehr. Als Leo ihn um Mitternacht verließ, war er so betrunken, dass er in einem Gästezimmer der Villa auf Long Island aufs Bett fiel und bis zum nächsten Morgen seinen Rausch ausschlief. Nach dem Frühstück und zwei Aspirin rief er im Plaza an und verlangte Koltai zu sprechen.

Er bekam eine ziemlich unerwartete Antwort: Mr. Koltai habe am Nachmittag zuvor ausgecheckt. Seltsam – der Produzent hatte nichts davon gesagt, dass er abreisen wollte. Leo geriet in Panik, die übliche Reaktion bei ihm. Ob der Portier sicher sei, dass Mr. Koltai ausgecheckt habe, ob er nicht bloß ausgegangen sei? Aber der Portier war sich sicher. Nick goss sich einen Drink ein. Offenbar hatte Koltai von Als Tod erfahren und war in der Annahme, aus dem Projekt werde nun nichts, verzweifelt abgereist. Nick verfluchte sich dafür, ihn nicht gleich angerufen und ihm gesagt zu haben, dass er jetzt selbst Millionär war. Er nahm noch einen Drink, rief dann in seinem Büro bei Frank & Worthington an und fragte seine »Sekretärin«, ob Mr. Koltai eine Nachricht hinterlassen habe. Nein, das habe er nicht, antwortete die alte Schachtel, schniefend wegen Als Tod. Als Nächstes rief Nick in seinem Apartment in Manhattan an und stellte seinem Diener – er lebte von Als als Gehalt getarnter Unterstützung durchaus stilvoll – dieselbe Frage, auf die er dieselbe Antwort erhielt: Nein, Sir, *schnief*, keine Nachricht von Mr. Koltai, *schnief*. Nick kippte noch einige weitere Drinks. Wegen der Zeitverschiebung zwischen Ost- und Westküste ließ er ein paar Stunden verstreichen, dann rief er die Vermittlung an, um sich mit Koltais Büro in LA verbinden zu lassen, dessen Nummer in geprägten Ziffern auf der Visitenkarte stand, die Koltai ihm bei ihrer ersten Begegnung gegeben hatte. Doch die Telefonistin erreichte niemanden. Ob sie es noch einmal versuchen könne? Das würde nichts nützen, sagte sie, die Nummer sei abgeschaltet. Das könne nicht sein, erwiderte Nick verärgert, er habe doch erst vor einer Woche mit dem Inhaber der Nummer gesprochen. Schon möglich, lautete die Antwort, aber die Nummer sei tags zuvor abgeschaltet worden.

Ein schwarzer Gedanke, ein *pechschwarzer* Gedanke, klopfte nun zum ersten Mal an die Tür von Nicks Gehirn. Es war zunächst nur ein leises, ein ganz dezentes Klopfen, und er tat so, als hätte er es nicht gehört. Er verharrte in seinem Zustand hoffnungsvoller Benommenheit, betrank sich sinnlos und überschlief die Sache noch eine zweite Nacht. Am nächsten Morgen rief er erneut im Plaza an und bat um Mr. Koltais Nachsendeadresse. Zu seiner Überraschung erhielt er eine Adresse in Brooklyn. Zu verkatert und zu unruhig, um selbst zu fahren, nahm er ein Taxi und stand dann vor einem italienischen Friseursalon, dessen Inhaber noch nie etwas von einem Joseph Koltai gehört hatte. Wieder klopfte der schwarze Gedanke an, laut und vernehmlich diesmal, so laut, dass Nick sozusagen die Tür öffnete und hinausspähte. Entsetzt knallte er sie wieder zu.

Es dauerte ein paar Tage, bis er die Wahrheit einließ – und wer will es dem armen Kerl verdenken bei einer so hässlichen Wahrheit! Zuvor aber erlangte er noch weitere Gewissheit, in zwei Raten. Die erste kam von einem Bekannten in Hollywood, der sich dort umhörte und dann berichtete, dass niemand in der Branche einen Produzenten namens Joseph Koltai kenne. Die zweite lieferte der Londoner Repräsentant von Frank & Worthington, der Nick auf seine Anfrage hin telegrafierte, die Produzenten des britischen Films *Rendezvous in Wien*, den Koltai als seinen eigenen ausgegeben hatte, hätten noch nie von ihm gehört.

Jetzt wusste Nick Bescheid. Er ließ alle Pietät fahren und brüllte ein *porca Madonna*! hinaus. (Verzeihen Sie die Blasphemie in diesem Hause Gottes, *Signore*, aber ich zitiere nur.) »Scheiße!«, sagte Nick zu sich selbst. »Verdammt, verdammt, verdammt!« Es war ein Desaster! Nicht einmal Giuseppe Verdi hätte sich einen so grausamen Schluss für seine Story ausdenken können! Hell wie der Tag, oder besser, dunkel wie die Nacht, wie die schwärzeste mondlose, sternenlose Nacht, lag nun alles vor ihm: Die ganze Sache mit dem »riiiesigän Projekt« war von Anfang bis Ende ein kompletter Schwindel gewesen – ach, aber was für ein wunderbar überzeugender! Es gab keine Mitproduzenten, keinen texanischen Millionär, kein Geschacher um den Star – wer braucht schon einen Star, wenn gar kein Film gedreht wird? Doch die bitterste Pille, die Nick schlucken musste, der letzte Teil der Lüge, von der er sich verabschieden musste, war die »Marktanalysä«, die ihm gezeigt hatte, dass sich die Leute noch an Nicholas Franco erinnerten. Am Ende aber ließ er los. Es existierte keine »Marktanalysä«. Nick war nicht als Idealbesetzung für die Rolle des Jesus oder für irgendeine andere Rolle gekürt worden, außer für die, die er in den vergangenen Wochen so perfekt gespielt hatte: die des *buffone*, eines Narren, unendlich viel lächerlicher als *povero* Rigoletto. Das Drehbuch der Tragödie mit ihm in der Hauptrolle hatte nicht ein großer Hollywood-Autor geschrieben, sondern der Geist eines toten Mafioso namens Tonio Lupo, und der Titel lautete nicht *Das Leben Jesu*, sondern *Der Tod Al Franks.*

Nick wusste jetzt als Einziger außer den Tätern, dass sein Bruder keines natürlichen Todes gestorben war. Weil er, obwohl der weitaus Dümmste im Frank-Haushalt, auch als Einziger wusste, dass der Mann, dem er selbst Zutritt zu Al verschafft hatte, der Mann, der sich Joseph Koltai nannte, nicht das war, was er zu sein vorgab, sondern vielmehr etwas ganz Dunkles, Böses. Nick erfuhr zwar nie, wie es im Einzelnen zugegangen war, aber eines hatte er bei aller Einfalt inzwischen begriffen: Al war vergiftet worden. Dieser »Koltai« hatte unbemerkt etwas in Als Kaffee oder in seinen Brandy getan, eine Substanz, die seinen Tod wie einen Herzinfarkt aussehen ließ. Und da er in letzter Zeit nervös und angespannt gewesen war, hatte der Arzt seinen Tod als natürlich angesehen.

Es waren schlimme Gedanken, gegen die Nick aber nichts tun konnte; er musste lernen, damit zu leben. Doch da war noch ein weiterer Gedanke, ein noch schlimmerer, und der ließ ihn unverzüglich in Aktion treten – sonst würde er es mit dem Leben bezahlen. Da er der einzige Nicht-Kriminelle war, der die Tragödie in ihrem ganzen Ausmaß erfasste, war er auch der Einzige, der begriff, dass die Ereignisse auf Long Island lediglich das Ende des ersten Aktes waren. Der zweite Akt hatte begonnen, und an seinem Ende würde der Vorhang über seiner eigenen Leiche fallen. Das Geld von Frank-Bruder Nummer eins, obwohl Millionen und Abermillionen, hatte ihn nicht gerettet, und Frank-Bruder Nummer zwei sah nun keinerlei Möglichkeit mehr, sich zu schützen. Sein einziger Trost – ein bitterer Trost, aber immerhin ein Trost – war in diesem Moment der Gedanke, dass ihm selbst größter Starruhm – vorausgesetzt, er hätte ihn erlangt – nichts genützt hätte. Nicht einmal, wenn er, wie in seinen Träumen von einst, ein Superstar geworden wäre wie Rudolf Valentino, Ramón Navarro und Douglas Fairbanks zusammen. Einem Killer, der sich einen so teuflischen Plan ausgedacht hatte, um an den allmächtigen Al Frank heranzukommen, würde es keine Schwierigkeiten bereiten, auch ihn zu töten, wenn es so weit war, Star hin oder her. Dass Klein-Leo sich weigerte, an die *maledizione* zu glauben, kümmerte Nick im Moment herzlich wenig. Er hatte ihn gewarnt, aber dieses unausstehliche Früchtchen hatte sich bloß über ihn lustig gemacht. Jetzt würde er sich nur noch mit seiner eigenen Rettung befassen. Aber wie? Da er nun mal kein Geistesriese war, fiel ihm nur eine Möglichkeit ein. Er würde damit zwar keinen Preis für Originalität gewinnen, aber sie schien zumindest einigermaßen brauchbar.

Nachdem Als Testament verlesen worden war und Nick Frank erfahren hatte, dass er eine halbe Million Dollar erben würde – weit weniger, als er gehofft hatte, aber weit mehr, als er im Moment besaß –, suchte er einen Finanzmenschen bei Frank & Worthington auf und bat ihn, das Geld auf ein Schweizer Bankkonto zu überweisen. Als das erledigt war, ging er in ein Reisebüro und buchte eine Passage auf dem nächsten Schiff nach Frankreich – trotz seines Hanges zum Luxus zweiter Klasse, wegen des Risikos, in der ersten von jemandem aus der New Yorker Upperclass erkannt zu werden.

Die Überfahrt war reichlich stürmisch und setzte seinem Magen schwer zu. Das störte ihn jedoch nicht, denn es lieferte ihm den perfekten Grund, die ganze Zeit in seiner Kabine zu bleiben und auf diese Weise sein Inkognito zu wahren. Als er in Le Havre von Bord ging, beglückwünschte er sich dazu, von niemandem erkannt worden zu sein. Wie sich die Dinge im Leben eines Menschen ändern können, *Signore*! Was ihn noch vor wenigen Wochen tieftraurig gemacht hätte, freute ihn jetzt!

Er stieg für zwei Nächte in einem Hotel im Stadtzentrum ab, bis sich die Menge seiner Mitpassagiere verlaufen hatte, dann fuhr er in einem fast leeren Zug nach Paris. Dort nahm er sich ein Zimmer in einem billigen Hotel.

Seine Tage in Paris *oh lala* verliefen recht nüchtern. Er verbrachte sie entweder im Hotel, oder er wanderte umher, immer auf der Hut vor einem potentiellen Verfolger. Und dann, nach etwa einer Woche, tat er eines Abends den entscheidenden Schritt. Er bezahlte seine Rechnung, als gerade niemand in der Lobby war, und sagte dem Portier, er werde sein Gepäck zu einem späteren Zeitpunkt abholen. Dann setzte er sich in ein Café und trank einen Aperitif, danach aß er in einem Bistro zu Abend, und schließlich ging er in ein anderes Hotel, ein vornehmes, dessen Umgebung er auf einem seiner Spaziergänge ausgekundschaftet hatte. In der Bar nahm er einen Drink, dann griff er zu einem uralten Trick, den er aus einem südamerikanischen B-Movie kannte, einem Krimi, in dem er mitgespielt hatte. Er schob dem Barkeeper ein paar Scheine über den Tresen, zwinkerte ihm zu und sagte, er müsse das Hotel unbemerkt verlassen, der Ehemann einer Freundin sei hinter ihm her. Der Barmann, ein Froschfresser, freute sich, bei einem Komplott in Sachen *amour* mitmachen zu können, und führte ihn zum Lieferanteneingang, der auf eine Seitengasse hinausführte. Von dort ging Nick zu einem belebten Boulevard und nahm sich ein Taxi.

Etwa eine Stunde später sah ein dicker, ziemlich einfältig wirkender Mann, der sich in einem dunklen Winkel gegenüber dem Haupteingang des Nobelhotels herumdrückte, ungefähr zum zehnten Mal in fünf Minuten auf die Uhr, überquerte dann die Straße und betrat das Hotel. An der Rezeption fragte er nach einem amerikanischen Gentleman, der vor einer Stunde eingecheckt habe, und bekam zur Antwort, es habe niemand eingecheckt, weder ein Amerikaner noch sonst jemand, aber vielleicht sei sein Freund ja in der Bar. Der Dicke sah sich dort um. Scheinbar ganz ruhig fragte er den Barkeeper, ob er in der letzten Stunde einen Gentleman gesehen habe, um die vierzig, dunkelhaarig, gutaussehend, gut angezogen. Der Barmann verneinte, so einen habe er nicht gesehen und lachte insgeheim über den gehörnten Ehemann – kein Wunder, dass seine Frau ihn betrog, so wie der aussah. Ob es in dem Hotel vielleicht ein Restaurant gebe, wollte der Dicke wissen. Ja, sagte der Barmann, aber das sei im Moment geschlossen.

Daraufhin verließ der Dicke das Hotel – er hieß Giuliano Nonno, aber wer beruflich mit ihm zu tun hatte, nannte ihn »Pinza«, weil seine Hände stark wie eine Kneifzange waren und schon viele Seelen zu ihrem Schöpfer geschickt hatten – und rannte los, so schnell er konnte. Er rannte zu dem kleinen Hotel, in dem er wohnte, direkt gegenüber Nick Franks Hotel, und stürzte in das Zimmer, das er sich mit einem anderen Mann teilte, einem trügerisch schwächlich wirkenden Typen namens Calogero Russo, von seinen Kumpels »Calo« genannt. Der fuhr aus dem Bett hoch. »Nicht schimpfen«, keuchte Pinza außer Atem. »Ich glaub, ich hab ihn verloren.« »*Che cazzo*«, fluchte Calo. (Wenn Sie sich jemals mit italienischen Schimpfwörtern befasst haben, *Signore*, dann werden Sie das als Erstes gelernt haben.) Pinza hatte ihn tatsächlich verloren. Denn während er mit Calo sprach, schlüpfte Nick Frank gerade im Schlafwagen eines Nachtzugs Richtung Süden in seinen Pyjama.

Vier Wochen nach diesem Abend in Paris erschien in einer amerikanischen Zeitschrift eine Anzeige, eine von denen, die sich speziell an Filmfans richten. Sie lautete: »Ich schreibe ein Buch über die Karriere des Stummfilmstars Nicholas Franco. Wer seinen derzeitigen Aufenthaltsort kennt, möge sich bitte melden. Hinweise werden vergütet.« Der Name darunter lautete »C. Waters«, und für die Zuschriften war eine Adresse in Chicago angegeben. Hätte man sich die Mühe gemacht, sie zu überprüfen – was jedoch jahrelang niemand tat –, wäre man auf ein Lebensmittelgeschäft gestoßen, dessen Inhaber ein kleiner, sehr ängstlicher Ire war. Er hatte von jemandem, den er aus gutem Grund nicht verärgern wollte, Anweisung erhalten, alles, was an Post für C. Waters bei ihm eintraf, in einen Umschlag zu stecken und an ein Restaurant in Bensonhurst, Brooklyns »Little Italy«, weiterzuleiten. Der *padrone* des Restaurants wusste, dass er Briefe aus Chicago Calo Russo zu übergeben hatte, der einmal in der Woche bei ihm speiste. Doch Calo war noch nicht der letzte

Empfänger. Die wenigen Briefe, die er im Lauf der nächsten Jahre erhielt, las er per Telefon einem Mann vor, der in einer Kleinstadt in New England lebte.

Und der Mann, der Calos Anrufe entgegennahm, ist die vierte Figur in unserer Geschichte, deswegen erzähle ich Ihnen ein bisschen was über ihn.

Also:

Er wurde einige Jahre vor Beginn des zwanzigsten Jahrhunderts in einem kleinen Dorf bei Santa Flavia in Sizilien geboren. Sein Vater, ein Küfer, war wenige Wochen vor seiner Geburt gestorben. Seine Mutter, die bereits vier Kinder hatte, konnte nicht noch ein fünftes Maul stopfen, und nachdem das Baby auf den Namen seines toten Vaters »Giuseppe« getauft worden war, übergab sie es einem Cousin, der übers Meer fuhr und es zu einem entfernten Cousin in Amerika brachte. Der kinderlose Mann wollte einen Jungen aus der alten Heimat adoptieren.

Giuseppes Adoptivvater – er hieß Giancarlo Terranova – übte einen wesentlich einträglicheren Beruf aus als sein leiblicher Vater: Er war Gangster, einer von denen, die ihre Laufbahn bereits in Sizilien begonnen hatten, von den jüngeren »Mustache Pete« genannt. Er war ein *uomo d'onore*, ein in seinen Kreisen hochangesehener Mann, doch da er nicht die Qualitäten eines *capo* besaß, schloss er sich mit ein paar Ganoven aus seinem Umfeld der *borgata* von Tonio Lupo an, damals der kommende Mann in Brooklyn und zufällig auch ein Mustache Pete. So kam es, dass Giancarlos Adoptivsohn, der kleine Giuseppe Terranova, von allen »Peppe« genannt, innerhalb des Mobs aufwuchs. Das war gewissermaßen seine Großfamilie. Wäre sein *papà* nicht gestorben und er in Sizilien geblieben, wäre er vermutlich ebenfalls Küfer geworden. So aber wurde Giuseppe Terranova Gangster. Wie der Vater, so der Sohn.

Peppe war ein kluges Kind. Von klein auf tat er im Beisein von Erwachsenen allerhand gescheite Aussprüche, und Don Tonio mochte ihn von Anfang an. So sehr, dass er, als Giancarlo Terranova in Ausübung seiner Tätigkeit ums Leben kam, Peppes Adoptivmutter versprach, für den mittlerweile Dreizehnjährigen zu sorgen. »Wie ein Vater«, erklärte er. In der Schule war Peppe, ohne sich groß anzustrengen, Klassenprimus mit Bestnoten in schwierigen Fächern wie Geometrie, Physik und Latein. Witzigerweise war Lupo stolz darauf und prahlte vor den anderen Mafiosi mit Peppes Zeugnissen – witzigerweise deshalb, weil Schulwissen in Mafiakreisen normalerweise keinen hohen Stellenwert besitzt. Don Tonio wollte, dass sein Schützling die Schule beendete und dann als Buchhalter für ihn arbeitete, aber Terranova flehte ihn an: Er wolle nicht ein Leben lang am Schreibtisch sitzen, er wolle werden, was sein Adoptivvater gewesen war, was alle Männer waren, in deren Umfeld er aufgewachsen war, was auch Don Tonio war: ein Gangster.

Don Tonio war in diesem Punkt eine Art Fatalist, er wusste, dass ein Mann seiner Berufung folgen muss, und gab Peppes Wunsch nach. Terranova ging von der Schule ab, und da er groß und kräftig war, schon jetzt mehr Mann als Junge, wurde er sogleich *sgarista*, also Soldat in der *borgata*. Er führte seine Aufträge so erfolgreich aus, dass Don Tonio ihn, als er sich »seine Sporen verdient hatte«, wie man so sagt – seine erste Leiche war ein kleiner Geldeintreiber –, mit achtzehn zum *caporegime* machte, einer Art Hauptmann, dem jüngsten in allen *borgatas* New Yorks. Er war so etwas wie ein Wunderkind. Alle sechs *sgaristi* in seinem *regime*, seinem »Zug«, waren älter als ihr neuer

Boss, doch er trat so rigoros auf, dass es keinem in den Sinn kam, seine Befehle zu missachten. Man respektierte ihn.

Don Tonio hatte seine Zukunft bis ins Einzelne durchgeplant. Als der Cleverste weit und breit würde Terranova, wenn Don Tonios Erbe Luigi Lupo dereinst als *capo* in die Fußstapfen seines Vaters trat, den idealen zweiten Mann abgeben, den »Unterboss«. Zum Beweis seines besonderen Vertrauens fungierte Don Tonio als *testimone di nozze*, als Trauzeuge bei Terranovas Hochzeit mit Ekaterina, einer hübschen siebzehnjährigen Sizilianerin, frisch aus der alten Heimat eingetroffen, gottesfürchtig, vaterfürchtig, sanft und freundlich, bewandert in allen weiblichen Pflichten – diesen schönen alten Tugenden, die heute ausgestorben sind –, vor allem in einer: Sie wusste, wo ihr Platz war.

Doch aus der Zukunft, die Don Tonio für Terranova geplant hatte, sollte nichts werden. Kaum vier Wochen nach der Hochzeit wurde Luigi Lupo getötet, und für den *testimone di nozze* brach eine Welt zusammen. Terranova war gerade fünfundzwanzig geworden. Ich erwähne das deshalb, weil sein jugendliches Alter eine wesentliche Rolle spielte, als Don Tonio ihn zum Vollstrecker seiner Rache bestimmte. Sein Verstand fiel natürlich auch ins Gewicht, ganz erheblich sogar, und ebenso seine Loyalität. Aber wirklich wichtig war das Alter. Bedenken Sie: Der jüngste der Frank-Brüder war sieben gewesen, als Luigi Lupo umkam, also würde erst fünfunddreißig Jahre später die Zeit für ihn gekommen sein, unter den Voraussetzungen der *maledizione* zu sterben. Es leuchtet daher ein – sehr sogar –, dass Don Tonio keinen geriatrischen Fall als Killer gebrauchen konnte.

Wie seine Rache im Einzelnen aussehen sollte, das hatte der alte *capo* entschieden, als er erfuhr, dass Ben Frank drei Söhne hatte. Er hatte sich Zutritt zur Zelle des Mörders verschafft und ihn ins Bild gesetzt, damit der Bastard in den wenigen Tagen, die er noch zu leben hatte, so heftig wie nur möglich litt. Dann, an dem dunklen, wolkenverhangenen Morgen nach Luigis Beerdigung, bestellte Don Tonio Peppe Terranova in sein Haus in Seagate. Sie setzten sich in den *soggiorno*, in Amerika »living room« genannt – passender wäre angesichts des Themas ihrer Unterredung »dying room« gewesen.

Und so sprach Don Tonio zu Terranova:

»Mein Junge, ich bin ein kranker Mann. Ich habe nicht mehr lange zu leben und werde bald meinem geliebten Luigi durch die Himmelspforte folgen.« Ja, *Signore*, das hat er wirklich gesagt, »Himmelspforte«; er muss sich ziemlich sicher gewesen sein, dass er und sein Sohn in den Himmel kommen würden und nicht an jenen anderen Ort. »Wegen dieses *figlio di puttana*, dieses Lukaneser Hurensohns von einem Schuhmacher, dessen gottverdammter Name mir nicht über die Lippen will, werde ich ohne einen Erben sterben. Und da mein Luigi keine Kinder hatte – mein armer Junge glaubte, dafür sei später noch Zeit –, habe ich auch keine Enkel. Aber etwas von mir wird bleiben: mein Hass!«

Don Tonio legte seine zitternde Hand auf die Terranovas.

»Du, Peppe, bist ein reinrassiger *paisan*, ein Mann von echtem Schrot und Korn. Was ›Ehre‹ heißt, hast du im Blut. Und du kennst die Bedeutung der *omertà*, des Schweigegebots. Diese beiden, Ehre und *omertà*, machen den wahren Mann aus, *figlio mio*.«

Doch Don Tonios Gesundheitszustand erlaubte ihm keinen längeren Vortrag über die hehren Prinzipien der Mafia. Kaum hatte er dazu angesetzt, führte seine Krankheit im Verein mit seiner Gemütsverfassung dazu, dass ein merkwürdiges Geräusch aus seiner Lunge drang, eine Art Keuchen. Er kam deshalb gleich zum Punkt:

»Hör zu, *figlio mio*, hchchchch ... Und ich sage nicht ohne Grund ›mein Sohn‹, hchchchch ... Ja, Peppe, mein Junge! Von jetzt an, hchchchch, hast du im Leben nur noch eine Aufgabe: dafür zu sorgen, dass die drei Söhne dieses verfluchten Dreckskerls, hchchchch, der meinen Jungen ermordet hat, kaltgemacht werden, hchchchchchchchch ... Aber Achtung! Jeder von ihnen darf erst sterben, wenn er zweiundvierzig ist, genau so alt, wie mein Luigi war, als dieser Metzger ihn abgeschlachtet hat, hchchchchCHCHCHCHCH!!!«

Aus Angst, das viele Keuchen könnte dem alten Knaben den Garaus machen, nickte Terranova und sagte:

»Dein Wille geschehe, Don Tonio.«

Doch Lupo war noch nicht fertig.

»Nicht so hastig«, sagte er.

Nun neigte Lupo, wie Sie sich vorstellen können, *Signore*, nicht gerade zu einem »blutenden Herzen«, wie man so sagt. Zwar hatte er in seinem Leben die Herzen so mancher Kerle und auch andere Teile ihrer Anatomie bluten lassen, aber in seinem eigenen Herzen war kein Platz für zarte Gefühle. Er glaubte natürlich an die »Ehre« – für Sie mag es Ganovenehre sein, *Signore*, aber Ehre ist es trotzdem –, an die *omertà* und anderen Mafiakram, ansonsten hatte er jedoch eine ganz unsentimentale Lebenseinstellung; manche würden sie schlicht realistisch nennen. Und da er nicht vom Wort allein lebte, erwartete er das auch nicht von anderen. Bevor er also Terranova bat, sich voll und ganz der Aufgabe zu widmen, für die er ihn bestimmt hatte, oder aber bei deren Ausführung zu sterben, erklärte er ihm ausführlich, was sie beinhaltete.

Zunächst musste Terranova sein Leben von Grund auf ändern: Er durfte nicht nur kein *caporegime* mehr sein, sondern überhaupt kein Gangster mehr. Wenn er sich bereit erklärte, die *maledizione* zu übernehmen, musste er sämtliche Verbindungen zum Mob abbrechen, es sei denn, die Erfüllung eines Teils seiner Mission erforderte eine solche Verbindung, die er dann aber auf das äußerste Minimum beschränken musste. De facto würde er von nun an das Leben eines »normalen Menschen« führen, wie Sie es nennen würden, eines »Zivilisten«, wie es die Mafiosi nennen. Der Grund war klar, und Don Tonio brauchte ihn einem so gescheiten Menschen wie Giuseppe Terranova nicht groß zu erklären: Das Leben eines Gangsters ist höchst unberechenbar, denn er kann jederzeit außer Gefecht gesetzt werden, entweder vorübergehend durch einen Knastaufenthalt oder dauerhaft durch eine Kugel oder ein Messer. Der Mann, dem Lupo seine Rache anvertraute, musste jedoch leben und gesund sein, wenn es Zeit wurde, die Frank-Brüder zu töten. Aus demselben Grund, aus dem er Wert auf Terranovas jugendliches Alter legte, war es ihm daher auch wichtig, dass Terranova nicht zu Schaden kam, bis die Mission erfüllt war. Deshalb sollte er sich nicht den Gefahren eines Gangsterlebens aussetzen.

Für seinen Lebensunterhalt würde Don Tonio ihm ein völlig legales Geschäft übertragen, das er von einem *paisan* erworben hatte, ein nettes kleines italienisches Restaurant in Newport, einem ruhigen Städtchen in New England. Dorthin musste Terranova umziehen. Für einen tüchtigen jungen *caporegime* würde es zweifellos ein recht langweiliges Leben sein – aber ein ungefährliches. Oder haben Sie schon mal gehört, dass ein Restaurantbesitzer von einem Gast erschossen wird, weil die *fettucine* nicht *al dente* sind, oder dass ein großer *peperone* aus dem Schrank springt und ihn zusammenschlägt? Nein. Die Logik des neuen Lebens, das Don Tonio für Terranova geplant hatte, lautete: besser gelangweilt als tot.

Zusätzlich zu seinem Einkommen aus dem Restaurant würde Terranova monatlich die Mieteinnahmen für einen Laden in Brooklyn erhalten, der Lupo gehörte, als Sicherheit, falls es mit dem Restaurant einmal eine Durststrecke gab, aber auch zur Deckung von Ausgaben, die er in Erfüllung seiner Mission für notwendig erachtete.

Um hundertprozentig sicher zu sein, dass Terranova den Plan der *maledizione* bis zum Schluss durchzog, griff Don Tonio zu einer uralten Methode: Zuckerbrot und Peitsche.

Zunächst das Zuckerbrot:

Für die Ermordung der drei Frank-Brüder zum angegebenen Zeitpunkt würde Terranova zwei Millionen Dollar kassieren … Ja, *Signore*, Sie haben richtig gehört, *zwei Millionen*! Nachdem Don Tonio aber den Betrag genannt und Terranova ihn aus weit aufgerissenen Augen angestarrt hatte, so wie Sie mich jetzt, nannte Tonio noch einmal die damit verbundene Bedingung, auf der er eisern bestand: Um an das Geld zu kommen, musste Terranova jeden der Brüder töten, wenn er zweiundvierzig Jahre alt war. »Keinen Tag später und keinen Tag früher, *figlio mio*.«

Die Summe, die Lupo Terranova versprach, mag Ihnen maßlos übertrieben erscheinen, *Signore*. Und das ist sie auch, selbst nach heutigen Maßstäben. Ich meine, du lieber Himmel, wenn damals jemand den Präsidenten der Vereinigten Staaten hätte beseitigen wollen, dann hätte ihn das ein Zehntel davon gekostet, oder eher ein Hundertstel!

Die zwei Millionen Dollar waren fast alles, was Lupo besaß.

Warum investierte er sie in seine *maledizione*? Also, erstmal wusste er nichts anderes damit anzufangen: Er hatte keine Kinder oder nahen Verwandten, für die er hätte sorgen müssen, und seine Frau war die einfache Person, die wir bereits kennengelernt haben, sehr fromm, sehr dumm und sehr bedürfnislos. Das Haus in Seagate und ein Taschengeld würden ihr vollauf genügen. Lupo hatte also sonst keine Verwendung für sein Geld, und ohnedies war ihm nichts wichtiger als die Rache für seinen Luigi. Doch es gab auch einen praktischen Grund für die gewaltige Summe, die dem Mörder in Aussicht gestellt wurde, dieses gigantische Zuckerbrot. Die drei Frank-Brüder zu gegebener Zeit zu töten würde ein Kinderspiel sein für einen Mann wie Terranova; er hatte bereits mehr ein halbes Dutzend Leute umgelegt, da kam es auf drei mehr oder weniger nicht an. Die Hauptschwierigkeit – daher die Höhe des Betrags – war die Ausdauer, die Beharrlichkeit, die der Mörder brauchte, um sein Ziel über so viele Jahre nicht aus den Augen zu verlieren.

Im Hinblick darauf hatte Lupo die Zahlungen akribisch geplant. Das Geld, erklärte er Terranova, befinde sich im Gewahrsam einer gewissen »dritten Partei«, die darüber instruiert sei, wie und wann die Zahlungen zu erfolgen hätten. Jedesmal wenn diese »dritte Partei« den Beweis für die Tötung eines der Frank-Brüder im festgesetzten Jahr erhalte, werde sie Terranova den entsprechenden Betrag auszahlen: fünfzig Riesen für die Ermordung von Frank-Bruder Nummer eins, hundert für Frank-Bruder Nummer zwei und den Restbetrag von einer Million achthundertfünfzigtausend Dollar bei Erfüllung des Deals, will sagen, nach Erbringung eines überzeugenden Beweises für den Tod von Frank-Bruder Nummer drei. Weder Terranova noch die »dritte Partei« würden die Identität des jeweils anderen kennen. Kommunizieren würden sie ausschließlich über Kontaktanzeigen im *Providence Journal*, einer kleinen, recht angesehenen Tageszeitung, die beide abonnieren würden. Müsse einer von ihnen mit dem anderen Kontakt aufnehmen, werde er dort eine Annonce schalten, die »dritte Partei« unter dem Namen »Trovatore«, Terranova unter dem Namen »Nabucco« – Don Tonio war Opernliebhaber –, und darin eine Telefonnummer angeben, das Ganze mit einem zuvor vereinbarten Code verschlüsselt. Miteinander sprechen würden sie nur von Telefonzelle zu Telefonzelle, unter Beachtung der Sicherheitsvorkehrungen und Codes, die Lupo bis ins Kleinste für sie ausgearbeitet und auf einem Papier, das er Terranova nun überreichte, klar und verständlich beschrieben hatte.

Nach dem Zuckerbrot kam die Peitsche.

Also, offen gesagt, diesen Teil des Deals brauchte Don Tonio im Grunde nicht noch zu erklären. (Wozu die Stimmung an diesem Morgen in dem *soggiorno* mit Drohungen verderben?) Er berührte das Thema auch nur indirekt, in Form von drei Fragen die er Terranova am Ende stellte. Sein Ton wurde immer dringlicher, und er sah ihm bei jeder Frage gerade in die Augen. Die erste lautete: »Nimmst du diesen Job an?« Terranova antwortete: »*Si*, Don Tonio.« Die zweite lautete: »Bist du dir ganz sicher, dass du der Aufgabe gewachsen bist?« Wieder bejahte Terranova. Bei der dritten und letzten Frage umklammerte Lupo mit aller Kraft, die noch in ihm war – und es war erstaunlich viel Kraft –, den Unterarm des jungen Mannes und sagte: »Bist du ehrlich entschlossen, *figlio mio*? Wirklich und wahrhaftig und in Anbetracht aller Konsequenzen?« Was das bedeutete, wusste Terranova genau, aber ich werde es Ihnen erläutern: Scheiterte er mit seiner Mission, aus welchen Gründen auch immer, war die

»dritte Partei«, dieser »Trovatore«, angewiesen, ihn auch dafür zu bezahlen. Nicht mit einer *aria* natürlich, sondern mit ein paar Kugeln in die Fresse. Als Peppe Terranova die dritte Frage also mit »Ja, Don Tonio, ich bin entschlossen, wirklich und wahrhaftig, in Anbetracht aller Konsequenzen« beantwortete, war er sich völlig darüber im Klaren, dass sein Schicksal in diesem Moment besiegelt war. Mit seinem eigenen Blut.

... Wie war Ihre Frage, *Signore*, sagen Sie's ein bisschen lauter ... Ob sein Schicksal nicht sowieso besiegelt war? ... Ah, Sie meinen, ob Terranova nicht nein hätte sagen können? Hm, komische Frage. Lassen Sie mich kurz nachdenken ... Ach, wissen Sie, können hätte er schon, aber wenn ich's mir recht überlege ... Es gab ja keine Garantie, dass Don Tonio ihn dann nicht hätte umlegen lassen, weil er jetzt das Geheimnis kannte. Also vielleicht haben Sie recht. Vielleicht war sein Schicksal in jedem Fall besiegelt. Aber was soll's? So dachte Terranova an diesem Morgen nicht. Er dachte keine Sekunde daran, seinem *capo* mit einem Nein zu antworten.

Nach diesem Treffen lebte der alte *capo* nur noch wenige Wochen. Terranova ging natürlich zu seiner Beerdigung, aber es war das letzte Mal, dass ihn seine alten Kumpels aus der *borgata* zu Gesicht bekamen. Schweren Herzens zog er mit Ekaterina von Brooklyn, wo er eine Art Prinz gewesen war, nach Newport, wo er ein Niemand war, wenn auch einer mit einem schönen italienischen Restaurant. Er spielte nun die Rolle des redlichen Geschäftsmanns und servierte seine Pastagerichte den braven, biederen Einwohnern der Stadt und den Touristen, die im Frühling und Sommer kamen, um die Boote segeln zu sehen oder die Möwen kreischen zu hören oder was auch immer.

Seine täglichen Aktivitäten schrumpften auf die Standardroutine eines Normalbürgers zusammen: Arbeit, Heim und Familie – eine größer werdende Familie. Einige Jahre nachdem er und Ekaterina sich in Newport niedergelassen hatten, wurde ihre Tochter Renata geboren, 1925 ein Sohn, Guglielmo, und zwei Jahre später noch eine Tochter, Maria-Teresa.

Natürlich vermisste Terranova das aktive Leben des Mobs, zumal es noch wesentlich aktiver geworden war, nachdem ein Kongressabgeordneter namens Volstead auf die glorreiche Idee gekommen war, den Amerikanern das Trinken von Alkohol zu verbieten. Sie kennen das sicher aus dem Kino, *Signore*, aus diesen schönen alten Gangsterfilmen. Ah, die Prohibition! Für Trinker die Hölle, für Mafiosi der Himmel. Die hatten eine großartige Zeit damals und eine sehr einträgliche. Nicht so Peppe Terranova. Der arme Kerl musste jetzt den gesetzestreuen Bürger spielen, aber in Gedanken war er ständig bei seiner Mission, der Vollstreckung der *maledizione*.

In seiner Zeit als *caporegime* hatte seine Devise stets gelautet: »Gut geplant ist halb gewonnen.« Bevor er eine Aktion durchführte, hatte er sämtliche Fakten gesammelt und sich dann hingesetzt und unter Berücksichtigung aller nur denkbaren Probleme die beste Strategie ausgearbeitet.

Auch die Ermordung der drei Frank-Brüder würde er jeweils zur rechten Zeit planen – na ja, zur unrechten für sie. Doch als er nach Newport zog, lag der erste Mord, der an Al Frank, noch zwanzig Jahre in der Zukunft. Es brachte gar nichts, schon jetzt an die Planung auch nur zu denken, er wusste ja nicht, in welcher Situation das Opfer sich bis dahin befinden würde. Geplant werden konnte und musste fürs Erste nur, auf welche Weise er die Brüder im Auge behalten würde, sodass er sie fand, wenn es so weit war. Wie schwierig oder einfach das sein würde, hing zum Teil davon ab, ob Ben Frank ihnen vor seinem Tod von der *maledizione* erzählt hatte oder nicht. Kennen Sie das alte *proverbio* »Gewarnt sein heißt gewappnet sein«? Wenn die Frank-Brüder wussten, in welcher Gefahr sie schwebten, würden Sie mit Sicherheit irgendwann Maßnahmen zu ihrem Schutz ergreifen. Aber wussten sie es denn? Don Tonio hatte Terranova versichert, dass dem so sei, als er ihm vom Besuch des Ältesten, Al, bei seinem Vater in Sing Sing erzählte. Doch da niemand bei diesem letzten Gespräch dabei gewesen war, konnte das auch Wunschdenken sein: Der alte *capo* wollte sich seine Rache noch dadurch versüßen, dass er dem Leben jedes seiner Opfer Jahrzehnte der Angst hinzufügte. Aber selbst wenn die Brüder nicht wussten, was die Zukunft für sie bereithielt, und daher keinen Grund sahen, sich zu verstecken – schon in wenigen Jahren konnten sie weiß Gott wo sein. Alle drei waren arm. Ihr *papà* hatte in seinen letzten Lebensjahren sein Geschäft und ihr Zuhause verloren, sodass nichts mehr sie in New York hielt. Jeder konnte beschließen, in eine andere Stadt zu ziehen. Jederzeit.

Als der gründliche Planer, der er war, entschied sich Terranova für das Worst-Case-Szenario und ging davon aus – auch wenn er es für unwahrscheinlich hielt –, dass die Brüder von der *maledizione* wussten und irgendwann Maßnahmen ergreifen würde, um aus dem Blickfeld des Mörders zu verschwinden. »Gewarnt sein heißt gewappnet sein« galt also auch für ihn selbst. Schon in seinem ersten Jahr in Newport fuhr er deshalb einmal im Monat nach New York, blieb dort einige Tage und hörte sich um. Al Frank hatte die Stelle bei Worthington's angetreten, Nick Frank war Page im Plaza, und Leo ging noch zur Schule. Doch diese lückenhafte Überwachung stellte Terranova nicht zufrieden, und nach drei Jahren sagte er eines Tages zu seiner Frau, er werde etwas länger weg sein.

Sie fragen sich vielleicht, *Signore*, ob Ekaterina von der Mission ihres Mannes wusste. Die Antwort ist nein. Sie wusste nichts davon. Sie hatte keinen blassen Schimmer. Als Terranova, nachdem sie frisch aus Sizilien eingetroffen war, bei ihrem Vater in Bensonhurst um ihre Hand anhielt, hatte sie vermutlich gerüchteweise gehört, dass ihr Zukünftiger Beziehungen zur *onorata società*, der »ehrenwerten Gesellschaft«, unterhielt. Und dass Don Tonio Lupo, den jeder in Brooklyn als einen mächtigen und gefürchteten Mann kannte, bei ihrer Hochzeit Trauzeuge war, konnte diese Gerüchte nur bestätigen.

Doch als sie gute vier Wochen später nach Newport zogen, waren alle diesbezüglichen Gedanken aus ihrem Gehirn gelöscht. Denn nun hatte sie keinen Grund mehr, ihren Mann für etwas anderes zu halten als das, wofür ihn in dem friedlichen Städtchen alle hielten: den gesetzestreuen Bürger, den redlichen Geschäftsmann, den netten Mr. Terranova, Inhaber des italienischen Restaurants am Wasser. Seine allmonatlichen Trips nach New York begründete er damit, dass der Laden in Brooklyn ihm gehöre und er die Miete persönlich kassieren wolle. Mehr verlangte Ekaterina nicht zu wissen. Vor der längeren Reise nun erklärte er ihr, der Pächter des Ladens sei gestorben und er müsse einen neuen suchen. Er gab ihr einen Kuss, sagte *arrivederci* und fuhr ab.

Der wahre Grund für die Fahrt hatte zwar auch mit einer Suche zu tun, aber nicht nach einem Pächter, sondern nach jemandem, der ihm half, die Frank-Brüder im Auge zu behalten. Dafür brauchte er einen Mann, der in New York wohnte und ein

Geheimnis für sich behalten konnte. Natürlich kann jeder Mafiosi ein Geheimnis für sich behalten – jedenfalls konnten sie es in der guten alten Zeit, bevor es Zeugenschutzprogramme und den ganzen Kram gab. Aber Terranova brauchte jemanden, der ein Geheimnis auch gegenüber anderen Mafiosi für sich behalten konnte, und so einer war nicht so leicht zu finden. Denn wissen Sie, mit seinen Verbrechen zu prahlen ist das verbreitetste und auf jeden Fall das gefährlichste Laster unter Ganoven.

Jemandem ein wichtiges Geheimnis anzuvertrauen, ist ohnehin schon eine Art russisches Roulette. Es aber jemandem anzuvertrauen, den man nicht kennt, das ist, als hätte man nicht nur eine einzige Patrone in der Trommel. Nachdem Terranova einige Kandidaten gecheckt hatte, wandte er sich an einen, dem er mehr als jedem anderen in der Lupo-*borgata* traute, dem zweiten Mann in seinem *regime*: Calo Russo. Calo betrieb ein Speakeasy in Brooklyn, was aber kein Problem war, da Terranova ihn im Grunde nur für einen »Teilzeitjob« brauchte. Calo schlug allerdings vor, bei Bedarf Giuliano Nonno hinzuzuziehen, den dicken »Pinza«, den Rausschmeißer des Speakeasys. Terranova wusste, dass Pinza ziemlich dumm war, und Calo war sich da durchaus mit ihm einig. Er sei aber hundertprozentig loyal, sagte er, und er könne Befehle ausführen.

Die drei trafen sich eines Vormittags im Village in Manhattan, spielten ein paar Runden Snooker und gingen dann in ein deutsches Restaurant, wo Pinza einen Teller Frankfurter Würstchen verschlang und die beiden anderen ein Bier tranken. Terranova war jünger als sie, aber in seiner Zeit als *caporegime* hatte er die Rolle des *Zio Peppe* perfekt spielen gelernt. In den folgenden Tagen machte er mit Calo die Runde und zeigte ihm die diversen Örtlichkeiten. Bei Worthington's taten sie so, als interessierten sie sich für die Schaufenster, und kundschafteten die Eingänge aus, desgleichen am Plaza Hotel. Dann zeigte Terranova Calo Als neues Apartment und auch das schäbige alte Gebäude, in dem Nick ein Zimmer gemietet hatte. Er gab ihm ein paar Fotos der Brüder, die er aus der Entfernung aufgenommen hatte, wollte aber, dass Calo sie auch in natura sah. Unter seiner Führung warfen sie deshalb einen diskreten Blick auf Al, als er morgens aus dem Haus ging, und auch auf Klein-Leo, der kurz darauf mit seiner Schultasche folgte. Genauso verfuhren sie später mit Nick.

Terranova brauchte ein paar Tage, um seinen neuen Helfern beizubringen, wie sie ihr Zielobjekt beschatten konnten, ohne selbst gesehen zu werden, und ihnen das Prozedere sicherer Kommunikation zu erklären: Ferngespräche von Telefonzelle zu Telefonzelle an zuvor vereinbarten Tagen und Uhrzeiten, Codenamen für sie selbst und die drei Brüder und so weiter. Nur im Notfall durfte Calo direkt in Terranovas Restaurant anrufen. Er musste dann den *padrone* verlangen und behaupten, er sei ein Gast und wolle nach einem rosa Pulli fragen, den seine Nichte dort vergessen habe. Dann wusste Terranova, dass er zwanzig Minuten später einen Anruf bekommen würde, in einer sehr malerisch am Meer gelegenen Telefonzelle zehn Autominuten außerhalb von Newport.

Es war ein einfacher Job für Calo und Pinza: Sie mussten nur regelmäßig überprüfen, ob Al und Nick noch an derselben Adresse wohnten und arbeiteten. Wenn ja, war alles gut, wenn nicht, mussten sie Terranova informieren. Mittlerweile kannte er die Gewohnheiten der Brüder so genau, dass er Calo und Pinza einen Plan B an die Hand geben konnte: Praktischerweise fanden die sonntäglichen Familienessen der drei Brüder immer in einem von zwei bestimmten italienischen Restaurants statt – das heißt, in einem davon, aber wenn es aus irgendeinem Grund geschlossen hatte, gingen sie ins andere. Dort nahmen Calo und Pinza Nicks Spur auf, nachdem er im Plaza aufgehört hatte, und auch später, als er von Job zu Job und von Bude zu Bude wechselte, bis er im Algonquin anfing und es wieder Routine wurde, an ihm dranzubleiben. Was Al betraf, so schloss Terranova aus seinem veränderten Kleidungsstil, von dem Calo ihm berichtete, und aus seinem ersten Auto, einem Chevrolet 490, dass er bei Worthington die Karriereleiter hinaufkletterte und ein Ortswechsel daher unwahrscheinlich war. Frank-Bruder Nummer eins würde also wohl vorerst keine Probleme machen. Sorgen bereitete eher Frank-Bruder Nummer zwei, nachdem er aus New York verschwunden war. Terranova wies Calo an herauszufinden, wann bei Al täglich die Post kam. Unmittelbar, nachdem der Briefträger wieder weg war, sollte er dann das Gebäude betreten und nachsehen. Und tatsächlich fand Calo wenige Tage später eine Postkarte von Nick mit einem Absender in Hollywood. Terranova war beeindruckt und ein Jahr später noch mehr beeindruckt, als er »Nicholas Francos« Aufstieg im Filmgeschäft zu verfolgen begann. Frank-Bruder Nummer eins und Frank-Bruder Nummer zwei waren beide erfolgreich und machten Terranova damit das Leben leichter. Frank-Bruder Nummer drei war noch zu jung, als dass man sich seinetwegen den Kopf hätte zerbrechen müssen.

Die erste größere Störung erfuhren Terranovas Bemühungen, die Frank-Brüder im Auge zu behalten, im Jahr 1929, als Nick von der Kinoleinwand verschwand. Terranova unternahm daraufhin eine längere Reise, er schnüffelte ein paar Wochen in Hollywood herum, wo er sich als ein Verwandter von Nick ausgab, und ging dann, nachdem er Nicks Spur aufgenommen hatte, nach Mexiko. Für Ekaterina hatte er sich wegen dieser Reise eine neue

Geschichte ausgedacht: Er habe, als er sie noch nicht kannte, von einem Onkel Geld geerbt und es in einen kleinen Großhandel in Brooklyn investiert. Das Geschäft sei gewachsen und importiere seine Waren mittlerweile selbst. Seine Partner beschwerten sich jedoch neuerdings und nannten ihn einen Trittbrettfahrer, weil er den demnächst zu erwartenden Gewinn abschöpfen werde, ohne einen Finger dafür krumm zu machen. Er habe sich deshalb bereit erklärt – schließlich sei er ein Ehrenmann –, die eine oder andere Reise für sie zu übernehmen, um neue Produkte aufzutun oder Lieferverträge abzuschließen. (Wenn ich mir's jetzt überlege, *Signore*, vermute ich sogar, dass er sich für diese Flunkerei von Al Franks Anfangsjahren im Geschäftsleben inspirieren ließ.) Zu schade übrigens, dass dieses Importgeschäft mit seinen Profiten nur ein Vorwand war, denn ein bisschen Extrageld hätte Terranova zu der Zeit gut gebrauchen können. Seine Reisetätigkeit strapazierte seine Finanzen so stark, dass die Miete für den Laden in Brooklyn, von Lupo zur Deckung seiner Unkosten gedacht, nicht mehr ausreichte – ein Teil davon ging jetzt ja an Calo und Pinza –, und er von seinen Einnahmen aus dem Restaurant zubuttern musste. Umso erleichterter war er, als Nick Franks »neue Karriere« in Südamerika ein Ende fand und Nick wieder in New York auftauchte, hinter Schloss und Riegel in der Privatklinik, in die Al ihn gesteckt hatte.

Die zweite Störung war sehr viel schwerwiegender, zumal das Problem, das jetzt auftauchte, nicht durch vermehrte Reisetätigkeit zu lösen war. Anfang der Dreißigerjahre war Terranova mehr oder weniger zu der Überzeugung gelangt, dass er mit seiner anfänglichen Vermutung richtig lag und Don Tonios Theorie, die Frank-Brüder wüssten von der *maledizione*, falsch war: Ihr bisheriges Verhalten lieferte keinerlei Hinweis darauf, dass sie ihr Leben in Gefahr glaubten. Schon gar nicht Al Frank. Der Hurensohn hatte es inzwischen geschafft, ein extrem erfolgreicher Geschäftsmann zu werden, ein Multimillionär, ein richtig großes Tier. Hätte er auch nur den leisesten Verdacht gehegt, dass er Zielscheibe eines Profikillers war, hätte man das seinen täglichen Gepflogenheiten doch wenigstens ein kleines bisschen anmerken müssen. Das war bislang nicht der Fall, und so ging Terranova davon aus, dass es ein Kinderspiel sein würde, die Brüder aus dem Weg zu räumen, sobald für jeden von ihnen die Zeit gekommen war.

Doch dann, 1937, trat eine Veränderung ein. Erstes Anzeichen dafür war ein Gespräch, das Calo in einer Kneipe in Brooklyn aufschnappte. Noch am selben Abend wurde Terranova mit dem üblichen Prozedere informiert: Anruf im Restaurant, vergessliche Nichte, rosa Pulli und so weiter. Er begab sich zu der malerisch gelegenen Telefonzelle und ließ sich die Geschichte erzählen: Ein gewisser Manzoni, ein Mafioso aus Chicago, der für Iacca, den »Schalldämpfer«, arbeitete, hielt sich in New York auf und versuchte, etwas über einen Mordauftrag betreffend »den Typen, dem Worthington's gehört« in Erfahrung zu bringen. Terranovas Gehirn schaltete zwei Gänge hoch.

Um es gleich klarzustellen: Terranova befürchtete nicht etwa, dass Manzoni oder sein Boss in Chicago, der »Schalldämpfer«, etwas herausbekommen könnte. Außer ihm selbst gab es nur drei Personen, die von der Mission wussten, nämlich dieser »Trovatore« sowie Calo und Pinza. Ersteren hatte Don Tonio ausgewählt, die beiden anderen Terranova selbst; keiner von ihnen würde etwas ausplaudern. Sorgen machte ihm vielmehr diese Herumfragerei, die Tatsache, dass sich plötzlich jemand für einen Mordauftrag betreffend »den Typen, dem Worthington's gehört« interessierte. Damit konnte nur Al gemeint sein, und das bedeutete, dass Frank-Bruder Nummer eins von der *maledizione* wusste. Al Frank war ein seriöser Geschäftsmann, verstehen Sie, und es war daher mehr als unwahrscheinlich, dass ihn jemand aus seinen eigenen Kreisen *ebenfalls* eliminieren wollte – die Typen machten ihre Geschäfte schließlich nicht auf diese Art.

Terranova war also nicht weiter überrascht, als Calo wenige Tage später berichtete, es seien plötzlich Securityleute vor Al Franks Brownstone, seinem Büro und seinem Anwesen auf Long Island postiert, und auch nicht, als Calo ihn in den folgenden Monaten über eine Verstärkung der Sicherheitsmaßnahmen informierte. Im Herbst 1938 fuhr er nach New York, um sich selbst ein Bild zu machen und die Lage zu sondieren. Tatsächlich ließ sich Frank-Bruder Nummer eins jetzt massiv schützen und sogar in einer gepanzerten Limousine chauffieren. Die einzige Möglichkeit, ihn zu töten, war ein Kopfschuss aus einiger Entfernung beim Ein- oder Aussteigen, idealerweise vor dem Brownstone.

Mit aller Vorsicht kundschaftete Terranova die Gegend aus und fand auch eine geeignete Stelle, eine Terrasse mit einer dunklen Nische auf der anderen Seite der Sixty-First Street. Von hier aus konnte er unbemerkt und ungestört schießen. Zufällig war Terranova ein hervorragender Schütze, und mit der richtigen Waffe würde der Job ein Klacks sein. Er beschaffte sich eine Springfield M1903, montierte ein gutes Zielfernrohr und machte an einem ruhigen Plätzchen außerhalb von Newport ein paar Stunden lang Schießübungen. Dann ging er im Kopf ein paarmal sein Vorgehen am Tag des Mordes an Frank-Bruder Nummer eins durch: Am frühen Morgen würde er ein Auto stehlen, dann würde er von der Sixty-Second Street aus das Gebäude mit der Nische auf der Terrasse betreten, seine Position einnehmen, warten bis Al Frank herauskam, zielen, schießen, zu seinem Wagen zurückgehen, losfahren und verschwinden. Ein guter Plan.

Im Oktober 1938 aber berichtete Calo, Al Frank habe das Anwesen auf Long Island offenbar zu seinem ständigen Wohnsitz gemacht und begebe sich nur noch in seiner gepanzerten Limousine hinein oder heraus. Es gab dort keine hohen Gebäude, nicht einmal hohe Bäume, und damit keine Möglichkeit, von außerhalb zu schießen. Terranova unternahm daher eine weitere Sightseeingtour und beobachtete Als morgendliche Ankunft bei Frank & Worthington. Auch hier keine Chance: Die Limousine fuhr in eine schmale Nebenstraße und von dort über die Lieferzufahrt direkt in das Gebäude.

Nun wandte Terranova eine Methode an, die er, so glaubte er, im Geometrieunterricht in der Schule gelernt hatte. Sie basierte auf dem uralten Trick der *reductio ad absurdum*. Trat ein Problem auf, trug er zunächst alle geeignet erscheinenden Optionen für dessen Lösung zusammen. Dann spielte er sie in Gedanken durch, eine nach der anderen, gleichsam als würde er sie einüben. Funktionierte eine nicht, machte er den Grund dafür ausfindig, verwarf sie als »absurd« und testete die nächste. Die, die am Ende übrig blieb, war die Lösung für sein Problem.

Er wanderte am Strand entlang und ging die Skala der Optionen durch. Erstens: eine Bombe in Al Franks Auto – aber es gab keine Möglichkeit, sie zu legen, da der Wagen in einer gesicherten Garage stand und außerhalb davon zu scharf bewacht wurde. Absurd also. Zweitens: eine Handgranate auf das Auto – ein bisschen Recherchieren ergab jedoch, dass man, um dieses Monster von einem Wagen zu zerstören, eine Unmenge Sprengstoff benötigte und die Granate deshalb nicht von Hand werfen konnte. Wie dann? Mit einem Katapult. Absurd. Zum

Schluss spielte Terranova eine Zeitlang mit dem Gedanken, ein funktionierendes Exemplar des panzerbrechenden Supergewehrs ausfindig zu machen, das die Krauts während des Krieges erfunden hatten.

Er war noch auf der Suche danach, als Calo ihm gegen Ende Januar 1939 eine wahre Hiobsbotschaft überbrachte: Al Frank hatte das Anwesen auf Long Island seit über einem Monat nicht mehr verlassen. Terranova befürchtete das Schlimmste, denn in diesem Jahr wurde Frank-Bruder Nummer eins zweiundvierzig: Was, wenn der Kerl überhaupt nicht mehr herauskam? Er passte ja dermaßen gut auf sich auf, viel besser als Terranova es je für möglich gehalten hatte. Verdammt! Was sollte er tun, wenn der Bastard sich das ganze Jahr über auf Long Island verkroch? Einen Granatwerfer einsetzen? Eine Kanone? Einen Bomber? Absurd, dreimal absurd.

Es heißt ja, *Signore*, einen Menschen zu töten, egal was für einen, sei einfach, solange es einem egal ist, ob man selbst dabei am Leben bleibt oder nicht. Na, kann sein. Aber wenn der, auf den man es abgesehen hat, ein Multimillionär ist, der sich nicht aus seiner Festung herausrührt, dann sieht die Sache ganz anders aus. Und Terranova *wollte* am Leben bleiben, nicht nur aus egoistischen Gründen: Er musste noch zwei andere Frank-Brüder beseitigen.

Wenn ein Mafioso eine Sache in Angriff nimmt, zum Beispiel einen Mord, dann ist dabei meistens erst mal Kraft im Spiel, Muskelkraft. Aber selbst die Muskeln des großen griechischen Helden *Ercole* hätten in diesem Fall nicht ausgereicht. Nein, hier war der Listenreichtum eines *Ulisse* gefragt. *Ulisse*, dachte Terranova, genau: Er würde ein neues *cavallo di legno* ersinnen, ein Trojanisches Pferd, und damit würde er in Al Franks Festung eindringen, und zwar so, dass sein Opfer es nicht als solches erkannte – bis es zu spät war.

Um klar denken zu können, unternahm er nun lange Spaziergänge am Meer, jeden Morgen und oft auch noch spätabends nach der Arbeit. Seine *Cavallo-di-legno*-Idee gefiel ihm. Aber wie konnte er sie umsetzen? Es musste ein ganz besonderes »Pferd« sein, vor allem eines, das sich auch rückwärts bewegen konnte, wenn nötig in vollem Galopp, um ihn heil wieder aus dem Anwesen auf Long Island hinauszubringen. Die Trojaner waren allerdings Volltrottel gewesen, dass sie sich von *Ulisses cavallo* hatten verführen lassen, weil sie es für so ungeheuer wertvoll hielten. Aber ein supercleverer, superreicher und jetzt auch noch supervorsichtiger Mensch wie Al Frank – warum sollte der sich von etwas verführen lassen, was er nicht wirklich wollte?

Auf die Lösung des Problems kam Terranova am unwahrscheinlichsten Ort überhaupt – oder eigentlich am wahrscheinlichsten, wenn man die Art des Ortes bedenkt, ansonsten aber am unwahrscheinlichsten –, mit anderen Worten: im Kino. Sein Sohn wollte zum x-ten Mal *Robin Hood, König der Vagabunden* sehen, und an einem Sonntag gingen sie mit der ganzen Familie hin, wobei Ekaterina und Renata nur zur Gesellschaft mitkamen. Vor dem Hauptfilm liefen diese »Vorschauen«, und in einer von ihnen hörte Terranova eine Männerstimme – wie man sie manchmal in einem Film hört, ohne zu sehen, wer da spricht –, eine sehr ernst klingende Stimme, die von einem albernen Film berichtete, in dem ein Zinnmann, ein kleines Mädchen und ein Typ in einem Löwenkostüm im Gras herumhüpfen. Sie sagte: »Nie zuvor hat sich jemand an das gigantische Projekt gewagt, dem Land Oz und seinen Menschen Leben und Realität zu verleihen.« »Hey«, dachte Terranova, »das ist *die* Idee!«

Ich weiß nicht, wie es heute ist, aber damals überboten sich die Hollywood-Produzenten förmlich an Prahlerei und verkauften ihre neuesten Filme mit solchen Sprüchen wie »gigantisches Projekt« oder »Höhenflug menschlicher Phantasie«, »Triumph künstlerischen Schaffens« oder »unübertroffenes Kunstwerk« – welch letzteres dann, wollte man den Vorschauen glauben, alle paar Monate erneut übertroffen wurde. Schlag auf Schlag kamen die erstaunlichsten, ungewöhnlichsten, einzigartigsten, beispiellosesten Meisterwerke in Technicolor heraus: *Der Garten Allahs*, dann *Schneewittchen*, dann *Robin Hood* und vier Wochen später das »gigantische Projekt«, *Der Zauberer von Oz*, und so weiter und so fort. Terranova hatte also einen Geistesblitz und dachte: Warum nicht Produzent werden und selbst einen Plan für den »größten Film aller Zeiten« entwickeln?

Es musste wie ein realer Plan klingen, für einen realen Film. Für den man natürlich einen realen Star brauchte, und das würde niemand anderer sein als der größte Liebhaber, der je die Leinwand geziert hatte – in seiner eigenen Vorstellung zumindest –, der unvergleichliche Nicholas Franco! Terranova war sich so gut wie sicher, dass Frank-Bruder Nummer zwei den Plan schlucken würde, denn er war nicht nur dumm, er hielt sich auch, wie alle Schauspieler, für ein Geschenk Gottes an die Menschheit. Ihn würde Terranova, der Produzent, als Trojanisches Pferd benutzen, um in die Villa auf Long Island zu gelangen, entweder als Gast, als Kumpel von Nick oder indem er Al mit Geld köderte. Seiner Erfahrung nach waren alle reichen Leute gierig nach mehr, und Al würde möglicherweise Feuer und Flamme sein bei der Aussicht, am Gewinn »des größten Blablas, das die Filmindustrie je realisiert hatte« beteiligt zu werden! Was die Waffe anging, die Terranova verwenden würde, wenn sein Trick funktionierte, so führte ihn seine Methode der *reductio ad absurdum* zur einzig möglichen Lösung: langsam wirkendes Gift.

Von früher kannte er einen deutschen Chemiker, der häufig für den Mob gearbeitet hatte. Er hörte sich um und erfuhr, dass der Mann sich nach der Prohibition zur Ruhe gesetzt hatte und jetzt auf einer Farm bei Philly lebte. Terranova besuchte ihn dort, und in einer alten Scheune, die der Kraut zu einer Art Labor umfunktioniert hatte, unterhielten sich die beiden. Terranova schilderte ihm sein Problem, ohne Namen zu nennen. Der Kraut dachte eine Weile nach – Sie wissen schon, das volle Verrückter-Wissenschaftler-Programm mit Kopfkratzen, Vor-sich-hin-Summen und so weiter – und wollte dann wissen, ob das angehende Opfer rauche. Ja, allerdings, antwortete Terranova. Zigarren. Kette anscheinend. Der Kraut lächelte und forderte ihn auf, in zwei Wochen wiederzukommen.

Das tat Terranova, und diesmal traf er den Kraut in Gesellschaft eines traurig aussehenden Straßenköters an. Der Kraut nahm eine ganz normal aussehende Zigarre, steckte sie dem Tier ins Maul, band es ihm mit einem Stück Stoff zu, nicht allzu fest, und wickelte ein zweites Stück Stoff um seine Nüstern. Die Zigarre, so erklärte er, zünde er nicht an, damit der Köter nicht vorzeitig ersticke. Etwa dreißig Sekunden blieb sie im Maul des Hundes. Den Köter verdross das gewaltig, aber ein paarmal musste er doch Luft holen, schnorchelartig, durch die Zigarre. Dann löste der Kraut die Bandagen und gab ihm einen schönen großen Knochen. Ist das nicht rührend, *Signore*, ist das nicht lieb von dem Mann, dem armen Tier eine so leckere Henkersmahlzeit zu bereiten? Wie Hitler, als er seine Schäferhündin tötete, bevor er sich das Gehirn wegpustete, damit das arme Tier nicht in einer Welt ohne Führer leben musste. Wie auch immer. Ungefähr eine

Stunde später, als Terranova und der Kraut gerade etwas tranken und über alte Zeiten plauderten, japste der Köter plötzlich nach Luft, verdrehte die Augen und fiel tot um. Terranova schüttelte dem Kraut herzhaft die Hand und nannte ihn ein Genie.

Nachdem die Waffenfrage geklärt war, begann er seinen angeblichen Film zu konzipieren, den »größten Spielfilm aller Zeiten«. Bald merkte er jedoch, dass er dabei ein Problem hatte: Er wusste zwar schlechterdings alles darüber, wie man einen Menschen eliminiert, aber er wusste rein gar nichts darüber, wie man einen Film macht. Angenommen, er konnte eine glaubhaft klingende Idee für den »größten Film aller Zeiten« entwickeln – nach den vielen Vorschauen, die er mit Ekaterina und den Kindern gesehen hatte, würde er das höchstwahrscheinlich schaffen –, würde er auch den Produzenten gut genug spielen, um Nick zu überzeugen? Terranova war zwar sehr viel cleverer als Nick, aber den Hollywood-Jargon hatte er nicht drauf. Dafür brauchte er einen Experten.

Er flog nach Los Angeles und traf sich dort mit Gino, einem Typen, den er noch aus seiner Zeit in Brooklyn kannte. Gino arbeitete in einer Bar, in der viele Hollywoodleute verkehrten. Terranova sagte ihm, er suche einen Insider, jemanden, der den ganzen Klatsch über die Laster der Filmleute kenne und so weiter, und Gino meinte, da habe er genau den richtigen Mann an der Hand, einen Friseur, der den braven Familienvater spiele, in Wirklichkeit aber ein *finocchio* sei, eine Schwuchtel. Da er, Gino, um sein Geheimnis wisse, und der Typ wisse, dass Gino darum wisse, werde er sich als überaus mitteilsam erweisen. Der *finocchio* bekam es dermaßen mit der Angst zu tun, als er Gino sah, dass er Terranova bereitwilligst jede gewünschte Auskunft gab. Wer einen falschen Produzenten suche, sagte er, der könne keinen besseren finden als einen gewissen Rudy Cherny.

Wenn auch nur die Hälfte von dem stimmte, was der *finocchio* erzählte, dann war dieser Cherny ein echter Glücksfall: ein Pole der ersten Generation – eigentlich hieß er irgendwas mit ganz vielen Zetts darin –, der in einem der großen Studios gearbeitet hatte, bis er gefeuert wurde, weil er ein Filmbudget teilweise in die eigene Tasche umgelenkt hatte. Danach hatte er ein paar eigene C-Movies gedreht, darunter – »mutmaßlich«, wie es im Juristenjargon heißt – auch einige Pornofilme. Mindestens einmal war er ernsthaft mit dem Gesetz in Konflikt geraten – er wurde der Vergewaltigung eines zwölfjährigen Mädchens beschuldigt –, hatte es aber geschafft, straffrei auszugehen, ohne Prozess; Gerüchte sprachen von einem Deal mit den Eltern des Mädchens, das seine Aussage schließlich zurückgezogen hatte.

Terranova war wirklich beeindruckt, als er Cherny aufsuchte. Er stellte sich unter falschem Namen vor und lud ihn zum Essen ein, um »ein geschäftliches Angebot mit ihm zu besprechen«. Der Typ war ausgesprochen sympathisch – charmant, würde ich sagen, aber dann würden Sie mich womöglich auch für einen *finocchio* halten – und enorm redegewandt, beides ideale Eigenschaften für einen Betrüger. Er war elegant gekleidet und trat ausgesprochen distinguiert auf. Sein europäischer Akzent unterstrich seinen Stil noch. Er konnte ohne Weiteres als Produzent mit einem Haufen Geld im Hintergrund durchgehen, zumal er den Hollywood-Jargon perfekt beherrschte. Aber wie Cherny aussah und sprach, wissen Sie ja schon, *Signore*: Er war der Joseph Koltai, den wir bereits kennengelernt haben.

Als geborener Schwindler sprang Cherny sofort auf den Plan eines vermeintlichen »größten Films aller Zeiten« an, der dazu benutzt werden sollte, »an einen schwerreichen Mann heranzukommen«. Er lieferte auch gleich zwei hervorragende Ideen: erstens, dass dieser »größte Film aller Zeiten« *Das Leben Jesu* sein müsse – ich meine, wer käme schon auf den Gedanken, dass sich hinter so einem Titel etwas Böses verbergen könnte? –, und zweitens, dass die Entscheidung für Nicholas Franco in der Hauptrolle Ergebnis einer »Marktanalyse« sein würde. Nicks Eitelkeit würde bei dieser Aussicht garantiert Amok laufen. Terranova und Cherny erfanden die Figur des Joseph Koltai – kein Pole, sondern ein Ungar, als zusätzlichen Schutz – und spielten die ganze Geschichte der Finanzierung des »größten Films aller Zeiten« durch. Besonders viel Spaß hatten sie bei der Erfindung des texanischen Ölschürfers.

Nach den ersten Treffen teilte Terranova Cherny mit, dass er zwar jemanden werde umbringen müssen, aber so, dass es weder Fertigkeiten erfordere, über die er nicht verfüge, Erstechen oder Erdrosseln etwa, noch dass er sich dabei selbst in Gefahr bringe. Cherny zierte sich noch eine Weile, feilschte im Grunde aber nur um sein Honorar. Bei zwanzig Riesen wurden sie handelseinig.

Mit welcher Methode genau Al Frank getötet werden sollte, sagte Terranova Cherny erst, als er ihm berichten konnte, dass Nick sich bereit erklärt hatte, ein Gespräch mit seinem mächtigen Bruder zu arrangieren. Terranova und Cherny trafen sich an diesem Abend an der Ecke Lennox und 110th, wo ein Lederbeutel mit sechs Zigarren den Besitzer wechselte. Terranova zeigte Cherny die Vergiftete. »Spätestens eine halbe Stunde, nachdem unser Freund sie angezündet hat, musst du wieder weg sein«, sagte er. »Ach ja, und pass auf, dass du das verdammte Ding nicht selbst rauchst, Kumpel.« Wieder hatten sie etwas zu lachen.

Den Rest der Geschichte von Al Franks Ermordung haben Sie

ja schon gehört, aus der Sicht des Opfers. Aber aus der Sicht des Mörders gibt es noch einiges nachzutragen:

Im Falle von Frank-Bruder Nummer eins hätte es sich eigentlich erübrigt, Lupos »dritte Partei« mit einer verschlüsselten Nachricht über die Ausführung der Tat in Kenntnis zu setzen: Al Franks Tod war in den Schlagzeilen. Doch da Terranova nun die erste Rate seines Honorars erwartete, die ganzen fünfzig Riesen, machte er alles genau nach Vorschrift und setzte eine Kontaktanzeige unter dem Namen »Nabucco« in das *Providence Journal*. Prompt erschien dort zwei Tage später unter dem Namen »Trovatore« eine Annonce mit einer verschlüsselten Telefonnummer. Am nächsten Tag um genau elf Uhr zweiundvierzig – die Zahl zweiundvierzig hatte sich in jedes Detail von Lupos bereits verblassenden handgeschriebenen Instruktionen eingeschlichen – tätigte Terranova den Anruf von Zelle zu Zelle. Ein vornehm und kultiviert klingender Mann mittleren Alters meldete sich. Das irritierte Terranova ein wenig, doch dann nannte der Mann ihm die vereinbarte Parole, die Terranova korrekt beantwortete, und reagierte auch auf dessen Parole mit dem richtigen Losungswort. Terranova brauchte also nicht zu befürchten, er könnte jemand anderen als den »Trovatore« an der Strippe haben. Der Mann forderte ihn auf, sich um fünfzehn Uhr zweiundvierzig an einer bestimmten Adresse in Morningside Heights einzufinden und dort ein orangefarbenes Päckchen aus einer grünen Mülltonne zu nehmen. Dann folgte eine Frage, die Terranova nicht erwartet hatte: Ob er bei der »Durchführung der vereinbarten Transaktion« – so die Formulierung – einen Außenstehenden eingesetzt habe, einen Zivilisten? Terranova bejahte. Tja, sagte der Mann, dann müsse der Vertrag mit diesem Außenstehenden umgehend aufgelöst werden. Ob die Anweisung klar genug sei?

Wieder bejahte Terranova. Einige Stunden später holte er sein Geld aus der grünen Mülltonne in Morningside Heights.

Am selben Abend verabredete er sich mit Rudy Cherny, der nun ebenfalls sein Geld wollte. Sie trafen sich an derselben Stelle, an der Terranova die Zigarren in Empfang genommen hatte. Terranova lud ihn in ein nettes italienisches Restaurant in der Columbus Avenue ein. Das Wetter war schön, und sie gingen durch den Park. Cherny war mächtig stolz auf sich und erzählte, wie ruhig er während der ganzen Operation geblieben sei. Und während er noch redete, zog Terranova seinen Colt .38 aus dem Gürtel und jagte Cherny eine Kugel in den Hinterkopf. Es geschah so blitzschnell, dass der Mann gar nichts merkte. Er lebte und atmete und ging und redete, und im nächsten Moment war alles vorbei. Terranova beugte sich über ihn und überzeugte sich davon, dass er tot war. Dann durchsuchte er seine Taschen, nahm Portemonnaie und Papiere an sich und ging langsam davon, so wie es jeder ordentliche Killer nach einem Job in der Öffentlichkeit tun muss, um keine Aufmerksamkeit zu erregen.

Später traf Terranova sich noch mit Calo und Pinza, lud sie zu einem Drink ein und gab ihnen Anweisungen für die nächste Phase des Projekts.

Zunächst teilte er ihnen seine Befürchtungen mit. Zwar hätten sie soeben ihren ersten Erfolg verbucht, und einen wirklich großen Erfolg, aber von nun an werde die Sache schwieriger werden. Al Franks Tod habe den beiden anderen Frank-Brüdern zweifellos die Bestätigung dafür geliefert, dass Lupos *maledizione* real war … oder nein, korrigierte er sich, nicht »zweifellos«, denn in der Boulevardpresse habe nichts von Fremdeinwirkung gestanden. Möglicherweise sei also niemandem der Verdacht gekommen, Al Frank könnte vergiftet worden sein.

»Ist das wahrscheinlich, *Zio Peppe*«, fragte Calo, »dass die beiden keinen Verdacht geschöpft haben?«

»Ob es wahrscheinlich ist, weiß ich nicht, Kumpel. Aber möglich ist es«, antwortete Terranova zur Verwirrung des armen Pinza.

Da er ein vorsichtiger Mensch war, bezog Terranova stets das Worst-Case-Szenario in seine Planungen mit ein. Man müsse von der Annahme ausgehen, sagte er zu Calo und Pinza, die Brüder wüssten, dass Al ermordet worden war. Das bedeute, dass zumindest einer von ihnen – wohl eher Nick – möglicherweise in Panik sei und unverzüglich in Aktion treten werde. »Was für eine Aktion?«, wollte Calo wissen. »Verschwinden wird er höchstwahrscheinlich«, antwortete Terranova. Deshalb müssten sie sich ab sofort und für die nächsten drei Tage zu dritt abwechseln und ihn rund um die Uhr beschatten.

Terranova hatte recht, wie Sie ja bereits wissen, *Signore.* Nick war tatsächlich in Panik, und drei Tage später, nachdem Al Franks Testament verlesen worden war, trat er auch in Aktion. Calo folgte ihm bis in das Reisebüro, in dem er sich eine Schiffspassage nach Frankreich besorgte. Terranova wies Calo an, für sich und Pinza eine Kabine auf demselben Schiff zu buchen. Den Rest kennen Sie: Die beiden folgten Nick bis nach Paris, wo er ihnen dann mit seinem Trick in dem Nobelhotel entwischte.

Sie können sich Peppe Terranovas Reaktion vorstellen, *Signore*, als er ein Telegramm mit der verschlüsselten Nachricht erhielt, Frank-Bruder Nummer zwei sei geflüchtet. In was für eine

Lage ihn das brachte! Er hatte sich noch gar nicht von all den Sorgen erholt, die ihm die Suche nach einer Möglichkeit, Al Frank zu töten, bereitet hatten, da sah er sich bereits mit einem noch schwierigeren Problem konfrontiert. Er hatte das nächste Opfer vollständig aus den Augen verloren, und inzwischen konnte es … also offen gestanden, weiß Gott wo sein.

Nachdem seine beiden Genies nach New York zurückgekehrt waren und ausführlich berichtet hatten, blieb Terranova keine andere Wahl: Er schaltete die Anzeige in der Fanzeitschrift, um unter dem Vorwand, er wolle ein Buch über Nicholas Franco schreiben, dessen Aufenthaltsort in Erfahrung zu bringen. Eine hundertprozentig sichere Sache war das nicht, aber es war immerhin etwas, besser als nichts. Von da an fuhr er zweimal pro Woche zu der malerisch am Meer gelegenen Telefonzelle bei Newport, nur um von Calo jedes Mal dasselbe zu hören: Entweder es hatte niemand auf die Anzeige reagiert, oder wenn doch, dann war es eine völlig wertlose Information à la: »Ich habe einen Mann, der aussah wie Nicholas Franco, nur viel jünger, vor drei Monaten in Miami auf der Straße gesehen.« Nach Lage der Dinge war es am wahrscheinlichsten, dass Nick eine Zeitlang in Europa bleiben würde, und wer ihn dort zu Gesicht bekam, las ganz bestimmt keine amerikanischen Fanzeitschriften. Terranova beschloss deshalb, erst einmal abzuwarten und dann eine ähnliche Annonce in London und Paris aufzugeben. Doch im September 1939 brach der Krieg aus, und in England oder Frankreich würde geraume Zeit kein Mensch mehr Fanzeitschriften kaufen.

Dann kam die Atlantik-Blockade, und das bedeutete, dass Nick, wenn er nicht schon wieder in Amerika war, praktisch nicht mehr zurückkonnte – sofern er das überhaupt wollte. Calo und Pinza mussten Überstunden machen, um Leo, aber auch Thelma, auf den Fersen zu bleiben, und schließlich fuhr Terranova selbst nach New York, in der Hoffnung, irgendeine Nachricht von Nick an seine Familie in die Finger zu bekommen, einen Brief, ein Telegramm, was auch immer, in der Hoffnung, dass Nick entweder wieder in den Staaten war oder vielleicht auch an einem seiner früheren Aufenthaltsorte in Südamerika. Terranova versuchte alles Erdenkliche und las sogar monatelang täglich die Inserate in einigen New Yorker Zeitungen, für den Fall, dass er dort auf eine verschlüsselte Botschaft stieß. Vergeblich. Er fuhr nach LA, sprach mit Gino und dem *finocchio*-Friseur, drehte eine Runde durch die Bars, suchte nach einer Spur und setzte auch dort die Annonce mit dem Buch über Nicholas Francos Karriere in die Zeitungen. Nichts. Er tappte im Dunkeln, und das wusste er auch.

Die letzten Monate des Jahres 1942 waren besonders stressig für ihn. Ein Jahr zuvor hatten die Japsen Pearl Harbor angegriffen, und jetzt steckte Amerika bis zum Hals im Krieg. Nicht dass ihn das groß gekümmert hätte – er selbst war zu alt, um noch eingezogen zu werden, und sein Sohn war zu jung. Sein Problem war vielmehr, dass Nick Frank in ein paar Monaten zweiundvierzig wurde und er, sein Mörder in spe, immer noch keine Ahnung hatte, wo er sich aufhielt. Wenn nicht ein Wunder geschah, musste er … O Gott! Wenn er Frank-Bruder Nummer zwei nicht fristgerecht umlegte, musste er anfangen, sich selbst zu schützen, und zwar vor »Trovatore«. Don Tonio hatte mit Sicherheit an alles gedacht, verstehen Sie, als er das Schicksal der drei Frank-Brüder besiegelte – und seines, Terranovas, gleich mit. Er mochte gar nicht an die Folgen eines Fehlschlags denken, jedenfalls nicht, solange ihn die Umstände nicht dazu zwangen. Aber jetzt sahen die Umstände verdammt mies aus.

Terranova wurde übellaunig und neigte neuerdings zu Wutausbrüchen, deren Ursache er Ekaterina natürlich nicht offenbaren konnte. Er hatte sein Leben lang einen gesunden Schlaf gehabt, und jetzt wachte er mitten in der Nacht auf, lag hellwach auf dem Rücken und dachte über sein Problem nach. Doch dann, 1943, ergab sich eine überraschende Entwicklung. Und mit ihr eine letzte Hoffnung.

Eines Abends, als Terranova, mit den Gedanken ganz woanders, im Restaurant zu tun hatte, klingelte das Telefon. Er hob ab und vernahm Calos fast brüllende Stimme:

»*Zio Peppe*, das FBI war bei mir!«

Das verstieß eklatant gegen den Notfallplan – keine Frage nach dem *padrone*, kein »hübscher rosa Kinderpulli« und so weiter –, aber nach Calos Stimme und noch mehr nach seinen Worten zu urteilen, befand er sich in einem Schockzustand. Genauso wie Terranova, nachdem er das gehört hatte.

»Das *FBI*?«, fragte er. »Die Feds? Bist du sicher?«

»Ja, bin ich, *Zio*, die haben mir ihre Dienstmarken gezeigt – einwandfrei FBI. Sie waren zu zweit, ein Kleiner und ein Großer. Und jetzt kommt's: Die haben von der Anzeige in der Fanzeitschrift geredet, wegen Nicholas Franco!«

Der zweite Schock war noch größer als der erste, aber inzwischen hatte sich Terranova so weit gefasst, dass ihm die Sicherheitsvorkehrungen wieder einfielen. Er beendete das Gespräch und fuhr zu der malerisch gelegenen Telefonzelle, um es dort fortzusetzen.

»Was haben dich die Feds gefragt?«, wollte er wissen, nachdem Calo sich aus seiner weniger malerisch gelegenen Zelle in Brooklyn gemeldet hatte.

»Also, das war komisch, *Zio*, die haben mich gar nichts gefragt!«

Terranova fluchte.

»Was soll das heißen, du *pazzo*? Dass die Feds dir nur guten Tag sagen wollten?«

»Nein, *Zio Peppe*, *geredet* haben sie schon. Aber *gefragt* haben sie nichts, wenn du verstehst, was ich meine. Als Erstes haben sie gesagt, sie nehmen an, dass sie mit einer Person sprechen, die mit dem Mann in Verbindung steht, der das Buch über Nicholas Franco schreiben will. Aber gleich als Nächstes haben sie gesagt – und richtig nett –, es interessiert sie nicht für fünf Cent, wer dieser Mann ist, ich soll ihm nur Folgendes ausrichten: dass sie ihn gern über den derzeitigen Aufenthaltsort von diesem Drecksack Nick Frank informieren würden.«

Terranova explodierte.

»Sag's mir in ihren eigenen Worten, verdammt noch mal!«

»Aber das tu ich doch, *Zio Peppe*, das tu ich doch! Sie haben wortwörtlich gesagt: ›Mr. Russo, richten Sie dem Herrn, für den Sie arbeiten, bitte aus, dass wir ihn gern über den Aufenthaltsort von diesem Drecksack Nick Frank informieren würden.‹ Der Große hat das gesagt, und der Kleine hat genickt. Dann haben sie mir ihre Visitenkarten gegeben.«

»Ich fass es nicht!«, sagte Terranova.

Die malerisch gelegene Telefonzelle war an diesem Abend nicht ganz so malerisch, denn es war kalt und vom Meer her wehte ein kräftiger Wind. Doch Terranova nahm das Wetter gar nicht wahr. Er ging fast eine Stunde lang am Ufer auf und ab und dachte nach. Unter normalen Umständen hätte er Calos Gespräch mit den Feds und ihre Behauptung, sie wollten nur dem Herrn, für den er arbeitete, etwas ausrichten, schlicht und einfach für eine Falle gehalten. Aber die Umstände waren nicht normal.

Damit sie das verstehen, *Signore*, muss ich bis zu Mussolinis Aufstieg in den 1920er Jahren zurückgehen. Der Mann sah zwar aus wie ein Clown, er kleidete sich wie ein Clown und redete wie ein Clown, aber er ging wie keiner vor ihm – und übrigens auch keiner nach ihm – gegen das Gangstertum in Italien vor. Die Mafia, durch jahrhundertelange Verfolgung nur noch stärker geworden, wurde von den Faschisten fast vollständig vernichtet. Das FBI auf der anderen Seite des Erdballs hörte davon und hatte allen Grund, mit dem Duce zufrieden zu sein. Aber dann trat Amerika in den Krieg ein, und Italien wurde plötzlich zum Feindstaat, sein Führer zum Erzfeind. Als 1942 auf einem Truppentransporter im New Yorker Hafen ein Feuer ausbrach, machten die Feds in ihrer unendlichen Weisheit Kraut-Spione dafür verantwortlich, gingen zum König der Docks, dem großen *capo* Lucky Luciano, und schlossen einen Deal mit ihm. (In Wahrheit hatte Luciano die Bombe selbst gelegt.) Das muss man sich mal vorstellen, *Signore*: Die Armee erkauft sich den Schutz des Mobs! So wurden italienische Gangster nach der alten Maxime »die Feinde meiner Feinde sind meine Freunde« plötzlich beste Freunde der US-Regierung.

Terranova wusste von dieser neuen Lage der Dinge, und während er nun am Meer auf und ab wanderte, während sich wenige Meter entfernt die Wellen brachen, fragte er sich: War das Angebot der Feds, den Herrn, für den Calo Russo arbeitete, über Nick Franks Aufenthaltsort aufzuklären, wirklich ein echtes Angebot? Vor allem eines gab ihm zu denken: dass die Feds Nick Frank einen »Drecksack« genannt hatten. Ich meine, Nick war zwar ein erbärmlicher Mistkerl, aber er entstammte einer schwerreichen, mächtigen und absolut sauberen Familie mit massenhaft Freunden in Machtpositionen. Wieso war er für die Feds ein

»Drecksack«? Das machte Terranova stutzig. Nick hatte doch nichts getan, was sie verärgert hätte, es sei denn … Es sei denn, eben doch!

Terranova fuhr nach Hause, packte ein paar Sachen und brach sofort auf. Er fuhr die ganze Nacht durch und kam bei Tagesanbruch in Chicago an. In einer Telefonzelle rief er einen Anwalt an, den er von früher kannte, einen *paisan*, und sagte, er müsse ihn sprechen, *il piu presto possibile*. Sie trafen sich zum Frühstück im nächsten Chock full o'Nuts, und Terranova erzählte ihm von dem Besuch der Feds bei Calo. Selbst zu ihnen zu gehen und sie zu fragen, warum sie ihn über Nick Franks Aufenthaltsort informieren wollten, war zu riskant. Er und der Anwalt verließen das Café, und der Anwalt rief die Nummer an, die sie Calo genannt hatten. Die Feds hatten es anscheinend noch eiliger als Terranova, denn sie baten den Anwalt, sofort vorbeizukommen.

»Ich fass es nicht«, sagte Terranova zum zweiten Mal in vierundzwanzig Stunden.

Am Nachmittag traf sich Terranova mit dem Anwalt in einer Bar; er hatte ihn um gewisse Vorsichtsmaßnahmen gebeten, um sicherzugehen, dass ihm niemand folgte.

Sie seien zu dritt gewesen, berichtete der Anwalt, die beiden, die Calo aufgesucht hatten, der Große und der Kleine, und ein Mittelgroßer in der Uniform eines Colonels der US Army. Es sei ein ausgesprochen freundliches Treffen gewesen, man habe ihm auch Kaffee angeboten und so weiter. Als Anwalt habe er das Gespräch natürlich mit dem üblichen Bullshit eröffnen müssen: »Mr. Russo ist ein rechtschaffener Bürger, und es überrascht ihn, dass sein Vorhaben, ein Buch über einen beliebten Filmstar zu schreiben, angezweifelt wird« und Ähnliches.

Doch der kleine Fed unterbrach ihn.

»Mr. Russo kann froh sein, wenn er seinen eigenen Namen ohne zwei Rechtschreibfehler schreiben kann. Sein Vorhaben interessiert uns nicht die Bohne.«

»Das stimmt nicht ganz«, schaltete sich der große Fed ein, offensichtlich der ranghöhere. »Das Vorhaben interessiert uns schon, aber weniger in Bezug auf Russo als vielmehr in Bezug auf den Herrn, für den er arbeitet. Wir haben, wie ich hinzufügen darf, Grund zu der Annahme, dass es dasselbe Vorhaben ist wie unseres.«

Darauf der Colonel:

»Uns ist nur wichtig, Sir, dass Ihr Mandant Nick Frank so schnell wie möglich findet. Deshalb sind wir bereit, ihm mitzuteilen, wo Frank sich gegenwärtig aufhält, einschließlich seiner Adresse und Telefonnummer und auch des Namens, den er jetzt benutzt.«

Darauf wusste der Anwalt nichts zu sagen, und so fragte er nur nach den Bedingungen.

»Es gibt keine Bedingungen«, antwortete der Colonel. »Aber Ihr Mandant hat ein Problem, von dem er nichts weiß: Ein Name und eine Adresse werden ihm nicht weiterhelfen.«

»Trotzdem wird er sich freuen, sie zu erfahren«, sagte der Anwalt.

»Das mag ja sein«, erwiderte der große Fed. »Aber für sich allein nützen sie ihm nichts. Ihr Mandant weiß nämlich nicht, dass Nick Frank derzeit in Rom lebt.«

Der Anwalt vermochte seine Überraschung nicht zu verbergen.

»Rom? In Italien?«

»Genau«, antwortete der kleine Fed. »R-o-m, auch als die Ewige Stadt bekannt, die Hauptstadt eines der Todfeinde unseres Landes. Und wie die Dinge liegen, ist es im Moment weniger wahrscheinlich, dass ein Mensch mit den, äh, sagen wir, ›Beziehungen‹ Ihres Mandanten heil aus Rom herauskommt, als dass Petrus ihm einen herzlichen Empfang bereitet, wenn er stirbt.«

»Was sehr bald der Fall sein wird, fürchte ich, wenn er versucht, ohne unsere Hilfe aus Rom herauszukommen«, ergänzte der Colonel.

»Genau«, sagte Shorty. »Für ihn wird's heißen: Kein Weg führt aus Rom heraus.«

Und dann folgte die größte Überraschung. Der Colonel fragte den Anwalt:

»Ist Ihnen der Name Horatio Doodle III. bekannt?«

Sie sind noch zu jung, um sich da auszukennen, *Signore*, aber wenn Sie zu der Zeit schon gelebt hätten, wüssten Sie, dass die Frage des Colonels eine rein rhetorische war – so würde es ein gebildeter Mensch wie Sie nennen. *Natürlich* kannte der Anwalt den Namen Horatio Doodle III., und *natürlich* wusste der Colonel das. Es gab damals nicht einen einzigen Amerikaner – es sei denn, er war senil oder ein Vollidiot –, der ihn noch nie gehört hatte, so wie jeder Brite schon von einem Typen namens Lord Haw-Haw gehört hatte. Und wie Lord Haw-Haw war auch Horatio Doodle III. ein niederträchtiger Verräter. In »Listen Anglo-Saxons!«, der englischsprachigen Sendung des faschistischen Rundfunks, versprühte er täglich sein antiamerikanisches Gift. So wie alle patriotischen Briten Lord Haw-Haw hassten, so hassten alle patriotischen Amerikaner Horatio Doodle III.

»Aber was hat denn Horatio Doodle III. mit Nick Frank zu tun?«, fragte der Anwalt völlig perplex.

Shorty lachte, und die anderen seufzten.

»Horatio Doodle III. *ist* Nick Frank«, sagte der Colonel.

Dem Anwalt verschlug es die Sprache, als er das hörte, und Terranova auch, als er es ihm später erzählte.

Der Colonel klärte ihn auf: Der »Drecksack« Nick Frank – jetzt wurde klar, warum ihn die Feds so genannt hatten – war ins faschistische Italien gegangen, bevor die Amerikaner in den Krieg eintraten, er hatte sich dort mittels seiner Hollywood-Vergangenheit und zweifellos auch seines Geldes bei Künstlern eingeschleimt, die der faschistischen Führung nahestanden, und sich zum größten Fan des Duce jenseits des Atlantiks erklärt. Schon bald hatte er als »amerikanischer Experte« mit den Propagandaleuten zusammengearbeitet, und seit Pearl Harbor, also seit 1941, war er Horatio Doodle III. Um seine wahre Identität zu verbergen, sprach er leise und mit etwas tieferer und ziemlich heiserer Stimme. (Sie und ich, *Signore*, wir wissen, was die Feds nicht wussten: dass er sich diese Stimme mithilfe eines Coaches zugelegt hatte, zur Vorbereitung auf seine Rolle als Jesus.) Aber in der römischen High Society war natürlich bekannt, um wen es sich handelte, und man freute sich, diesen »berühmten amerikanischen Künstler« in den eigenen Reihen zu wissen. Irgendwann hatte dann eine »freundlich gesinnte Quelle in Rom«, mit anderen Worten, irgendein Spion oder Agent, die Dienststelle des Colonels darüber informiert, dass der Verräter Doodle in Wirklichkeit Nicholas Franco war, also der US-Bürger Nick Frank.

»Das ist ja wirklich faszinierend«, sagte der Anwalt. »Verblüffend geradezu. Aber inwiefern kommt da mein Mandant ins Spiel?«

»Er kommt insofern ins Spiel«, antwortete der Colonel, »als meine Dienststelle und unsere Kollegen vor Ort im Moment niemanden haben, der willens und in der Lage wäre, dem Verräter die verdiente Lektion zu erteilen. Wir befinden uns im Krieg, und Sie sind ein patriotischer Amerikaner, also werde ich kein Blatt vor den Mund nehmen. Da wir Grund zu der Annahme haben, dass Ihr Mandant feindselige Absichten gegen Nick Frank hegt, ist die US Army der beste Partner für ihn. Und seine einzige Möglichkeit, wohlbehalten nach Rom zu kommen.«

Der Anwalt fragte, welche Garantie sein Mandant habe, dass ihnen, *vorausgesetzt*, er nehme das Hilfsangebot der Army an, genauso daran gelegen sei, ihn auch wieder aus Italien herauszubringen, sobald er erledigt – oder auch nicht erledigt – habe, »was immer er mit besagter Person zu regeln« habe.

Der kleine Fed wurde unwirsch und sagte etwas von »einem Gangster, der die Frechheit besitzt, Garantien von der US-Regierung zu verlangen«, doch der Colonel unterbrach ihn.

»Die Garantie für Ihren Mandanten«, sagte er, »besteht darin, dass wir ihn für die Dauer der Operation als einen der Unseren betrachten, als einen Soldaten im Sondereinsatz für sein Land. Wir werden daher alles tun, was wir auch für einen der Unseren in wichtiger Mission tun würden, um ihn an sein Ziel und wohlbehalten wieder nach Hause zu bringen.«

Terranova schwieg, nachdem der Anwalt ihm später in der Bar von seinem Treffen mit den Feds erzählt hatte. Er dachte nach. Da holte der Anwalt zwei Fotos hervor, die ihm der Colonel gegeben hatte. Sie zeigten Horatio Doodle III. auf einer Party in Rom, fröhlich lächelnd, umgeben von italienischen *Signorinas* in schicken Kleidern und hochrangigen Faschisten in Uniform.

»Das ist Nick Frank, eindeutig«, sagte Terranova. »Oder besser Nicholas Franco, in voller Pracht – er hat sich sogar die Haare schwarz gefärbt.« Er schüttelte bewundernd den Kopf. »Das muss man sich mal vorstellen: Sucht sich den sichersten Ort der

Welt aus, den es überhaupt geben kann, wenn man sich vor dem Mob verstecken will.«

Der Anwalt zitierte ein Sprichwort von der »süßen Frucht der Widerwärtigkeit« und sprach davon, dass Menschen in schweren Krisen besondere Fähigkeiten entwickelten. Dann wollte er wissen, wie Terranova zu dem Angebot des Colonels stehe.

»Ich nehme es an«, antwortete Terranova. »Unter zwei Bedingungen: dass ich nicht direkt mit den Feds zu tun habe, sondern nur mit der Army, und dass meine wahre Identität geheim bleibt. In drei Wochen bin ich startbereit.«

Der Anwalt, da er nun mal Anwalt war, meinte, er solle sich das noch eine Weile überlegen, aber Terranova, da er nun mal Terranova war, sagte nein, er werde das Angebot jetzt gleich annehmen. Und so ging der Anwalt am nächsten Tag erneut zu den Feds und machte den Deal perfekt.

Terranova war sich darüber im Klaren, dass er einen solchen Job nicht delegieren konnte. Bei Al Frank war es etwas anderes gewesen, denn selbst wenn es Rudy Cherny alias Joseph Koltai nicht gelungen wäre, seinem Opfer die vergiftete Zigarre zu verpassen, hätte Terranova in der verbleibenden Zeit immer noch eine andere Möglichkeit gefunden. Schlug aber die anstehende Operation fehl, würde er keine zweite Chance bekommen, Nick Frank zu beseitigen – erst wieder nach dem Krieg, wenn es zu spät, wenn die Frist abgelaufen war. Nein. Er musste selbst nach Rom.

Die drei Wochen hatte er sich ausbedungen, um sein Äußeres ein wenig zu verändern. Zuvor aber fuhr er für einen Tag nach Newport zurück und sagte Ekaterina, er werde eine Weile weg sein, er müsse für seine Importpartner ein Geschäft in Südamerika tätigen. Vor seiner Abreise bat er sie wie immer, sich keine

Sorgen zu machen. Zum ersten Mal aber winkte er nicht ab, als sie erwiderte, sie werde ihn mit einigen Extra-Ave-Marias in ihr Nachtgebet einschließen. In diesem besonderen Fall würde jede Hilfe willkommen sein, auch göttliche.

Terranova verbrachte zwei Wochen in Calos Wohnung in Brooklyn. Während dieser Zeit ließ er sich einen Bart wachsen, den er ebenso wie sein Haupthaar blond färbte. Und er ließ sich eine schöne Brille machen, mit Gläsern so dick wie Flaschenböden. Außerdem hungerte er sich schier zu Tode und nahm fast sechs Kilo ab. Am festgesetzten Tag traf er sich mit stark verändertem Aussehen, einem kleinen Koffer und einem Schirm mit dem Anwalt, der ihn zu einem Militärflugplatz eine Autostunde außerhalb von New York City fuhr und dort einem jungen Captain übergab. Terranova stellte sich als »Bill White« vor, und sie bestiegen eine Militärmaschine voller Soldaten. Auf dem Flug über den Atlantik briefte ihn der Captain.

Am wertvollsten für Terranova waren seine Informationen über »Doodles« – so nannte ihn der Captain – Auftreten in Rom, über seine Gewohnheiten, seine Arbeitszeiten, sein Auto, einen roten Bugatti T57, den sich der Mistkerl von den Faschisten hatte schenken lassen! »Doodle« lebte allein, was günstig war, und sein Tagesablauf war stets mehr oder weniger der gleiche, was hervorragend war. Er bewohnte ein schickes Apartment in einer Nobelresidenz in Trastevere westlich des Tiber. Jeden Morgen um neun fuhr er zum EIAR, dem staatlichen Rundfunksender, kehrte gegen halb drei zu einer Siesta nach Hause zurück und brach dann zu seinen abendlichen Exkursionen auf: Restaurants, Empfänge, Partys und dergleichen mehr.

Der Captain händigte Terranova seine falschen italienischen Papiere aus, darunter auch einen Mitgliedsausweis der Faschistischen Partei. Stellen Sie sich das mal vor! Terranova klebte die Fotos, die er mitgebracht hatte, an den richtigen Stellen ein, und der Captain beglaubigte sie mit gefälschten Stempeln. Am nächsten Morgen landeten sie auf einem Militärflugplatz im Westen Englands, hingen ein paar Stunden in der Kantine herum, tranken mit zwei RAF-Piloten, die alles über die amerikanischen Mädchen wissen wollten, ein extrem bitteres Bier und bestiegen dann ein kleineres Flugzeug, das sie nach Malta brachte. Dort stellte der Captain »Mr. White« einem jungen englischen Navy Lieutenant vor, der nun die Führung übernahm. »*Addio*«, sagte der Captain – er wollte nett sein – zu Terranova. Doch der schüttelte den Kopf. »*Addio* lieber nicht«, sagte er. »Ein *Ciao* tut's auch.« Der englische Lieutenant brachte ihn in einem Jeep zum Hafen. »Waren Sie schon mal in einem U-Boot, Mr. White, Sir?«, fragte er. »Nein«, antwortete Terranova. »Aber Sie möchten alles einmal probieren, richtig, Sir?«, fragte der Lieutenant weiter. »In diesem Fall hoffentlich *zweimal*«, sagte Terranova. »Ich gedenke auch wieder zurückzukommen.« Der Lieutenant lachte und meinte, von ihm aus auch gern zweimal. Unterwegs sammelten sie noch drei Typen in Zivil ein, die aus nicht näher genannten Gründen ebenfalls mitfahren sollten.

Das U-Boot – verdammt eng war's da drin, als würde man in einem Kesselraum reisen oder so – lief am Abend aus. Sie waren mehr als zwei Tage unterwegs, größtenteils unter Wasser. Eine Zeitlang kreuzten sie, wie man ihnen sagte, ganz nahe bei Sizilien; näher sollte Terranova seiner alten Heimat nie mehr kommen. Unterwegs spielte er mit den drei Zivilisten Karten. Zwei von ihnen waren Italiener; der eine hörte sich für Terranova an wie ein Roter; wahrscheinlich war er Mitglied der »Unità del Popolo«. Wenn das nicht verkehrte Welt ist, dachte er: Ein Mafioso freundet sich mit einem Roten an und wird mit dem Segen der amerikanischen Regierung von der British Royal Navy gratis an sein Ziel gebracht!

Einige Stunden vor ihrer Ankunft zeigte ihnen der Lieutenant auf einer Karte die Stelle, an der das Beiboot sie an Land bringen würde – einen Strand nahe der Kleinstadt Fregene, etwa fünfundzwanzig Kilometer westlich von Rom –, und erklärte ihnen, wie sie von dort am sichersten die Hauptstraße erreichten.

Zwei Stunden vor Tagesanbruch tauchte das U-Boot auf. Bevor »Mr. White« in das Beiboot stieg, teilte ihm – nur ihm, nicht den anderen, die offenbar länger in Italien bleiben wollten – der Lieutenant mit, dass er zwei Möglichkeiten habe, auf das U-Boot zurückzugelangen, die erste vierundzwanzig, die zweite achtundvierzig Stunden später, an derselben Stelle. Die Nacht war mondlos und so dunkel, dass nicht einmal mehr die dunkle Masse des U-Boot-Turms zu erkennen war, als sie auf den Strand zuhielten. Terranova versteckte sich mit den anderen in einem auf der Karte eingezeichneten Pinienwäldchen, doch als die Sonne aufging, sagte er *ciao* und machte sich allein auf den Weg. Bei seiner Operation wollte er niemanden dabeihaben, den er nicht kannte, zumal er gesehen hatte, dass mindestens zwei von den dreien bewaffnet waren, sodass eine Begegnung mit den Carabinieri fatale Folgen haben konnte. Die einzige Waffe, die er selbst mitführte, war sein Schirm. Er besaß einen guten Orientierungssinn, er richtete sich nach der aufgehenden Sonne, und da er in den drei Wochen, in denen er sich den Bart hatte wachsen lassen, stundenlang Landkarten studiert hatte, kannte er die verschiedenen Wege nach Rom auswendig.

Es war ein kühler, bewölkter Tag. Terranova brauchte etwa fünf Stunden bis an sein Ziel. Solange ihn niemand sah, ging er schnell, wenn Leute in der Nähe waren, verfiel er in eine Art Schlendern, um keinen Verdacht zu erregen. Unterwegs kaufte er sich eine Zeitung und Zigaretten und trank ein Glas Wasser. Und auf dem ganzen Weg studierte er im Kopf den Plan ein, den er für die Operation vorbereitet hatte, mit einer Änderung für den Fall, dass »Doodle« nicht allein nach Hause kam, sondern mit einer Freundin. Die musste er natürlich auch töten, und er spielte verschiedene Varianten durch, wie er dabei vorgehen würde.

Gegen Mittag erreichte er Trastevere. Es hatte zu nieseln begonnen, und die wenigen Leute auf der Straße gingen unter ihren Schirmen eilig und wegen der nassen Gehsteige vorsichtig dahin und achteten nicht auf ihre Umgebung. Das kam Terranova sehr gelegen. Er schlug den Kragen seines Mantels hoch und zog seinen feinen Homburg tief in die Stirn, sodass die Krempe fast seine Augen bedeckte. Von einem kleinen Park aus überquerte er die Via Dandolo, fand die gesuchte Hausnummer und überzeugte sich, dass die Haustür nicht abgeschlossen war, wie der Captain gesagt hatte. Dann setzte er sich, unter einer riesigen Eiche vor dem Nieselregen geschützt, gegenüber dem Gebäude auf eine Parkbank und tat so, als würde er Zeitung lesen. Um zehn vor drei fuhr der rote Bugatti vor, und Nick Frank stieg aus, ganz der eingebildete Nicholas Franco, mit einer Prise Horatio Doodle III. Er war allein. Sehr gut. Er betrat das Gebäude, ohne sich auch nur ein einziges Mal umzusehen – der Kerl fühlte sich offensichtlich vollkommen sicher. Bestens. Terranova wartete fünf Minuten, dann ging er hinüber, betrat das Gebäude ebenfalls und fuhr mit dem Aufzug in den vierten Stock. Die Tür links war die gesuchte. Er klingelte, und kurz darauf hörte er seine Zielperson fragen:

»*Chi è?*«

Terranova konnte einen ausgesprochen servilen Ton anschlagen, wenn er wollte.

»*Eccelenza, un messaggio per voi dal ministerio*«, sagte er. Nick Frank alias Horatio Doodle III. öffnete in einem seidenen Hausmantel die Tür. Vor ihm stand ein Mann mittleren Alters mit einem kurzen blonden Bart, dümmlich lächelnd, in der Hand einen Umschlag. Nick lächelte zurück und wollte etwas sagen, da traf ihn ein Tritt in die Eier und er krümmte sich stöhnend zusammen. Terranova war mit einem Schritt in der Wohnung, packte ihn mit dem linken Arm von hinten, hielt ihm mit der rechten Hand den Mund zu und schloss mit dem linken Fuß die Tür. Dann brach er Nick mit beiden Händen unterhalb der Schädelbasis den Hals. Eine Drehung, ein lauter Knacks, und der Job war erledigt.

Er checkte das Apartment – niemand sonst hielt sich darin auf. Sehr gut. Er schleifte den Toten ins Bad, zog ihm Hausmantel, Hemd, Hose, Unterhose und Socken aus und hängte alles ordentlich an der Tür auf. Dann legte er ihn mit dem Gesicht nach oben in die Wanne, drehte beide Hähne auf und ließ so viel Wasser ein, dass die Leiche davon bedeckt war. Er warf ein Stück Seife hinein und drehte die Hähne wieder zu. Wenn man Nick fand, würde man zunächst annehmen – jedenfalls so lange, bis eine Autopsie durchgeführt wurde –, er wäre in der Wanne ausgerutscht und hätte sich bei dem Sturz das Genick gebrochen; er wäre nicht der erste Unglückliche gewesen, der auf diese Weise sein Leben ließ.

Terranova ging in die Küche, öffnete den Kühlschrank und fand darin einen hervorragenden *parmigiano* und ein schönes Stück *prosciutto*. Er aß ein wenig von beidem und dazu *grissini*, von denen er den Rest einsteckte. Bevor er ging, machte er mit einer Taschenkamera Fotos von der Leiche. Auf einigen brachte er mithilfe des Spiegels über der Badewanne auch sich selbst mit ins Bild. Dann fotografierte er den Toten noch einmal so, dass auch die Titelseite der Zeitung, die er unterwegs gekauft hatte, zu sehen war, als Beleg für das Datum der Aufnahme. Schließlich verließ er die Wohnung, stieg die Treppe hinunter und trat auf die Straße. Niemand hatte ihn gesehen. Hervorragend.

Einige Stunden später, kurz vor Sonnenuntergang, war er wieder in dem Pinienwäldchen am Strand von Fregene, in dem er mit den anderen auf das Aufgehen der Sonne gewartet hatte. Er war hundemüde, aber ein Nickerchen konnte er nicht riskieren. Zum ersten vereinbarten Zeitpunkt, kaum vierundzwanzig Stunden, nachdem er dem Beiboot des U-Bootes entstiegen war, bestieg er es wieder.

»Sie verschwenden wohl nicht gern Zeit, was, Mr. White, Sir?«, sagte der Lieutenant lächelnd, als Terranova die Leiter im Turm des U-Bootes hinunterkletterte.

»Stimmt«, antwortete Terranova augenzwinkernd.

Der zweite Teil von Lupos *maledizione* war erfüllt. Frank-Bruder Nummer zwei war tot. Alter: zweiundvierzig.

… *O porca miseria, o Dio mio*, mein lieber *Signore*, wissen Sie, wie spät es ist? Mitternacht vorbei! Ein alter Mann braucht zwar nicht viel Schlaf, aber er wird schnell müde. Wir machen besser Schluss für heute. Aber was sage ich da? Ich habe gehört, Sie verlassen uns morgen – stimmt das? … Ewig schade. Sie sind fertig mit Ihrer Arbeit hier? … Ach, übrigens, was sind Sie eigentlich genau, *Signore*, ein *pittore*, ein Maler? … Nein? Arbeiten Sie nicht an den Fresken in der alten *capella*? … Ah, die restaurieren Sie, verstehe. Das klingt gut, ich wünschte, Sie könnten mich auch restaurieren, mich wieder jung machen! Ach, übrigens, da Sie ja morgen abreisen – ich hätte da noch eine Frage. Sie sind mit dem Auto hier, oder, der kleine grüne Lancia im äußeren Hof ist doch Ihrer, *si*? … Ein Mietwagen? Egal, *Signore*, ich will die Karre ja nicht kaufen. Ich wollte nur wissen, ob Sie damit abfahren. … Gut. Und wohin, wenn ich fragen darf? … Ah, nach Genf, eine schöne Stadt! … Nein, nein, ich war noch nicht dort, aber es gibt da ein paar Banken, hab ich mir sagen lassen, da könnte ich einiges regeln, wegen meiner Rente. Natürlich nur, wenn in Ihrem Wagen noch Platz ist für mich, einen *povero anziano* … Ja? Sie nehmen mich mit? … Das ist furchtbar nett von Ihnen, *Signore*! Und morgen fliegen Sie dann zurück nach *bella America*? … In *zwei* Tagen erst, das ist gut. Das ist sogar perfekt, denn dann kann ich sie morgen in ein schönes Restaurant einladen und wir können diese grässliche *zuppa di cipolle* vergessen, die man uns heute Abend vorgesetzt hat – natürlich nur, wenn Sie nichts anderes vorhaben … Nein? … Sie nehmen meine Einladung an? … *Grazie, grazie*, keine Ursache, es wird mir eine Ehre sein. Und vergessen Sie nicht: Wir müssen auch noch unsere Geschichte zu Ende erzählen, nicht wahr? Wir haben einen Deal, Sie erinnern sich? Ich habe Ihnen ein Angebot gemacht, und Sie haben es angenommen. Was ein Mann anfängt, muss er auch zu Ende bringen. Das macht Peppe Terranova natürlich auch. Einen Frank-Bruder muss er noch umbringen. … Wie bitte, *Signore*? … Ah ja, ganz recht, wie konnte ich das vergessen! Ich muss ja noch Ihre Frage beantworten: »Kann aus einem schlechten Menschen ein guter Mensch werden?«

DIE ZWEITE NACHT

5. Januar 1974
In einem Hotel in Genf

Okay, *Signore*, es kann losgehen. Aber tun Sie mir erst noch einen Gefallen – ziehen Sie bitte die Vorhänge an Ihrem Fenster zu? ... Ja, die ... Warum? Wieso »warum«? Der Blick stört mich! ... Ja, ich weiß, es ist nur ein Parkplatz, aber vielleicht stört mich gerade das, ich mag keine Parkplätze. Bitte verzeihen Sie einem *anziano* seine kleinen Schrullen ... *Grazie, Signore.* Doch, doch, ganz zumachen bitte ... Danke. Und jetzt setzen Sie sich und sagen Sie mir, wie Ihnen unser Essen geschmeckt hat ... Aber nein, ich bitte Sie, es war mir ein Vergnügen ... Ja, mir hat's auch geschmeckt, jedenfalls wesentlich besser als der Fraß in der *casa per anziani* ... Das Steak und die *porcini* waren gut, aber der *vino* ... Hm? ... Na, vielleicht haben Sie recht, schlecht war er nicht. Sagen wir, er war in Ordnung – für ein Froschfresserprodukt. Mir persönlich wäre ein schöner Valpolicella lieber gewesen.

Aber wie auch immer. Sitzen Sie gut? Bequem? ... Und das Tonband dreht sich schön? ... Sicher? *Va bene.* Also weiter im Text.

Wo waren wir stehengeblieben? Ah ja. Terranova hatte in Rom Frank-Bruder Nummer zwei umgebracht. Aber lassen Sie uns kurz in der Zeit zurückgehen und einen Blick auf Frank-Bruder Nummer drei werfen.

Nachdem sein Bruder Al gestorben und sein Bruder Nick mit

unbekanntem Ziel verreist war, arbeitete Leo als einziges männliches Mitglied der Familie noch bei Frank & Worthington. Was Thelma anging, die Witwe von Nummer eins, so hatte sie das »Exil auf Long Island«, wie sie es nannte, verlassen und sich in dem Brownstone in Manhattan eingerichtet. Leo hatte sein Zimmer im zweiten Stock behalten, angeblich, damit für Al Junior, von Thelma »Alexander« genannt – ein verzogenes Blag übrigens –, eine männliche Bezugsperson im Haus war. So die offizielle Begründung.

Tagsüber waren Thelma und Leo in ihren jeweiligen Büros in der Frank-&-Worthington-Zentrale mit ihren jeweiligen Aufgaben beschäftigt. Dort – und auch wenn sie bei irgendwelchen offiziellen Anlässen zusammentrafen – war Thelma die ehrbare Witwe und Leo der nette Schwager, der der Gattin des teuren Verstorbenen und ihrem kleinen Sohn, dem das Schicksal so grausam den Vater geraubt hatte, zur Seite stand. Alles sehr anrührend, zweifellos! Aber auch: alles Show. Die Wahrheit trat abends zutage, wenn die Bediensteten im Brownstone auf ihre Zimmer gegangen waren. Dann klopfte Thelma fünfmal auf den Boden ihres Schlafzimmers im dritten Stock, direkt über Leos Zimmer, und er schlich sich auf Zehenspitzen hinauf und tauchte wie ein Springteufel, oder eher wie ein Springschwanz, vor ihr auf. Was dann folgte, hatte nichts mit der klassischen Beziehung zwischen einer trauernden Witwe und ihrem Schwager gemein.

Also, ich weiß nicht genau, worin Leos Anziehungskraft auf Thelma bestand, außer dass er im Bett ein Champion war. Aber dass Thelmas Anziehungskraft auf Leo nicht die einer Giulietta auf ihren Romeo war, das kann ich Ihnen versichern. Wie bereits erwähnt, war sie eine ausgesprochen scharfe Braut, ihr erster Ehemann Willie hatte sie schließlich nicht wegen ihrer außergewöhnlichen Moral und Tugendhaftigkeit geheiratet. Noch attraktiver fand Leo allerdings den Umstand, dass sie jetzt Hauptaktionärin von Frank & Worthington war und außerdem, zumindest bis das Blag Alexander volljährig wurde, Chefin des ganzen gottverdammten Ladens. Eine zu schwere Last für eine alleinstehende Frau, dachte Leo, und stets der Gentleman, hatte er auch eine sehr gute Idee, auf wessen Schultern sie diese Last abladen konnte, zumindest einen großen Teil davon: auf seinen.

Die erste Enttäuschung erlebte er jedoch nicht lange nach Als Tod, als er herausfand, dass Thelma nicht nur »jede Position im Kamasutra kannte«, wie er es selbst einmal formuliert hatte, sondern über sehr viel weitreichendere Fähigkeiten verfügte. Sie war nicht nur nicht dumm in geschäftlichen Dingen, wie er angenommen hatte, weil sie eine Frau war und eine hübsche obendrein. Im Gegenteil: Die *puttana* hatte auch eine richtig gute Nase fürs Geschäft! Nur vier Monate nach Als Tod schloss sie einen gigantischen Deal mit einem kanadischen Unternehmen und eröffnete Kaufhäuser in Toronto und Montreal; mehr sollten folgen. Frank & Worthington war so erfolgreich, dass ein Jahr später sogar Artikel über das »Thelma-Frank-Phänomen« in der Presse erschienen. Und um all dem die Krone aufzusetzen, hatte sie Leo in der ganzen Zeit kein einziges Mal um Rat gefragt. Wollte er im Bett – dem einzigen Ort, an dem er unter vier Augen mit ihr sprechen konnte –, übers Geschäft reden, sagte sie: »Dafür bin ich jetzt nicht in der Stimmung, Teddybär« und griff, wenn sie noch scharf war, nach seinem Schwanz. Wenn nicht, gab sie ihm einen Gutenachtkuss auf die Wange, eine nette Art, ihm zu sagen, er solle abschieben. (Er durfte nie die ganze Nacht in ihrem Bett verbringen.) Brauchte sie einen geschäftlichen Rat – denn auch clevere Leute brauchen mal einen Rat –, wandte sie sich an

Als Topleute, den Marketingmenschen, den Zahlenmenschen und noch einige andere, die an Bord geblieben waren. Aber selbst wenn sie ihr, was selten vorkam, in irgendeiner Sache nicht weiterhelfen konnten, wandte sie sich nicht an Leo, sondern suchte anderswo Rat. Als Thelma die Unternehmensleitung übernahm, müssen Sie wissen, hatte Als Anwalt es für angebracht gehalten, sie in vollem Umfang über die Großtaten ihres jungen Schwagers in der Schule, auf dem College und in der Brokerfirma aufzuklären, Großtaten, die ihr Mann ihr verheimlicht hatte. Das bewog Thelma zu der weisen Entscheidung, keinen Schwindler in die Unternehmensleitung aufzunehmen. Also gab sie Leo zusätzlich zu dem, was er bereits von ihr bekam, nämlich Unterkunft und Verpflegung inklusive Komplettservice, der Form halber einen gewichtig klingenden Posten als »Public-Relations-Manager«. Einen Posten mit einem Supergehalt und null Einfluss.

Leo gefiel das überhaupt nicht, aber er gedachte seinen Traum, einen wesentlich größeren Batzen vom Vermögen seines Bruders in die Finger zu bekommen, nicht aufzugeben. Was Al willentlich versäumt hatte, indem er ihm nur diese lausige halbe Million vermacht hatte, wollte Leo nun durch eigenes Bemühen erreichen. Als ihm jedoch volle zwei Jahre nach Als Tod klar wurde, dass Thelma sich, egal welche Tricks er anwandte, nicht in die Unternehmensleitung hineinreden ließ, beschloss er, seinem toten Bruder genau den gleichen *grande colpo* zu verpassen, den Al seinem toten Ex-Freund Willie Worthington junior verpasst hatte: Er würde seine Witwe heiraten. Er hatte guten Sex mit Thelma, sie amüsierten sich Abend für Abend blendend, sie speisten russischen Kaviar, schlürften Froschfresser-Schampus, beides Eigenimporte, und vögelten sich die Seele aus dem Leib – weshalb sollte sie da nicht ja sagen, nachdem inzwischen eine angemessene Zeitspanne verstrichen war? Als er ihr aber nach einer besonders gelungenen Bumserei so eine Art Antrag machte, bekam sie einen Wutanfall.

»Hast du jetzt völlig den Verstand verloren, Teddybär?«, fragte sie.

Der *orsacchiotto* verneinte, er habe nicht den Verstand verloren, er meine es ernst. »Ich liebe dich so sehr, mein Schatz, und es wäre so gut für Klein-Alexander, einen Mann, den er gut kennt, als neuen Daddy zu bekommen, und …« Doch Thelma schnitt ihm das Wort ab.

»Das ist nicht nur das Dümmste und Verrückteste, was ich je gehört habe«, sagte sie, »es ist außerdem auch verboten und gegen die Regeln der Kirche.« Ich muss an dieser Stelle erwähnen, dass Thelma zwar einer Familie von Baptisten oder Quäkern oder sonst irgendwelchen beschränkten Yankees entstammte, dann aber reguläre Christin geworden war, um Al in der Saint Patrick's Cathedral heiraten zu können.

Doch Leo erwiderte mit seinem schönsten Lächeln:

»Weder noch, Schatz. Es ist nicht verboten, jedenfalls nicht in allen Bundesstaaten, und die Kirche erlaubt es sehr wohl, auch wenn wir möglicherweise einen päpstlichen Dispens dafür brauchen. Aber das ist kein Problem. Ich kenne jemanden im Vatikan, der meint, das lässt sich ohne Weiteres arrangieren.«

Thelma schnappte nach Luft.

»Das glaub ich jetzt nicht – du hast dich schon erkundigt?«

»Warum denn nicht? Ich liebe dich so sehr, und es ist eine so gute Idee, und …«

Wieder schnitt sie ihm das Wort ab, und an diesem Abend wurde nicht mehr darüber geredet. Aber sie war sauer auf ihn, weil er das Thema angesprochen hatte, und verweigerte ihm den üblichen Kuss auf die Wange, als sie ihn nach dem Sex wegschickte. Und am nächsten Abend klopfte sie zum ersten Mal seit Als Tod nicht fünfmal auf den Boden, und Leo ging nicht zu ihr hinauf. Das gefiel ihm nicht. Am folgenden Abend klopfte sie wieder, und er ging wieder hinauf, aber von da an wurden die Aufforderungen an den *orsacchiotto*, heraufzukommen und seine Gebieterin zu vögeln, immer seltener und erfolgten teils nur noch zwei-, teils sogar nur noch einmal pro Woche. Als sie eine ganze Woche lang gar nicht klopfte, bekam Leo es mit der Angst zu tun.

Er hatte seinen Antrag grandios vermasselt, und jetzt sah es so aus, als ginge die nächtliche Beziehung mit Thelma – die in jeder nur denkbaren Hinsicht wichtiger war als die tägliche – den Bach runter. Und was noch schlimmer war: Die Jahre als ihr Lover hatten ihm nichts gebracht. Er hatte bei Frank & Worthington nichts zu melden, und es bestand auch keine Aussicht, dass sich das jemals ändern würde, schon gar nicht nach seinem Antrag. Thelma war noch jung, sie war attraktiv und inzwischen eine der reichsten und mächtigsten Frauen Amerikas. Früher oder später würde irgendein großes Tier, ein Filmstar, ein Senator oder – schlimmer noch – ein bedeutender Geschäftsmann daherkommen, sie heiraten und damit Leos restliche schwache Hoffnung, doch noch Millionär zu werden, zunichte machen. Was würde dann aus ihm werden? Wahrscheinlich würde ihn Thelmas neuer Ehemann mit einem Tritt in den Hintern hinausbefördern, nicht nur aus dem Haus, das wäre ja noch gegangen, sondern auch aus der Firma.

Inzwischen, *Signore*, ist es Ende 1942, und Amerika befindet sich seit einem Jahr im Krieg. Den hatte Uncle Sam anfangs mit jenen Pechvögeln bestritten, die zum Zeitpunkt des japanischen Angriffs bereits in der Armee waren, dazu mit den üblichen Dummköpfen alias »Freiwilligen« und noch diversen anderen. Nach einiger Zeit aber kamen die Generäle zusammen mit dem *capo di tutti capi* der Army, Präsident Roosevelt, zu dem Schluss, dass sie mehr Soldaten brauchten, viel mehr. Sie veranstalteten deshalb eine nationale Lotterie mit dem Leben junger Männer: Die Geburtsdaten aller im entsprechenden Alter – oder besser, im falschen Alter –, kamen in eine Box, und dann wurden so viele wieder herausgezogen, wie zur Deckung des Bedarfs gerade erforderlich. Wurde das eigene Geburtsdatum gezogen, bekam man eine Reise in den Pazifik, nach Nordafrika oder sonstwohin geschenkt, um dort beschossen zu werden. Wenn nicht, blieb man zu Hause.

Als Leo von dieser glorreichen Idee massenhafter Einberufungen hörte, drehte er schier durch vor Angst. Da er seine Zukunft jedoch nicht auf die Hoffnung gründen wollte, Lady Luck werde sein Geburtsdatum schon nicht ziehen, begann er sich nach Möglichkeiten umzusehen, gar nicht erst an dieser gottverdammten Lotterie teilzunehmen. Er versuchte es mit gesundheitlichen Problemen, konnte aber keinen seriösen Arzt davon überzeugen, dass er nicht bei bester Gesundheit war. Als Nächstes dachte er an Wehrdienstverweigerung, kam allerdings wieder davon ab, als er erfuhr, dass er dann für die Dauer des Krieges New York verlassen und in der finstersten Provinz Latrinen putzen oder ähnlich ekelerregende Arbeiten verrichten musste. Doch dann, auf einer Party bei einem Freund, erzählte ein reicher Typ in seinem Alter, er sei vom Wehrdienst freigestellt, weil er eine Firma leite, die seinem Daddy gehöre und als »kriegswichtig« gelte. Plötzlich sah

Leo einen Silberstreif am Horizont. Der bekannteste Geschäftszweig von Frank & Worthington waren die Kaufhäuser, aber jungen reichen Frauen Seidenhöschen und alten reichen Frauen Teeservice zu verkaufen, war allenfalls am Rande kriegswichtig. Das von Al Frank geschaffene Imperium bestand jedoch aus über fünfzig Firmen, für die sich Leo bis dahin kaum interessiert hatte. Am nächsten Tag ließ er sich im Büro die komplette Liste geben und machte sich über die einzelnen Bereiche kundig. Einer davon schien ihm perfekt. Das Unternehmen nannte sich Northern Copper und befasste sich neuerdings damit, riesige Mengen des rötlichbraun glänzenden Metalls an die Rüstungsindustrie zu liefern.

Leo wartete, bis Thelma wieder fünfmal auf den Boden klopfte – was nur noch selten vorkam, aber immerhin –, und ging zu ihr hinauf. Er zog sich gar nicht erst aus, sondern fiel gleich mit der Tür ins Haus: Er wolle Präsident von Northern Copper werden, sagte er und erklärte ihr seine Gründe.

»Teddybär«, sagte sie darauf, und ihr Gesicht nahm einen seltsamen Ausdruck an, »du weißt doch, dass ich außerhalb des Büros nicht übers Geschäft reden will.«

»Aber *im* Büro willst du auch nicht übers Geschäft reden«, entgegnete er. »Jedenfalls nicht mit mir. Und außerdem geht es hier nicht ums Geschäft, sondern um mein Leben. Willst du, dass ich eingezogen werde? Willst du, dass mir ein Kraut den Schwanz wegballert oder dass mich im Pazifik ein Hai auffrisst?«

Thelma verneinte kichernd – Leos Schwanz war ihr noch von Nutzen –, aber sie machte Ausflüchte: Sie sei zu geil, sie habe zu viel Champagner getrunken und dergleichen, und ob er sie jetzt bitte vögeln und aufhören könne herumzuzicken. Doch Leo weigerte sich.

»Nein«, sagte er. »Nur wenn du mir versprichst, mich zum Präsidenten von Northern Copper zu machen. Das bist du mir schuldig.«

Thelma kicherte erneut, diesmal aber nicht sehr freundlich.

»Schuldig? Wofür sollte ich dir was schuldig sein, Teddybär? Für ein paar gute Nummern?« Nebenbei bemerkt, *Signore*: Thelma war einige Male geschäftlich in England gewesen, und seitdem sagte sie, wie es dort üblich war, »Nummer« statt »Fick«. Sie fand, das verleihe ihr Klasse.

»Nein«, antwortete Leo, »du bist mir was schuldig, weil ich *absolut diskret* bin, was ein paar gute Nummern angeht. Oder besser ein paar tausend gute Nummern, wenn ich dich an die Zeit erinnern darf, als dein Mann noch gelebt hat.«

Thelma sah ihn ausdruckslos an, dann schloss sie die Augen, und ihre Gesichtsmuskeln spannten sich an, als wollte sie gleich losbrüllen. Doch plötzlich entspannten sie sich wieder, sie öffnete die Augen und lächelte, ihr nettestes Lächeln, netter, als Leo es je gesehen hatte oder je wieder sehen sollte. Am nächsten Tag wurde er zum Präsidenten von Northern Copper ernannt.

Im Januar 1943 trat er sein neues Amt offiziell an. Es dauerte eine Weile, bis er heraushatte, wie das Geschäft lief, aber dann stellte er fest, dass er zwei Fliegen mit einer Klappe geschlagen hatte: Er war nicht nur um die Einberufung herumgekommen – der Präsident von Northern Copper leistete unbestreitbar »kriegswichtige« Arbeit –, er hatte sich auch perfekt in Position gebracht, um richtig Geld zu machen. Und damit meine ich nicht nur auf offiziellem Weg, in Form des weit höheren Gehalts, das er nun bezog, sondern auch auf anderen Wegen, die ihm verschlossen gewesen waren, solange er in der Zentrale von Frank & Worthington gearbeitet hatte.

Wissen Sie, *Signore,* um sicherzugehen, dass man ihn nicht übers Ohr haute, hatte dieser Hurensohn Al Frank mehr Kontrollen in seinen Laden eingebaut als ein *capo* in seine *caporegimes.* Jeder einzelne Penny, der von Hand zu Hand ging, sowohl von außerhalb des Unternehmens als auch innerhalb, musste mit Rechnungen, Quittungen und weiß Gott was noch alles x-mal registriert werden, und allen Mitarbeitern schauten ständig Buchhalter, Rechnungsprüfer und sonstige Nichtsnutze über die Schulter. Monatsberichte, Wochenberichte, Tagesberichte. Wer bei Frank & Worthington arbeitete, hatte nicht nur über das Geld, sondern auch über die Zeit Rechenschaft abzulegen, bis auf die Minute, wahrscheinlich sogar über seine Pinkelpausen, damit der Chef sichergehen konnte, dass niemand die Zeit des Unternehmens vergeudete. All das war an sich schon extrem nervig und bedeutete außerdem, dass niemand auch nur den kleinen Finger einen Zentimeter weit nach ein bisschen Kleingeld ausstrecken konnte, ohne dass diese Bewegung auf dem Radar der Buchhalter mit ihren Quittungen und Berichten in dreifacher Kopie erschien. Das hatte Leo natürlich gar nicht gefallen. Die einzigen Extras, die sich der Arme als Public-Relations-Manager hatte erlauben können, waren ein gelegentliches Essen mit einem Freund, das er auf seine Spesenrechnung setzte, oder auch mal eine Seidenkrawatte oder eine schicke neue Armbanduhr, die er sich kaufte und als Geschenk für einen wichtigen Kunden deklarierte. Bei Northern Copper dagegen tickten die Uhren ganz anders, und das nicht nur, weil die Firma zehn Straßen von der Zentrale entfernt lag; die Reichweite des Buchhalterradars war groß. Der Hauptunterschied lag in der Art des Geschäfts.

Ich weiß ja nicht, *Signore,* ob Sie nicht nur alte Gemälde restaurieren, sondern auch mal in einer richtigen Firma gearbeitet haben, in der es darum geht, möglichst viel Geld zu machen … Nein? Schade. Waren Sie schon mal in *bella Sicilia* und haben dort Gemälde restauriert? … Auch nicht? Auch schade. Sonst hätten Sie bestimmt mal das komisch klingende Wort *pizzu* gehört, das den Schnabel eines Vogels bezeichnet. In Sizilien benutzen es die Leute andauernd, aber nicht, weil sie die Vögelchen so lieben, sondern weil sie wissen, dass man anderen »den Schnabel baden« muss, wenn man ein Geschäft betreiben will, wenn etwas vorangehen soll. Glauben Sie jetzt aber nicht, nur Gangster machen das oder nur Mafiosi, oder das sei nur in Sizilien üblich. Weit gefehlt! Bei sogenannten legalen Geschäften geht es ganz genauso zu, und zwar weltweit, auch wenn die Ehrenmänner nie sagen würden »Zahl mir meinen *pizzu*, oder du findest deine Eier beim Aufwachen in deinem Mund wieder«, sondern natürlich etwas Feineres wie etwa »Zahl mir meinen *pizzu*, oder aus unserem Vertrag wird nichts«. Sie nennen's auch gar nicht *pizzu*, bei denen heißt das Anteil, Provision, Prozentsatz oder so. Aber egal, wie es heißt: Es ist das Öl, mit dem man beim Abschluss von Geschäften das eine oder andere Rädchen schmieren muss, damit die Sache besser läuft, also schneller mehr Geld bringt – und die Rädchen sind in dem Fall Typen mit einem gesunden Appetit auf Bares nebenher.

Nun kann in gewissen Unternehmen, auch innerhalb des Mobs, so viel von diesem »Öl« fließen, dass es lukrativer ist, den Strom zu managen, als selbst zu arbeiten. Und als Leo merkte, dass Northern Copper exakt so ein Unternehmen war, kam er zu dem Schluss, dass Lady Luck ganz aktiv in seine Angelegenheiten eingegriffen haben musste. Die Vorarbeit war in schönster Weise auf internationaler Ebene geleistet worden: Erst waren die Schlitzaugen gekommen, die netten bösen Japaner, die mit ihrer

Bombardierung der US-Flotte in Pearl Harbor das große Absahnen in Gang gesetzt hatten, dann die noch netteren, noch böseren Krauts mit diesem *pazzo* Hitler, der Roosevelt den Krieg erklärt hatte, als hätte er mit Churchill und Väterchen Stalin nicht schon genug Ärger gehabt. Als Folge davon brauchte die amerikanische Rüstungsindustrie für ihre Patronen und Raketen so viel Kupfer, dass die inländischen Produzenten das Zeug nicht mehr schnell genug herstellen konnten. Man kaufte also in Südamerika ein, in Brasilien, Peru, Argentinien, wo auch immer – der ganze Kontinent schien auf einem einzigen Kupfervorkommen zu sitzen. Und dazu wurde eine Handvoll Unternehmen zwischengeschaltet, darunter auch Northern Copper. Last, aber keineswegs least, wirkten an diesem von Lady Luck zu Leos Vorteil inszenierten Zusammenspiel netter Leute auch die Latinos mit, die südamerikanischen Kupferproduzenten, die sich gegenseitig an die Gurgel gingen, um einen größeren Anteil am nordamerikanischen Markt zu ergattern. Und was war für einen Kupferproduzenten die beste Methode, diesen Kampf zu gewinnen? Die *pizzu*-Methode: Man schob den Vertretern der amerikanischen Abnehmer unter der Hand Geld zu, damit sie ihr Kupfer nicht von jemand anderem kauften. War die Summe hoch genug, konnte der Handel sogar zu einem höheren Kaufpreis abgeschlossen werden. Je höher der Preis, desto höher die Provision.

Herrlich! Endlich konnte Leo Frank – vorausgesetzt, Lady Luck stand ihm auch weiterhin zur Seite und der Krieg dauerte noch ein paar Jahre – richtig Geld machen. Eine Tasche voll Dollars oder, noch besser, voll Gold, die in einer südamerikanischen Stadt den Besitzer wechselte, war für die Buchhalter von Frank & Worthington schlechterdings unauffindbar.

Nur ein Problem gab es noch: Um seinen Plan umzusetzen,

musste Leo jemanden finden, mit dem er zusammenarbeiten konnte. Er selbst konnte nicht aktiv werden, versteht sich. Natürlich nicht! Oder können Sie sich vorstellen, dass Mr. Leonard Frank, Präsident von Northern Copper, einem Unternehmen des Frank-&-Worthington-Imperiums, und Bruder des großen verstorbenen Al Frank, zu einem schmierigen südamerikanischen Kupferhändler reiste und ihn bat, ihm »den Schnabel zu baden«, wie ein drittklassiger Mafioso, der sich seinen Anteil an den Einnahmen eines Brooklyner Lebensmittelhändlers sichert? Nein. Zu würdelos und vor allem zu gefährlich. Denn was, wenn so ein Kupferhändler damit prahlte – Geschäftsleute müssen ja, genau wie Gauner, die Welt ständig daran erinnern, wie clever sie sind –, ein Mitglied der Frank-Familie auf seiner Gehaltsliste zu haben? Oder wenn Thelmas Lakaien in der Firma ihm eine Falle stellten und ihm zum Schein einen potentiellen Verkäufer schickten, der ihm eine Provision versprach? Nein. Er brauchte einen Mittelsmann, jemanden, dem er vertrauen konnte, der die Geschäfte für ihn abschloss, ohne seinen Namen zu nennen. Es musste jemand sein, der nicht bei Northern Copper arbeitete, nichts mit den Geschäften des Unternehmens zu tun hatte und in keiner bekannten Beziehung zu Leo stand. Aber wie sollte er so jemanden finden? Die wenigen Leute in Leos Umkreis, die sich vielleicht für den Job geeignet hätten, betrieben entweder selbst eine Firma oder standen Northern Copper zu nahe.

Die folgenden Tage überzeugten Leo von Lady Lucks persönlichem Engagement für ihn. Diesmal nahm das Werkzeug ihrer Wahl die Gestalt eines Köters an – ja, *Signore*, eines Hundes. Als Köter sollte ich ihn natürlich nicht bezeichnen, denn es handelte sich um einen edlen Rassehund, eine von Thelma eigens aus England importierte Bulldogge mit einem Stammbaum länger als der des Königs. Auch ihr Name war mächtig beeindruckend: Winston. Wie sein Namensvetter war er eine hässliche Kreatur: eine Art zusammengeknautschter Normalhund – dieselbe Fleischmenge, halbes Volumen – mit einem pelzigen Krötenkopf dran, so dumm wie ein Vierbeiner nur sein kann und außerdem ein Weltklasse-Sabberer, -Schnauber, -Hechler und -Furzer.

Würde man Leo nicht besser kennen, könnte man glauben, er hätte eine Zuneigung zu dem Tier gefasst. In Wirklichkeit waren seine Motive egoistischer Natur: Zu einer Zeit, da es mit seiner Beziehung zu Thelma rapide bergab ging – von einer sporadischen »Nummer« abgesehen, wechselten sie kaum noch ein Wort miteinander, wenn es nicht unbedingt sein musste –, verschaffte ihm Winston eine Möglichkeit, einen Bogen um sie zu machen, ohne dass es zu sehr auffiel. Kam Thelma zum Frühstück herunter, war er bereits mit dem Tier Gassi, damit es sein Morgengeschäft verrichten konnte, und wenn er nach einer Stunde zurückkehrte, war sie schon ins Büro gefahren. Thelma meinte, den Hund könnten doch auch die Bediensteten ausführen, doch Leo erklärte beharrlich, er sei ein großer Hundeliebhaber (was ihr neu war) und seit er bei Northern Copper so hart arbeite, seien diese Spaziergänge für ihn die einzige Gelegenheit, sich etwas Bewegung zu verschaffen. In Wahrheit konnte von Bewegung kaum die Rede sein, selbst wenn er gewollt hätte, wie man fairerweise sagen muss: Winston ging so langsam, dass es schon fast einem Kriechen gleichkam. Nachdem Leo morgens mit dem Tier im Schlepptau, das am Ende seiner Leine schier erstickte, das Brownstone verlassen hatte, kaufte er sich an dem Kiosk an der Ecke eine Zeitschrift, ging in den Central Park und verbrachte den sogenannten Spaziergang auf einer Bank, wo er in der Zeitschrift blätterte und sich die Joggerinnen besah, während Winston auf seinen Schuh sabberte und dafür den einen oder anderen Tritt kassierte.

Eines Morgens im Mai, als er sich seiner üblichen Bank näherte, saß dort ein Herr mittleren Alters und las in der *New York Times*. Leo sagte »Guten Morgen«, und der Herr erwiderte seinen Gruß. Leo nahm am anderen Ende der Bank Platz und schlug seine Zeitschrift auf, Winston setzte sich wie gewöhnlich neben seinen Fuß. Ein wenig später, als sich der Hund in einem ungewohnten Energieschub erhob und zwei Schritte tat, sagte der Herr: »Netter Hund«, und Leo antwortete: »Gefällt er Ihnen? Sie können ihn gern haben.« Der Herr lachte, und damit war das Eis gebrochen, wie man so schön sagt. Kurz darauf stieß er Leo an, und Leo sah auf. Eine attraktive junge Frau stolzierte mit ihrem Pudel vorüber, der sogleich anfing, hysterisch auf und ab zu hüpfen und Winston anzubellen, während Winston – vermutlich war er sowohl blind als auch taub, oder er interessierte sich einfach nicht für weltliche Dinge – keinerlei Reaktion zeigte. Leo lächelte den Herrn an und machte eine anerkennende Geste – die nicht dem Pudel, sondern seinem Frauchen galt. Kurz darauf fühlte er sich bemüßigt, sich zu revanchieren: Als erneut eine scharfe Braut vorbeikam, beugte er sich zu dem Herrn hinüber und flüsterte ihm zu: »Die würde ich nicht von der Bettkante stoßen.« Der Herr antwortete: »Ich auch nicht, ganz im Gegenteil«, und beide lachten. Und das, *Signore*, war der Beginn einer wunderbaren Freundschaft zwischen Leo Frank und Rico Ginsburg.

Leo zufolge stimmte einfach die Chemie zwischen ihnen, von Anfang an. Kaum habe er Rico gesehen, so sagte er ihm später, habe er gewusst, dass sie beste Freunde werden würden. Der Mann war locker und entspannt, und er hatte Humor. Und er war elegant gekleidet, auf eine dezente Art, die Leo besonders schätzte: gut geschnittener Kamelhaarmantel, braune Wildlederhandschuhe, kastanienfarbener Fedora. Aber vor allem schien er intelligent zu sein, das sah man an seinen grüngrauen Augen, seinem Lächeln, seinen Reaktionen. Sie verabredeten sich locker für den nächsten Tag – selber Ort, selbe Bank –, und schon während dieses ersten Geplauders kam Leo der Gedanke, dass sein neuer Bekannter möglicherweise der Mann sein könnte, den er als Partner für seine Machenschaften suchte.

Folgendes hatte er bei dieser ersten Begegnung über ihn erfahren: Rico Ginsburg war in Amerika geboren und wie Leo italienischer Abstammung, im Gegensatz zu Leo aber als Kind nach dem Tod seines Vaters mit seiner *mamma* nach *bella Italia* gegangen, wo er sich später eine Existenz aufgebaut hatte. Einige Monate bevor er Leo kennenlernte, war er jedoch nach *bella America* zurückgekehrt. Nicht etwa aus finanziellen Gründen – der Mann war reich, er besaß in Milano einen Betrieb in der Bekleidungsindustrie –, aber er war auch Jude, und er hegte eine ausgeprägte Abneigung gegen die Faschisten, eine Abneigung, die auf Gegenseitigkeit beruhte. Als er auf einer Party seine Meinung über den Clown Mussolini unvorsichtigerweise offener kundtat als ihm zuträglich war, wurde er verhaftet, vor Gericht gestellt und ins Gefängnis gesteckt. Er konnte jedoch entkommen und aus dem Land fliehen.

Leo pfiff durch die Zähne. »Alle Achtung!«

»So schwer war das gar nicht«, sagte Rico. »Ich hatte auch ein bisschen Glück. Ich fand einen Wärter, der sehr dem Geld zugetan war.«

Leo lachte

»Und wovon leben Sie hier, wenn ich fragen darf?«

»Ich habe Verwandte in Michigan«, antwortete Ginsburg, »die sind gut im Geschäft. Bekleidung, wie ich. Ich arbeite ab und zu als Händler für sie, und wenn der Krieg noch länger dauert, investiere ich vielleicht und steige in die Firma ein.« Er lächelte und erklärte: »Es ist mir gelungen, den größten Teil meines Geldes aus Italien herauszubringen, in Gold. Ich bin also das, was man finanziell unabhängig nennt.«

Als sie am folgenden Tag wieder zusammentrafen, sagte Leo, er wolle Ginsburg am Wochenende gern zum Essen ausführen, und Ginsburg nahm die Einladung erfreut an.

»Sie haben mir noch gar nicht gesagt, was Sie so machen«, sagte Ginsburg, als sie sich am Samstag in einem schicken kleinen Lokal nahe dem Central Park trafen. Leo erklärte, er sei Kupferimporteur, ließ aber – noch – unerwähnt, dass er der Frank von Frank & Worthington war. Während des Essens taxierte er den anderen. Und je länger er ihm zuhörte, desto klarer wurde ihm, dass Rico Ginsburg ein unverhoffter Glücksfall war, genau der richtige Mann für sein südamerikanisches Projekt. Er war präsentabel, hochgewachsen und eine Spur schwerfällig, und er strahlte Autorität aus. Er sprach gut englisch, wenn auch mit starkem italienischem Akzent, was aber weiter keine Rolle spielte, da er es ja mit Latinos zu tun haben würde. Als erfolgreicher Geschäftsmann verstand er etwas vom Business, und das Wichtigste: Er war offenbar mit allen Wassern gewaschen. Wie hätte er sonst aus einem faschistischen Gefängnis und dann auch noch unter Mitnahme seines Goldes aus Mussolinis Italien entkommen können?

Ginsburg schien so perfekt, dass Leo an sich halten musste, um ihm nicht auf der Stelle sein Angebot zu unterbreiten. Das tat er dann beim nächsten Treffen drei Tage später, als Ginsburg ihn seinerseits zum Essen einlud. Während sie in einem chinesischen Restaurant ihre Ente verspeisten, schritt er zur Tat.

»Was würdest du« – sie duzten sich inzwischen – »davon halten, ein bisschen was nebenher zu verdienen, solange du in Amerika bist?«, fragte er ihn. »Richtig gutes Geld, meine ich.«

Ginsburg schien überrascht, denn er lächelte irgendwie dümmlich, obwohl er ja alles andere als dumm war.

»Äh«, sagte er, »ich weiß ja gar nichts über deine Art von Business, und vielleicht –«

»Was mir vorschwebt«, unterbrach ihn Leo, »ist weder meine Art von Business noch deine Art von Business. Es ist Business schlechthin.«

»Also, wenn es in meiner Macht steht, und wenn es, äh, legal ist …«

Leo spielte den Gekränkten.

»Wirke ich – schon nach so kurzer Bekanntschaft – auf dich wie jemand, der dir etwas vorschlägt, was nicht hundertprozentig legal ist, Rico?«, fragte er.

Ginsburg seufzte.

»*Mi scusi*«, sagte er. »Ich entschuldige mich. Natürlich nicht, mein Freund, so wirkst du nicht auf mich. Betrachte es als einen dummen Witz von mir.«

»Kein Problem«, erwiderte Leo. »Für Witze hab ich was übrig.«

Leo offenbarte ihm nun, dass er einer *der* Franks und sein Unternehmen Teil des Imperiums war, das sein Bruder errichtet hatte – mit seiner, Leos, nicht geringen Unterstützung, so seine Version der Geschichte. Dann schilderte er ihm den Job, für den er ihn brauchte. Ginsburg sollte unter seiner Anleitung an potentielle südamerikanische Lieferanten herantreten und ihnen anbieten, sich dahingehend für sie zu verwenden, dass Northern Copper zu einem guten Preis – ihrem Preis – bei ihnen einkaufte. Natürlich würde er eine Gegenleistung dafür verlangen, einen

Anteil, eine Provision, die nach erfolgreichem Geschäftsabschluss fällig wurde. Den Latinos, sagte Leo, werde er sich als »freiberuflicher kaufmännischer Berater« vorstellen. Für ihn, Leo, aber werde er sein persönlicher Agent für Südamerika sein – inoffiziell, versteht sich. De facto werde er befugt sein, Abschlüsse zu tätigen.

Ginsburg stellte nun eine Frage, die jeder vernünftige Mensch als Erstes gestellt hätte, und kassierte dafür weitere Pluspunkte bei Leo.

»Das ist ein großartiges Angebot, mein Freund. Aber warum ich? Du scheinst in der Geschäftswelt doch jede Menge Leute zu kennen.«

Leo lächelte.

»Jemanden, den ich kenne, möchte ich nicht«, sagte er. »Wenn ich ihn kenne, wissen auch andere, dass ich ihn kenne. Die Sache sollte aber so, äh, diskret wie möglich gehandhabt werden.«

Ginsburg fragte ihn nicht nach dem Grund, was Leo ebenfalls zu schätzen wusste. Wer mit allen Wassern gewaschen war, stellte keine so dummen Fragen.

Um es kurz zu machen: Als der Schlitzaugenkellner ihnen ihre Glückskekse brachte, hatte Ginsburg den Job angenommen. Sie kamen auch gleich zur Sache, und Leo gab ihm Instruktionen für seinen ersten Auftrag. In einigen Wochen sollte Ginsburg nach Buenos Aires fliegen, in einem schönen Hotel absteigen – Leo überreichte ihm einen Umschlag mit Bargeld für seine Auslagen – und dann einen argentinischen Kupferproduzenten kontaktieren, einen gewissen Señor Ramon-Soundso, dessen Name und Adresse sich Ginsburg auf einem Zettel notieren musste. (Auch unser Leo war mit allen Wassern gewaschen, *Signore*: Es sollte nichts auch nur entfernt Belastendes in seiner eigenen Handschrift existieren.) Der Argentinier bemühte sich im Moment um einen Deal mit Northern Copper, und Leo hatte ihm genau die richtige Dosis an Entmutigung verabreicht: nicht so viel, dass er aufgab, aber genug, dass er fieberhaft nach Möglichkeiten suchte, Leo sein Angebot schmackhaft zu machen. Da würde ein Gentleman aus New York, der ihm anbot, sich für ihn zu verwenden, ein Geschenk des Himmels sein.

Und wieder stellte Ginsburg die richtige Frage:

»Und wenn er Beweise dafür verlangt, dass ich von Northern Copper befugt bin, das Geschäft abzuschließen?«

Leo lächelte.

»Kein Problem, mein Freund. Sie bitten ihn um eine Parole, eine Botschaft seiner Wahl, irgendeinen Satz, der nichts mit dem Deal zu tun hat. Den telegrafieren Sie mir, und ich schicke ihm ein offizielles Telegramm von Northern Copper mit irgendeinem belanglosen Kommentar zu seinem Angebot, der aber den Satz enthält, den er gewählt hat. Dann hat er den Beweis.«

»Wunderbar«, sagte Ginsburg.

»Das hier ist noch wunderbarer.« Leo las ihm vor, was auf dem Papierstreifen aus seinem Glückskeks stand: »Neue Freunde bedeuten neue Hoffnungen.«

Ginsburg hob sein Bierglas.

»*Cent' anni* auf neue Freunde«, sagte er.

»Amen«, sagte Leo. Sie stießen an, sagten *cin cin* und tranken. Bevor sie auf dem Weg zum Taxistand in der Madison Avenue ihr Abkommen per Handschlag besiegelten, teilte Leo Ginsburg noch mit, was er für seine Bemühungen zu erwarten hatte: zehn Prozent der Summe, die er aus dem Verkäufer herausholte. Der Rest würde an Leo gehen.

Damit stand Leo Franks Plan, und er konnte endlich richtig reich werden.

Aber, *Signore*, Sie kennen bestimmt das Sprichwort: Der beste Plan, ob Maus, ob Mann, geht oftmals ganz daneben.

Fortuna, die wie Lady Luck drei Stufen höher aufgestiegen ist, zu einer Art Göttin, ist leider ziemlich, äh, *capricciosa* … »Wankelmütig« sagt man? Danke, *Signore*. Wankelmütig also. Fortuna ist wankelmütig. Und zwar *molto* wankelmütig. Vielleicht sind das alle Götter, ich weiß es nicht. Jesus ist doch auch irgendwie wankelmütig, oder nicht? Ich meine, manchmal schickt er guten Menschen alle möglichen Krankheiten und Missgeschicke und irgendwelchen Pennern Geld, Erfolg und was weiß ich noch alles. Aber die *padres* predigen uns, das sei nur *scheinbar* wankelmütig, es herrsche Gerechtigkeit in allen Dingen, auch wenn wir armen Sünder sie nicht sehen könnten. Sogar wenn, sagen wir mal, ein kleines Kind an einem Wespenstich stirbt – auch dann gibt es einen guten Grund dafür: Jesus hatte vielleicht die Information, dass das Kind später mal ein zweiter Jack the Ripper wird, deshalb schickt er die Wespe, um es ins Jenseits zu befördern, bevor es anfängt, Leute aufzuschlitzen. Aber in Wirklichkeit liegt keine Gerechtigkeit in Fortunas Handeln, weder sichtbar noch unsichtbar. Das heißt, außer der Gerechtigkeit der Würfel, des Münzenwerfens, der Launen des Schicksals. Manche Leute haben einfach immer Glück, sagt man. Schon möglich, aber nicht auf Dauer. Plötzlich verlässt sie das Glück. Fortuna gibt keine Garantien.

Wie auch immer. Leo Franks großes südamerikanisches Projekt machte rasante Fortschritte, nachdem Rico Ginsburg nach Argentinien geflogen war und mit diesem Señor Ramon-Soundso Kontakt aufgenommen hatte. Doch dann, drei Tage nachdem er New York verlassen hatte, wurde Leo eines Morgens auf dem Weg vom Parkplatz zum Büro von zwei Männern angesprochen, denen ihre FBI-Zugehörigkeit aus allen Knopflöchern schaute. Der eine war groß, der andere klein. So etwas sei früher oder später zu erwarten, hatte man Leo gesagt, das FBI überprüfe gern Leute in kriegswichtigen Positionen, sie könnten ja Spione sein oder so. Ein leichter Schauder durchlief ihn, als die beiden ihre Ausweise zückten.

Der Große sagte, sie seien ganz inoffiziell hier, und zum Beweis führten sie Leo zu einer Sandwichbude eine Straße von seinem Büro entfernt. Sie bestellten ein Rootbeer, und der Große gratulierte ihm zu seinem neuen Job – der gar nicht mehr so neu war. Leo konnte aufatmen: Es handelte sich um eine Routinekontrolle. Er dankte dem Fed für seine Glückwünsche und hielt eine kleine Ansprache, die er für solche Fälle vorbereitet hatte: wie stolz und froh er sei, maßgeblich zu den Kriegsanstrengungen beitragen zu können, blablabla. Der Große sagte, er und sein Kollege wüssten das zu schätzen, dann stellte er ihm zwei Routinefragen: Ob er der geheimen Nazi-Vereinigung »Friends of the New Germany« einmal eine Spende habe zukommen lassen? Nein, natürlich nicht, antwortete Leo. Ob er mit dem bekannten New Yorker Seward Collins befreundet sei? Leo hatte seine Hausaufgaben gemacht und sagte, er sei ihm ein paarmal auf Partys begegnet, habe aber nie mit ihm gesprochen, er wisse ja, dass Collins ein Bewunderer der Faschisten sei.

Doch dann fragte ihn der Kleine etwas ganz anderes.

»Wann haben Sie Ihren Bruder Nicholas zuletzt gesehen, Mr. Frank?«

Die Frage überraschte Leo.

»Nick? Auf der Beerdigung meines Bruders Al. Danach habe ich nur noch eine Postkarte von ihm bekommen, darauf stand, dass er für eine Weile nach Europa geht.«

»Und seitdem haben Sie nichts mehr von ihm gehört?«, wollte der Große wissen.

»Nein.«

Der Große machte eine Geste im Sinne von »Sag ich doch« zu dem Kleinen hin und fragte dann:

»Also kann man wohl sagen, dass es Sie, da Sie ja nicht wissen, wo Ihr Bruder sich aufhält, überraschen würde zu hören, dass er die letzten Jahre in Italien gelebt hat?«

Leo runzelte die Stirn.

»Allerdings«, antwortete er, und der Große warf dem Kleinen erneut einen Sag-ich-doch-Blick zu. Mit echter Neugier, versetzt mit einer Prise falscher Besorgnis, fuhr Nick fort: »Wie kann denn ein amerikanischer Staatsbürger in Kriegszeiten in einem feindlichen Land leben? Haben die Faschisten Nick verhaftet? Sitzt er im Gefängnis oder was?«

»Nein«, antwortete Shorty, »keine Sorge, er sitzt nicht im Gefängnis.«

»Wo ist er dann?«

Shorty zeigte nach unten. »In der Hölle.«

Der große Fed bedeutete ihm zu schweigen.

»Ihr Bruder ist leider tot, Mr. Frank«, sagte er. »Er ist vor einigen Monaten verstorben.«

Leo war perplex.

»Der Tod Ihres Bruders ist Verschlusssache«, fuhr der große Fed fort. »Mit Rücksicht auf die Position Ihrer Familie und insbesondere auf Ihre neuen Aufgaben wurde jedoch beschlossen, Sie zu informieren und Sie, wie wir's hiermit tun, zu fragen, was Sie über seine Aktivitäten in den letzten Jahren wissen.«

»Nichts, wie gesagt.«

Der große Fed nickte beruhigend, aber Leo war völlig durcheinander.

»Moment mal«, sagte er. »Was soll denn das? Wieso ist Nicks Tod Verschlusssache? War er Geheimagent oder so was? Einer von Ihnen?«

»Nein, nein«, antwortete Shorty, »er war kein Geheimagent. Er ist sich treu geblieben und war bis zum Schluss Künstler. Ein großer Star. Wenn auch nicht mehr auf der Leinwand, sondern im Rundfunk. Und er hatte sich einen sehr hübschen Namen für seine zweite Karriere zugelegt: Horatio Doodle III.«

Leos Augen weiteten sich.

»Wollen Sie … wollen Sie damit etwa sagen, er war ein *Verräter*?«

Also, ich weiß nicht, wie clever der Durchschnitts-Fed ist, *Signore*, aber eins kann er besser und schneller als die meisten anderen Menschen, darin ist er geschult: Er merkt es, wenn jemand lügt. Inzwischen war den beiden Feds klar, dass Leo die Wahrheit sagte, und das Gespräch war für sie beendet. Aber nicht für ihn. Dass sein Bruder tot war, weckte keine besonderen Gefühle in ihm, aber dass Nick Horatio Doodle III. gewesen war, schockierte ihn zutiefst, vor allem deshalb, weil es seine Position bei Northern Copper gefährden konnte. Er versuchte, es sich nicht anmerken zu lassen, und tarnte seine Angst als Sorge um die Familienehre.

»Kannten die Faschisten seinen richtigen Namen?«, fragte er. »Wussten sie, wer er in Wirklichkeit war?«

»Allerdings«, antwortete Shorty. »Sie waren Fans von *Dago, der Pirat*.«

»*Drago, der Pirat*«, verbesserte der große Fed und wandte sich dann Leo zu. »Aber beunruhigen Sie sich deswegen nicht, Mr. Frank«, sagte er. »Man ist an höherer Stelle zu dem Schluss gekommen, dass es im besten Interesse des Landes liegt, Horatio Doodles wahre Identität nicht preiszugeben.«

Die Feds standen auf und wandten sich zum Gehen.

»Keine Sorge, Mr. Frank«, sagte der Große, »diese bedauerliche Verbindung wird Ihnen oder anderen Mitgliedern Ihrer Familie keinerlei, äh, Unannehmlichkeiten bereiten.«

»Außer natürlich, dass Sie bis nach dem Krieg warten müssen, wenn Sie Blumen am Grab Ihres lieben Bruders niederlegen wollen«, sagte der fiese Kleine. »Sie finden es auf dem Friedhof Verano. Eine richtig schöne Ruhestätte hat man ihm da bereitet. ›Horatio Doodle III., Märtyrer des Faschismus, 1901–1943‹, steht auf dem Grabstein.«

Auf dem Weg zu ihrem Wagen hörten die beiden Feds Rufe hinter sich und drehten sich um. Wie ein Verrückter mit den Armen wedelnd, rannte Leo hinter ihnen her.

»He!«, rief er. »He, Moment noch! Stopp!« Sie blieben stehen, und er fragte sie ganz außer Atem: »Wieso steht ›Märtyrer‹ auf Nicks Grab?«

Der große Fed seufzte.

»Unglücklicherweise, Mr. Frank, wurde Ihr Bruder ermordet.« Er gab Leo einen wohlwollenden Klaps auf die Schulter und stieg neben Shorty ins Auto.

Es war ja wirklich nett von dem großen Fed, dass er Mitleid für

Leo Frank empfand, aber er bemitleidete ihn aus dem falschen Grund. Als sie losfuhren und er Leo so auf dem Gehsteig stehen und um sich blicken sah, als wüsste er nicht, auf welchem Planeten er sich befand, glaubte der Fed, Leo leide, weil sein Bruder tot war oder weil er ein Verräter war oder – noch wahrscheinlicher – beides. Doch das war es nicht. Was Leo so aus der Fassung brachte, waren die von Shorty erwähnten beiden Zahlen auf dem Grab seines Bruders. Oder vielmehr eine dritte Zahl, die sich ergab, als er mechanisch die erste von der zweiten abzog, 1901 von 1943: zweiundvierzig. Schlagartig fiel ihm sein Gespräch mit Nick am Abend nach Als Tod wieder ein. Und damit ein Name: Tonio Lupo. Und ein Wort: *maledizione.*

Leo stieg in ein Taxi, fuhr zu Frank & Worthington und dort mit dem Aufzug in die oberste Etage, ohne den Gruß des Portiers und des Liftgirls zu erwidern, und rannte dann förmlich durch den Flur zu Thelmas Privatbüro. Eine ihrer Sekretärinnen sagte, sie habe gerade ein Meeting, aber er ließ sich nicht beirren und stürmte ohne anzuklopfen hinein. Sie saß an dem mächtigen Eichenschreibtisch, der einmal Al Franks Schreibtisch gewesen war, bevor er ihrer wurde, und Willie Worthington juniors, bevor er seiner wurde, und davor ein Stück Stamm von einer Eiche in einem schönen Wald. Ihr gegenüber saßen einige Buchhalter.

Thelma starrte Leo wütend an.

»Ich muss mit dir reden«, sagte er.

»Ich kann hier jetzt nicht unterbrechen, Leo, Lieber«, erwiderte sie. »Geh doch bitte in dein Büro zurück, meine Sekretärin ruft dich an, wenn ich –«

Da brüllte Leo:

»Ich muss JETZT mit dir reden!«

Die Buchhalter strebten bereits der Tür zu, ziemlich schnell; offensichtlich braute sich hier eine größere Frank-Familienszene zusammen, und da wollten sie nicht dabei sein. Leo knallte die Tür hinter ihnen zu.

Thelma machte mit dräuender Miene Anstalten aufzustehen, doch Leos Worte ließen sie innehalten.

»Nick ist tot.«

Sie erstarrte und blieb in der Luft sitzen wie ein Jockey, unter dem man das Pferd weggezogen hat.

»Wovon in aller Welt redest du?«, fragte sie aus dieser lächerlichen Position heraus.

»Zwei Feds haben's mir gerade gesagt. Er ist tot. Vor ein paar Wochen gestorben. In Italien.«

»In *Italien*?« Thelma plumpste auf ihren Stuhl zurück. »Was zum Teufel hat Nick in Italien gemacht?«

»Das ist nicht der Punkt«, sagte Leo. »Der Punkt ist, dass er ermordet wurde.«

»O Gott! *Ermordet*? Wissen die das genau?«

»Ja. Mit zweiundvierzig.«

»Ermordet zu werden ist in jedem Alter furchtbar«, sprach Thelma, die Philosophin.

Leo erhob von Neuem die Stimme.

»Das ist doch nicht der Punkt, verdammt!« Der Raum war schalldicht, noch aus der Zeit, als Willie seine damalige Sekretärin Thelma auf dem Konferenztisch gevögelt hatte. Trotzdem machte sie »Pssst!«. Sie war schon zweimal Mittelpunkt eines Skandals gewesen, erst als sie Willie und dann als sie Al geheiratet hatte, und sie war nicht scharf auf ein drittes Mal. Sie sprang auf, ging zu Leo und versuchte ihn zu umarmen.

»Teddybär, bitte! Man darf uns nicht hören!«

Er wehrte sie ein bisschen ab, halbherzig, wie ein Kind. Dann fing er an zu weinen, und beide gingen in die Knie.

»Verstehst du nicht?«, schluchzte er. »Nick war zweiundvierzig … Wie Al …«

»Oh, mein Teddybär«, sagte sie, »was für ein tragischer Zufall!«

»Das war kein Zufall, du blöde Kuh!«, rief er. So hatte er noch nie mit ihr geredet, und sie starrte ihn aus weit aufgerissenen Augen an. »Meine Brüder sind beide mit zweiundvierzig ermordet worden, und du nennst das einen *Zufall*?«

»Wovon redest du? Al ist doch nicht ermordet worden. Hast du denn nicht den Arztbericht gelesen?«

Leo beruhigte sich vorübergehend.

»Nein, hab ich nicht«, sagte er. »Hätte ich aber tun sollen, nachdem Nick mir von der *maledizione* und diesem gottverdammten Gangster Lupo erzählt hatte. Aber ich dachte, mein dummer Bruder redet wieder mal dummes Zeug.«

Thelma starrte ihn an, als wäre ein seltsames Mal auf seiner Stirn erschienen, Sie wissen schon, wie diese Mönche, die am heiligen Franziskus plötzlich die Wundmale Christi gesehen haben.

»Was war das eben für ein Name?«, fragte Thelma. »Lupo?«

»Ja, Lupo. Tonio. Mafia. Boss.«

Thelma runzelte die Stirn.

»Heißt ›Lupo‹ nicht ›Wolf‹ auf Italienisch?«

»Ich kann kein Italienisch«, sagte Leo.

Sie knieten gemeinsam auf dem Boden, Thelma mit Leos Hand in ihrer, wie zwei Teenager bei ihrem ersten Date.

»Al hat mal von diesem Lupo gesprochen«, sagte sie. »Es war mitten in der Nacht, er war schreiend aus dem Schlaf hochgefahren. ›Lupo will mich umbringen‹, hat er gesagt oder so ähnlich. Um ihn zu beruhigen hab ich ihn gefragt, wer dieser Lupo sei, und er hat gesagt, ›der Wolf‹. Dann hat er mir seinen Albtraum erzählt. Es war irgendwie komisch. Ein Mann in einem Anzug kam darin vor. Ein Mann mit einem Wolfskopf und einer abgesägten Schrotflinte in der Hand.«

»Ich finde das überhaupt nicht komisch«, sagte Leo.

»Aber was ist denn mit dieser *maledizione*, von der du geredet hast? Ist das nicht eine Pastasorte?«

Sie erinnern sich sicher, *Signore*, dass Al gelogen hatte, als Thelma ihn fragte, warum er all die Leibwächter anheuerte und auf Long Island diese Zäune bauen ließ. Erst jetzt erfuhr die Ehefrau und nunmehrige Witwe von Frank-Bruder Nummer eins durch Frank-Bruder Nummer drei von Lupos sogenanntem Fluch.

Leo erzählte ihr alles so, wie er es von Nick gehört hatte.

Als er zu Ende war, zitterte Thelmas Unterlippe.

»Was ist?«, fragte er.

Die Lippe zitterte weiter.

»WAS IST?«, brüllte er.

Da fing Thelma an zu weinen, was er noch nie erlebt hatte – und übrigens auch nie wieder erleben sollte. Von Schluchzern unterbrochen, erzählte sie Leo, was sie noch keiner Menschenseele erzählt hatte: dass der Arzt sie am Tag von Als Tod – er war vor Kurzem selbst gestorben – gefragt hatte, ob er eine Autopsie durchführen solle. Sie hatte wissen wollen, warum, Al sei doch an einem Herzinfarkt gestorben. Ja, habe der Arzt gesagt, aber trotzdem …

»Trotzdem was?«, fragte Leo. »Soll das heißen, er war sich nicht sicher?«

»Doch schon … mehr oder weniger.« Thelma stöhnte. »Ich glaub, ich sag's besser mit seinen eigenen Worten. ›Die Todesart ist nicht ganz unvereinbar mit der Wirkung eines bestimmten Giftes‹ – genau so hat er's gesagt.«

Leo stieß einen leisen Schrei aus.

»Aber«, fuhr Thelma fort, »um Al zu vergiften, hätte ihm das Gift maximal einige Stunden vor seinem Tod verabreicht werden müssen, hat der Arzt gesagt. Wenn an dem Vormittag niemand bei uns gewesen sei, den wir nicht kannten und dem wir nicht vertrauten, könnten wir diese Möglichkeit ausschließen. Ich hab gesagt, nein, so jemand sei nicht bei uns gewesen, und da hat er gemeint, dann sollten wir das mit dem Gift vergessen und den Leichnam des armen Al vom Bestattungsinstitut abholen lassen. Und das haben wir getan.«

»Und die Cops haben auch keine Autopsie verlangt?«, fragte Leo.

»Nein, warum auch? Der Arzt hatte ja ›Herzinfarkt‹ gesagt. Er war Professor, ein Experte, die Cops haben sich manchmal sogar bei ihm Rat geholt!«

Leo war erleichtert – vorübergehend.

»Also war das falscher Alarm, ja? Wir können wirklich sicher sein, dass kein Gift im Spiel war, ja?« Und als keine Antwort kam, fragte er noch einmal: »Ja?«

Wieder stöhnte Thelma.

»Wir können *fast* sicher sein«, antwortete sie. »An dem Tag *war* jemand bei Al, den wir nicht gut kannten, eigentlich überhaupt nicht.«

Jetzt war Leos Unterlippe mit Zittern an der Reihe.

»Du … Du meinst, du hast den Doktor *angelogen*, du Miststück?«

Sie ignorierte diesen Ausdruck. »Nein«, sagte sie, »hab ich nicht. Ich wusste es einfach nicht, als er mich gefragt hat. Als ich an dem Tag heruntergerufen wurde, weil Al sich nicht wohlfühlte – so hieß es erst –, war ich gerade im Bad. Bis ich mich abgetrocknet und angezogen hatte, wurde Als Leichnam schon weggebracht. Und im Zimmer war keiner, den ich nicht kannte, nur Nick und Als Topleute, der Marketingmensch und der Zahlenmensch. Sonst niemand.«

»*Aber*?«, fragte Leo. »Aber es war noch jemand anderer *dagewesen*?«

Thelma nickte.

»Das hab ich erst vier Wochen später erfahren. Als ich mit dem Geldmenschen Als unabgeschlossene Projekte durchgesehen und abgehakt habe, da hat er ein Filmprojekt erwähnt, das Al eventuell finanzieren wollte. ›Was für ein Filmprojekt?‹, hab ich gefragt, und er hat gesagt: ›Eine Investition, die uns dieser Produzent vorgeschlagen hat, der Mann, den Nick an dem Morgen, an dem Al gestorben ist, nach Long Island geholt hat.‹«

»Und dieser Produzent ist nie wieder aufgetaucht?«, fragte Leo.

»Nein.«

»Und das hast du niemandem erzählt?«

Sie schüttelte den Kopf. »Nein.«

Glauben Sie an »zeitweilige Unzurechnungsfähigkeit«, *Signore*? Also, Geschworene glauben manchmal dran, allerdings versucht da meistens ein cleverer Anwalt, seinen Mandanten mit diesem

Argument herauszupauken. Aber manchmal gibt es sie wirklich: In den folgenden Tagen war Leo Frank zeitweilig unzurechnungsfähig.

Das mache ich dem armen Kerl natürlich nicht zum Vorwurf. Im Gegensatz zu seinen Brüdern war er nicht daran gewöhnt, über Jahre und Jahre die Last der *maledizione* zu tragen, sodass er sie hätte verarbeiten können – soweit man so etwas überhaupt verarbeiten kann, wenn man selbst betroffen ist. Leo hatte bisher nur ein einziges Mal davon gehört, unmittelbar nach Als Tod, und zwar von Nick, also von einem Menschen mit einer glänzenden Bilanz an Dummheit. Hätte er die Sache ernst genommen, wäre das für ihn so gewesen, als hätte er die Prophezeiungen des Nostradamus oder ähnlichen Blödsinn ernst genommen. So kam es, dass er jetzt, an einem ansonsten schönen Sommermorgen des Jahres 1943, die Wahrheit auf ex schlucken musste, die volle Dosis der Tatsache, dass er die nächste Zielscheibe eines extrem effizienten Killers war. Eine solche Nachricht kann selbst den Zurechnungsfähigsten aus dem Gleis werfen, zumindest für eine Weile, das müssen Sie zugeben.

Thelma blieb auf dem Boden kniend zurück, als Leo ihr Büro und dann das Frank-&-Worthington-Gebäude verließ. Die nächsten Stunden wanderte er ziellos umher. Irgendwann machte er halt und betrachtete sein Spiegelbild in einer Schaufensterscheibe. Ein Mann blieb hinter ihm stehen und tat so, als wollte er sich die Auslage ansehen – zumindest war Leo überzeugt, dass er nur so tat und dass es niemand anderer sein konnte als Lupos Killer, im Begriff, vorzeitig zuzuschlagen. Er lief los, lief um sein Leben, wie er in dem Moment glaubte. Da der Mann ihm jedoch nicht folgte, hielt er ein paar Straßen weiter inne, nachdem er in einige Leute hineingerannt und mit Beschimpfungen bombardiert worden war. Dann wanderte er noch mehrere Stunden weiter, änderte häufig die Richtung und schaute alle Augenblicke zurück. Wandernd, zurückschauend und zwischendurch rennend, landete er schließlich in einem heruntergekommenen Hotel in East Harlem, einem Hotel, das er gar nicht bemerkt hätte, wenn er ein paar Stunden zuvor daran vorbeigekommen wäre. Er checkte unter falschem Namen ein, zahlte für vier Wochen im Voraus und gab dem Mann an der Rezeption zehn Dollar – selbst nach damaligen Plaza-Maßstäben ein kolossales Trinkgeld. Dann bat er ihn, für zweierlei zu sorgen: erstens, dass er nicht gestört wurde, und zweitens, dass ihm sein Essen aufs Zimmer gebracht wurde. Da es in einem Hotel wie diesem normalerweise keinen Zimmerservice gab, wurde der Mann zu Leos persönlichem Bediensteten. Wahrscheinlich verdiente er während Leos Aufenthalt mehr Geld damit, ihm zu überhöhten Preisen seine Mahlzeiten zu bringen und dafür auch noch Trinkgelder zu kassieren, als er in einem ganzen Jahr an Gehalt bezog.

Leo verließ das Hotel nur einmal, zwei Tage nach seiner Ankunft, um ein Telegramm an Rico Ginsburg nach Argentinien zu schicken. Er bat ihn, »unvorhergesehener Umstände« wegen umgehend nach New York zurückzukommen, und nannte ihm die Adresse des Hotels. Ansonsten blieb er auf seinem Zimmer, tätigte keine Anrufe und bekam auch keine. Niemand, weder Thelma noch seine Mitarbeiter bei Northern Copper noch sonst irgendjemand außer Ginsburg, sollte von seinem Versteck wissen. Dieser Entschluss entsprang seiner in den Tagen der Unzurechnungsfähigkeit entwickelten Theorie, die Mörder seiner Brüder hätten überall ihre Informanten, in der Chefetage von Frank & Worthington ebenso wie im Brownstone; als Einziger war vermutlich der Köter Winston über jeden Verdacht erhaben.

Am Ende der Woche klopfte eines frühen Nachmittags der Portier an seine Tür und sagte, ein gewisser Mr. Ginsburg erwarte ihn in der Lobby. Leo bat den Mann, ihn heraufzuschicken.

Als Ginsburg Leo sah, seit einer vollen Woche unrasiert und ungewaschen, weiteten sich seine Augen.

»Was ist passiert, mein Freund?«, fragte er. »Was machst du in dieser Absteige? Sind die Cops hinter dir her? Hast du jemanden umgebracht, oder was?«

»Wenn es nur so wäre!«, antwortete Leo. »Nein, dummerweise versucht jemand, *mich* umzubringen. Jemand, der auch meine beiden Brüder umgebracht hat.«

Ginsburg verstand nicht, wovon er redete, worauf Leo ihm von dem Gespräch mit den Feds erzählte, von Nicks Ermordung, der Auseinandersetzung mit Thelma und auch von der Feststellung des Arztes, Als Tod sei »nicht ganz unvereinbar mit der Wirkung eines bestimmten Giftes« gewesen. Zum Schluss erzählte er ihm von Lupos *maledizione*. Obwohl sie allein im Zimmer waren, flüsterte er und riss hin und wieder die Tür auf, um sich davon zu überzeugen, dass niemand lauschte.

»Ich bin verloren, Rico«, schloss er.

»Das ist doch keine Einstellung«, gab Ginsburg zurück.

»Sorry, aber eine andere hab ich nicht.«

»Dann musst du eine finden«, beschied ihn Ginsburg. »Und als Erstes musst du dich beruhigen.«

»Ja, klar, als ob mich das retten würde!«

»Na, wenn du dich so idiotisch benimmst, rettet dich das sicher nicht«, sagte Ginsburg. »Aber vorerst hast du gar keinen Grund zur Sorge.«

»Stimmt. Nicht den geringsten, nur dass es der letzte Wunsch eines durchgeknallten Gangsters war, mich tot zu sehen.«

»*Vorerst*, hab ich gesagt. Wenn es ist kein Zufall ist, dass deine Brüder beide im selben Alter gestorben sind, dann ist die Zahl zweiundvierzig eine Konstante.«

»Und das heißt?«, fragte Leo.

»Das heißt, dass du noch elf Jahre zu leben hast.«

»Schöner Gedanke.«

Ginsburg versuchte, ihn zu beruhigen und ihn zu überreden, fürs Erste in sein normales Leben zurückzukehren. Das mit dem südamerikanischen Vorhaben – er nannte es tatsächlich ein »Vorhaben« – sei doch eine brillante Idee von ihm gewesen und er solle zusehen, dass es zu Ende geführt werde. Mit seiner, Ginsburgs, Hilfe könne er Millionen an *pizzu* aus den Latino-Kupferhändlern herauspressen, die sich, nach seinem Kontakt mit diesem Señor Ramon-Soundso zu schließen, mit Freuden auspressen lassen würden. Wenn der Krieg dann vorbei sei und Leo so viel wie irgend möglich davon profitiert habe, könne er Pläne zu seinem Schutz schmieden.

»Vor seinem Schicksal kann man sich nicht schützen«, erklärte Leo.

»Vergiss das Schicksal«, entgegnete Ginsburg. »Schütz dich vor Lupos Killern – immer vorausgesetzt, es gibt sie überhaupt.«

»Unmöglich«, gab Leo zurück. »Die haben meinen Bruder Al, einen der reichsten Männer Amerikas, in seinem Haus erwischt und meinen Bruder Nick in Mussolinis Rom, am sichersten Ort der Welt, wenn man sich vor dem Mob verstecken will – wie soll ich mich da schützen, ohne Als Geld und ohne einen faschistischen Staat, der auf mich aufpasst? Verstehst du nicht? Es ist hoffnungslos!«

»Nein, ist es nicht«, sagte Ginsburg. Und dann fragte er Leo: »Wenn die Killer hinter dir her sind, hinter wem genau sind sie her?«

»Wie bitte?«

»Das ist doch eine einfache Frage. Hinter wem werden Lupos Killer in elf Jahren her sein?«

Leo sah Ginsburg an, als wäre *er* zeitweilig unzurechnungsfähig.

»Hinter mir natürlich«, antwortete er. »Oder krieg ich da irgendwas nicht mit?«

»Doch, doch. Genau. Hinter dir, Leo Frank.«

»Psst«, machte Leo, als wäre sein Name ein streng gehütetes Geheimnis.

Ginsburg lächelte.

»He, keine Panik«, sagte er. »Wie wär's damit: Bis die Killer nach Leo Frank suchen, wird es keinen Leo Frank mehr geben.«

Leo musste lachen, jetzt wie ein normaler Mensch.

»Na hör mal, Rico«, sagte er. »Willst du damit sagen, dass ich nur meinen Namen ändern müsste, um vor den Typen sicher zu sein? Nick *hat* seinen Namen geändert, und was hat es ihm genützt?«

»Nein, hat er nicht. Alle in Rom sollten wissen, wer er war. Dein Bruder hat für seine Eitelkeit bezahlt, wenn ich das sagen darf.«

Ginsburg fuhr fort:

»Ich wiederhole nur, was du von den Feds erfahren hast: Die Faschisten haben sich gefreut, Nicholas Franco in ihren Reihen zu wissen, und dadurch ist es offenbar zu seinem Mörder – wer immer er war – durchgesickert, dass er Horatio Doodle III. war.

Statt seine wahre Identität zu verbergen, hat er sie herumposaunt!«

»Daran hab ich noch gar nicht gedacht«, sagte Leo.

»Nick war zu sehr in den Ruhm verliebt. Und Al zu sehr ins Geld.«

»Wie meinst du das?«

»Auch das hast du mir selbst gesagt: Al hat seinen Mörder in seine Festung eingelassen, ›um übers Geschäft zu reden‹. Mit anderen Worten: über mehr Geld. Statt ihn zu retten, hat sein Geld ihn am Ende das Leben gekostet.«

Das musste Leo erst einmal verdauen.

»Was schlägst du also vor?«, fragte er nach einer Weile.

»Lerne von deinen Brüdern. Sei vorsichtig wie Al, und wenn es so weit ist, ergreife Sicherheitsmaßnahmen, Nicks Maßnahmen: verschwinde. Alles was an den jetzigen Leo Frank erinnert, Name, Job, sogar das Aussehen, musst du hinter dir lassen. Aber du wirst nicht so dumm sein, die Fehler deiner Brüder zu wiederholen. Du wirst nicht gierig werden wie Al und nicht eitel wie Nick. Dann wird dich der Killer für immer aus den Augen verlieren. Oder besser, *ihn* aus den Augen verlieren, den alten Leo Frank. Der Neue wird hundertprozentig sicher sein, dafür werden wir sorgen!« Ginsburg lächelte, schüchtern fast. »Entschuldige, dass ich ›wir‹ sage, mein Freund, aber ich kann dir helfen. Ich habe Erfahrung mit solchen Dingen, nachdem ich aus einem faschistischen Gefängnis und einem faschistischen Land entkommen bin. Außerdem habe ich Kontakte zu antifaschistischen Kreisen in Amerika, die uns helfen könnten, das Land zu verlassen.«

»Ach, Rico«, sagte Leo, »du bist der beste Freund, den ich je hatte!«

Bester Freund hin oder her – mit seinem letzten Versuch, Leo zur Geduld und zur Rückkehr zu Thelma in das Brownstone und zu Northern Copper zu bewegen, scheiterte Ginsburg. Leo wollte weg, und zwar sofort.

An einem feuchten Abend im August 1943 stiegen Leo Frank und Rico Ginsburg vor dem schäbigen Hotel in East Harlem in ein Taxi. Sie hatten drei Koffer dabei, einen für jeden und noch einen kleineren mit einigen von Leos Kleidern und vor allem mit seinen fünfhunderttausend Dollar, abzüglich Kleingeld, im doppelten Boden. Ginsburg hatte das Geld mit Hilfe seines antifaschistischen Netzwerks in seine jetzige Form überführt: Gold und handelsfähige Diamanten. Jemand aus dem Netzwerk hatte auch den doppelten Boden eingebaut. Zum Dank spendete Leo der Organisation zehn Riesen.

Die beiden Freunde fuhren zur Grand Central Station und wechselten unterwegs dreimal das Taxi, eine Vorsichtsmaßnahme, so Ginsburg, um sicherzugehen, dass ihnen niemand folgte. Etwas anderes hatte Leo von einem Mann, der den *fascisti* entkommen war, auch nicht erwartet. Sie stiegen in den nächstbesten Zug, der zufällig nach Pittsburgh fuhr. Am Morgen kamen sie dort an, nahmen wieder ein Taxi, dann noch eines und ließen sich in eine nahegelegene Kleinstadt bringen, um von dort mit dem Zug nach Louisville zu fahren.

Nach mehrmaligem Umsteigen, mal in die eine, mal in die andere Richtung, aufs Geratewohl und oft im letzten Moment – auch dies eine Vorsichtsmaßnahme –, gelangten sie drei Tage, nachdem sie New York verlassen hatten, nach Miami. Dort war sich Ginsburg schließlich, wie er sagte, hundertprozentig sicher, dass ihnen niemand gefolgt war. Ein antifaschistischer Genosse, ein kleiner Mann, der kein Englisch sprach, holte sie vom Bahnhof ab und brachte sie an einen Ort, wo sie sich tagsüber ausruhen konnten. Als es dunkel wurde, fuhr er sie in ein kleines Fischerdorf eine Autostunde außerhalb der Stadt. Dort wartete ein großes Fischerboot auf sie, um sie an ihr nächstes Ziel zu bringen: Havanna. Der Antifaschist kam mit; Ginsburg erklärte Leo, er wolle ihn dabei haben, bis sie das Geld sicher in einer Bank deponiert hatten. Als sie an Bord gingen, sah Leo zu seiner Erleichterung, dass der Antifaschist eine Pistole im Gürtel trug.

Draußen auf dem Meer übergab Ginsburg Leo einen Umschlag. Leo öffnete ihn und fand darin einen neuseeländischen Pass auf den Namen »Bernard MacLane«. Das Foto, ganz offiziell abgestempelt, zeigte Leo.

»Wie kann ich dir jemals danken, Rico?«, fragte er.

»Nicht mir«, sagte Ginsburg. »Bedank dich bei ›Giustizia e Libertà‹.«

Das sei die antifaschistische Organisation, der er angehöre, erklärte er, durch ihre Netzwerke habe er den Pass bekommen. Er stieß deren Schlachtruf aus – *»Insorgere! Risorgere!«* – und machte das Victory-Zeichen. Leo versuchte es ebenfalls, aber es klang mehr wie ein Würgen.

Sie gingen mit ihrem Gepäck von Bord und begaben sich in Begleitung des Antifaschisten zu einer Bank, bei der »Bernard MacLane« ein Konto eröffnete und sein Geld deponierte, abzüglich drei weiterer Riesen für die Überfahrt. Dann sagten sie ihrem antifaschistischen Freund *ciao* und checkten im Hotel Nacional ein, Havannas erstem Haus am Platze.

Leo und Ginsburg amüsierten sich bestens auf der gesegneten Insel Kuba. Abend für Abend machten sie die Runde durch Nachtclubs, Varietés und Kasinos und warfen mit Geld um sich, als gäbe es kein Morgen. Leo entdeckte die Wonnen, die dunkelhäutige Frauen den *Yanquis* mit ihren Brieftaschen voller Dollars so großzügig anboten, Ginsburg war mehr dem Glücksspiel zugeneigt. Tagsüber gingen sie spazieren, schwammen im Meer, saßen im Café, aßen in wunderschönen Gartenrestaurants und unterhielten einander mit Geschichten von früher. Leo gab viel von der Frankschen Familiengeschichte zum Besten, aber auch – unterhaltsamer und recht offenherzig – von seinen sexuellen Großtaten, unter anderem von den wilden Nächten mit Thelma. Jetzt aber weiter im Text, *Signore,* Spiel und Spaß sind ja sehr schön, wenn man sie selbst erlebt, aber ziemlich langweilig, wenn andere davon erzählen.

Etwa drei Wochen nach ihrer Ankunft in Havanna meinte Ginsburg, es werde allmählich Zeit, Pläne für »Bernard MacLanes« Weiterreise zu machen. Mehrere Tage unterhielten sie sich darüber, wo er sein neues Leben beginnen sollte, ob in Südamerika oder in Afrika. Das sei ihm nicht so wichtig, meinte Leo, zumal er bisher weder da noch dort gewesen sei, aber doch lieber in Afrika, denn als Kind habe er so gern die Geschichten gehört, die Al ihm nach der Rückkehr von seinen Geschäftsreisen dorthin erzählte. Außerdem sei er ein großer Fan der Tarzan-Filme.

»Na, ich glaube, sich von Baum zu Baum zu schwingen und *Aaaah-iiah-iiah-aaaaaaa'* zu rufen, bedarf einiger Übung«, scherzte Ginsburg, »aber ich an deiner Stelle würde mich auch für Afrika entscheiden. Das ist was wesentlich Solideres als Südamerika mit seinen Revolutionen und Konterrevolutionen, seinen *camarillas* und *juntas* und was weiß ich noch alles. Afrika gehört den Europäern, da lebt man praktisch im Land des weißen Mannes.«

Eine Woche später gingen die beiden Freunde an Bord eines Schiffs nach Caracas. Von dort fuhren sie auf dem Landweg nach Französisch-Guayana. In Cayenne leistete Ginsburg seinen letzten Beitrag zu Leos Übergang vom alten Leben in das neue: Er besorgte ihm eine Passage auf einem Frachter nach Westafrika. Der Kapitän hatte sich gegen ein hübsches Sümmchen bereit erklärt, »Mr. MacLane« mitzunehmen.

Leo war untröstlich, weil er seinen Freund nicht überreden konnte mitzukommen. Doch Ginsburg sagte, das sei unmöglich, seine Verwandten in Detroit beklagten sich schon, weil sie im Geschäft seine Hilfe brauchten. Außerdem und vor allem: Mussolini habe vor Kurzem einen Tritt in den Hintern bekommen, die Alliierten hätten bereits Sizilien erobert, und es gebe jetzt viel zu tun in den antifaschistischen Organisationen Amerikas, die sich dem Kampf für die Befreiung Italiens von den Nazis angeschlossen hätten.

An ihrem letzten Abend, als sie bereits ein ordentliches Quantum eher minderwertigen Rums intus hatten, schworen sie einander ewige Treue. Unter Tränen versicherte Leo Ginsburg wieder und wieder seiner Dankbarkeit. Ohne ihn, sagte er, hätte er gar nicht gewusst, wie er ein neues Leben anfangen sollte, schon gar nicht eines, in dem er absolut sicher sein konnte, nicht von Lupos Killern verfolgt zu werden. Niemals könne er ihm das vergelten.

»Wer weiß, mein Freund«, sagte Ginsburg, der ebenfalls gerührt schien. »Vielleicht besitzt ›Mr. MacLane‹ in ein paar Jahren irgendwo in Afrika eine große Farm und braucht einen grauhaarigen lombardischen Wachhund, dann kann er mich ja holen.

Oder ich komme einfach zu Besuch, dann schießen wir zusammen Elefanten.«

»Ich verdanke dir mein Leben«, sagte Leo und stieß ein letztes Mal mit ihm an.

Ginsburg hob sein Glas.

»Dreh dich im Grab um, Tonio Lupo«, sagte er.

Am nächsten Morgen ging Leo an Bord des Frachters. Er hatte drei Koffer bei sich, die beiden, die er aus New York mitgebracht hatte, den großen und den kleineren mit seinem Geld im doppelten Boden und einen dritten mit seiner teuren neuen Garderobe, maßgefertigt von den wunderbaren Schneidern Havannas.

Die Atlantiküberquerung verlief ohne Zwischenfälle – die deutschen U-Boote waren mittlerweile weitgehend verschwunden –, und im November 1943 ging »Mr. Bernard MacLane« an der Goldküste von Bord. Suchen Sie das Land aber nicht auf der Landkarte, *Signore*, es heißt jetzt irgendwie anders, wie die meisten afrikanischen Länder – die Namen, die ihnen die Weißen gegeben hatten, waren den Eingeborenen anscheinend nicht gut genug, als sie ans Ruder kamen.

Leo deponierte sein Geld gemäß Ricos Instruktionen wieder in einer Bank und verbrachte einige Wochen in einem eher mittelmäßigen Hotel, um sich an das neue Klima, den neuen Himmel, die neuen Gerüche und vor allem an das neue Gefühl unbegrenzter Freiheit zu gewöhnen, Freiheit jeglicher Art: Freiheit von Thelma, Freiheit von der Arbeit und insbesondere Freiheit von der *maledizione*, die sein Leben verdüstert hatte, seit ihm klar geworden war, dass es sich dabei nicht um ein von Nick in seinem dummen Kopf zusammenphantasiertes Märchen handelte. Nachdem er lange genug gefaulenzt hatte, ging er auf Reisen, denn er gedachte sich zu amüsieren. Er fuhr von Kolonie zu Kolonie, von der Goldküste nach Nigeria, Sierra Leone und in alle möglichen anderen gottverdammten Länder. Mit seinem Geld und seiner weißen Haut wurde er überall wie ein König hofiert. Für Leo Frank alias Bernard MacLane war Afrika ein einziger Vergnügungspark, ein Geschenk von Lady Luck, damit er es sich gutgehen ließ.

Er heuerte Führer an, ging auf die Jagd und erlegte einige wilde Tiere. Doch Leo war ein Stadtmensch, und am wohlsten fühlte er sich in den wunderbaren Kolonialhotels, immer fremd, aber immer willkommen. Mit den Damen allerdings hatte er nicht allzu viel Glück, das enttäuschte ihn ein wenig. Er lernte einige kennen, hübsche Engländerinnen oder Französinnen, aber sie waren konservativ und nicht bereit zu vögeln, es sei denn, er versprach ihnen die Heirat – und wie oft konnte er das schon tun? Doch zum Glück gab es ja die Prostituierten, scharfe junge Schwarze mit Brüsten wie die festesten, glänzendsten ebenholzfarbenen Zitronen.

Eineinhalb Jahre war Leo fast ununterbrochen auf Achse und hatte ungetrübten Spaß. Im Mai 1945 erfuhr er in Yaoundé, Kamerun, dass der Krieg in Europa vorbei war. Die Nazis waren plattgemacht, der *pazzo* Hitler hatte sich sein dämliches Gehirn weggepustet. Und im August warf Truman die Bombe auf die Japsen. Für die Welt waren das natürlich großartige Neuigkeiten, aber die Welt interessierte Leo nicht. Er sah in der neuen Situation eine persönliche Botschaft: Das ständige Herumreisen musste ein Ende haben. Jetzt würden wohlhabende Amerikaner nach Afrika kommen, geschäftehalber oder als Touristen, und je weniger sie von ihm sahen, desto besser. Vielleicht empfahl es sich auch, weniger Geld auszugeben. Er hatte zwar jede Menge davon, und bei den niedrigen Lebenshaltungskosten in Afrika würde er wahrscheinlich den Rest seines Lebens recht komfortabel verbringen können, ohne auch nur einen einzigen Tag zu arbeiten, aber wenn er weiter so viel ausgab, vielleicht nicht ganz so komfortabel, wie er es gewöhnt war. Es wurde Zeit, sesshaft zu werden – der letzte Teil des Plans, den er mit Rico Ginsburg in dem schäbigen Hotel in Harlem entwickelt hatte.

Ginsburg war übrigens der Einzige in seiner alten Welt, mit dem er in Kontakt geblieben war. Er schrieb ihm Postkarten, unter anderem Namen und an eine sichere Adresse in Detroit, die Ginsburg ihm gegeben hatte – wirklich mit allen Wassern gewaschen, der Mann, er dachte einfach an alles!

Im November 1945 schickte Leo ihm ein Telegramm. Darin stand:

MONSIEUR BERNARD MACLANE SENDET GRÜSSE AUS SEINEM NEUEN HEIM, DER VILLA »BELLE ÉPOQUE« IN NDJOLÉ, GABUN

Außer einem neuen Namen, einem neuen Pass und einer neuen Staatsangehörigkeit hatte Frank-Bruder Nummer drei jetzt auch ein neues Land und ein neues Zuhause. Und ein neues Gesicht: Während seiner Reisen hatte er sich einen schönen, ziemlich langen Bart wachsen lassen, und inzwischen war er so braungebrannt, dass seine Haut eher wie die der Nigger ringsum aussah … Was ist, *Signore*, warum runzeln Sie die Stirn? In Afrika gibt's Nigger, wussten Sie das nicht? … Sie mögen das *Wort* nicht?

Das Wort »Nigger« meinen Sie? Warum, was ist denn damit? … Okay … Okay, geschenkt, wenn heutzutage alle »Schwarze« sagen, dann sag ich eben auch »Schwarze«. Auch wenn das nichts an ihrer Farbe ändert – eher stößt es einen darauf.

Wie dem auch sei. Frank-Bruder Nummer drei war sesshaft geworden, und niemand konnte Monsieur Bernard MacLane, den Kolonialherrn aus Neuseeland auf Belle Époque in Gabun, mit Leo Frank, dem Spross der großen New Yorker Unternehmerfamilie, in Verbindung bringen.

Oder genauer: Niemand konnte ihn mit Leo Frank in Verbindung bringen außer dem einzigen Menschen auf der Welt, der es nicht hätte tun sollen. Sie haben es wohl schon erraten, *Signore*, das sehe ich an dem Funkeln in Ihren Augen: Der Mann, den Leo als Rico Ginsburg kannte, sein neuester, liebster, vertrauenswürdigster Freund – sogar sein *einziger* Freund, dachte er – war niemand anderer als Peppe Terranova, der Mann, dessen Lebensaufgabe es war, ihn zu töten.

Um zu erfahren, wie es Terranova gelang, Leo Franks bester Freund zu werden – das Meisterstück seiner Jahrzehnte währenden Mission, die Frank-Brüder zu töten –, müssen wir in die Zeit zurückgehen, als Calo und Pinza in Paris Nicks Spur verloren hatten und Terranova ernstlich befürchtete, im großen Stil zu scheitern. Von dieser Furcht kurierte ihn später das Auftauchen der Feds. Aber kann man, wenn man halbwegs bei Verstand ist, auf eine zweite so unwahrscheinliche Rettung hoffen? Nein, natürlich nicht. Nachdem Terranova in Rom Bruder Nummer zwei erledigt hatte, nach Amerika zurückgekehrt war und von »Trovatore« seine hunderttausend Dollar bekommen hatte – wieder auf demselben Weg, mit Inserat im *Providence Journal*, Telefonaten hin und her und so weiter –, konzentrierte er sich deshalb voll und ganz darauf, einen narrensicheren Plan zu entwickeln, wie er Bruder Nummer drei auf der Spur bleiben konnte.

»Ricardo Ginsburgs« Identität besaß er schon länger, mit Pass und allem Drum und Dran, für den Fall, dass er sie irgendwann einmal brauchen würde. Doch erst nachdem er in Rom Nick Frank getötet hatte und in New York aus der Militärmaschine gestiegen war, aktivierte er sie.

Er setzte sich auf Leos Fährte und beobachtete etwa eine Woche lang seine Gepflogenheiten. Klarer Sieger wurde Leos neue Angewohnheit, diesen unförmigen Fleischklumpen von einem Hund im Central Park Gassi zu führen. Terranova markierte die Bank, auf der Leo täglich Platz nahm.

Als einzige Vorbereitung auf die erste »zufällige« Begegnung mit ihm polierte Terranova seine Garderobe auf, unter anderem mit einem neuen Fedora und einem schönen Kamelhaarmantel, den er in einem Secondhandladen in Brooklyn erstanden hatte. In den Mantel war das Etikett eines Mailänder Schneiders eingenäht, ein gutes Omen – obwohl er nicht an so etwas glaubte –, denn in seinem »Ginsburg«-Pass war Mailand als Geburtsort eingetragen.

Da er Leo Frank als einen lebenslustigen Typen kannte, bezweifelte Terranova nicht, dass er in der Lage sein würde, ein zwangloses Gespräch mit ihm anzufangen. Wenn er es geschickt anstellte, würde sich vielleicht sogar eine nähere Bekanntschaft daraus entwickeln. Aber nie hätte er gedacht – geschweige denn planen können –, dass ihm der verdammte Idiot schon nach wenigen Begegnungen vertrauen und ihm vorschlagen würde, ihn zum Partner bei einem Betrug am Unternehmen seiner Familie zu machen.

Die Zusage fiel Terranova nicht leicht, zumal er für die Entscheidung nur ein Essen lang Zeit hatte. Einerseits war Leos Angebot ein Geschenk des Himmels – oder passender, der Hölle –, die ideale Gelegenheit, seinem nächsten Opfer nahe zu kommen und nahe zu bleiben. Bei dem Vertrauensverhältnis, das zwischen ihnen als Komplizen entstehen musste, würde es ein Kinderspiel sein, jederzeit zu wissen, wo Leo sich aufhielt. Aber es barg auch eine große Gefahr. Don Tonios Anweisung, alles Illegale zu meiden – außer es diente unmittelbar dem Zweck, seine Mission voranzutreiben –, zielte darauf ab, Terranova vor dem Knast oder noch Schlimmerem zu bewahren, bis die Mission erfüllt war. Zwar konnte man sagen, dass ihm Leo Franks Vorschlag, bei dem Northern-Copper-Schwindel mitzumachen, eindeutig in Erfüllung seiner Pflichten unterbreitet worden war, aber mit Ausländern – den Südamerikanern – gegen die Interessen einer amerikanischen Firma, eines Zulieferbetriebs der Rüstungsindustrie, zu konspirieren, war ein sehr schweres Delikt. Er selbst würde natürlich Maßnahmen ergreifen, um sich vor dem Zugriff der Justiz zu schützen. Aber würde Leo es auch tun?

Doch trotz dieser unerfreulichen Möglichkeit beschloss er, das Angebot anzunehmen. Vor sich selbst rechtfertigte er das damit, dass er, um seine Freundschaft mit Leo nicht zu gefährden, wohl oder übel diesen Weg gehen musste – *si, si,* er hatte schon sein Kreuz zu tragen, *il poverissimo* Peppe! Aber heute sehe ich es so, dass ein Gauner nun mal ein Gauner bleibt und einfach nicht nein sagen kann, wenn eine nette Gaunerei winkt. Doch obwohl Terranova nun im Begriff stand, dank Señor Ramon-Soundso und seinesgleichen einiges an unverhoffter Extrakohle zu machen, eine ganze Menge sogar, war er erleichtert, als Leo ihm mitteilte, dass er über Lupo und die *maledizione* im Bilde war – Terranova war übrigens sehr überrascht, dass er bis dahin nichts davon gewusst hatte –, erleichtert vor allem deshalb, weil Leo derart in Panik war, dass er ihn, seinen Killer in spe, darum bat, sein Retter zu werden und einen Plan für sein »Verschwinden« zu entwickeln.

Natürlich war Lady Luck auch hier nicht ganz unbeteiligt. Doch Terranova bewies großes Geschick, *Signore,* das muss man ihm lassen. Besser kann man es gar nicht machen, wenn man jemandem auf der Spur bleiben will: Man sorgt dafür, dass er über sich selbst Bericht erstattet, aus seinem eigenen freien Willen – auch wenn er, wie in diesem Fall, keine Ahnung hat, wem er da Bericht erstattet. Auch Leo machte seine Sache ausgezeichnet, gründlich und effizient, das sei hier ebenfalls erwähnt. Von seinen Reisen durch Westafrika schrieb er so viele Postkarten, dass Terranova ein ganzes Album damit hätte füllen können. Als dann nach anderthalb Jahren das Telegramm eintraf, in dem »Monsieur Bernard MacLane« seinen ständigen Wohnsitz in Gabun bekannt gab, gratulierte sich Terranova zu seiner hervorragenden Arbeit. Jetzt konnte er sich entspannt zurücklehnen. 1954, wenn Frank-Bruder Nummer drei zweiundvierzig wurde, würde er nach Afrika reisen und ihn töten.

All das natürlich unter der Voraussetzung, dass Leo ihm auch weiterhin häufig schrieb, und natürlich, dass nichts Unvorhergesehenes passierte.

Frank-Bruder Nummer drei, unser Freund Leo, hatte das Anwesen, das die Vorbesitzer »Belle Époque« genannt hatten, im ersten Jahr seiner Reisen auf seiner ersten Dschungeldurchquerung in Gabun entdeckt. Auf der Fahrt den Fluss Ogooué hinunter war das Schiff an einer großen, weiß schimmernden Villa vorbeigekommen, einem kleinen Palast auf einem niedrigen Felsvorsprung am Ufer. Vom Kapitän, einem belgischen Ex-Seemann, hatte Leo erfahren, dass sie seit einiger Zeit zum Verkauf stand, der Besitzer aber, ein Froschfresser kurz vor dem Abkratzen, zu viel dafür verlangte. Leo fragte – nur so, aus reiner Neugier –, was mit »zu viel« gemeint sei, und vernahm einen Preis, der ihm lächerlich niedrig erschien. Ein Jahr später beschloss er, sesshaft zu werden, bestieg in einem am Meer gelegenen Ort namens Port-Gentil erneut das Schiff und fuhr diesmal flussaufwärts. Der Kapitän sagte ihm, der kurz vor dem Abkratzen stehende Froschfresser sei inzwischen wie erwartet abgekratzt, aber seine Frau wolle Belle Époque nach wie vor verkaufen. Leo ging im nächsten Hafen – was heißt »Hafen«, es war nicht mehr als ein knarrender hölzerner Pier –, einem kleinen Dorf namens Ndjolé, von Bord. Er mietete ein Kanu mit einem kleinen Nigg–, äh, *mi scusi*, einem kleinen Schwarzen darin. Die zwanzigminütige Fahrt, jetzt wieder flussabwärts, erschien ihm viel länger, weil sie größtenteils in Begleitung einiger riesiger Krokodile erfolgte. Sie jagten Leo eine Heidenangst ein, aber der Bootsführer verstand sein Handwerk und geriet nicht in Panik, als eines der Mistviecher das Boot rammte.

Belle Époque war aus der Nähe fast genauso schön wie vom Fluss aus. Leo lernte die Frau des Froschfressers kennen, der gar kein Froschfresser, sondern ein Schotte und noch gar nicht so alt gewesen war. Sie empfing ihn mächtig aufgedonnert und mit

Make-up zugekleistert, so als wollte er sie zu einer Party abholen und anschließend mit ihr ins Bett. Doch da sie hässlich war wie eine Kröte, hielt Leo sich strikt an den Zweck seines Besuchs. Er akzeptierte den geforderten Kaufpreis, vorausgesetzt, Mobiliar, Geschirr und so weiter waren inklusive. Klar, sagte die schottische Dame, kein Problem, und überließ ihm auch gleich noch Tafelsilber und Kristall, Grammofon und Plattensammlung. Sie war so froh wegzukommen, dass sie auch noch ihre Mutter als Hausgehilfin dreingegeben hätte. Am nächsten Tag fuhren sie zusammen nach Port-Gentil und unterschrieben den Kaufvertrag.

An seinem ersten Tag als Besitzer von Belle Époque meldete sich ein hochgewachsener Schwarzer mittleren Alters bei Leo. Er heiße Aristide und sei der Vorarbeiter, sagte er. »Was für ein Vorarbeiter?«, fragte Leo. Der Mann schien etwas perplex. »Vorarbeiter der Plantage, *M'sieur*!« Falls Sie sich wundern: Leo hatte auf dem College ein bisschen Französisch gelernt – auf Als Betreiben, weil Frank & Worthington viel mit Modewaren handelte –, aber Aristide hatte von der schottischen Lady auch ein bisschen Englisch gelernt. Wie alle englischen Muttersprachler, die etwas auf sich halten, hatte sie sich geweigert, eine Fremdsprache anständig zu sprechen.

Stellen Sie sich vor, *Signore*: Bis zu diesem Augenblick hatte Leo noch gar nicht realisiert, dass er außer der Villa auch mehrere tausend Kakaobäume erworben hatte. Aristide führte ihn auf der Plantage herum und erklärte ihm, wie man die Bäume behandelte, die Schoten erntete, die wie kleine orangefarbene Fußbälle aussahen, und die Bohnen so aufbereitete, dass sie an die Händler verkauft werden konnten. Dann zeigte er Leo die Buchhaltung der letzten Jahre, und Leo stellte überrascht fest, dass er sich im

Besitz eines Goldesels befand. Ein Vermögen würde er nicht anhäufen, zumindest nicht nach Frank-Maßstäben, aber genug, um ein stilvolles Leben zu führen, ohne sein Kapital angreifen zu müssen. Die fünf Vollzeitangestellten – zwei im Haus und drei auf der Plantage, dazu Saisonkräfte als Erntehelfer – bekamen einen Hungerlohn, und dieser Aristide schien ein tüchtiger Mann zu sein, so tüchtig, dass er den Laden schmeißen konnte, ohne dass Leo einen Finger rühren musste.

Mit seinem Einzug auf Belle Époque hatte Leo sein altes Ich hinter sich gelassen, soweit man das vernünftigerweise kann. Außer dem neuen Namen, der neuen Staatsangehörigkeit und so weiter hatte er jetzt auch einen neuen Beruf: Er war »Gentleman Farmer«, einer, der gar nicht erst mit anderen Leuten in Kontakt zu treten brauchte.

Eine Weile ging alles gut. Irgendwann aber merkte er, dass seine neue Situation doch nicht so perfekt war. In seiner ersten Zeit in Afrika, als er einheimische Gerichte aß, Tiere schoss, Huren vögelte und was weiß ich noch alles, hatte Leo jede Menge Spaß gehabt. Es war ein völlig neues Leben, aber eines mit reichlich Betätigungsfeldern für sein größtes Talent: sich zu amüsieren. Doch kaum hatte er sich in seiner Dschungelvilla eingerichtet, begann dieses Talent zu verkümmern, weil es ihm an Wirkungsmöglichkeiten fehlte.

Er mochte es sich nicht eingestehen, aber bald vermisste er New York. Er vermisste die Nachtclubs und die Spielhöllen, er vermisste die hellhäutigen Frauen, er vermisste sogar seine wenigen Blödmänner von Freunden, mit denen er hatte trinken und quatschen können. Und auch andere Dinge vermisste er, schnelle Autos zum Beispiel oder den Besuch eines World-Series-Spiels.

Sie können sich vorstellen, dass es im Umkreis von Belle Époque nicht viel gab, was ihn für die Möglichkeiten, die New York bot, hätte entschädigen können. Okay, die dicke Lela, die Köchin, die er von der Vorbesitzerin übernommen hatte, machte ihre Sache gut, aber ihr Essen konnte sich nicht mit der Qualität und Vielfalt der Speisen in den Restaurants zu Hause messen. Außerdem schwatzte sie ununterbrochen, während sie ihn bediente, und brach dazwischen immer wieder in schallendes Gelächter aus, Sie wissen schon, dieses Schwarzen-Gelächter: *Hii hii hiiiiii-iiiii-iiiii-iiiii.* Außerdem bestand im Umkreis von mindestens hundertfünfzig Kilometern keinerlei Chance, jemanden flachzulegen, weder ein weißes noch ein schwarzes Wesen – für Tierliebhaber hätte es natürlich eine reiche Auswahl gegeben –, weder auf Amateur- noch auf Profibasis. Leo musste sich daher aufs Wichsen beschränken und sich dabei die Frauen vorstellen, die er zu Hause gevögelt hatte, speziell Thelma. Das Einzige, was Belle Époque an Unterhaltung zu bieten hatte, war das Grammofon. Unter den Schallplatten gab es viel Froschfresserkram, der ihn nicht interessierte, aber auch englische und amerikanische Songs. Um gegen die Stille und Lelas Geplapper anzugehen, legte Leo sie manchmal auf, wanderte im Wohnzimmer hin und her und sang laut mit. Das aber brachte Lela wieder zum Lachen, was ihn zum Schimpfen brachte, was sie zu noch schallenderem Lachen brachte. Nicht einmal in der Musik fand er daher Trost. In Sachen Outdoor-Aktivitäten ging er in der Umgebung von Belle Époque ein paarmal auf die Jagd, ließ es nach einer Begegnung mit einer Schlange aber wieder bleiben, einer besonders üblen einheimischen Art namens Gabunviper, die Aristide gerade noch erschlagen konnte, bevor sie Leo ins Jenseits beförderte.

Die amerikanische Gewohnheit, um halb sieben zu Abend

zu essen, behielt er bei. Danach setzte er sich mit einem Gimlet in den bequemen Sessel auf der Veranda über dem Felsvorsprung am Fluss und dachte an sein früheres Leben zurück – eine Art Privatfernsehen in seinem Kopf. Manchmal blieb er mit einem zweiten Gimlet beim Mond- und Sternenschein bis in die Nacht hinein draußen; elektrisches Licht hätte Millionen Mücken angelockt. Er saß im Dunkeln und blickte zurück, bis ihm langweilig wurde oder bis er sich eine besonders scharfe Braut von früher in Erinnerung rief und beschloss, mit ihr Sex zu haben. Dann ging er ins Haus und wichste.

Das Einzige, was sich in Leos neuem Leben nicht geändert hatte, war die Familie: Er hatte keine mehr gehabt, als er nach Afrika ging, und er hatte auch jetzt keine. Und das war gut so, denn es ließ Raum für Verbesserungen in seinem Leben. So hatte er es allerdings nicht immer gesehen. In New York hatte er gern diesen kartoffelgesichtigen Typen zitiert, W. C. Fields, der einmal gesagt hat: »Wer Kinder und Hunde hasst, kann kein ganz schlechter Mensch sein.« Dem konnte Leo nur zustimmen, erst recht nachdem er einige Jahre mit dem Blag Alexander und dem unnachahmlichen Winston unter einem Dach gelebt hatte.

Nach einiger Zeit aber begann er ernsthaft darüber nachzudenken, ob er sich nicht eine Ehefrau zulegen sollte, zumal ihn die dicke Lela täglich beim Servieren einer Gehirnwäsche unterzog: Er solle sich eine hübsche weiße Mademoiselle suchen, sie heiraten und viele *bébés roses* in die Welt setzen, rosa Babys. Nach einer Weile forderte Leo sie dann auf, die Klappe zu halten, worauf sie wieder mit ihrem *Hii hii hiiiii-iiiii-iiiii-iiiii* anfing. Nach und nach aber freundete er sich mit dem Gedanken an – mehr mit dem an die hübsche weiße Mademoiselle als an die rosa Babys.

Einmal war er sogar nahe daran, einer netten jungen Missy einen Heiratsantrag zu machen, im Herbst 1947, als er sich einige Wochen in Port-Gentil aufhielt. Was ihn dorthin geführt hatte, war alles andere als romantisch: schlimme Zahnschmerzen, gegen die weder Aspirin noch das eklige Kräutergebräu, das Lela ihm kochte, etwas ausrichten konnte. Vor Schmerzen stöhnend, fuhr er mit dem Schiff flussabwärts und begab sich in Port-Gentil schnurstracks zum Zahnarzt, der ihm eröffnete, dass eine ganze Reihe von Terminen nötig sei, um sein Gebiss wieder auf Vordermann zu bringen.

Ndjolé konnte man nicht gerade als Stadt bezeichnen, Port-Gentil aber sehr wohl. Es war nicht gerade Manhattan, aber es gab dort immerhin Läden und Autos und auch ein anständiges Hotel mit einem guten Restaurant und einer noch besseren Bar. Als Leo eincheckte, waren bereits andere Gäste da, alles Weiße natürlich und fast alles Froschfresser. Nach einigen Tagen, als er keine Zahnschmerzen mehr hatte und sich wieder wohl fühlte, kam ein holländisches Ehepaar – Naturfreaks (Schmetterlinge, glaube ich) – mit ihrer Tochter, einer zwanzigjährigen Sexbombe vom Typ »in voller Blüte«.

Leo stellte überrascht fest, dass er schon ganz vergessen hatte, wie viel besser eine Frau in natura aussehen kann, als wenn man sie sich nur beim Wichsen vorstellt. Er war so angetan von diesem lebenden Exemplar, diesem holländischen Mädchen – ihren Namen habe ich vergessen, deshalb werde ich sie einfach »die Tulpe« nennen –, dass er, nachdem er sie kennengelernt hatte, seine täglichen Puffbesuche in Port-Gentil umgehend einstellte.

Und mehr noch: Obgleich seine Zahnbehandlung einige Tage nach ihrer Ankunft beendet war, blieb er in der Stadt.

Anfangs beobachtete er sie nur in der Lobby und im Restaurant, und einmal konnte er ihr sogar ein freundliches Lächeln entlocken. Da begann er zu überlegen, wie er ihr näherkommen konnte. Der naheliegendste Weg führte über ihre Eltern, die sie streng bewachten. Sie waren etwa in seinem Alter und sprachen ebenso wie ihre Tochter recht gut englisch. Eines Abends sprach Leo sie vor dem Dinner in der Bar an, lud sie auf einem Drink ein und schlug vor, das Essen gemeinsam einzunehmen. In Gesellschaft der Tulpe besann er sich auf seine alten Schwindlerqualitäten und spielte perfekt den faszinierenden weißen Abenteurer, Großwildjäger, Forscher und so weiter. Er unterhielt die Tulpenknicker mit Geschichten von seinen Großtaten, die er teils in Neuseeland – er hatte sich zuvor versichert, dass sie das Land nicht kannten –, teils in Afrika ansiedelte. Die Eltern waren amüsiert, die Tochter war beeindruckt. Am nächsten Abend speisten sie wieder zusammen und am übernächsten auch.

Eines Morgens sagte die Tulpe ihren Eltern, sie fühle sich nicht wohl und könne nicht mitkommen zu ihrer täglichen Verabredung mit den Schmetterlingen im Busch. Beim Frühstück erzählten sie Leo davon, doch nachdem sie gegangen waren, sah er die Tulpe gesund und munter die Treppe herunterkommen. Das Spiel hatte also begonnen – die Tulpe war scharf auf ihn! Er lud sie in ein kleines Lokal am Hafen ein, erfand weitere Abenteuergeschichten und erzählte Witze. Sie lachte viel. Dann spazierten sie durch Port-Gentil und betraten einen Secondhandladen, der einem alten Froschfresser gehörte. Die Tulpe schien der gelehrte Typ zu sein, sie interessierte sich ausschließlich für alte Bücher, während Leo ein paar amerikanische Schallplatten kaufte. Er nahm auch für sie eine mit, und nachdem sie den Laden verlassen hatten, machte er sie ihr zum Geschenk. Als sie den Titel ansah – *You'd be so easy to love* – errötete sie, lief in das Geschäft zurück und kam gleich darauf mit einem englischen Buch wieder heraus. Es sei ihr absolutes Lieblingsbuch, sagte sie, und er müsse es unbedingt lesen. Der Autor war Tscheche – können Sie sich vorstellen, dass ein Tscheche ein Buch schreibt? –, und es hieß *Die Verwanzung* oder so ähnlich, eine ganz komische Geschichte von einem Mann, der morgens beim Aufwachen feststellt, dass er sich in eine Kakerlake verwandelt hat ... Sie kennen es? Was sind Sie für ein gebildeter junger Mann, *Signore*! Ja, genau, so hieß es: *Die Verwandlung*.

»O Gott«, sagte Leo, »Ihr Lieblingsbuch handelt von einem Mann, der sich in eine *fifi* verwandelt?« Die Tulpe wollte wissen, was eine *fifi* sei, und er erklärte ihr, das sei eine Kakerlake, in Fang, der Landessprache. Da lachte die Tulpe und meinte, so ein Wort mache etwas Grässliches geradezu liebenswert, worauf Leo erwiderte: »Wenn Sie eine Kakerlake lieben können, weil sie *fifi* heißt, dann nennen Sie mich *Fifi*!« Ganz Humphrey Bogart!

Am Spätnachmittag kamen die Eltern der Tulpe zurück und durchkreuzten damit Leos Pläne, an diesem Abend etwas direkter zu werden. Doch er war nicht enttäuscht. Er würde die nächste sich bietende Gelegenheit nutzen. Die Braut gehörte ihm, so viel war klar.

Nach dem Aufwachen am nächsten Morgen war er in Hochstimmung. Er hüpfte in seinem Zimmer herum und sang »*Oh what a beautiful mo-OOOrning, oh what a beautiful day*«. Die Tulpenknicker hatten die Tulpe diesmal zum Schmetterlingssammeln mitgenommen, aber das störte ihn nicht im Geringsten, denn er brauchte die Zeit, um sie am Abend damit zu beeindrucken, dass er das *fifi*-Buch gelesen hatte. Er setzte sich in die angenehm kühle Lobby, bereit, die Lektüre in Angriff zu nehmen. Doch er hatte das Buch kaum aufgeschlagen und noch gar nicht zu lesen angefangen, da kam der Portier und sagte ihm mit einem strahlenden Lächeln, am Morgen seien drei Herren aus Neuseeland eingetroffen. Sie seien hocherfreut, dass ein Landsmann im Hotel wohne, und er solle Leo ausrichten, zum Dinner sei er ihr Gast, ein Nein würden sie nicht akzeptieren. Im Moment seien sie mit einem gemieteten Jeep unterwegs, würden aber bald zurückkommen.

Leo hatte natürlich damit gerechnet, dass ihm auf seinen Reisen irgendwann einmal ein echter Neuseeländer über den Weg laufen würde – so unwahrscheinlich war das schließlich nicht –, und er hatte sich überlegt, wie er sich dann zu seinem »Vaterland« äußern würde, von dem er nur wusste, was er in einer Enzyklopädie gelesen hatte, die Ginsburg ihm in Havanna in die Hand gedrückt hatte. Er hatte sich deshalb eine ganze Geschichte zurechtgelegt – in seiner Kindheit habe seine Familie das Land verlassen, den größten Teil seines Lebens habe er in Amerika verbracht und so weiter. Dennoch geriet er in Panik, als er von der Dinnereinladung der drei Neuseeländer hörte.

Seine Panik rührte allerdings nicht daher, dass er so gut wie nichts über Neuseeland wusste, sondern daher, dass er sich nun eine Reihe von Fragen stellte, Fragen, die ihm völlig realistisch erschienen, wie etwa: Konnte es Zufall sein, dass die drei plötzlich in Port-Gentil aufgetaucht waren? Was, wenn nicht, wenn sie erfahren hatten, dass sich hier ein Betrüger aufhielt, ein Hochstapler, ein Mann, der sich nur als Neuseeländer ausgab?

Denn was sonst konnte es bedeuten, dass sie ein Nein zu ihrer sogenannten Dinnereinladung »nicht akzeptieren« würden? Das war eine unverhüllte Drohung, verflucht noch mal, ein »Stehen bleiben oder …!«

Plötzlich fiel Leo mit Entsetzen sein Pass ein. Ginsburg hatte ihm versichert, das Dokument sei echt, also musste einmal ein Mann namens Bernard MacLane auf der Erde herumgelaufen sein. Was war aus ihm geworden? Und vor allem: Was war er gewesen? O Gott, dachte Leo, warum hatte er sich darüber nicht längst Gedanken gemacht? Was, wenn der eigentliche Bernard MacLane ein Gangster gewesen war und die drei Neuseeländer Cops waren? Um Himmels willen! Was wenn sie nach Gabun gekommen waren, um ihn zu verhaften? Oder, noch schlimmer, wenn der Ex-Bernard-MacLane kein Gangster, sondern das unschuldige Opfer eines solchen gewesen war? Wenn er ermordet worden war und die Cops davon ausgingen, dass der jetzige Inhaber seines Passes auch sein Mörder war? Dann blühte ihm der Galgen! Oder vielleicht – warum eigentlich nicht – war der echte Bernard MacLane ein Nazispion gewesen, ein Kriegsverbrecher, und diese Typen, die sich als Neuseeländer ausgaben, waren irgendwelche Agenten, die ihn beseitigen wollten, ihn in einem dunklen Winkel umbringen und seine Leiche ins Meer werfen! Nur eine Möglichkeit zog Leo interessanterweise nicht in Betracht: dass sie Lupos Killer waren. Vor einer Bedrohung von dieser Seite wähnte er sich sicher.

Leo traf eine schnelle Entscheidung, während er so dasaß und der Portier noch immer dümmlich strahlend vor ihm stand. Er sprang auf, erklärte, er habe besorgniserregende Nachrichten von zu Hause erhalten und müsse sofort abreisen. Er lief in sein Zimmer hinauf und packte seine Sachen, kam wieder herunter, zahlte die Rechnung und rannte zum Hafen. Da das Schiff erst in einigen Stunden ablegen sollte, bezahlte er einen Mann dafür, dass er ihn mit seinem Motorboot ein Stück den Ogooué hinauffuhr; um keinen Preis wollte er auch nur eine Minute länger mit diesen höchst verdächtigen herumschnüffelnden Typen in Port-Gentil bleiben. Er wartete ein paar Stunden in dem verdreckten Kaff, in dem der Bootsführer ihn abgesetzt hatte, dann nahm er von dort das Schiff nach Ndjolé, wo er sich in seinem Haus einschloss; nicht einmal in den Garten wagte er sich mehr.

Erst nach einigen Tagen dachte er wieder an die Tulpe. O Gott, er war abgereist, ohne ihr Bescheid zu sagen, nicht einmal eine Nachricht hatte er ihr hinterlassen! Aber was konnte er jetzt noch tun? Nach Port-Gentil zurückfahren? Unmöglich! Zu riskant, die Neuseeländer konnten ja noch dort sein. Ihr ins Hotel schreiben, ein großes Abenteuer habe ihn ganz plötzlich fortgerufen, er denke aber von früh bis spät an sie? Nein, das ging auch nicht, dann würde die Briefmarke verraten, wo er sich befand. Hier war er wenigstens sicher; im Hotel hatte er wohlweislich eine falsche Adresse angegeben. Schließlich löste er das Problem damit, dass er ein paar Tage fast nonstop wichste und sich dabei vorstellte, er würde die Tulpe vögeln, wieder und wieder, mal so, mal so. Doch da allzu große Vertrautheit Missachtung erzeugt, hatte er bald genug von ihr und kehrte wieder zu seinen guten alten Wichsgewohnheiten zurück, bei denen er seine Top-Vögeleien mit Thelma und anderen exklusiven New Yorker Damen Revue passieren ließ. Und er trank.

Von da an ging es mit Frank-Bruder Nummer drei bergab. Es wurde von Tag zu Tag schlimmer. Ganz allmählich zwar, aber da er nichts mit seiner Zeit anzufangen wusste, hieß allmählich in diesem Fall eher schnell-allmählich als langsam-allmählich.

Er trank jetzt regelmäßig; das Schiff brachte die Ginflaschen kistenweise. Ich habe mir sagen lassen, *Signore*, dass dieses Laster in der Familie liegen kann. Leo Franks Vater und sein Bruder Nick hatten zur Flasche gegriffen, als es ihnen schlecht ging, und das erklärt vielleicht, warum auch Leo es tat. Da seine Mutter und sein anderer Bruder aber keineswegs Alkoholiker gewesen waren, glaube ich nicht, dass es sich in diesem Fall um Vererbung handelte. Nein. Was Leo in den Suff trieb, war die Angst. Der einzige Ort, an dem er sich noch sicher fühlte, seit er aus Port-Gentil zurück war, der einzige Ort, der ihn nicht nervös machte, war Belle Époque. Selbst ein Gang mit Lela zum Obstmarkt in Ndjolé hatte mit panikartiger Flucht geendet. Damit wurde er natürlich zum Gefangenen im eigenen Heim oder, genauer gesagt, zum Gefangenen im eigenen Kopf. Sein einziger Fluchtweg, so glaubte er, war der Alkohol. Aber der machte alles nur noch schlimmer.

Leo trank immer mehr, und zwar täglich, bis er das Stadium des zertifizierten Alkoholikers erreichte, dem schon der erste Schluck zu Kopf steigt. Dann trank er weiter. Seine Sauferei uferte dermaßen aus, dass er nach und nach sogar das Wichsen einstellte … Ja, lachen Sie nicht, *Signore*! Das ist nicht komisch, wenn man's recht bedenkt. Mit dem eigenen Schwanz zu spielen setzt ein gewisses Interesse an bestimmten positiven Aspekten der Welt voraus – Titten, Ärsche und so weiter –, wie Sie sicher wissen, wenn Sie diese Kunst je ausgeübt haben. Dieses Interesse schien Leo abhanden gekommen zu sein. Schlimmer kann's nicht mehr werden, sollte man meinen. O doch. Es wurde noch schlimmer. Denn dann kam das *fifi*-Buch.

In Port-Gentil hatte sich Leo, wie schon gesagt, in die Hotellounge gesetzt, um es zu lesen und die Tulpe damit zu beeindrucken. Kaum hatte er es aufgeschlagen, brach die Neuseeländerkrise aus und es blieb ungelesen. Jetzt aber, etwa ein Jahr später, lag er eines Abends – Vormittag, Nachmittag, Abend, das war ihm mittlerweile alles eins – auf dem großen Sofa im Wohnzimmer, fasste hinter sich nach der Ginflasche und erwischte stattdessen das Buch, das er bei seiner Rückkehr aus Port-Gentil auf den Couchtisch gelegt und seitdem nicht wieder angerührt hatte.

Er schlug also diese *Verwanzung* auf – ja, ja, schon gut, diese *Verwandlung* – und begann in seinem Alkoholdusel zu lesen. Doch schon nach wenigen Absätzen sprang er auf und rannte auf die Veranda hinaus, holte weit aus und schleuderte das Buch wie einen Baseball in den Ogooué. In der Stille der Nacht hörte er es ins Wasser platschen. Aber es half nichts. Die allererste Szene, in der dieser Tscheche eines Morgens im Bett aufwacht und sieht, dass die Beine, die da über ihm zappeln, nicht mehr die sind, mit denen er sich schlafen gelegt hat, sondern die einer Kakerlake – diese Szene schwamm nicht den Fluss hinab, sondern setzte sich in Leos Gehirn fest und saugte daran wie ein verdammter Blutegel. Yes, Sir. Neuer Star von Belle Époque war von da an *fifi*, der ekelerregende *scarafaggio*!

Sie stimmen mir hoffentlich zu – wenn nicht, sagen Sie's bitte, dann bringe ich Sie morgen nach dem Frühstück zum Psychiater –, dass die Vorstellung, man würde morgens aufwachen und feststellen, dass man sich in eine Kakerlake verwandelt hat, lächerlich ist. Für mich und für Sie ist sie das natürlich. Aber für

Leos Gehirn in seinem damaligen Zustand war sie nicht lächerlich, sondern grauenvoll. Ich hatte Ihnen doch von seiner »zeitweiligen Unzurechnungsfähigkeit« erzählt, als er in New York von der *maledizione* erfuhr, erinnern Sie sich? Also, seine Reaktion auf die Dinnereinladung der drei Neuseeländer in Port-Gentil war das erste Anzeichen dafür gewesen, dass diese Unzurechnungsfähigkeit auf eine dauerhaftere Form zusteuerte. Und seine Angst, er könnte sich im Schlaf in eine Kakerlake verwandeln, bewies nun, dass er das Ziel erreicht hatte.

Er konnte praktisch an nichts anderes mehr denken, den ganzen Tag machte er sich deswegen Sorgen. So sehr, dass er sich, auch wenn er todmüde war, mühsam wachhielt, um am Morgen nicht feststellen zu müssen, dass er sich in Sie wissen schon was verwandelt hatte. Und wenn er am Ende trotz allem wegdöste – jeder muss schließlich mal schlafen, sogar ein Faulenzer und Säufer –, schreckte er nach einer Weile stöhnend wieder hoch, rang nach Luft, als hätte ihm jemand in die Eingeweide getreten, und hob dann langsam seine zitternden Hände, um sich davon zu überzeugen, dass sie noch original waren und sich nicht in Krallen verwandelt hatten oder womit auch immer eine Kakerlake sich die Eier kratzt. Mit den Beinen verfuhr er ebenso. Kurzum: Er war übergeschnappt.

Die dicke Lela nutzte manchmal seine ersten nüchternen Momente des Tages und versuchte ihn zur Vernunft zu bringen. Sie sah nur eine Möglichkeit, wie er wieder auf die Beine kommen konnte: Er brauchte eine Frau.

»Sie müssen heiraten, *M'sieur* Bernard«, sagte sie dann. »Sie müssen sich eine nette Mademoiselle suchen. Schreiben Sie doch an Ihre Familie in New York, die sollen Ihnen eine schicken, wenn Sie selbst keine finden.«

»Sie meinen, die sollen sie in eine Kiste packen und hierher schicken?«

»Was reden Sie denn da?«, erwiderte sie. »Suchen Sie sich eine Frau, bringen Sie sie hierher und kriegen Sie *bébés roses*. Viele *bébés roses*!« Nebenbei bemerkt, *Signore*, ich weiß nicht, was Lela immer mit ihren rosa Babys hatte. Vielleicht fand sie die einfach süß und knuddelig, so wie Leute unserer Hautfarbe flauschige Welpen oder Kätzchen süß finden. Eines Tages, mitten in einer weiteren Diskussion zu diesem Thema und noch vor seinem ersten Drink des Tages, einem Schuss Brandy im Kaffee, fragte Leo sie:

»Lela, sagen Sie mir, was Sie denken. Was ist, wenn ich mir, wie Sie's empfehlen, eine Mademoiselle suche und sie hierher bringe, den entsprechenden Akt vollziehe, ein *bébé rose* in die Welt setze und dann eines Morgens feststelle, dass es sich über Nacht in ein *bébé fifi* verwandelt hat? Und nicht rosa ist, sondern schwarz – so schwarz wie Sie!«

Lela war eine tiefgläubige Frau. Als guten Gott, einen, der guten Menschen im Jenseits Gutes schenkt, hatte sie Jesus erwählt, so wie sie ihn aus den Sonntagspredigten in der Mission in Ndjolé kannte. Sie wusste aber, dass auch noch böse Götter durch den Dschungel schlichen, die Geister, an die ihr Stamm glaubte. Und aus Leos Angst, ein rosa Baby könnte sich über Nacht in eine schwarze Kakerlake verwandeln, schloss sie, dass er von einem bösen Gott besessen war – für sie übrigens eine durchaus naheliegende Annahme, nicht nur weil Besessenheit durch böse Götter ihrer Erfahrung nach ein weitverbreitetes Phänomen war, sondern auch weil ein besonders übler böser Gott in ihrem Dorf genau die Gestalt einer Kakerlake hatte: Es war ein *fifi*-Gott.

Lela ging zu Aristide – eher der Typ, der an die alten Götter glaubte – und bat ihn, einen Medizinmann zu holen oder einen Juju-Mann oder wie die das nennen. Aber das war ein Reinfall, ein Riesenflop. Denn kaum hatte der Medizinmann mit seinem Abrakadabra angefangen – Lela und Aristide standen dabei –, rannte Leo in sein Schlafzimmer, kam mit einem Gewehr wieder heraus und feuerte es ab, zum Glück nicht auf den Medizinmann, sondern auf die Zimmerdecke – so sturzbetrunken, wie er war, hätte es auch sein können, dass er auf ihn zielte und danebentraf. Der arme Kerl war schneller wieder weg, als er es mit einem Zaubertrick geschafft hätte.

Eines Tages im November 1949, als Leo vom Sofa aufstand und sich zum Essen an den Tisch setzen wollte, fiel er um. Sein Körper wurde krumm und steif wie ein Flitzebogen, dann fing er an zu zittern, mit geschlossenen Augen und Schaum vor dem Mund. Lela hatte den Fall gehört und kam angelaufen. Da sie noch nie einen Krampfanfall miterlebt hatte, glaubte sie erst, Leo sterbe, und fing an zu kreischen. Doch als er nach einer Weile die Augen aufschlug, blöde lächelte und sie fragte, wer sie sei, überzeugte sie das vollends von ihrer Besessenheitstheorie. Sie forderte Aristide auf, schleunigst einen Medizinmann zu holen, einen anderen diesmal, einen besseren, den besten gottverdammten Arzt im Dschungel. Doch Aristide dachte eher praktisch und meinte, sie sollten *M'sieur* lieber zu einem richtigen Arzt bringen.

Als Leo sich nach einigen Minuten so weit erholt hatte, dass er sich wieder an Grundlegendes erinnerte, zum Beispiel daran, wer Lela und Aristide waren, versuchte Aristide, ihm die Idee schmackhaft zu machen. Aber Leo wollte nichts davon wissen. Ein paar Tage später hatte er wieder einen Anfall, und dann noch einen, bis er sich beim fünften oder sechsten so heftig in die Zunge biss, dass sie ihm halb aus dem Mund hing und fürchterlich blutete. Da wartete Aristide gar nicht erst, bis er wieder zu sich kam, sondern schaffte ihn mit Lelas Hilfe in das kleine Motorboot, das zu Belle Époque gehörte, und brachte ihn nach Ndjolé. Die Krankenschwester in der Mission konnte ihm nicht helfen, aber sie hatten dort ein großes Boot und schickten Leo mit Aristide an einen Ort namens Lambaréné, zwei Stunden flussabwärts; dort gab es eine Art Krankenhaus.

Gegründet hatte es ein Kraut – oder ein Halbkraut oder so –, ein Missionar mit Namen Doktor Schnitzel. Es war nicht eben das Mount Sinai Hospital, aber für Dschungelverhältnisse nicht schlecht. Als Leo eintraf, weilte Doktor Schnitzel gerade in Europa, um Geld aus christlichen Taschen zu ziehen – die Frömmler-Hauptbeschäftigung. Aber es gab in der Klinik einen Chirurgen, der kompetent genug war, um Leos Zunge zu flicken. Er behielt ihn da, bis die Wunde so weit verheilt war, dass Leo wieder richtig essen konnte, dann schrieb er etwas auf einen Zettel und überwies ihn an einen Spezialisten in Libreville, der Hauptstadt Gabuns. Leo müsse sofort los, sagte er, die Sache sei ernst, wenn die Anfälle nicht richtig behandelt würden, bestehe Lebensgefahr.

Schon komisch, *Signore*, aber wenn Peppe Terranova miterlebt hätte, was sich in diesem Moment in Lambaréné abspielte, hätte er den Chirurgen umarmt und vielleicht sogar geküsst. Aber nicht als Rico Ginsburg und zum Dank dafür, dass er seinem Freund Leo mit vernünftigem medizinischem Rat zur Seite stand, sondern als der, der er in Wirklichkeit war, der Gangster, Terranova als Terranova. Klar, der Chirurg hatte zweifellos die besten Absichten, aber zufällig handelte er, ohne es zu ahnen, auch in Terranovas Interesse. Denn damit, dass er »Monsieur MacLane« in diese Klinik in Libreville schickte, sorgte er dafür, dass der alte Peppe die restlichen eine Million achthundertfünfzigtausend Dollar kassieren konnte, die »Trovatore« ihm mit Sicherheit nicht auszahlen würde, wenn Leo Frank ins Gras biss, bevor er nach Tonio Lupos Vorgaben fällig war.

Aristide begleitete »*M'sieur* Bernard« von Lambaréné nach Libreville, um dafür zu sorgen, dass er sich an die Anweisungen des Chirurgen hielt: erstens, dass er unterwegs nicht wieder anfing zu trinken, und zweitens, dass er auch wirklich in die Klinik ging. Um Letzteres sicherzustellen, brachte Aristide seinen Boss vom Hafen auf direktem Weg dorthin.

Ein Froschfresserarzt führte einige Tests mit Leo durch – Blut und Pisse –, er drückte da und dort, ließ ihn husten und so weiter, dann machte er ein paar von diesen komischen Sachen, die Neurologen so drauf haben: Leo musste wie ein Flamingo auf einem Bein stehen, er musste die Augen schließen und versuchen, mit dem Finger seine Nasenspitze zu berühren, und dergleichen mehr. Mit einem brandneuen Röntgengerät wurden Aufnahmen von seinen Innereien und seinem Schädel gemacht. Dann setzte man Letzterem ein paar Drähte an, um zu sehen, was darin vorging. Ein Gewitter, wenn Sie mich fragen, auch wenn die zehntägige Abstinenz seinen Kopf ein bisschen klarer gemacht hatte.

Am nächsten Morgen verkündete der Arzt die gute Nachricht: mit seinem Kopf sei zum Glück alles in Ordnung – alles bis auf die tausend Dinge, die nicht in Ordnung waren, wie wir ja bereits wissen. Die Anfälle kamen schlicht und einfach vom Trinken. Aber es gab auch eine schlechte Nachricht: Seine Leber war geschädigt, und wenn er weiter trank, würde er es nicht mehr lange machen. Doch auch in der schlechten Nachricht steckte wiederum eine gute, nämlich dass er, wenn er die Sauferei einstellte, okay sein würde. Als einziges Medikament gab ihm der Froschfresserarzt zwei Fläschchen Schlaftabletten. Immer wenn er ein unwiderstehliches Verlangen nach Alkohol verspüre, solle er eine Tablette nehmen und den Drang ausschlafen. »Sie werden schlafen wie ein *bébé*«, sagte der Arzt, was uns verrät, dass er selbst vermutlich keine *bébés* hatte, sonst hätte er gewusst, dass Babys selten musterhafte Schläfer sind.

Leo hatte die Klinik mit der Befürchtung betreten, man werde ihm eröffnen, dass er nur noch wenige Monate zu leben habe, dass er für den Rest seines Lebens ein Krüppel sein werde oder Ähnliches, und so war er in Hochstimmung, als er sie wieder verließ. Er schickte Aristide nach Belle Époque zurück und sagte, er werde noch eine Woche in Libreville bleiben. »Aber nicht trinken, *M'sieur* Bernard«, schärfte ihm Aristide beim Abschied ein, »keinen Tropfen.« »Nur eisgekühltes Sodawasser, mein Guter«, versprach Leo mit einem freundlichen Klaps. Dann nahm er sich das beste Zimmer im Hotel Prologue – für Libreville das, was das Plaza für New York war: das erste Haus am Platze.

Ich weiß nicht, ob Sie Erfahrung mit Alkis auf kaltem Entzug haben, *Signore*. Ich kann Ihnen sagen, dass all das Verrückte, was mit ihrem Körper passiert – das Zittern, das Schwitzen, die Ohnmachtsanfälle –, höchstens eine Woche anhält. Dann geht es ihnen theoretisch wieder gut. Aber wie hat ein kluger Mann einmal gesagt? »Theoretisch sind Theorie und Praxis ein und dasselbe, aber praktisch sind sie zwei Paar Schuhe.« In Leos Fall hieß das: Während der ersten Tage im Hotel Prologue ging es ihm überhaupt nicht gut. Ihm war ständig schwindlig, er fühlte sich benommen und konnte die piekfeine Umgebung gar nicht genießen. Aber dann fand er die richtige Kur. Eines Abends feierte irgendein dämlicher Froschfresser seinen Geburtstag und gab für alle Gäste in der Bar Champagner aus. Leo spielte erst noch den Tugendhaften und lehnte dankend ab, aber der Typ ließ nicht locker, und so geschah es, dass Leo, stets der Gentleman, ein Glas trank. Und dann noch eines. Und wie durch ein Wunder war der Schwindel weg!

An diesem Abend verlängerte er seine Buchung von einer Woche auf einen Monat. Seit fünf Jahren hatte er nicht mehr wie ein normaler Mensch Weihnachten gefeiert, und das wollte er jetzt tun. Wie oft hatte Lela ihm gesagt, er müsse nach Libreville und sich eine nette Mademoiselle zum Heiraten suchen! Nun war er also da. Aber er würde sich keine bestimmte Mademoiselle suchen, noch nicht. Erst einmal gedachte er sich mit möglichst vielen zu amüsieren.

Leos Eroberungsfeldzug hatte allerdings einen Haken, der ihm nicht bewusst war. In New York war er ein gutaussehender, gesitteter Mann gewesen, schlank, gepflegt, in teuren Maßanzügen elegant gekleidet. Doch wer da im Dezember 1949 im Hotel Prologue abstieg, war ein ganz anderer. Er sah eher aus wie der Michelin-Mann an einem schlechten Tag, mit kiloweise Speck am Leib und einem vom Alkohol aufgedunsenen Gesicht. Sein Bart war zu lang und von weißen Strähnen durchzogen, seine Haare waren zerzaust, seine Kleider verknittert, die obersten Hosenknöpfe standen ständig offen, und die Hemdzipfel schauten heraus, sodass man seinen behaarten und meist verschwitzten Schmerbauch sah. Kein anziehender Anblick für eine *bella signorina.* Und das Schlimmste: Er hing wieder rettungslos an der Flasche, und für Trunkenbolde haben die Damen nichts übrig. Wie zu erwarten, fiel er im Hotel mehrmals unangenehm auf, er rülpste laut und machte sich einmal sogar in der Bar an die Frau eines Gastes heran, der sich daraufhin beim Direktor beschwerte. Der, ein Froschfresser, ehemaliger Gendarmerie-Offizier, ließ nicht mit sich spaßen und sprach eine freundliche Warnung aus. Breites Lächeln, aber klare Botschaft: Wenn Sie Ihre Trinkerei nicht im Griff haben, Monsieur MacLane, dann trinken Sie bitte ausschließlich auf Ihrem Zimmer. Oder Sie müssen sich ein anderes Hotel suchen.

Leo blieb also auf seinem Zimmer und trank, nahezu nonstop, über Weihnachten und darüber hinaus. Einen Tag vor Silvester aber wachte er morgens auf und entschied, dass damit Schluss sein müsse. Er wollte das Jahr 1950 mit seinen weißen Mitmenschen begrüßen. Er wollte zu der großen Party, und er wollte sich amüsieren. So weit hinüber war er noch nicht, dass ihm nicht eines klar gewesen wäre: Er musste mehr oder weniger nüchtern sein, sonst würde ihn der Direktor nicht hineinlassen. Er dachte an den Rat des Arztes in der Klinik: Wenn Sie einen unwiderstehlichen Drang nach Alkohol verspüren, nehmen sie eine Schlaftablette. Statt gleich nach dem Aufstehen weiterzutrinken, wonach er einen ziemlich unwiderstehlichen Drang verspürte, nahm er also eine Schlaftablette. Er schlief einige Stunden, wachte wieder auf und nahm zwei weitere Tabletten. Als er am Abend erneut aufwachte, lechzte er förmlich nach Alkohol, nahm aber noch einmal zwei Tabletten und schlief bis zum Morgen des Silvestertages durch. Dann stand er auf, ließ sich ein herzhaftes Frühstück aufs Zimmer bringen und bekam natürlich wieder Lust auf einen Drink. Er rief in der Rezeption an und bat um einen Weckanruf am Abend um neun, damit er genug Zeit hatte, zu duschen und sich für die Party richtig schick zu machen. Um kein Risiko einzugehen, also nicht zu früh aufzuwachen und wieder zu saufen, nahm er diesmal vier Schlaftabletten.

Leo wachte herrlich erfrischt auf, auch ohne den Weckruf. Unten hörte er eine Band spielen, und eine leise Männerstimme sang ein französisches Liebeslied. Ah, dachte er, die perfekte Kulisse für den Auftritt von Bernard MacLane, dem Ladykiller! Singend und bester Laune stand er auf und ging unter die Dusche. Doch nachdem er sich abgetrocknet und seinen Bademantel angezogen hatte, schaute er auf die Uhr: Es war zwanzig nach drei Uhr früh. Er hatte fast achtzehn Stunden geschlafen. Der Portier, zweifellos vom Direktor dazu angehalten, hatte ihn nicht geweckt. Sie hatten sich verschworen, weil sie ihn nicht auf der Party haben wollten, diese Mistkerle!

Leo schnappte sich die Ginflasche, die er in seiner Notfalltasche aufbewahrte, und trank ein paar Schlucke, dann noch ein paar. Er platzte jetzt schier vor Energie und war wild entschlossen, sich an der hartherzigen, gefühllosen Welt zu rächen, einer Welt, die ihn verbannt, die ihn zum Ausgestoßenen gemacht hatte. Er ging zur Tür, öffnete sie und trat auf den Flur hinaus, ohne erst in seine Schuhe zu schlüpfen oder sich überhaupt anzuziehen.

Eine Minute lang feuerte er mehrere Schimpfkanonaden auf

den Portier ab, in deren Pausen ihn der arme Mann zu beruhigen suchte – er habe sehr wohl angerufen, und als niemand abnahm, habe er sogar einen Pagen hinaufgeschickt; der habe sich Sorgen gemacht, als sich auf sein Klopfen nichts rührte, und schließlich das Zimmer betreten, wo er Leo wie ein Walross schnarchend vorgefunden habe – »wie ein Walross« sagte der höfliche Mensch natürlich nicht.

Im Restaurant, das für den Silvesterabend zum Ballsaal umfunktioniert worden war, harrten noch zehn, zwölf Gäste aus. In einer Ecke spielte die Band, zwei Paare tanzten. Die Ober hatten diskret aufzuräumen begonnen. Der Maître d'Hôtel stand abseits und entspannte sich nach dem anstrengenden Abend.

Da platzte Bernard MacLane herein.

Er passierte einen Tisch, an dem ein Ehepaar mittleren Alters saß, griff sich die Champagnerflasche aus dem silbernen Kühler und stürzte ein paar Schlucke hinunter, gurgelte mit einem weiteren Schluck und spuckte den Rest in den Kühler. Dann strebte er der Tanzfläche zu. Als ihn die Bandmitglieder herankommen sahen, versiegte die Musik nach und nach wie ein Aufziehspielzeug, das zum Stillstand kommt. Als Letztes verstummte die Trompete mit einem Laut wie ein verunglückter Furz. Leo sprang aufs Podium und riss dem Sänger mitten in einer drittklassigen Maurice-Chevalier-Darbietung das Mikrofon aus der Hand.

Einige Gäste schnappten nach Luft, dann blieb es einen langen Moment still, und die Leute – die meisten hatten ebenfalls einiges intus – versuchten, die Situation zu erfassen: Ein wild zerraufter bärtiger Fettwanst im Bademantel starrte wütend auf sie herab und atmete schwer ins Mikrofon.

»SO!!!«, brüllte Leo plötzlich. »SO, ihr erbärmlichen Möchtegern-Froschfresser! Ihr habt ohne mich angefangen, ja? Und ihr wolltet die Party auch ohne mich beenden, ja? Aber Onkel Bernard hat euch SOOOO lieb, dass er nicht versäumen wollte, euch bei diesem freudigen Anlass zu sehen und euch von ganzem Herzen alles Gute zu wünschen.« Und dann schrie er ins Mikrofon: »FUCK you, alle miteinander!!!«

Damit öffnete er seinen Bademantel und präsentierte, womit ihn die Natur für derlei Zwecke ausgestattet hatte. Eine Dame kreischte, ein paar Gäste sprangen auf und liefen zum Ausgang. Der Maître d'Hôtel eilte, nachdem er den ersten Schock überwunden hatte, entschlossenen Blickes über die Tanzfläche und auf das Podium zu. »Monsieur MacLane«, sagte er im Näherkommen, »Monsieur MacLane, bitte!« Doch als er fast bei Leo angelangt war und sein Gesicht sich etwa auf gleicher Höhe mit dessen entblößtem Schwanz befand, griff Leo nach dem Mikrofonständer und schwang ihn durch die Luft. Der schwere Fuß traf den Maître d'Hôtel am Arm, und der arme Kerl ging aufheulend zu Boden. Zwei Ober eilten herbei und schleiften ihn in Sicherheit.

»Will sonst noch jemand mit meinem kolossalen Schwinger Bekanntschaft machen?«, brüllte Leo. »Ist sonst noch ein SCHEISSKERL im Saal, der mir mein unveräußerliches Recht verweigern will, zu dieser Versammlung von ARSCHLÖCHERN zu sprechen?« Er brach in lautes Gelächter aus, wie der böse Geist in einem Horrorfilm.

Die meisten noch anwesenden Gäste hatten inzwischen die Flucht ergriffen, nur ein paar stärker Betrunkene waren geblieben, zweifellos, um das Schauspiel zu genießen – eine große Versuchung, wie man ihnen zugutehalten muss, *Signore*, in einer Stadt, in der in Sachen Showbusiness so wenig geboten war.

Mittlerweile hatte man einen der Ober zum Direktor geschickt, doch bis der eintraf, hielt Leo eine hochinteressante Rede.

Sie erwuchs aus seinem sardonischen Geistergelächter, und er hielt sie auf Englisch, der Sprache seines Herzens. Und so lautete sie in etwa:

»Ha ha ha! Ha ha HA HA!!! Hört euch das an!!! Habt ihr gehört, was dieser Möchtegern-Maître gesagt hat, ihr weißärschigen, Provinzneandertaler? Habt ihr mitgekriegt, wie dieser gottverdammte Hanswurst mich genannt hat? Monsieur MacLane hat er mich genannt, der Trottel! MONSIEUR MacLANE! HA HA HA HA HA!!! HA HA HA HA HA HA HAAAAAAA!!! Ich will dir was sagen, du diplomierter Tischabräumer, du Maître de Shit! Ich heiße gar nicht so! Weißt du, wie ich IN WIRKLICHKEIT heiße, du ARSCHLOCH? Wisst ihr, wer ich WIRKLICH bin, ihr gottverdammten zermatschten *fifis*?«

Keiner der Anwesenden schien zu wissen, wer der Wahnsinnige war, der da zu ihnen sprach.

»Aaah!« Leo kratzte sich genussvoll seine verschwitzten Eier. »Aaaaa-AAAAH … Das wisst ihr nicht, was? Aber jetzt ist der Moment gekommen, euch aufzuklären, Kinder, so unwürdig ihr dieser GRANDIOSEN OFFENBARUNG auch seid! JA!!! Ihr alle, die ihr in Finsternis lebt, sollt erfahren, wen ihr die EHRE habt, vor euch zu sehen, in all seiner Pracht und MAJESTÄT!«

Leo warf seinen Bademantel ab, der ohnehin nicht viel bedeckt hatte, knüllte ihn zusammen und schleuderte ihn strippermäßig einem armen Kerl am nächststehenden Tisch an den Kopf. Splitternackt fuhr er fort:

»Ihr sollt wissen, ihr alle, dass ich, der ich hier zu euch spreche, der GROSSE, DER UNVERGLEICHLICHE LEONARD FRANK aus New York City bin!!!«

Auf diese Enthüllung erfolgte keine Reaktion, kein »Ooooh«, kein »Aaaah«, keine der Damen fiel in Ohnmacht oder verlangte nach ihrem Riechsalz. Das enttäuschte Leo ein wenig, und er brüllte noch einige Male seinen Namen hinaus.

»LEONARD FRANK! LEONARD FRANK! LEONARD FRANK!!! HA HA HA HA! HA HA HA HA HAAAA!!!!!!«

Inzwischen war der Hoteldirektor erschienen und hatte sein Einsatzkommando um sich gesammelt. Sie griffen in halbkreisförmiger Formation an, vier Ober packten Leo, und zwei weitere warfen eine Decke über ihn, sodass sein »Ha ha haaaa« zu einem erstickten »Aaaaa-AAAARGGGGGHHH!« verkümmerte. Sie trugen ihn durch das Restaurant, durch die Lobby, ein paar Stufen hinunter und in einen rasch herbeigerufenen Krankenwagen. Während dieses Schnelltransports schrie, trat und schimpfte der in der Luft schwebende Leo unentwegt weiter, aber vor allem rief er unter der Decke hervor seinen Namen, wieder und wieder:

»LEO FRANK! LEO FRANK!!! LEEEOOO FRAAAAANK, IHR GOTTVERDAMMTEN WICHSER!!!«

Den Gästen des Hotels Prologue, die dem »unseligen Vorfall auf der Silvesterparty«, wie der Direktor es formulierte, beigewohnt hatten, räumte man großzügige Rabatte auf ihre Rechnungen ein, wobei man auch ihre moralische Entrüstung berücksichtigte – je größer die moralische Entrüstung, desto höher der Rabatt. Der Maître d'Hôtel, der sich bei der Aktion den Arm gebrochen hatte, erhielt eine nette Entschädigung, nachdem er sich bereit erklärt hatte, von einer Anzeige abzusehen.

Am nächsten Tag packte der Direktor höchstpersönlich Leos Sachen und brachte sie in die Klinik, in die er eingewiesen worden war. Zwei der Ober, die sich beim Angriff auf diesen Albtraum von einem Gast besonders hervorgetan hatten, begleiteten ihn. Bei Leos Anblick stellte er jedoch fest, dass er keine Bodyguards gebraucht hätte. Der Kerl saß lammfromm, ordentlich angezogen und aufbruchbereit im Büro der Klinik. Der Arzt unterschrieb ein Papier, auf dem als Grund der Einweisung eine »Alkohol-induzierte Vergiftung« angegeben war, stempelte es ab und reichte es Leo. Dies sei, erklärte er, keine, er wiederhole: *keine* Entlassung, sondern eine Überweisung an Doktor Schnitzel in Lambaréné, der ihn ja hierhergeschickt habe. Der Direktor sah sich das Papier an. Mit einem Blick, der besagte »Nehmen Sie sich von jetzt an bloß in Acht, Mister, sonst ...«, fragte er Leo, ob der »Name Bernard MacLane in dem Dokument in seinem Sinne« sei. Ja, ja, klar sei er das, murmelte Leo. Darauf ließ ihn der Direktor eine Reihe von Schecks ausstellen: für seine Hotelrechnung inklusive Materialschäden, für Trinkgelder, Entschädigungszahlungen an diverse Angestellte, ob verletzt oder unverletzt, für Serviceleistungen und zugesicherte Diskretion.

Nach Unterzeichnung der Schecks hielt er Leo die Tür auf, verbeugte sich und sagte auf Französisch:

»*Aprä wuh*, Monsieur MacLane!«

Die beiden Ober brachten unentwegt lächelnd und unter Bücklingen Leos Sachen zum Hafen. Den Kapitän des kleinen Passagierschiffs nach Port-Gentil hatte der Direktor gebeten, sich ganz besonders um Monsieur MacLane zu kümmern, einen hochgeschätzten Stammgast des Hotels Prologue. Das erwies sich jedoch als unnötig, denn kaum war Leo an Bord, nahm er zwei Schlaftabletten und schlief die Nacht durch.

Als das Schiff am Morgen in Port-Gentil anlegte, übergab ihn der Kapitän, wie angewiesen, an Aristide, den der Direktor telegrafisch verständigt hatte. Aristide brachte ihn geradewegs auf das Flussschiff, dessen Kapitän sich bereit erklärt hatte, ihn bereits einige Stunden vor Auslaufen an Bord zu nehmen. Da Leo jedoch im Moment keine Lust verspürte, sich mit dem Kapitän oder sonst jemandem anzufreunden, schluckte er wieder zwei Tabletten und verschlief die Fahrt den Ogooué hinauf. In Lambaréné angelangt, führte Aristide den verschlafenen, stolpernden Leo das Fallreep hinunter und brachte ihn ins Krankenhaus von Doktor Schnitzel, der offenbar von seiner Betteltour zurück war, momentan aber wegen eines Notfalls in irgendeinem Dorf weilte und Leo erst am nächsten Tag würde sehen können.

Leo saß eine Weile allein in dem Raum, in den man ihn gebracht hatte. Er bat um einen Stift, Papier und einen Umschlag und schrieb eine Nachricht an den einzigen Freund, den er auf der Welt noch hatte. Mit einem großzügigen Trinkgeld und der Bitte, den Brief aufzugeben, reichte er ihn einem kleinen Jungen, der gerade am Fenster vorbeiging.

Dann öffnete er seinen Koffer und nahm die beiden Schlaftablettenfläschchen heraus. Den Rest des ersten kippte er sich in den Mund, hob das Glas Wasser, das neben seinem Bett stand, und betrachtete sich in dem kleinen Spiegel.

»Bernard MacLane ist tot«, sagte er. Und dann: »Lang lebe Leo Frank.«

Er leerte das Glas. Dann öffnete er das zweite Fläschchen, schüttete so viele Tabletten wie nötig in seine Handfläche, stopfte sie sich in den Mund und begann zu kauen, ganz langsam, so lange, bis sie zu einer breiigen Masse geworden waren, die nach und nach aus seinem Mund die Speiseröhre hinab und in seinen Magen rann.

Ende 1943 hatte »Freund Rico« seinen »Freund Leo« in Cayenne auf den Frachter gebracht, und seitdem hatte er Newport nicht mehr verlassen. Er lebte dort nonstop seinen Alltag als »Mr. Terranova, der gesetzestreue Familienmensch«, einen Alltag, der im Lauf der Jahre einige höchst erfreuliche Unterbrechungen erfuhr, als sein Sohn Guglielmo heiratete und vier weitere Enkelkinder geboren wurden. Terranova war *nonno* geworden, Großvater, das erste Mal schon, bevor er mit Leo nach Havanna gereist war: Seine Tochter Renata hatte Chuck geheiratet, einen Automechaniker aus Newport, und den kleinen Billy zur Welt gebracht. Ein Jahr nach Terranovas Rückkehr aus Südamerika hatte Guglielmo ihn und Ekaterina doppelt glücklich gemacht, als er Alessandra heiratete, eine nette Italienerin, die ihm in den folgenden Jahren zwei Söhne schenkte, Giuseppe und Guido. Dann waren noch Renatas Marianna und die kleine Stella dazugekommen. Terranovas jüngste Tochter Maria-Teresa war nicht verheiratet – noch nicht. Von Anfang an Einserschülerin – sie habe seinen Verstand geerbt, schmeichelte sich ihr Dad, zumindest die guten Anteile –, war sie nach der Highschool mit einem Vollstipendium an eine erstklassige Universität gegangen, hatte mit einem halben Dutzend Preisen ihren Abschluss gemacht und studierte jetzt im zweiten Jahr an einer ebenfalls erstklassigen medizinischen Hochschule in New York. Terranova träumte schon von dem Tag, an dem er von ihr als »meine Tochter, die Ärztin« würde sprechen können. Die andere Hälfte seiner Tarnung als »Mr.

Terranova, der gesetzestreue Familienmensch«, das Restaurant, ging blendend, vor allem seit Guglielmo dort kochte. Die Komplimente der Gäste über das ausgezeichnete Essen erfüllten seinen *papà* täglich von Neuem mit Stolz.

Trotz »Tarnung«, »Maske«, »Deckmantel« oder wie immer man es nennen mag, füllten Familie und Arbeit Terranovas Leben fast vollständig aus. Sein eigentlicher Job, die Durchführung der letzten Phase von Lupos *maledizione*, nahm kaum noch Zeit in Anspruch. Das Wenige, was nötig war, tat er natürlich. Er kaufte weiterhin jeden Morgen das *Providence Journal* und schlug als Erstes den Anzeigenteil auf. Doch auch den überflog er nur noch, denn von »Trovatore« war keine Nachricht zu erwarten, nicht bevor es für Leo Frank Zeit wurde zu sterben und für Terranova, sein Geld einzustreichen. Er sah die Inserate vor allem nach interessanten alten Möbelstücken durch, für die Ekaterina neuerdings ein Faible hatte. Außerdem hielt er sich über die Immobilienpreise in der Gegend auf dem Laufenden, weil er für jedes seiner Kinder ein Haus zu kaufen gedachte, wenn nach Erfüllung seiner Mission der letzte und größte Teil seines Honorars fällig wurde. Dann blätterte er weiter zum Sportteil, denn obwohl er schon so lange nicht mehr in Brooklyn lebte, war er noch immer ein großer Dodgers-Fan.

Ansonsten bestand seine einzige Aufgabe im Rahmen der Mission darin, Leos Briefe zu lesen und zu beantworten, die er über die sichere Adresse in Detroit erhielt, den »Puffer« zwischen »Ginsburg« und seiner wahren Identität. Schon komisch, *Signore*: Nach ein paar Jahren hatte er sich so daran gewöhnt, dass er, wenn er sich zum Lesen oder Schreiben hinsetzte – was anfangs ziemlich oft der Fall war –, praktisch vergaß, dass er der Killer war und der Mann, der ihm oder dem er schrieb, das zukünftige Opfer. Für diese kurze Zeitspanne wechselte er, ohne weiter darüber nachzudenken, gewissermaßen sein Ich.

Vorübergehend sein Ich zu wechseln ist keine große Sache, es ist nicht anders, als wenn man sein Hemd wechselt: Man zieht es an und später wieder aus. Und da Terranova das immer häufiger tat, da er immer öfter in die Rolle von Freund Rico und wieder heraus schlüpfte, wurde es ihm so selbstverständlich, dass er sich einen Moment lang fragte: »Hab ich das wirklich geschrieben?«, wenn er einen seiner früheren Briefe an Leo – er bewahrte stets Durchschläge davon auf – noch einmal las, um das eine oder andere Detail im Leben seines falschen Ichs zu checken, damit sich in seiner Antwort auf Leos letzten Brief keine Widersprüche einschlichen. Am meisten überraschte ihn nicht sein Geschick, den richtigen Ton zu treffen, sondern dass es ihm manchmal so vorkam, als sei dieser andere, dieser Rico Ginsburg, ein realer Mensch, der mit ihm den Körper teilte, aber einen eigenen Kopf hatte.

Er führte das auf das hohe Niveau zurück, das er in seinem Job zu wahren suchte. Wie hatte es ein Schauspieler ausgedrückt, den er einmal im Radio gehört hatte? Um eine Rolle wirklich gut zu spielen, hatte dieser Marlon Brando gesagt, müsse man die Figur, die man spiele, auch *sein.* Aber so wie ich es heute sehe, *Signore*, war es bei Terranova nur die Macht der Gewohnheit. Denn die Gewohnheit ist ein unerbittlicher Tyrann, unerbittlicher vielleicht als irgendetwas sonst in unserem stumpfsinnigen Leben, vor allem deshalb, weil sie so raffiniert ist, weil sie uns beherrscht, ohne dass wir es merken: Sie zwingt uns ihren Willen auf, und wir halten ihn irrigerweise für unseren eigenen. Manchmal kann dieser Tyrann auch ein Ich – oder mehrere kleine Ichs – in uns Gewohnheitstieren hervorbringen, kleine Ichs, die ein Eigenleben führen, ohne dass das große Ich, unser sogenanntes »wahres Ich« weiter Notiz davon nimmt. So lebte in Terranova auch dieser »kleine Ginsburg«. Terranova beabsichtigte Leo Frank zu töten, der »kleine Ginsburg« aber war Leos bester Freund. Kein Konflikt.

Mit dieser friedlichen Koexistenz zwischen Terranova und dem »kleinen Ginsburg« war es gegen Ende der 1940er Jahre jedoch vorbei, als in Leos Briefen deutliche Anzeichen seines Niedergangs auftauchten. Die Briefe wurden immer seltener, immer kürzer und immer unverständlicher. Die Schrift war ausgeufert, und manchmal stieg von dem Papier sogar einen Hauch *bacche di ginepro* – Gin – auf. Da nahm Terranovas großes Ich, sein Terranova-als-Terranova-Ich, das Heft wieder in die Hand, und der »kleine Ginsburg« wurde allmählich in die ihm angemessene Rolle einer *marionetta* zurückgedrängt. Die Fäden hielt ihr Meister fest in der Hand, sie selbst musste sich mit dem Part des gehorsamen Dieners bei der Umsetzung von Terranovas Plan begnügen. Der Alkoholkonsum von Frank-Bruder Nummer drei machte Terranova große Sorgen. Zwar wusste er, dass es ungeheurer Anstrengung bedarf, sich vor dem zweiundvierzigsten Lebensjahr zu Tode zu trinken, aber ein Alkoholiker ist natürlich anfälliger gegen Krankheiten und Unfälle. Je mehr Leo auf sich achtete und je weniger er trank, desto besser. Entsprechende Ratschläge ließ Freund Rico in seine Antwortbriefe an Freund Leo einfließen.

Doch Leos Zustand verschlimmerte sich allmählich – schnell-allmählich. Und als seine Besessenheit durch das *fifi*-Buch begann – er bat Freund Rico, es ebenfalls zu lesen, weil es, wie er schrieb, »eine wichtige Botschaft über die Natur des Menschen« enthalte –, sahen seine Briefe bereits aus, als hätte eine *fifi* sie geschrieben, als wäre eine Kakerlake Tinte pinkelnd auf dem Papier hin und her gekrabbelt. Gewissenhaft, wie er war, fuhr Terranova nach Providence und kaufte sich diese »Verwan-soundso« – zu seiner Überraschung kannte man sie in der Buchhandlung nicht nur, sondern hatte sie auch vorrätig. Noch am selben Abend las er das Buch im Bett, getarnt mit dem Sportteil des *Providence Journal*, damit Ekaterina nichts merkte. Nun machte er sich ernsthaft Sorgen. Wen wundert's? Behauptete Leo Frank doch, diese offensichtlich von einem Verrückten geschriebene Geschichte über einen Mann, der sich in eine Kakerlake verwandelt, enthalte »eine wichtige Botschaft über die Natur des Menschen«! Was zum Teufel sollte das für eine Botschaft sein? Dass man sich häufiger waschen müsse als vorbeugende Maßnahme, um sich nicht über Nacht in eine Kakerlake zu verwandeln, oder gar, dass man sich vor dem Schlafengehen mit DDT einsprühen müsse? Nein. Die einzige Botschaft, die Terranova in dem Buch entdecken konnte, betraf Leos persönliche Natur: Der Kerl war nicht mehr ganz richtig im Kopf.

Was, wenn Leo Frank plötzlich durchdrehte, komplett und ohne Vorwarnung?, fragte sich Terranova beunruhigt. Ja, was würde passieren, wenn er eines Morgens zu der Überzeugung gelangte, er sei eine Kakerlake oder auch eine Zecke – warum nicht? –, und losging, um sich vom Blut eines Panthers zu ernähren, den er vielleicht für eine übergroße *gatto* hielt, eine »Gabun-Katze«? Wer würde dann das Resthonorar für die Liquidierung von Frank-Bruder Nummer drei kassieren? Der Panther sicher nicht. Und Terranova, genauso sicher, auch nicht.

Noch mehr Sorgen als der Inhalt von Leos Briefen machte ihm der Umstand, dass sie nur noch so selten kamen. Anfangs war er darüber fast froh gewesen, weil er sich nicht mehr ständig überlegen musste, was er zurückschreiben sollte, weil er keine »Nachrichten aus Ricos Privatleben« mehr erfinden und sich nicht mehr zur »Natur des Menschen« äußern musste und so weiter. Mitte 1949 aber näherten sich seine Sorgen der Alarmstufe Rot: Der Strom der Briefe aus Afrika war nahezu versiegt, es kam höchstens noch einer pro Monat, im September und Oktober gar keiner und Anfang November nur ein paar kurze, nebulöse Zeilen, so unleserlich war die Schrift und so unverständlich das Wenige, was man entziffern konnte. Da entschloss sich Terranova, nach Afrika zu reisen, um sich vor Ort ein Bild von Leos Zustand zu machen. Nur die Weihnachtszeit wollte er noch abwarten, und so versammelte er an Weihnachten die ganze Familie um sich, Kinder, Ehepartner und Enkel – darauf wollte er wegen dieses Irren in Afrika nicht verzichten.

Mitte Januar aber, als er schon seine Koffer packte, um nach New York und von dort aus nach Gabun zu reisen, kam wieder ein Brief von Leo. Als Terranova den Umschlag sah, seufzte er erleichtert auf – zu früh, wie sich sogleich herausstellte. Während er las, ging sein Seufzen in ein Stöhnen über. Es waren nur zwei Zeilen: *Mein liebster Freund, es tut mir leid, aber ich kann so nicht weiterleben. Es ist besser, wenn ich tot bin. Danke für alles. Leb wohl.*

»*Che cazzo*!«, sagte Terranova zu sich selbst. »Der Idiot hat sich umgebracht!« Er besah sich die Briefmarke. Sie war nicht in Ndjolé abgestempelt, sondern in einem Ort namens Lambaréné. Der Brief war eine Woche unterwegs gewesen.

Er steckte den Brief ein, damit Ekaterina ihren Mann nicht in dieser Verfassung – total neben sich, was bei ihm ganz ungewöhnlich war – sehen und ihm Fragen stellen konnte. Er ging ans Meer und blickte in die Wellen, was normalerweise eine beruhigende Wirkung auf ihn ausübte. Nachdem er eine halbe Stunde die Wellen betrachtet hatte, zuckte er mit den Schultern und sagte zu sich selbst: »Das war's dann wohl mit den neuen Häusern für die Kinder.« Er machte kehrt und ging auf die Post, um eine Annonce ins *Providence Journal* zu setzen, damit »Trovatore« Verbindung mit ihm aufnahm. Tonio Lupos Wachhund, wo immer er sich aufhielt, würde nicht eben erbaut sein über die Nachricht, dass Frank-Bruder Nummer drei vorzeitig gestorben war und die *maledizione* nun nicht mehr nach den Vorgaben des Don vollstreckt werden konnte. Aber ihn, Terranova, konnte er nicht dafür verantwortlich machen. Sein Job war es schließlich gewesen, Leo im Alter von zweiundvierzig Jahren zu töten, und nicht, bis dahin für sein Wohlergehen zu sorgen.

Als er das Postamt betrat, kam ihm Louie entgegen, der Briefträger seines Bezirks.

»Hey, Peppe, alter Freund«, sagte Louie lachend, »da kann ich mir ja den Weg zu euch sparen!«

Er gab ihm den Umschlag, den er in der Hand hielt, einen Eilbrief von dem Mann, der sich um Terranovas sichere Adresse in Detroit kümmerte. Terranova verließ das Postamt, öffnete ihn und fand darin in einem weiteren Umschlag ein Telegramm:

IHREM LIEBEN FREUND MONSIEUR MACLANE GEHT
ES GUT STOPP SO GOTT WILL WIRD ER SEHR BALD
GANZ GENESEN SEIN UND IHNEN AUSFÜHRLICH
SCHREIBEN STOPP MIT FREUNDLICHEN GRÜSSEN
SCHWESTER HERMINE DUCLOS

Na, dachte Terranova, dann wird es ja doch noch etwas mit den Häusern für die Kinder!

Das Telegramm war am selben Ort aufgegeben worden wie Leos Selbstmordnachricht. Offenbar hatte eine gute Seele Leo im letzten Moment den Klauen des Todes entrissen, vielleicht diese »Schwester«, eine Nonne vermutlich. Sein »lieber Freund« würde bald wieder »ganz genesen sein«, sodass er ihm persönlich und »ausführlich« würde schreiben können. (Das war die einzige schlechte Nachricht.) Terranova war unschlüssig: Sollte er trotzdem nach Afrika fliegen, um zu sehen, wie es dem Mistkerl ging? Nachdem Leo ein Mal versucht hatte, sich umzubringen, konnte er es auch ein zweites Mal versuchen. Die Sache wollte reiflich überlegt sein.

Doch als eine Woche später ein langer Brief von Leo selbst eintraf, ebenfalls in Lambaréné abgestempelt, entschied sich Terranova dagegen. Leos Schrift war wieder so normal wie in seinen ersten Jahren in Afrika – etwas zittrig vielleicht, aber gut leserlich –, und auch der Stil zeigte die frühere Vollkommenheit.

Und jetzt, *Signore*, habe ich eine Überraschung für Sie, eine Art Extra-Leckerbissen nach unserem schönen Abendessen ... Äh, nein, kein Dessert, tut mir leid. Sie sind ein Schleckermaul, was? Also, wenn Sie wollen – ich habe noch die *baci perugina*, die ich an der *autostrada* gekauft habe. Möchten Sie einen? ... Nein? ... Wirklich nicht? ... Nein. Mein Leckerbissen für Sie hat etwas mit unserer Geschichte zu tun. Hier ist er: Statt Ihnen zu erzählen, was Leo Frank an Freund Rico geschrieben hatte, lese ich Ihnen den Brief vor ... Na, kommen Sie, tun Sie nicht so überrascht, *Signore*. Sie haben doch sicher längst gemerkt, dass ich jemanden gekannt haben muss, der persönlich in die Sache involviert war, sonst könnte ich ja nicht so viele Einzelheiten wissen. Wieso sollte ich also nicht auch ein kleines Andenken daran besitzen?

Moment, ich hab den Brief doch irgendwo in meiner Tasche ...

Ah, da ist er! Und Sie möchten wirklich keinen von den *baci*? Die sind echt lecker, mit Haselnüssen drin! ... okay, okay, wie Sie wollen.

Sehen Sie hier, ganz oben: Der Brief wurde am 3. Februar 1950 in Lambaréné geschrieben. Also:

Mein liebster Freund Rico,

bitte verzeih mir, wenn Dir meine verzweifelten Zeilen von vor einigen Wochen Kummer bereitet haben. Ich hoffe, Deine Freude über das Telegramm, das dir Schwester Hermine wenige Tage später auf meine Bitte hin geschickt hat – ich war noch nicht imstande, Dir zu schreiben –, hat Dich ein wenig für Deine Trauer entschädigt. (Da hört man den College-Absolventen heraus, nicht wahr, *Signore*? Was für eine schöne Sprache!)

Und es gibt noch mehr, wofür ich mich entschuldigen muss. Meinen Briefen der letzten Jahre wirst Du entnommen haben, dass ich nicht gerade in bester Verfassung war. (Allerdings, das hatte Freund Rico gemerkt.) *Leider – und doch unendlich erleichtert – muss ich gestehen, dass einige dieser Briefe unter erheblichem Alkoholeinfluss geschrieben wurden.* (Was du nicht sagst, Leo, alter Kumpel!) *Peinlicherweise kann ich mich deshalb kaum noch erinnern, was ich geschrieben habe. Aber das ist vielleicht ganz gut so, denn das meiste war zweifellos einem Gehirn entsprungen, das unter diesem schrecklichen Einfluss stand. Der Alkohol übte eine verderbliche Wirkung auf mich aus, aber noch schlimmer war etwas anderes, nämlich jenes Gefühl, das meine Seele so lange verdunkelt hat: die VERZWEIFLUNG.* (Das Wort ist in Großbuchstaben geschrieben.) *Glücklicherweise aber kam der allbarmherzige Gott* (ups!) *in meiner Finsternis zu mir* (noch mal ups) *und ließ mir durch einen Engel Seine Gnade zuteil werden. Doch dieser Engel war kein asomatisches Wesen* (Terranova musste eigens in die Bibliothek, um nachzuschlagen, was »asomatisch« bedeutet). *Nein. Sie ist ein ganz normaler Mensch, ein Mensch wie du und ich: Schwester Duclos, die so freundlich war, Dir zu telegrafieren. Wie durch ein Wunder* (das ist unterstrichen), *so würde ich es nennen, war sie erst eine Woche zuvor nach Lambaréné gekommen, um als Krankenschwester in diesem gesegneten Hospital zu dienen. Gegründet hat es der größte Heilige unserer Zeit, Doktor Albert Schweitzer …*

Ah, verdammt, *Signore*, genau! Schweitzer, so hieß der Kraut! »Schnitzel!« – was hatte ich da nur im Kopf? Mein Gehirn verwandelt sich wohl doch allmählich in *zabaglione*!

Wie auch immer. Den Rest lese ich Ihnen nicht mehr vor, der ist stinklangweilig, wie das meiste, was Leute schreiben, die auf die aberwitzige Idee kommen, der liebe Gott interessiere sich plötzlich für sie ganz persönlich. Leo teilt seinem Freund Rico dann nur noch das Wichtigste mit: Irgendwann habe ihn seine Trinkerei »in ernsthafte Schwierigkeiten gebracht« und er habe versucht, sich das Leben zu nehmen, »eine Verzweiflungstat«, schreibt er – für die *padres* scheint Selbstmord eine schwere Sünde zu sein. In letzter Minute habe ihm dieses Engelwesen, das ihm zweifellos der Herr genau im richtigen Moment mit einem Teller Minestrone gesandt habe, das Leben gerettet.

Einige Tage später kam ein weiterer Brief im selben Stil, der Terranova klarmachte, dass eine Reise nach Afrika reine Zeitverschwendung gewesen wäre. Der Engel und dieser Doktor kümmerten sich äußerst kompetent um Leo, zumal er seine Absicht bekundet hatte, eine Weile in Lambaréné zu bleiben und »im Krankenhaus mitzuhelfen«. (Wobei, fragte sich Terranova, beim Leeren von Bettpfannen?) Er schrieb jetzt wieder häufig, zu häufig für Terranovas Geschmack, und zu ausführlich. Einmal legte er ein Foto von sich bei, auf dem er, proper und mit einem strahlenden Lächeln, neben diesem Doktor Schn…weitzer stand, einem Doppelgänger von Albert Einstein übrigens mit seinem weißen Schnauzbart und dem schlechten Haarschnitt und so.

Leo schrieb nun alle seine Briefe an Freund Rico in diesem neuen Gott-ist-mein-bester-Freund-Stil. Mit der Zeit ödeten sie Terranova dermaßen an, dass er daran dachte, Freund Leo – beziehungsweise Freund Bernard, wie er ihn in seinen Briefen an ihn nannte – daran zu erinnern, dass Freund Rico Jude war und den ganzen erhabenen christlichen Kram nicht verstand. Er ließ es jedoch bleiben, denn es hätte ja sein können, dass Leo ihn dann bekehren wollte und ihm noch öfter schrieb. Doch da er sich theologisch nicht auf sicherem Terrain bewegte, erfand er auch für Freund Rico eine Art Engel und begann von seiner neuen Liebe zu berichten. Nur dass es in seinem Fall keine wohltätige Froschfresser-Missy war, die ihn auf den Pfad der Tugend führte, sondern eine sexy Schneiderin namens Monica in Chicago, vermeintliche Witwe eines Antifaschistenfreundes, mit der er, Rico, neuerdings ausgehe; richtig scharf sei er auf sie, er denke sogar an Heirat.

So langweilig Leos Briefe waren, so beruhigend waren sie für Terranova – vielleicht gerade deshalb. Irgendwann brauchte er sie dann nicht einmal mehr zu lesen. Erhielt er einen über die sichere Adresse in Detroit, überflog er ihn nur kurz nach Wörtern, die auf einen Ortswechsel hindeuten konnten. Fand er keine – es gab keine –, sparte er sich den Rest.

Im Oktober 1950 schrieb Leo, dass er den Engel geheiratet habe. Terranova als Freund Rico freute sich riesig, gratulierte seinem »lieben Freund« herzlichst und wünschte ihm alles erdenkliche Gute. Aber auch als Terranova freute er sich, zumal er einige Briefe später erfuhr, dass Leo mit seiner Gattin nach Belle Époque zurückwollte, wenn auch natürlich nicht zu seinem früheren »unwürdigen Dasein«. Mitnichten. Er als der gottesfürchtige Mensch, der er nun war, und der Engel, nunmehr offenbar seine hauseigene spirituelle Vollzeit-Führerin, wollten »Doktor Schweitzers Lehre vom Dienst an Gott durch Dienst am Menschen umsetzen« und die Villa in ein Waisenhaus umwandeln – »Heim der Liebe« sollte es heißen. Für Terranova kam das geradezu einer schriftlichen Garantie gleich, dass Frank-Bruder Nummer drei in seiner neuen Inkarnation als »Bernard MacLane, der Fromme«, oder was auch immer, geistig und körperlich gesund und zudem ortsfest bleiben würde, bis er reif war für seine Beseitigung. Hervorragend!

Anfang März 1951, als Terranova wie jeden Tag die Anzeigen im *Providence Journal* durchging, blieb sein Blick sozusagen mitten in der Luft hängen. Seine Augen waren über das Inserat hinweggeglitten und weitergewandert, und erst als er zum Sportteil weiterblättern wollte, realisierte er, was er gesehen hatte. Seine Augen sprangen zurück, blitzschnell, wie die Katze in dem Zeichentrickfilm, Sie wissen schon, wenn sie in Panik zum Rand des Abgrunds zurückstrebt, nachdem sie geistesabwesend darüber hinaus spaziert ist und ein paar Schritte in der Luft gemacht hat. Da war es: ein Inserat mit dem Namen »Trovatore« darunter. Und es war eindeutig sein, Terranovas, »Trovatore«, denn das Inserat sah genauso aus wie die nach Al Franks und Nick Franks Ermordung. Auch hier wurde »Nabucco« aufgefordert, zu einer bestimmten Zeit eine bestimmte Nummer anzurufen, beides wie gewohnt verschlüsselt.

Das kam völlig überraschend. Außer der Beseitigung von Frank-Bruder Nummer drei, wenn es so weit war, gab es nichts, worüber »Trovatore« und »Nabucco« sich hätten verständigen müssen, sie waren schließlich keine Kumpels, die ab und zu ein Bier zusammen tranken oder zum Bowling gingen oder so. Was zum Teufel wollte der Kerl von ihm, drei Jahre vor der Zeit?

Gemäß den verschlüsselten Angaben in der Annonce fand sich Terranova um 21:42 Uhr in der malerisch am Meer gelegenen Telefonzelle außerhalb von Newport ein und ließ sich mit einer Nummer in Chicago verbinden.

»Es gibt eine Planänderung«, sagte die Stimme am anderen Ende, nachdem sie die entsprechenden Parolen ausgetauscht hatten, bis ins Kleinste so, wie Tonio Lupo es zweiunddreißig Jahre zuvor festgelegt hatte. Nur war es jetzt eine andere Stimme, die zwar an den »Trovatore« der früheren Telefonate erinnerte, aber wesentlich jünger klang.

»Sie müssen dem dritten Kunden die Ware früher liefern als geplant«, sagte sie.

»Wie viel früher?«, fragte Terranova.

»Viel früher. Umgehend.«

Das bedeutete, dass Leo Frank mit neununddreißig statt mit zweiundvierzig Jahren getötet werden sollte. Terranova gefiel das nicht.

»Keinen Tag früher und keinen Tag später, *figlio mio*«, hatte

Don Tonio gesagt, als er ihm seine Mission übertragen hatte. Er dachte einen Moment nach und fragte dann:

»Warum diese Änderung?«

Der Besitzer der Stimme dachte ebenfalls einen Moment nach.

»Das geht Sie nichts an«, antwortete er dann.

»Und ob mich das was angeht«, gab Terranova zurück, diesmal ohne erst nachdenken zu müssen. »Ich habe meine Anweisungen, und das gehört nicht dazu.«

»Und ich habe *meine* Anweisungen, die setzen Ihre außer Kraft.«

»Sagt wer?«

Die Stimme klang verärgert.

»Was wollen Sie eigentlich, eine gerichtliche Anordnung?«

Terranova lachte.

»Die möchte ich sehen«, sagte er.

Eine lange Pause trat ein. Dann sagte die Stimme:

»Am Telefon lässt sich das wohl nicht klären.«

Terranova bekam Ort und Zeitpunkt eines Treffens mitgeteilt.

Am nächsten Tag flog er von Boston nach Chicago. Er kam kurz vor sechs an und nahm ein Taxi in die Stadt, geradewegs zur Union Station. Er trank einen Kaffee, und um Punkt acht war er am Zeitungsstand. Man brauchte kein Philip Marlowe zu sein, um zu sehen, dass der Mann, der auf ihn zusteuerte, ein Gangster war, ein übler Typ, ein richtiger *brutto*, größer als Terranova, der selbst ziemlich groß war, und viel bulliger, mit einem Zinken wie Jimmy Durante und einem zottigen Schnauzbart darunter, der vergeblich eine monströse Hasenscharte zu verbergen suchte. Der Hasenscharte wegen lispelte er auch.

Als er sah, dass Terranova wie vereinbart das *Providence Journal* bei sich trug, nannte er die Parole: »Dein Onkel Bobby läfft dich grüfen.«

»Ein netter alter Mann«, lautete Terranovas Antwortparole. »Hast du auch einen Namen, Kumpel?«, fragte er dann.

»Du kannft mich Mickey nennen«, sagte der üble Typ.

»Okay. Und mich kannst du Mouse nennen.«

In einer schicken Cadillac-Limousine fuhr dieser Mickey mit Terranova einige Straßen weiter und stellte den Wagen direkt vor einem Parkverbotsschild in North LaSalle ab. Sie betraten einen Wolkenkratzer und fuhren mit dem Aufzug in den paarunddreißigsten Stock. Beim Aussteigen fiel Terranovas Blick auf ein Schild mit der Aufschrift »McCabe, Morgan und Basil«.

War ja klar, dachte er. Das hätte er sich denken können, wenn er damals, als Don Tonio ihn mit der Durchführung der *maledizione* betraute, auch nur einen Gedanken an »Trovatores« wahre Identität verschwendet hätte – was er nicht getan hatte, weil es ihm zwecklos erschienen war. Aber es lag natürlich nahe: Der Mann, dem Tonio Lupo das Oberkommando über seine Rache übertrug, musste ein *paisan* sein, einer, der sich auskannte mit dem ganzen antiquierten Kram von wegen Blut und Ehre. Ein richtiger Gangster durfte es aber nicht sein – zu leicht verderblich, zu anfällig dafür, nach dem Tod des Don die Seiten zu wechseln. Ein Anwalt, der mit dem Mob zu tun hatte, war die perfekte Wahl, und wer eignete sich besser als Paolo Basilico, der etwa zehn Jahre jünger als Lupo und eng mit ihm verbunden war. Prädestiniert für die Aufgabe war er vor allem auch deshalb, weil er einen Sohn hatte, John, der gerade sein Jurastudium abgeschlossen hatte. Der alte Basilico war zur Zeit des Börsenkrachs gestorben, wie Terranova gehört hatte, und sein Sohn war nach Chicago gegangen und hatte seinen Namen in »Basil« geändert. Er praktizierte als Anwalt und hielt sich von allem fern, was mit dem Mob zusammenhing. Mit einer Ausnahme, offensichtlich.

Es war Sonntag, und das Büro war geschlossen. Der üble Typ sperrte die Tür auf und führte Terranova einen langen Gang hinunter. Ganz am Ende klopfte er an eine weitere Tür und steckte den Kopf hinein. »Er ift da, Boff«, sagte er und bedeutete Terranova einzutreten.

Terranova hatte John Basilico alias John Basil schon einmal gesehen, vor dreißig Jahren, bei Luigi Lupo. Er erinnerte sich an ihn – klein und pummelig, ein Dickerchen –, und jetzt sah er ihn wieder, völlig unverändert, als wäre er all die Jahre tiefgefroren gewesen und wenige Stunden vor dem Treffen wieder aufgetaut worden. Nur war es natürlich nicht John Basil, sondern sein Sohn, John Basil junior.

»Nehmen Sie Platz«, sagte er, ohne aufzustehen.

»Sie sehen Ihrem Vater ähnlich«, sagte Terranova. »Wie geht's ihm?«

»Er ist tot«, antwortete der Junior »Vor ein paar Monaten gestorben.«

»Möge seine Seele in Frieden ruhen.« Terranova setzte sich.

»Tut sie bestimmt. Ich bin sein Nachfolger in der Kanzlei und auch bei der – äh – Vollstreckung von Don Tonio Lupos Testament.«

Da der Junior keine Zeit mit Höflichkeiten verschwendete, tat Terranova es auch nicht.

»Gut«, sagte er. »Dann sollten Sie ja am besten wissen, dass eine Bestimmung des Testaments, eine sehr wichtige Bestimmung, uns verpflichtet, die zeitlichen Vorgaben des Don einzuhalten.«

»Natürlich weiß ich das«, antwortete der Junior. »Aber es ist eine Komplikation eingetreten, die es notwendig macht, dass Sie schon jetzt aktiv werden und sich umgehend mit dem dritten – äh – Herrn – äh – befassen.« Und als Terranova schwieg, fügte er hinzu: »Die Dinge haben eine bedauerliche Wendung genommen.«

»Wie – bedauerlich?«, fragte Terranova.

Der Junior schüttelte betrübt den Kopf.

»Hören Sie«, sagte er, »ich weiß es zu schätzen, dass Sie sich so loyal an die Wünsche des Don halten und darauf bestehen, dass alles genauso gemacht wird, wie er es wollte. Wirklich.« Terranova hatte diesem »wirklich« am Ende einer Äußerung noch nie getraut: Entsprach sie der Wahrheit, brauchte das nicht eigens betont zu werden. »Und diese Loyalität hat mich bewogen, Ihnen reinen Wein einzuschenken. Es verhält sich so, Mr. Terranova: Ich bin krank. Schwer krank, leider. Meine Ärzte geben mir nur noch drei Monate.«

»Das tut mir leid.«

»Danke«, sagte der Junior. »Aber das ist meine Privatangelegenheit. Mit meinem Tod stirbt der Name Basil aus – oder Basilico, wie ich in diesem Fall sagen sollte – und damit auch alle Verpflichtungen, mit denen er verknüpft ist, sei es vertraglich, sei es, wie hier, ehrenhalber. Sie werden verstehen, dass ich die Verantwortung für Don Tonios letzten Willen wegen dessen, äh, delikater Natur nicht meinen Partnern in der Kanzlei übertragen kann.«

Was sollte Terranova dazu sagen, *Signore*? Wenn Ihnen jemand eröffnet, dass er in drei Monaten sterben wird und Ihnen um seines reinen Gewissens willen fast zwei Millionen drei Jahre früher als vorgesehen auszahlen will, können Sie ja schlecht widersprechen. Obwohl der Junior ziemlich gesund auf ihn wirkte, zuckte Terranova mit den Schultern und erklärte sich einverstanden.

»Ich vermute, Sie wissen, wo sich der dritte Herr aufhält?«, sagte der Junior.

»Da vermuten Sie richtig.« Terranova stand auf und wandte sich zum Gehen.

»In den Vereinigten Staaten?«

Terranova lächelte.

»Sie machen Ihre Arbeit, Kumpel, ich mache meine«, sagte er.

»Keine Frage«, erwiderte der Junior, etwas von oben herab, um klarzustellen, dass er nicht von einem Gangster »Kumpel« genannt zu werden wünschte. »Aber wo immer der Herr sich aufhält – Sie werden sich nicht allein dorthin begeben.«

»Ich arbeite allein«, sagte Terranova.

»Diesmal nicht. Mein, äh, Partner kommt mit.« Er nickte zu dem üblen Typ hin, diesem Mickey. »Dieses, äh, Projekt wird Ihnen eine enorme Summe einbringen, und die kann ich Ihnen nicht einfach auf Ihr Ehrenwort hin, dass Sie den Job erledigt haben, auszahlen.«

»Ich werde Ihnen den Beweis liefern«, sagte Terranova. »Wollen Sie ein Foto von der Leiche? Kein Problem.«

»Ein Foto kann man fälschen.«

Terranova wurde wütend.

»Hören Sie mal, Kumpel, ich schneid ihm seine verdammte Rübe ab und bring sie Ihnen im Glas – und seinen Schwanz dazu, gratis! Ist das Beweis genug?«

Er hatte es im Zorn gesagt, aber genau danach stand ihm auch der Sinn, wenn der Junior ihn weiter mit seinem »Beweis« nervte. Doch im Gegensatz zu dem Anwalt wusste er, dass Leo

Frank in Afrika weilte und es nicht ganz einfach sein würde, mit dem eingelegten Kopf eines amerikanischen Landsmanns im Gepäck durch den US-Zoll zu kommen. Das Letzte, was Terranova wollte, war ein Babysitter, aber ihm blieb nichts anderes übrig: Er musste diese Bedingung akzeptieren. Wer das Geld hat, hat das Sagen, und nun hatte er diesen Mickey am Hals. Kein angenehmer Zeitgenosse, nicht mal ein *paisan* – ein Mick eben, ein Ire.

Einige Tage später flogen Terranova und der *brutto* von New York nach Paris. Sie übernachteten dort und flogen am nächsten Morgen weiter nach Casablanca. An dieser Stelle muss ich Sie enttäuschen, *Signore*: Terranova hatte keine Zeit nachzusehen, ob es »Rick's Bar« noch gab und Sam dort noch *As time goes by* sang, falls Sie das gern gewusst hätten. Leider nicht. Noch am selben Tag nahmen sie ein Flugzeug in eine andere afrikanische Stadt weiter südlich, und am nächsten Tag kamen sie in Port-Gentil an, übernachteten dort noch einmal und gingen dann an Bord des Schiffes.

Terranova hatte zwei Taschen mit Kameras, Objektiven und mehreren Dutzend Filmrollen mitgenommen, weil er wollte, dass er und Mickey auf ihrer Reise zwei Amateurfotografen spielten, als eine Art Tarnung. Auf der Fahrt den Ogooué hinauf brachte er dem *brutto* die Handhabung der Kamera bei – soweit man einem Affen so etwas beibringen kann.

Nachdem Terranova sechs Jahre lang Leos Briefe gelesen und außerdem in der Bostoner Bibliothek eine Landkarte studiert hatte, war er mit der Geografie der Gegend einigermaßen vertraut. Als er vom Fluss aus Belle Époque erblickte – unverkennbar, tatsächlich ein kleiner weißer Palast –, vergewisserte er sich, dass Mickey nicht hersah, und taxierte das Anwesen rasch. In Ndjolé hatte er eine Überraschung für den *brutto* parat.

»Du bleibst hier und wartest, bis ich den Job erledigt habe«, erklärte er.

»Fagt wer?«

»Sage ich. Deine Visage kann ich unserem Mann beim besten Willen nicht zumuten.«

»Wiefo, was ift denn mit meiner Vifage?«

»Du siehst einfach zu gut aus, Kumpel«, antwortete Terranova. »Du bleibst da und machst Fotos von den nackten Titten der Mädchen hier, und wenn du einen Löwen siehst, sag ihm, er soll das Maul aufreißen, und mach eine Nahaufnahme von seinen Backenzähnen – du weißt doch noch, was eine Nahaufnahme ist, Mickeyboy? Wenn ich fertig bin, komm ich zurück und bring dich zu der Leiche, dann kannst du von der auch noch ein paar schöne Fotos schießen.«

Da niemand am Ort Englisch verstand, ging Terranova in die Mission, wo er eine weiße sogenannte Frau antraf, eine hässliche Person, der Typ, den man in solchen Einrichtungen häufig antrifft: fett, dicke Brille, Pockennarben und Schnurrbart. Wahrscheinlich sah Leos »Engel« so ähnlich aus, oder vielleicht war sie es auch selbst und arbeitete, wenn sie im Waisenhaus gerade Pause hatte, hier ehrenamtlich mit, damit der Teufel sie nicht in Versuchung führen konnte, der ja stets Gewehr bei Fuß steht – oder bei Huf? –, um müßigen Händen Arbeit zu verschaffen. Sie sprach ein wenig englisch und war auf ihre abstoßende Art recht hilfsbereit: Sie rief einen Eingeborenen herbei und sagte ihm, der weiße Gentleman wolle ein Zimmer mieten. Der Eingeborene sprach null englisch, verstand aber die internationale Sprache der Dollarscheine, mit denen vor seiner Nase gewedelt wurde, und brachte Mickey unter vielen Bücklingen in seinem Haus unter.

Terranova ging zur Anlegestelle zurück. Zwei Eingeborene machten sich dort bereit, in ihren Kanus zum Fischen oder was auch immer hinauszufahren. Beide kannten Belle Époque natürlich, und als Terranova seine Dollars hervorholte, wollten ihn beide hinbringen und gerieten sich deswegen sogar in die Haare. Da Terranova sich nicht zerreißen konnte und niemandem wehtun wollte, entschied er sich für den mit dem größeren Boot und gab dem anderen zum Trost ein paar Münzen.

Auf der Kanufahrt den Ogooué hinunter versuchte Terranova sich, so gut es ging, als Rico Ginsburg in Stimmung zu bringen, der sich auf das Wiedersehen mit Freund Leo freute – beziehungsweise mit »Bernard«; er durfte nicht vergessen, ihn stets so zu nennen. An dem kleinen Steg vor Belle Époque – fünfzehn Meter oberhalb sah er bereits die Veranda, die Leo ihm in seinen Briefen beschrieben hatte –, stieg er aus, nahm seinen Koffer und schlug einen Weg ein, auf den der Bootsbesitzer zeigte. Er führte im Halbkreis durch ein Dickicht bergan und endete auf einer Lichtung, von der aus der landeinwärts gelegene Eingang der Villa zu sehen war. Auf dem Rasen davor spielten schwarze Kinder, beaufsichtigt von einer weißen Dame, die strickend auf einer Bank saß. Mehr konnte Terranova auf die Entfernung nicht erkennen – seine Augen waren nicht mehr das, was sie einmal gewesen waren. Doch als er weiterging und die Dame sich erhob – groß und blond, lange Beine, knielange Shorts –, fiel der arme Kerl fast in Ohnmacht. O *Dio mio*, was für eine Frau! Er war so perplex, dass es ihm einen Moment lang die Sprache verschlug. Die Dame schien überrascht, einen fremden Weißen zu sehen, und kam auf ihn zu. Und wie sie ging, *Signore*, anmutig wie eine Gazelle – aber eine Gazelle, mit der man auf der Stelle ins Bett will!

Wie auch immer. Dicht vor ihm blieb sie stehen. Unwillkürlich starrte er auf ihre Titten, die ihre enge weiße Bluse förmlich zu sprengen drohten.

Mit samtweicher Stimme sprach sie ihn auf Französisch an.

»Sorry, Ma'am, nix parleh wuh«, murmelte Terranova.

Da lachte sie – ein silberhelles Lachen. Sie sprach englisch mit Froschfresserakzent.

»Ah, Sie sind Engländer? Von der Mission?«

»Weder noch, Ma'am. Ich bin Amerikaner und suche Mr. MacLane. Ist er da?«

»Er ... er macht eine Besorgung.« Sie zögerte plötzlich, und Terranova glaubte einen Hauch von Angst zu spüren, der ihm nicht gefiel. »Isch bin seine Frau«, sagte sie.

Der Engel!

»F-freut mich, S-sie kennenzulernen, Ma'am«, stotterte er. »Ich bin ein alter Freund von Ihrem M-mann. M-mein Name ist Rico Ginsburg.«

Als hätte er einen Zaubertrick vollführt, schwand das Zögern oder die Angst oder was auch immer aus ihren Augen, ihre Miene hellte sich freudig auf, ihre Zähne schimmerten weiß und ihre Augen blitzten grün, als sie die Hand – eine schöne Hand, lange Finger, die Haut makellos – an den Mund hob und »Ooooh!« rief. Dann ergriff sie seine mit beiden Händen und schüttelte sie, auf und ab, auf und ab, auf und ab.

»*Mon Dieu!*«, rief sie dabei wieder und wieder. »*Mon Dieu! Mon Dieu!* Sie sind Monsieur Ginsburg? Der berühmte Rico!

Isch kann es gar nischt glauben! Isch kann es gar nischt glauben! Aber ... aber ... erwartet Bernard Sie?«

Terranova lächelte und sagte, es solle eine Überraschung sein. »Eine ausgezeischnete Idee«, sagte sie überschwänglich, Bernard werde vor Freude außer sich sein. Er habe etwas zu erledigen, am anderen Ufer, »mit dem kleinen Boot«, und werde bald zurück sein. Sie führte ihn auf die Veranda über dem Fluss, ging ihm dann einen Limonensaft holen und schenkte ihm noch einen wunderschönen Blick über die Schulter.

»Leo Frank, dieser Hurensohn«, dachte Terranova, als sie verschwunden war. »Dieser verfluchte Hurensohn – was für eine Granate, was für ein Sahneschnitte, was für eine Klassebraut hat er da an Land gezogen!« Er hatte sich täuschen lassen von Leos Briefen mit all dem frommen Schwachsinn, dem ewigen Gefasel von diesem »Heiligen Schweitzer«. Er hatte geglaubt, Leos Sauferei habe ihm die Birne erweicht und er habe sich in eine »Schwester« verliebt, die die Missionare mit dem erklärten Ziel, eine Brücke zu seinem Portemonnaie zu bauen, an seinem Bett platziert hatten. Vielleicht war es ja auch so gewesen. Aber was hatte er dafür bekommen, dass er sich von ihr auf den himmlischen Pfad hatte führen lassen? Eine himmlische Braut! Angedeutet hatte er es ja schon in seinem ersten Brief mit dem seltsamen Satz, dass der Engel kein »asomatisches Wesen« sei – dass »asomatisch« »körperlos« bedeutet, wissen Sie bestimmt, *Signore*, Sie kannten ja auch den Titel des *fifi*-Buchs. Teufel auch, diese Hermine war Körper pur! »Also, wenn Engel so aussehen«, dachte Terranova, »dann will ich auf der Stelle sterben und in den Himmel kommen!«

Wie dem auch sei. Während er auf der Veranda seinen Limonensaft schlürfte, hörte er von fern Motorengeräusch, und bald sah er das kleine Boot – verdammt viel für Lärm für so eine Nussschale – mit Leo am Steuer über den Fluss kommen. Hermine rannte mit hüpfenden Titten den Weg hinunter, erreichte den Steg, während Leo das Boot vertäute, und redete aufgeregt auf ihn ein. Er überließ ihr das Boot und rannte seinerseits los, den Weg hinauf. Kurz darauf erschien er atemlos auf der Veranda. Wenige Schritte vor Terranova blieb er stehen, betrachtete ihn und brach dann in Tränen aus – eine durchaus angemessene Reaktion angesichts des Grundes von Terranovas Besuch, den Leo aber natürlich nicht kannte. Der arme Kerl weinte vor Freude.

»Rico! Rico, mein Gott, du bist es wirklich!«, rief er und fiel Terranova um den Hals. Er betrachtete und umarmte ihn abermals. »Warum hast du nicht gesagt, dass du kommst?«

Terranova tat so, als sei er zu gerührt, um eine längere Erklärung abzugeben. »Das war so eine Art Last-Minute-Sache«, sagte er nur.

»Aber du bist nur gekommen, um mich zu sehen, ja?« Der Doppelsinn der Frage war ihm natürlich nicht bewusst.

»Nein, nein, ich war gerade auf der Durchreise«, antwortete Terranova, »da dachte ich, ich schau mal vorbei.« Leo starrte ihn etwa zwei Sekunden lang an, dann fing er an zu lachen und erklärte Hermine, die inzwischen dazugekommen war und verwirrt dreinsah, das sei ein Witz gewesen, »ein Witz, verstehst du, Cherry« – Cherry ist Französisch für »Liebling« –, Freund Rico habe ja so einen wunderbaren Humor und mache immer so großartige Witze. Hermine verstand den Witz aber nicht. Was sie an äußeren Vorzügen zu bieten hatte, schien ihr an Hirn zu fehlen.

»Die Wege des Herrn sind unergründlisch«, lautete ihr Fazit.

»Das kann man laut sagen«, sagte Terranova.

»Die Wege des Herrn sind unergründlisch«, wiederholte Hermine lauter.

Leo sah wieder aus wie früher, braungebrannt zwar und mit einem dichten Schnauzbart – offenbar ein Tribut an diesen Schweitzer –, sonst aber schlank, fit und gesund. Er zeigte »Freund Rico« das Anwesen, gefolgt von Hermine, die sich über alles, was sie sahen, mit Hinweisen auf die »göttlische Vorsehung«, den »Herrn« und »den Christus« verbreitete – nicht »Christus« wohlgemerkt, sondern »den Christus«. Diese drei hatten nach ihrer Überzeugung maßgeblich dazu beigetragen, dass ihr Göttergatte nach Gabun gekommen war. Wenn man sie so hörte, hätte man meinen können, Gott betreibe ein Reisebüro.

Leo zeigte »Freund Rico« alles, was es zu sehen gab. Die einstige Villa war jetzt das Waisenhaus und beherbergte die Schlafräume der elf Kinder, die bereits dort lebten, außerdem ein Gästezimmer, in dem Terranova schlafen sollte, zwei Unterrichtsräume, den Speiseraum und die Küche, wo er mit der berühmten Lela Bekanntschaft machte, die gerade emsig Essen zubereitete. Sie verabreichte ihm sogar eine Dosis ihres *Hii-hii-hiiii*-Gelächters, vielleicht zur Bestätigung, dass tatsächlich sie es war, von der er in Leos Briefen gelesen hatte.

Die Villa hatte einen neuen Flügel, einen ebenerdigen Anbau, wesentlich schlichter als der Rest. Er beherbergte das Schlafzimmer von Leo und Hermine, die Zimmer zweier weiterer Mitarbeiter – Leo bezeichnete sich und seine Gattin ebenfalls als Mitarbeiter – und die obligatorische kleine Kapelle, ein Provisorium, wie es hieß, denn fünfzig Meter von der Villa entfernt, jenseits der Rasenfläche, entstand ein neues, sehr viel größeres Gebäude, das eigentliche »Heim der Liebe«, in dem bis zu achtzig Waisenkinder, noch weitere Mitarbeiter und mehrere Unterrichtsräume Platz finden sollten. Daneben wurde eine kleine Kirche gebaut, die der Göttlichen Vorsehung – wem sonst? – geweiht werden sollte, wie »Freund Rico« von Hermine erfuhr.

»Gott hat Bernard nach Gabun geschickt, damit er hier dieses kleine Paradies erschafft«, fasste Hermine die Lehren des Tages zusammen.

»Seine Kohle hat er geschickt«, dachte Terranova.

Als sie nach ihrem Rundgang in die Villa zurückkehrten, kamen ein paar schwarze Gören angelaufen. Leo war »Papa Bernard« für sie, Hermine war »Mama Hermine«. Terranova nannten sie in den ersten Tagen noch »Monsieur Rico« – Betonung auf dem O, wie bei den Froschfressern üblich –, dann wurde er zu »*Oncle* Rico«. Ein *zio* wieder mal, dachte er.

Am Abend aßen sie an einem großen Tisch, zusammen mit den Waisenkindern und drei Mitarbeitern (Leo und Hermine nicht mitgerechnet): einer Kraut-Missionarin der mittelhässlichen Sorte (kein Schnurrbart), Paul-Marie, einem Froschfresser, mittleren Alters und unbestimmten Geschlechts – irgendetwas zwischen Paul und Marie –, offenbar so etwas wie ein Lehrer, und einem Schwarzen namens Zambe, einem Zimmermann, der den Neubau leitete.

Papa Bernard sprach das Tischgebet auf Französisch, Zambe wiederholte es auf Fang. Aus Leos Briefen kannte Terranova nur ein einziges Fang-Wort, nämlich *fifi*, und das kam in dem Gebet nicht vor, also betete man offenbar nicht darum, dass man davor verschont wurde, im Schlaf in eine Kakerlake verwandelt zu werden. Es folgte eine kurze Ansprache von Papa Bernard des Inhalts, dass »heute ein Wunder geschehen ist, Kinder«, denn Gott habe ihm Rico Ginsburg geschickt, seinen »liebsten Freund außerhalb Afrikas, einen der besten Menschen auf der Welt«. Leo hielt die Ansprache auf Französisch, und Hermine dolmetschte – soweit man es so nennen konnte. Sie flüsterte nonstop in Terranovas Ohr und löste damit einen bösen Ständer bei ihm aus. Am Ende bekam Rico mächtigen Applaus.

Nach dem Essen sagte Hermine gute Nacht und brachte die Kinder zu Bett, die ebenfalls gute Nacht sagten (»*Bonne nuit*, Papa Bernard, *bonne nuit*, Monsieur Rico«). Leo begab sich mit Freund Rico auf die Veranda. Terranova fragte höflich an, ob er nicht etwas Stärkeres haben könne als das dritte Glas Limonensaft an diesem Tag, doch Leo verneinte: Es gebe keinen Alkohol auf Belle Époque. »Gut, dass ich meinen Bourbon mitgebracht habe«, dachte Terranova, der zwar kein Alkoholiker war, aber gern mal ein Glas trank.

Vor seiner Abreise nach Gabun hatte er sämtliche Briefe von Freund Rico an Freund Leo noch einmal durchgelesen, um sich nicht in Widersprüche zu verwickeln, wenn er von seinem imaginären Leben berichtete, speziell was die Details seiner Beziehung zu Monica betraf, der Schneiderin, mit der er mittlerweile vorgeblich verlobt war. Er merkte jedoch bald, dass hier keine Gefahr drohte, denn Leo wollte ausschließlich von sich selbst erzählen. Das heißt, von seinem neuen Selbst.

An diesem ersten Abend auf der Veranda, während unten der Ogooué dahinfloss, bekam der »liebste Freund« die Vollversion von Leos afrikanischen Erlebnissen zu hören. Einiges kannte er schon aus den Briefen, anderes, Ungutes wie Leos Sauferei und Wichserei – Leo sprach von »Selbstbefleckung« – und dergleichen Perversionen mehr, erfuhr er erst jetzt. Hellhörig wurde er bei dem Bericht von Leos Krampfanfällen, der mit den Schüssen auf den Medizinmann Comedyqualität erreichte. Ein paarmal hätte er am liebsten losgelacht, doch er beherrschte sich. Gar nicht zum Lachen war ihm jedoch, als Leo von seiner Silvesteransprache erzählte.

»Verstehe ich das richtig?«, fragte er. »Du hast vor wildfremden Leuten hinausposaunt, wer du in Wirklichkeit bist?«

Ja, antwortete Leo, aber Rico solle sich keine Sorgen machen, er habe englisch gesprochen, und außer dem Direktor, der ein Ehrenmann sei, habe ihn wahrscheinlich niemand verstanden, außerdem seien alle betrunken gewesen. Man habe ihn für einen Irren gehalten, und bestimmt habe keiner darauf geachtet, was er gesagt habe, selbst wenn er es verstanden hätte. Die Leute seien Gabun-Weiße gewesen, Franzosen, und denen sei es schnurzegal, ob ein Neuseeländer seine wahre Identität preisgebe oder nicht.

»Solange niemand sonst sie kennt …«, seufzte Terranova.

»Ach woher, nein. Außer Doktor Schweitzer und Hermine natürlich.«

Terranova starrte ihn an.

»Die wissen, wer du bist?«

»Und sie kennen auch meine Geschichte: die *maledizione*, Lupo, der Tod von Al und Nick, die Gefahr für mein eigenes Leben, alles.«

Ah, dachte Terranova, das erklärte Hermines besorgte Miene bei seiner Ankunft. Sie war zwar kein großes Licht, aber da sie Leos Vergangenheit kannte, war sie sicher nicht gerade erfreut gewesen, als plötzlich ein ziemlich rauh wirkender Amerikaner auftauchte und nach ihrem Mann fragte.

»Hör zu«, sagte Leo, als er seinen »liebsten Freund auf der Welt« so beunruhigt sah. »Hermine ist meine Seelenverwandte, meine Frau, mein Ein und Alles. Wie hätte ich es ihr verschweigen können? Und Doktor Schweitzer … In den ersten Tagen in seinem

Krankenhaus habe ich ihm mein Herz geöffnet. Er wusste, dass ich mir das Leben nehmen wollte, und ich musste ihm erklären, warum ich so verzweifelt war. Ich habe ihm alles erzählt, und ich bin froh, dass ich's getan habe.«

»Hoffentlich will der gute Doktor nicht, dass du zu deinem richtigen Namen zurückkehrst«, versuchte Terranova zu scherzen. »Ein guter Christ muss ja ehrlich sein.«

Leo lachte. »Genau das hab ich Doktor Schweitzer gefragt, aber er hat gemeint, ›Du sollst nicht lügen‹ sei keins von den zehn Geboten.«

»Da ist was dran«, sagte Terranova.

»Es geht darum, *Gott* nicht zu belügen, weil man sich damit im Grunde selbst belügt. Aber keine Sorge, mein Freund, weder der Herr noch Doktor Schweitzer stehen auf gutem Fuß mit der Mafia.«

Terranova zwang sich, über den faulen Witz zu lachen.

Nur noch einmal hatte sich der Doktor zu Leos Identität geäußert, im Zusammenhang mit dem *fifi*-Buch.

»Doktor Schweitzer hat mir etwas sehr Schönes gesagt«, erzählte Leo. »Ich hatte mit ihm über meine Albträume gesprochen, über meine Angst, in eine Kakerlake verwandelt zu werden. Der Doktor hat das mit meiner Situation in Verbindung gebracht. Was dieser Heilige gesagt hat, war …« Bei der Erinnerung an die Worte dieses Heiligen füllten sich Leos Augen mit Tränen. »Statt mich zu ängstigen, weil ich ein altes Ich hinter mir lasse und mir ein neues zulege, solle ich mich vielmehr damit anfreunden, hat er gesagt. Das solle ich zur meiner wichtigsten Aufgabe machen. Ich habe ja schon den Namen, das Zuhause und das Land gewechselt, aber jetzt komme es darauf an, dass ich auch meinen Kopf und mein Herz verändere. Wenn ich dranbleibe, hat er gesagt, werde ich eines Morgens aufwachen und im Spiegel einen neuen Menschen sehen.«

Diese Worte, fuhr Leo fort, hätten ihn auf den Gedanken gebracht, Hermine einen Antrag zu machen und das »Heim der Liebe« zu gründen. Ein Waisenhaus sei ein alter Traum des Heiligen, habe der Engel ihm eines Abends in Lambaréné bei einem Glas Limonensaft erzählt. Und nachdem Doktor Schweitzer von dieser »vollständigen Verwandlung« gesprochen habe, sei ihm, Leo, der Gedanke gekommen, den Traum des Heiligen zu verwirklichen. Ein Teil des Projekts sei bereits in Betrieb, wie Freund Rico ja gesehen habe, und wenn das neue Gebäude fertig sei und seine volle Kapazität erreicht habe, werde der Traum vollends wahr geworden sein.

»Genau«, sagte Terranova, »und du wirst ein echter, ehrlicher, spiritueller *fifi* geworden sein.«

Leo lachte. Den Humor hatte sein »neues Ich« wenigstens nicht verloren.

Schon bevor er nach Belle Époque kam, war sich Terranova darüber im Klaren gewesen, dass der Tod von Frank-Bruder Nummer drei wie ein Unfall aussehen musste. Und natürlich musste zwischen seiner Ankunft und Leos Ermordung einige Zeit verstreichen. Die Bullen mögen keine Zufälle, in keinem Land, und wenn »Monsieur MacLane« kurz nach der Ankunft »seines alten Freundes Rico Ginsburg« vor seinen Schöpfer trat, weckte das womöglich neugierige Fragen nach seiner Vergangenheit, was wiederum ein Desaster zur Folge haben konnte. Was Terranova soeben erfahren hatte, dass nämlich gewisse Leute Leos wahre

Identität kannten, machte seine Aufgabe schwieriger als erwartet. Okay, die Szene im Hotel Prologue war vielleicht wirklich nicht weiter von Belang, Leo ging wohl zu Recht davon aus, dass seine »Enthüllung« folgenlos geblieben war. Mit Doktor Schweitzer und Hermine aber verhielt es sich anders, speziell mit Hermine, da sie ja in der Nähe sein würde, wenn der »Unfall« passierte. Die Sache musste also hundertprozentig echt aussehen, absolut einwandfrei, sonst war das Risiko zu groß.

Terranova wusste, dass nur eines ein Risiko mindern kann: gute Planung. Aber gute Planung braucht Information, und Information braucht Zeit. Leo und der Engel hatten Freund Rico das Gefühl gegeben, von Herzen willkommen zu sein, sie hatten ihn eingeladen zu bleiben, solange er wollte, zumal er erklärte hatte, er sei ein geschickter Tischler und würde gern beim Bau des neuen Hauses mithelfen. Sein Hauptproblem war der *brutto*, Mickey, The Mick, der in Ndjolé möglicherweise bald die Geduld verlieren würde.

Terranova hatte übrigens nicht gelogen, als er gesagt hatte, er sei ein guter Tischler. Er hatte das Handwerk über die Jahre erlernt, weil er die meisten Reparaturen in seinem Restaurant und seinem Haus in Newport selbst ausführte und neuerdings auch die Möbel aufarbeitete, die er für Ekaterina kaufte ... Also wenn ich mir's recht überlege, dann machte er so was Ähnliches wie Sie, *Signore*, wenn auch nicht beruflich: Er restaurierte alte Sachen. Der Grund, warum er seine Mitarbeit am »Heim der Liebe« angeboten hatte, war dagegen rein beruflich, denn eine Baustelle bietet die schönsten Möglichkeiten für Unfälle in Form von Stromschlägen, herabstürzenden Balken, herabstürzenden Menschen und dergleichen mehr. Nach drei oder vier Tagen musste er jedoch frustriert feststellen, dass Leo sich nie auf dem

Neubau blicken ließ. Um die praktischen Dinge kümmerte sich der Engel, Leo befasste sich mit der Schule und mit »spirituellen Angelegenheiten«, wie er es nannte.

Wie auch immer. In der folgenden Woche betätigte sich Terranova die meiste Zeit als ehrenamtlicher Tischler auf der Baustelle. Die Arbeit war anstrengend, machte aber auch Spaß, vor allem weil dieser Zambe ein sympathischer Typ war und sein Handwerk wirklich beherrschte. Er sprach zwar nur Fang, aber sie verständigten sich durch Gesten wie etwa Hämmern und Sägen in der Luft oder auch mit Schulterklopfen und Zwinkern, und so verging die Zeit sehr angenehm. Terranova lernte sogar ein paar Fang-Wörter, *m'bolo* zum Beispiel für »guten Morgen«, *n'tsimi* für »Brett« und *o ne ve* für »Wo bist du?«.

Noch mehr Spaß machte ihm sein kurzlebiger Versuch, den Kindern in ihrer einzigen Spielstunde vor dem Abendessen das Fußballspielen beizubringen. Einige waren recht begabt, am begabtesten erstaunlicherweise ein klapperdürres neunjähriges Mädchen, das sich mit dem Ball am Fuß als wahrer Teufel entpuppte. Doch schon bald war wieder Schluss mit diesem Zeitvertreib: Als eine Meinungsverschiedenheit über ein Foul in Handgreiflichkeiten ausartete, setzte »Mama Hermine« der Sache ein Ende. Wenn er mit den Kindern spielen wolle, beschied sie »Onkel Rico«, dann bitte nur solche Spiele, bei denen es um ein Miteinander gehe und nicht um ein Gegeneinander. Aber es war eine gute Sache gewesen, und Terranova blieb auch weiterhin gut Freund mit dem klapperdürren kleinen Mädchen, das ein so nettes Lächeln hatte, besonders nett durch die große Zahnlücke dort, wo noch die beiden oberen Schneidezähne fehlten. Wenn sie ihn beim Essen oder auf dem Gelände sah, lächelte sie und winkte ihm zu, und er lächelte und winkte zurück.

Die Abende waren weniger lustig. Das Essen wurde stets mit einer kurzen Ansprache über ein »moralisch erbauendes Thema« eingeleitet, und man ging früh zu Bett, es sei denn, Freund Leo hatte noch Lust auf einen kleinen Plausch. Terranova hatte die langen Gespräche in Havanna und vor allem Leos Berichte von seinen wilden Nächten mit Thelma in guter Erinnerung, aber von so etwas war im »Heim der Liebe« natürlich keine Rede mehr. In den Atempausen, die Leo ihm zwischen seinen Betrachtungen über seine »Verwandlung« gönnte, gab Terranova ein paar Anekdoten über die »Schneiderin Monica« zum Besten, die er sich vorher zurechtgelegt hatte, und versuchte sich dabei auf unkörperliche Aspekte der Beziehung zu beschränken. Dann ging jeder auf sein Zimmer, Terranova, um zu schlafen, Leo, um »zu lesen und zu beten« und sich dann »aufs Ohr zu hauen«, wie er es formulierte. Terranova hoffte um seinetwillen, dass er hin und wieder auch seine Frau vögelte; wenn ja, dann zweifellos in der Missionarsstellung.

Wie auch immer. Terranova brauchte einige Tage, um sich ein genaues Bild von Leos Tagesablauf zu verschaffen. Kompliziert war er nicht: Die meiste Zeit unterrichtete Leo die Kinder in Englisch, Rechnen und noch einigen anderen Fächern – alles Übrige brachte ihnen der Froschfresser Paul-Marie bei –, im Klassenzimmer einen tödlichen Unfall herbeizuführen, war jedoch unmöglich. Eine Weile saß er auch immer an einem kleinen Schreibtisch auf der Vorderveranda, wo er Briefe an diverse Wohltäter schrieb oder deren Briefe las – auch dies eine risikoarme Tätigkeit. Die übrige Zeit verbrachte er in seinem Zimmer, beim Essen oder im Gespräch mit Freund Rico.

Welche Möglichkeiten blieben also, Frank-Bruder Nummer drei zu beseitigen? Terranova griff nun auf seine alte Methode der

Planung einer Operation zurück – diese *Absurdum*-Geschichte – und zog alle Optionen in Betracht, um dann die ungeeigneten zu verwerfen.

Er hatte sich zunächst für Gift entschieden und zwei verschiedene Sorten mitgebracht, die der Kraut-Chemiker, der Schöpfer von Als letzter Zigarre, eigens für ihn hergestellt hatte. Als er jedoch am ersten Abend hörte, dass der Engel bis ins Kleinste über die *maledizione* informiert war, warf er die beiden Ampullen von der Veranda in den Ogooué, wo sie zweifellos mehreren Fischschwärmen den Garaus machten. Wer wie Hermine wusste, wie Al Frank umgekommen war, musste selbst bei einem völlig natürlich wirkenden Tod, selbst bei einem scheinbaren Herzinfarkt Verdacht schöpfen. Ergo: absurd.

Die Baustelle hatte Terranova von vornherein ausgeschlossen, da Leo sich dort ja nie aufhielt. Noch absurder wäre es gewesen, wenn Freund Rico ihn aufgefordert hätte, sich ein Bild vom Fortgang der Arbeiten zu machen, und es dabei zu einem »Unfall« gekommen wäre.

Andere Optionen gab es im Grunde leider nicht, jedenfalls nicht, solange sie sich auf Belle Époque befanden. Terranova konnte Leo natürlich bitten, mit ihm irgendwohin zu fahren, nur sie beide. Dass er sich von seinem Freund die Gegend zeigen ließ – der erfahrene Kolonialherr, der den Stadtmenschen mit den Schönheiten der Wildnis bekannt macht –, wäre völlig normal gewesen. Eine Safari vielleicht? Ein Jagdunfall? Nein, Leo war neuerdings gegen das Töten von Tieren. Ein kleiner Ausflug in den Dschungel rings um Belle Époque? Das ließe sich arrangieren. Aber was dann? Außer dass Terranova sich mit einer Gabunviper anfreundete und sie bat, ihm einen persönlichen Gefallen zu tun und Leo zu beißen, sah er keine Möglichkeit, die Idee eines Ausflugs zu einem Plan auszubauen. Und wenn er trotzdem mit Leo loszog und dann improvisierte … In einem Dschungel? Nein! Terranova operierte nicht gern auf unbekanntem Terrain, und im Dschungel kannte er sich nicht aus. Absurd.

Nachdem eine Woche und noch einige Tage verstrichen waren, begann er sich Sorgen zu machen. Er brauchte mehr Zeit. Eines Morgens fragte er Aristide, der oft in Ndjolé zu tun hatte, ob er ihn in dem kleinen Motorboot dorthin mitnehmen könne. Er wolle der Mission eine kleine Spende zukommen lassen, behauptete er – eine angemessene Geste, die niemand hinterfragen würde. In Wirklichkeit aber wollte er nach dem *brutto* sehen. Und das war gut so, denn er traf ihn in einem Zustand höchster Erregung an, weil es in Ndjolé weder Bars noch Huren und nicht einmal die barbusigen schwarzen Schönheiten gab, die Terranova ihm versprochen hatte. (Dafür hatte die Mission gesorgt; man hatte die eingeborenen Mädchen über die Segnungen von BHs und Blusen aufgeklärt.) Terranova sagte ihm, er müsse diese Entbehrungen noch etwas länger erdulden, es habe sich noch keine Gelegenheit ergeben, den Job zu erledigen. Doch der *brutto* entgegnete, dieses Gerede von einer »Gelegenheit« sei doch nichts weiter als Bullshit und wenn Terranova Leo nicht in den nächsten Tagen umlege, werde er nach »Bellapock« kommen und es selbst tun.

»Tolle Idee, Mickeyboy«, sagte Terranova. »Dann möchte ich sehen, wie du hinterher von hier wegkommst.«

»Kein Problem«, antwortete Mickey. »Ich sag den Bullen, du warst es.«

Terranova lachte. »Super, und ich sag ihnen, du warst es.«

Als er am Nachmittag nach Belle Époque (»Bellapock«!) zurückkam, war sich Terranova darüber im Klaren, dass er nun schleunigst in Aktion treten musste. Würde der *brutto* tatsächlich hier aufkreuzen – und bei dem maroden Klumpen in seinem Schädel gab es keine Garantie, dass er es nicht tun würde –, wäre das Spiel aus. Dem Kerl stand Gangster auf die Stirn geschrieben, und sein Anblick jagte jedem Zivilisten, auch dem unbedarftesten, Angst ein. Die Möglichkeit seines plötzlichen Auftauchens beunruhigte Terranova so sehr, dass er Leo, hätte er eine Knarre, ein Messer oder eine Garrotte benutzen können, noch am selben Abend gekillt hätte. Aber sein Tod musste ja hundertprozentig überzeugend nach einem Unfall aussehen, und das brachte Terranova in eine üble Klemme. Zum Teufel mit diesem Hurensohn Mickey und diesem John Basil junior, der ihm den Kerl auf den Hals gehetzt hatte! Und natürlich zum Teufel mit Leo, der dem Heiligen und dem Engel »sein Herz geöffnet« hatte.

Kennen Sie das Sprichwort *Audaces fortuna iuvat, Signore*? Also bei allem Respekt vor dem alten Römer, der es geprägt hat – ich glaube nicht, dass es so ist. Zumindest nach meiner persönlichen Erfahrung hilft das Glück dem Mutigen nicht, im Gegenteil: Mumm ohne Hirn ist das beste Rezept für ein Desaster. Aber eins weiß ich: Geduld nützt in den meisten Fällen – was das auf Lateinisch heißt, kann ich Ihnen nicht sagen –, man muss nur lange genug warten, dann tritt in der Regel irgendein günstiger Umstand ein. Und wenn dann noch Fortuna oder Lady Luck, oder wie immer man sie nennen will, zu Hilfe kommt, muss man auch nicht allzu lange warten. Genau so war es bei Terranova.

Als sie sich am zweiten Abend nach seiner Rückkehr aus Ndjolé mit der gewohnten Schar, also den »Mitarbeitern« und den Kindern, zu Tisch setzten, erklärte »Papa Bernard«, wie er es mitunter tat, er habe eine *annonce* zu machen. Er verkündete dann irgendeine banale Neuigkeit aus dem »Heim der Liebe«, zum Beispiel dass ein Arbeiter wieder ein Enkelkind bekommen habe und man sich ein Geschenk überlegen solle, dass in der kommenden Woche eine Schutzimpfung gegen irgendetwas durchgeführt werde und Ähnliches mehr. Diesmal aber interessierte die *annonce* Terranova. So brennend, dass ihn statt des gewohnten Genusses, wenn Hermine ihm ins Ohr dolmetschte, eine wesentlich professionellere Erregung erfasste.

Die *annonce* betraf »unseren wunderbaren Freund, *Oncle* Albert«, diesen Schweitzer, der demnächst wieder zu einer Betteltour nach Europa aufzubrechen gedachte – »betteln« sagte Leo natürlich nicht. »Papa Bernard« müsse vorher noch zu ihm, morgen schon, um mit ihm über »die Belange unseres Heims« zu sprechen. Er verlasse sich darauf – dies der Kern seiner *annonce* –, dass die Kinderchen während seiner Abwesenheit »Mama Hermine« wie immer Gehorsam und Respekt erweisen würden. »Bien sûr, Papa Bernard«, sagten die Kinderchen, mit anderen Worten: »Geht klar!«

Leos Trip eröffnete Terranova genau das, worauf er gewartet hatte: die Chance auf einen Unfall. Kaum hatte Freund Rico Platz genommen, schritt er daher zur Tat und fragte:

»Meinst du, ich könnte mitkommen nach Lambaréné, Bernard? Ich würde Doktor Schweitzer furchtbar gern kennenlernen.«

Hermine strahlte, wie meist, wenn sie etwas hörte, was als moralisch erhebend gelten konnte.

»Isch finde das eine großartige Idee«, sagte sie.

Leo lachte. »Zwei Seelen, ein Gedanke. Ich wollte dich gerade selbst bitten mitzukommen, *mon ami.*«

»Isch glaube, wenn *Oncle* Rico *Docteur* Schweizer kennenlernt, wird er bis ans Ende seiner Tage bei uns bleiben!«

»Dann sollte ich ihn vielleicht besser nicht kennenlernen«, meinte Terranova.

Hermine sagte, doch, doch, unbedingt, und Leo musste dem Engel erklären, dass dies ein Scherz gewesen sei, Cherry, ein weiterer Beweis für den wunderbaren transatlantischen Humor des Freundes. Alle am Tisch lachten fröhlich und erhoben ihre Limonensaftgläser auf den großen Heiligen unserer Zeit.

Nach dem Essen entschuldigte sich Terranova; er habe Kopfschmerzen. Auf Belle Époque konnte er seine bevorzugte Methode der Planung einer Operation – während eines Spaziergangs an der frischen Luft – dummerweise nicht anwenden; hätte er es versucht, hätte Freund Leo ihn mit Sicherheit davon abgehalten, um mit ihm zu plaudern. Er musste sich also mit der zweitbesten Methode begnügen und sich im Dunkeln aufs Bett legen.

Wie die Fahrt nach Lambaréné im Einzelnen vonstatten gehen würde, wusste er nicht, aber er kannte die Abläufe in Leos Welt inzwischen gut genug, um einen Plan fassen zu können. Er ging davon aus, dass sich bei Doktor Schweitzer keine Gelegenheit für einen »Unfall« bieten würde – jedenfalls keine planbare –, noch weniger wahrscheinlich als im »Heim der Liebe«, denn es würden ständig viel mehr Menschen in der Nähe sein. Schließlich gelangte er zu der Überzeugung, dass es besser war, sich auf die Fahrt zu konzentrieren, speziell auf die erste Etappe nach Ndjolé, die er gut genug kannte, weil er sie bereits dreimal zurückgelegt hatte, einmal in einem Kanu und zweimal im Motorboot. Er hatte auch schon eine Idee, die ihm vielversprechend schien, weil sie so abwegig war, dass kaum jemand an etwas anderes als einen Unfall denken würde. Ihr Erfolg war allerdings an eine Voraussetzung geknüpft: Nur er und Leo durften sich im Boot befinden. Sonst musste er sich etwas anderes einfallen lassen.

Terranova plante die Operation des folgenden Tages – die letzte seiner Mission, die drei Frank-Brüder zu töten – auf dem Bett liegend, die Hände hinter dem Kopf verschränkt, den Blick auf das Moskitonetz gerichtet, das im Mondlicht bläulichweiß schimmerte. Er ließ sie im Kopf mehrmals wie einen Film ablaufen, machte sich die Schwierigkeiten klar und überlegte sich Lösungen.

Wäre es ein realer Film gewesen, hätte der Titel »Bernard MacLanes letzte Augenblicke« lauten müssen. Und so lief der Film in Terranovas Kopf ab, nachdem er eine Stunde lang daran gearbeitet hatte:

Leo und er sitzen in dem kleinen Motorboot, er auf der Bank im Bug, mit dem Rücken zu Leo, der den Kapitän spielt und das Boot – das nur etwas über drei Meter lang ist – mit einem am Motor angebrachten kurzen Stab im Stehen steuert. Das sei sicherer, hatte Aristide Terranova auf einer Fahrt nach Ndjolé erklärt, auf diese Weise habe man gute Sicht nach vorn und könne flussabwärts schwimmenden Baumstämmen oder hungrigen Krokodilen rechtzeitig ausweichen.

Die Krokodile waren die Stars in Terranovas kleinem »Film«. Der Ogooué war förmlich verseucht mit ihnen, und zwar mit allen drei Modellen, die der liebe Gott im Programm hatte, einschließlich des größten und fiesesten, des Nilkrokodils, eines wahren Gourmets, was Menschenfleisch anging. Terranova hatte im Zuge seiner Recherchen in der Bibliothek von Providence einiges über die Tiere gelesen und sie auch in Aktion gesehen, in einem Film namens *König Salomos Schatzkammer*, den er sich vor einiger Zeit mit seinem ältesten Enkel Billy angeschaut hatte. (Die verdammten Biester hatten dem armen Jungen solche Angst eingejagt, dass er unter den Sitz gekrochen war.) Er wusste daher, dass sie blitzschnell auf alles reagieren, was sich in ihrer Nähe bewegt, besonders wenn es mit einem Platsch ins Wasser fällt. Sie greifen sofort an – erst zubeißen, dann fragen.

Von seinen Fahrten nach Ndjolé wusste er auch, dass ihnen einige der Bestien begegnen würden, vielleicht auch viele, möglicherweise mitten auf dem Fluss. Am besten, er vertraute auf einen Umstand, der praktisch eine Garantie bot: An einer bestimmten Stelle, einer Art kleinem Strand zwischen zwei Flussbiegungen, würden mit Sicherheit welche liegen, von der großen Sorte, also Nilkrokodile. Der Strand schien ihr Lieblingstreff zu sein. Der kleine Schwarze mit dem Kanu hatte ihn Terranova auf der Fahrt nach Belle Époque gezeigt. Mit angstvoll verzerrtem Gesicht hatte er auf die Stelle gedeutet, die Arme um sich geschlungen und »Brrrrr« gemacht. Von Aristide hatte Terranova erfahren, dass die Eingeborenen die Stelle »Krokodilstrand« nannten.

Der Strand lag in einer kleinen Bucht, und sie sollte zum Schauplatz der Haupthandlung von »Bernard MacLanes letzte Augenblicke« werden. Hier würde Tonio Lupos Geist am letzten noch lebenden Sohn des Mannes, der seinen Luigi getötet hatte, Vergeltung üben.

Die Action setzt ein, sobald der Krokodilstrand vom Boot aus in Sicht kommt. Terranova überzeugt sich davon, dass einige Prachtexemplare von Krokos dort liegen, und bittet Leo, näher heranzufahren, damit er sie für seine Verwandten fotografieren kann. Fast dort angelangt, fordert er ihn auf, den Motor auf Leerlauf zu stellen. Er tut so, als würde er sich ernsthaft für die Tiere interessieren, und um Leo vollends in Sicherheit zu wiegen, macht er auch ein paar Aufnahmen. Dann plötzlich, blitzschnell, versetzt er ihm einen Stoß. Tut er das mit genügend Wucht, befördert er ihn, da das Boot ja sehr klein ist, auf Anhieb ins Wasser. Wenn nicht, wird Leo dennoch so benommen sein, dass der wesentlich stärkere Terranova ihn ohne Weiteres über Bord werfen kann.

So dient Frank-Bruder Nummer drei den Krokodilen zum Fraß, und sein Mörder macht Fotos davon, um sie später dem Junior in Chicago zu präsentieren. Während Leo verschlungen wird, kann Terranova versuchen – natürlich nur, wenn es gefahrlos möglich ist –, ein paar Erinnerungsstücke zu bergen, einen Unterarm etwa, einen Fuß oder sogar, wenn er Glück hat, den Kopf. Es wird von Nutzen sein, Beweismaterial vom Festmahl der Krokodile zu besitzen, für den Fall, dass die örtlichen Behörden eine ungesunde Neugier an den Tag legen. Die Fotos kann ihnen Terranova natürlich nicht zeigen: Wie sollte er erklären, dass er munter drauflosgeknipst hatte, während sein »bester Freund« bei lebendigem Leib aufgefressen wurde?

Er ließ seinen »Film« einige Male im Kopf ablaufen, um sicherzugehen, dass alles so gut geplant war wie irgend möglich. Dann dachte er sich noch eine zusätzliche kleine Episode aus, denn er musste ja begründen können, weshalb sein »lieber Freund Bernard«, der mit dem Boot bestens vertraut war, im Wasser gelandet war. Er nutzte dazu eine Szene, die er auf einer Fahrt mit Aristide erlebt hatte: Der Außerbordmotor war plötzlich ausgefallen, und Aristide hatte ihn nach vorn gekippt, um den

Propeller von Schilf zu befreien. Das gleiche Problem würde nun auf der Fahrt nach Ndjolé auftreten, nur würde diesmal, während Leo das Schilf entfernte, wie aus dem Nichts ein riesiges Krokodil auftauchen und – man weiß ja, wie hinterhältig die Biester sind – nach seinem Arm schnappen.

Jetzt konnte Terranova nur noch hoffen, dass außer ihm und Leo niemand im Boot mitfahren würde. Und da Hoffnung keiner Planung bedarf, schlief er ein.

Am nächsten Morgen stand er früh auf, wusch sich, rasierte sich, zog frische Sachen an und ließ sich Lelas Frühstück mit Schinken und Ei schmecken. Von Hermine erfuhr er, dass Leo etwas auf der Plantage zu erledigen hatte und jeden Moment zurückkommen würde. Ob »Freund Rico« schon gepackt habe? Nein? Dann solle er das jetzt tun. Terranova ging also auf sein Zimmer und packte seinen Koffer, jedoch nicht ohne vorher seinen neuen Revolver, einen Kaliber .357 Smith and Wesson, aus dem doppelten Boden zu nehmen. (Er würde ihn natürlich nicht brauchen, aber er wollte eine so heikle Operation nach Möglichkeit nicht unbewaffnet angehen.) Er lehnte sich mit dem Rücken an die Tür – Schlüssel und Schlösser gab es hier nicht – und lud die Waffe mit sechs Dum-Dum-Patronen, hob sie und zielte auf einen kleinen Fleck an der gegenüberliegenden Wand. Dann steckte er sie in seinen Gürtel und überzeugte sich im Spiegel, dass sie nicht aus seiner weiten Safarijacke hervorschaute. Schließlich legte er einen Film in seine Kamera ein und hängte sie sich um den Hals.

Als er mit seinem Koffer das Zimmer verließ, stand Leo schon mit gepackten Sachen bereit. Er gab Hermine einen Kuss auf die Wange, und Terranova schüttelte ihr die Hand.

»Bis in einer Woche«, sagte sie.

»Ja«, antwortete Terranova, »und tu nichts, was ich nicht auch tun würde.«

Aristide begleitete die beiden zum Anleger hinunter. »Ach, du kommst mit?«, sagte Terranova mit einem scheinbar hocherfreuten Lächeln. Doch Aristide sagte »Leider nein, *M'sieur*«, er habe zu viel zu tun. »*M'sieur* Bernard« und »*M'nsieur* Rico« würden allein fahren, er selbst würde das Motorboot später in Ndjolé abholen. Terranova setzte eine gebührend enttäuschte Miene auf.

Das Spiel hatte begonnen.

Die beiden stiegen ins Boot, und Aristide reichte ihnen ihr Gepäck. Terranova wurde aufgefordert, auf der kleinen Bank im Bug Platz zu nehmen, genau wie in seinem »Film«. Doch noch ehe Leo den Seilzug betätigen konnte, hörten sie ein Rufen, und der »Film« wurde kurz unterbrochen. Das klapperdürre kleine Mädchen, Terranovas Freundin, kam angerannt und übergab Leo ein Päckchen, offenbar ein Geschenk der Waisenkinder für »*Oncle* Albert«.

Leo sagte ihr etwas Nettes und dann noch etwas anderes, in dem das Wort *arithméTIQUE* vorkam, nach Froschfresserart auf der letzten Silbe betont. Das klapperdürre kleine Mädchen schüttelte den Kopf und antwortete: »*Oui*, Papa Bernard«, dann wandte sie sich Terranova zu und sagte etwas mit dem Wort *footBALL* darin, was auf Französisch »Fußball« heißt.

Leo erwiderte etwas, worauf sie ihr allernettestes Lächeln zeigte. Dann erklärte er »Freund Rico« lachend, er habe die Kinder verwöhnt, sie wollten nach seiner Rückkehr wieder mit ihm *football* spielen. Terranova erwiderte, er sei zu allem bereit, sofern »Mama Hermine« es erlaube. Schließlich startete Leo den Motor, Aristide winkte, und das klapperdürre kleine Mädchen winkte ebenfalls und sagte: »*À bientôt*, Papa Bernard, à *bientôt*,

Oncle Rico«, was so viel wie »Bis bald« bedeutet. Leo und Terranova winkten zurück und fuhren los.

Es ging flussaufwärts, Leo an der Ruderpinne stehend, Terranova in Fahrtrichtung sitzend. Der Motor war so laut, dass er nicht hören konnte, was Leo sagte, beziehungsweise ihm nonstop zuschrie. Nach den paar Brocken, die er verstand, schien es darum zu gehen, was für eine großartige spirituelle Erfahrung es für ihn sein würde, Doktor Schweitzer kennenzulernen, und dergleichen mehr, worauf er ein paarmal »Ja, ja«, »Bestimmt« oder »Mhm« zurückschrie, ohne den Blick von der braungrünen Wasserfläche zu wenden. Zwei Minuten, nachdem sie den Anleger von Belle Époque verlassen hatten, drehte er sich zu Leo um.

»Halten die Krokos gerade Siesta, oder was?«, rief er.

Leo drosselte den Motor ein wenig, um besser hören zu können, und Terranova wiederholte seine Frage. Leo lachte.

»Du kriegst noch jede Menge Krokos zu sehen, nach der dritten Biegung von hier aus.«

Terranova tat so, als hätte er Angst, er schlang sogar die Arme um sich und machte »Brrrrr«, so wie der Eingeborene in dem Kanu.

Leo beruhigte ihn: »Du brauchst keine Angst zu haben, nicht mit Käpt'n Leo am Ruder.«

Es war das erste Mal seit Terranovas Ankunft, dass Leo seinen richtigen Namen gebrauchte. Irgendwie komisch, dachte Terranova – nicht lustig-komisch, sondern seltsam-komisch –, denn es würde auch das letzte Mal sein.

Er schaute auf die Uhr: Sie waren seit vier Minuten unterwegs. Die Fahrt nach Ndjolé dauerte mit dem Motorboot eine Viertelstunde, und der Krokodilstrand lag fast genau auf halber Strecke. Noch gute drei Minuten also. Er schloss die Augen und ließ die Hauptszene seines kleinen »Films« ein letztes Mal im Kopf ablaufen.

Da hörte er Leo rufen:

»Krokodilstrand voraus!«

Er öffnete die Augen. Da war die Stelle, am rechten Ufer, gute siebzig Meter entfernt. Er hob seine Kamera und schaute durch das Teleobjektiv: Mindestens zwei Kingsize-Krokos lagen dort.

»Kannst du ein bisschen näher ran?«, rief er, aber die Frage ging im Geknatter des Motors unter. Er zeigte deshalb auf die Kamera und dann auf den Strand, worauf Leo den Daumen hob und darauf zusteuerte.

Als sie noch knapp zwanzig Meter entfernt waren, verlangsamte er die Fahrt, und Terranova drehte den Kopf nach allen Richtungen, dreihundertsechzig Grad. Er setzte ein gebührend bewunderndes Lächeln auf und tat so, als betrachte er die Aussicht. In Wirklichkeit aber sondierte er die Lage. Sie war gut. Kein anderes Boot war zu sehen, und auch an den Ufern zeigte sich keine Menschenseele. Leo stellte den Motor auf Leerlauf, und das Boot bewegte sich nur noch durch die Trägheit auf die kleine Bucht zu.

»Nahe genug?«, fragte er, als wollte er Terranova herausfordern.

Das war es allerdings. Zwei der fünf Krokodile – drei waren eben erst aufgetaucht, als wären sie aus dem Sand emporgestiegen –, näherten sich dem Wasser, um die Besucher in Augenschein zu nehmen. Der Moment war gekommen. Terranova drehte sich auf seiner Bank um, sodass er Leo, der noch stand, das Gesicht zuwandte.

Da trat eine kleine Fehlkalkulation in seinem »Film« zutage: Der Abstand zwischen ihm und Leo betrug fast zwei Meter. Aus dieser Entfernung konnte er ihm keinen Stoß versetzen, zumal er saß und Leo noch stand. Seinerseits aufstehen wollte er nicht, weil er sich nicht zutraute, in einem Boot das Gleichgewicht zu halten.

»Willst du dich nicht lieber setzen?«, fragte er Leo, scheinbar voller Angst.

»Stehen ist besser«, antwortete Leo. »Besserer Überblick.« Und er fügte hinzu: »Jetzt mach deine Fotos, sonst verpassen wir das Schiff.«

In diesem Moment fiel Terranovas Blick auf ein einzelnes Paddel, das neben seinen Füßen am Boden lag. Er hob es auf, noch immer sitzend.

»Das werden wir nicht brauchen«, sagte Leo, noch immer stehend.

Doch als er sah, wie Terranova das Paddel mit beiden Händen fasste und es sich wie einen Baseballschläger über die Schulter legte, musste er lachen.

»Du willst doch nicht etwa damit auf die armen Tiere einschlagen?«, sagte er, was Terranova als seine letzten Worte auf dieser Welt registrierte.

Einen Sekundenbruchteil lang schien es, als merkte Leo, dass »Freund Rico« nicht auf die Krokos, sondern auf ihn einschlagen wollte. Terranova sah die Überraschung in seinen Augen, soweit das in einem Sekundenbruchteil möglich ist. Dann schwang er das Paddel und traf Leo in die unteren Rippen, was diesem einen gurgelnden Laut entlockte und ihm zwar einen Schock versetzte, aber der Entfernung wegen nicht ausreichte. Terranova ließ deshalb einen zweiten Stoß folgen, von hinten nach vorn, wie ein Bäcker, der das Brot in den Ofen schiebt, nur blitzschnell und mit großer Wucht, direkt in Leos Bauch. Leo verlor das Gleichgewicht, vollführte, um es wiederherzustellen, eine Art Gene-Kelly-Figur, auf einem Bein, die Arme seitlich ausgestreckt, die Hände flatternd, der Kopf seinem Ein-Mann-Publikum – Terranova – zugewandt und mit einer Miene, die sehr lustig gewesen wäre, hätte man nicht gewusst, was hier ablief. Gene Kelly wäre am Schluss allerdings nicht gestürzt, sondern nach einem triumphalen Sprung auf beiden Füßen gelandet, die Beine gespreizt, die Arme weit ausgebreitet, ein strahlendes Lächeln im Gesicht. Aber Leo war nun mal nicht Gene Kelly, er fiel hintenüber, in diesem Fall also ins Wasser, was das Boot so stark ins Schaukeln brachte, dass Terranova einen Moment lang fürchtete, es könnte kentern und er würde Leo als Dessert im Krokomenü folgen. Doch das Boot war stabiler als gedacht, und so würden sich die Tiere mit dem Hauptgang begnügen müssen.

Leo hatte gar keine Zeit zu realisieren, was Sache war. Prustend und keuchend tauchte er auf und unter, schlug um sich und strampelte, um an der Oberfläche zu bleiben – allerdings nur, weil er in Panik war, denn eigentlich war er ein guter Schwimmer. Würde er sich wieder beruhigen, würde er mit ein paar Zügen am Boot sein, möglicherweise bevor ihn die Krokos erwischten. Terranova behielt das Paddel deshalb in den Händen, um bei Bedarf erneut zuzustoßen oder Leo einfach wegzuschieben.

Aber die Krokos waren extrem schnell. Das Größere der beiden ersten, ein wahres Monster, war nur noch drei Meter von

Leo entfernt, dicht gefolgt von dem anderen, und jetzt bewegten sich auch die drei am Strand aufs Wasser zu, um an dem Spaß teilzuhaben.

Leo sah Terranova mit leerem Blick an. Er machte den Mund auf und sagte ein einzelnes Wort, aber da kein Ton herauskam und Terranova kein geübter Lippenleser war, konnte er nur ahnen, dass er »Rico« gesagt hatte, denn nach dem »O« blieb sein Mund wie ein Fischmaul offen.

Und dann öffneten die Kingsize-Krokos ihrerseits den Rachen, der bedeutend größer war als Leos Mund, und setzten zum Endspurt auf ihn an. Leo verzog das Gesicht zu einer schrecklichen Grimasse, vor Schmerz, dachte Terranova einen Sekundenbruchteil lang; ein drittes Krokodil musste sich wie ein U-Boot unter Wasser genähert und seine Beine gepackt haben. Doch nein. Es war das blanke Entsetzen.

Terranova war ein extrem schneller Schütze. Schon als Kind hatte er Schießübungen gemacht, mit einer Spielzeugpistole, bis er dann mit echten Waffen hatte spielen dürfen. Da Gangster sich keine Duelle liefern, ist schnelles Ziehen für sie keine wichtige Fertigkeit. Für Terranova aber war sie das immer gewesen, wahrscheinlich wegen der Tom-Mix-Western, die er als Jugendlicher so geliebt hatte. »Fastest gun in the West« war ein Lieblingsausdruck in seinem Repertoire, und er hielt sich etwas darauf zugute, dass er schneller, viel schneller ziehen konnte als irgendjemand sonst in seinem Bekanntenkreis. Das erwies sich nun als überaus wertvoll – und zwar für Leo Frank, der jetzt, sofern er überhaupt etwas hätte registrieren können, gesehen hätte, dass Freund Rico das Paddel plötzlich fallen ließ und im nächsten Moment eine Pistole in der Hand hielt.

Ah, *Signore*, was waren das für Genies, dieser Mr. Smith und dieser Mr. Wesson, was für eine Knarre ist diese Kaliber .375 Magnum! Sie feuerte den ersten Schuss genau in dem Moment ab, als die Kingsize-Krokos Leo den Kopf abbeißen wollten, und schickte das Dum-Dum mit solcher Gewalt ins Ziel, dass dem Tier, als das Geschoss beim Einschlag explodierte, der Oberkiefer wegflog und dessen vorderer Teil als Krokodilskiefer-Sprühregen nach allen Seiten spritzte. Ein zweiter Schuss, diesmal ins Auge, sprengte dem Kroko die Schädeldecke weg.

Nun sind Krokodile ja groß im Zuschnappen, aber für ihr Gehirnschmalz sind sie nicht gerade bekannt. Das zweite – es war kleiner, aber immer noch groß genug, um Leo mit einem einzigen Biss ins Jenseits zu befördern – kapierte nicht, was seinem Kollegen passiert war, und sperrte ebenfalls weit den Rachen auf, aber eher lässig, so als hätte es alle Zeit der Welt. Doch dem war nicht so. Terranovas dritte Kugel traf es seitlich am Kopf – an der Wange, würden wir sagen, wenn Krokos Wangen hätten –, wodurch sich sein Rachen bis auf die Vorderfüße hinab verlängerte.

Jetzt näherten sich die anderen drei Krokos. Wenn sie gleichzeitig angriffen und Terranova einmal danebentraf, würde er keine Zeit zum Nachladen haben. Er legte deshalb die Pistole auf die Bank, ergriff das Paddel, diesmal am Blatt, und streckte Leo, der keine anderthalb Meter vom Boot entfernt noch immer hilflos im Wasser strampelte, den Schaft hin.

»Halt dich fest!«, rief er ihm zu.

Das beendete Leos Schockzustand zwar nicht ganz, aber doch so weit, dass er sich an das Paddel klammern konnte. Er tat es jedoch so kraftlos, dass es ihm aus den Händen rutschte, als Terranova daran zog. Dem blieb nun nichts anderes übrig, als sich wieder die Pistole zu schnappen und die letzten drei Patronen auf die nächsten beiden Krokos in der Warteschlange abzufeuern, die

Leo bedrohlich nahe gekommen waren. Die Zahl der Opfer belief sich jetzt auf insgesamt drei tote und ein schwer verletztes Tier, sodass das fünfte eine reiche Auswahl an Leckereien, ein wahres Krokodil-Tatar-Buffet, vorfand und daher kein Interesse mehr an Leo hatte. Terranova manövrierte das Boot mithilfe des Paddels neben ihn, fasste ihn fest unter den Achseln und zog ihn hinein.

Er setzte ihn auf die Heckbank und nahm seinen eigenen Platz im Bug wieder ein, lud die 357er und steckte sie in seinen Gürtel zurück. Dann wartete er, bis Leo wieder Luft bekam, was unter den gegebenen Umständen ein größeres Unterfangen war. Als er es endlich geschafft hatte, sah er mit einem Blick voller unausgesprochener Fragen zu Terranova auf. Doch Terranova war nicht in Gesprächslaune und sagte nur:

»Bring mich nach Ndjolé, und dann fahr nach Hause.«

Doch da erwachte plötzlich der Roboter in Leo, und er erklärte, als wäre es im Moment das Wichtigste auf der Welt: »Ich muss zu Doktor Schweitzer.«

»Fuck Doktor Schweitzer«, entgegnete Terranova. Und da ihm das nicht gefiel, fügte er hinzu: »Oder besser, fick deine Frau. Zu Doktor Schweitzer kannst du auch morgen.«

Noch immer zitternd, startete Leo den Motor und brachte das Boot wieder auf Kurs, steuerte jetzt aber im Sitzen und nicht mehr im Stehen. Der Schock machte sich dann und wann noch in leichten Zickzacklinien bemerkbar.

Auf dem Anleger in Ndjolé saß ein kleiner Junge und angelte. Als sie herankamen, sprang er auf, half ihnen das Boot vertäuen und stellte »*M'sieur* Bernard« ein Frage, ganz aufgeregt und auf Französisch. Nach seinen Gesten zu schließen schien er wissen zu wollen, weshalb Leo völlig durchnässt war. Doch Leo gab keine Antwort. Terranova reichte dem Jungen seinen Koffer und stieg aus. Er blieb noch einen Moment auf dem Anleger stehen und blickte auf Leo hinab.

»Weißt du, was passiert ist?«, fragte er ihn.

Leo schüttelte langsam den Kopf.

»Nicht so recht«, antwortete er.

»Dann sag ich's dir: Du hattest einen Unfall. Aber zum Glück hatte dein Freund Rico eine Pistole dabei – ›göttliche Vorsehung‹, sag das deinem Engel.«

Terranova nahm seinen Koffer.

»Halt den Mund, Kumpel, und alles ist gut«, sagte er. Dann drehte er sich um und strebte der Hauptstraße von Ndjolé zu. Hinter ihm wurde der Motor des Bootes angelassen, dann entfernte sich das Geräusch flussabwärts.

Und so kehrte Leo Frank alias Bernard MacLane in sein »Heim der Liebe« zurück, und soviel ich weiß, ist er noch heute dort und zieht mit seiner besseren Hälfte schwarze Waisenkinder groß.

Aaaah … Genug geredet, *Signore*! Aber bevor ich die Klappe halte, möchte ich noch mal auf Ihre Frage von gestern in der *casa per anziani* zurückkommen. Wenn ich mich recht erinnere – in meinem Alter ist man vergesslich, besonders wenn man einen solchen Fraß vorgesetzt bekommt –, fing unser Gespräch bei der *zuppa di cipolle* damit an, dass ich von »schlechten Menschen« sprach. Sie haben protestiert und gemeint, man dürfe Menschen nicht als gut oder schlecht etikettieren – das war das Wort, das Sie gebraucht haben, *Signore*, »etikettieren«, so wie man Etiketten auf Flaschen klebt. »Gut« und »schlecht« seien »subjektive«

Begriffe, haben Sie gemeint, und manchmal könnten Menschen sich ändern, in die eine oder die andere Richtung. Da habe ich Sie gefragt: »Können sie das wirklich?« Sie haben kurz überlegt, aber da Sie ein kluger junger Mann sind, und vielleicht auch wegen meines Gesichtsausdrucks, hielten Sie es für besser, die Frage an mich zurückzugeben. *Sie* haben also *mich* gefragt: »Kann ein schlechter Mensch zu einem guten Menschen werden?«

Und hier meine Antwort, in drei Wörtern: »Es kann vorkommen.« Selten natürlich – sehr viel häufiger sind Veränderungen vom Guten zum Schlechten –, aber unmöglich ist es nicht, siehe die Geschichte der Frank-Brüder. Überlegen Sie: Warum hat sie ein Happy End, und der Jüngste, Leo lebt noch heute glücklich und zufrieden? Bestimmt nicht, weil *er* sich geändert hat – das hat er zwar, aber auf langweilige Weise. Ein ganz schlechter Kerl war er ja nie gewesen, und in gewissen Kreisen ist es ein Fortschritt, wenn sich einer vom Schwindler, Alkoholiker und Serien-Onanierer zum Gutmenschen wandelt. Aber das war's nicht. Er hätte machen, können was er wollte, er hätte der gottverdammte Papst werden können – Lupos *maledizione* wäre er trotzdem nicht entgangen. Nein. Es ist doch klar: Leo wurde deshalb verschont, weil sein Mörder in spe sich veränderte ... Sie haben recht, *Signore*: Terranova handelte wie ein guter Mensch. Dort unten in Afrika, auf dem Fluss Ogooué, an einem strahlenden Sommermorgen, handelte Peppe Terranova, Terranova-als-Terranova, ein richtig, richtig schlechter Mensch, wie ein guter Mensch. Okay, zugegeben, er hat sich erst im letzten Moment verändert. Und okay, vielleicht hat er sich auch nur für diesen einen Moment verändert. Aber es war ein verdammt wichtiger Moment!

Wie? Was haben Sie gesagt, *Signore*? ... Sie möchten wissen, *warum* er sich verändert hat? Hm, schwer zu sagen. Warum verändert sich ein Mensch? Das kann alle möglichen Gründe haben, einschließlich eines unerwarteten Eingreifens von Lady Luck. Ich meine, sehen Sie sich Leo Franks Veränderung an. Er wusste nicht mehr weiter und beschloss schließlich, sich umzubringen – ich kann's ihm nicht verdenken, das war ja kein Leben mehr. Aber zufällig fasste er diesen Entschluss in einem Krankenhaus, und mehr noch: Als er wieder zu sich kam, hatte er Hermines Gesicht *und* ihre Titten vor der Nase. Wenn das nicht ein phänomenaler Glücksfall war, dann weiß ich auch nicht. Glauben Sie denn auch nur eine Sekunde lang, dass er, wenn ihn in Lambaréné statt dieser himmlischen Braut, sagen wir, dieses hässliche Exemplar von der Mission in Ndjolé gepflegt hätte – fett, pockennarbig, dicke Brille, Schnurrbart und so weiter –, dass er sich dann zusammengerissen hätte, dass er zum potentiellen Heiligen geworden wäre, Hermine geheiratet und mit ihr das »Heim der Liebe« gegründet hätte? Nie im Leben! Der Kerl hätte wahrscheinlich, kaum wäre die Vogelscheuche aus der Tür, erneut versucht, sich das Leben zu nehmen. Und dafür gesorgt, dass es diesmal geklappt hätte!

Was? ... Nein, tut mir leid, ich kann jetzt keine Fragen mehr beantworten ... Ja, da muss ich Sie leider enttäuschen, aber so ist es nun mal ... Nein, nein. Wir hatten einen Deal: Ich habe Ihnen ein Angebot gemacht, und Sie haben es angenommen, wir sind also quitt. Jetzt ist Schluss. Es ist auch schon spät, und ich hab noch was zu erledigen ... Ja, »zu dieser nachtschlafenden Zeit«, wenn's recht ist!

Jetzt schalten Sie das Gerät ab, *Signore*. Und geben Sie mir die Kassetten.

DIE FOLGENDEN NÄCHTE

Hier, dort und anderswo

»Jetzt schalten Sie das Gerät ab, *Signore*. Und geben Sie mir die Kassetten.«

Das sind die letzten Worte in meiner Transkription zweier Aufnahmesitzungen an zwei aufeinanderfolgenden Abenden vor fast vierzig Jahren, die erste in einer umfunktionierten Mönchszelle, Teil einer *casa per anziani*, eines Altenheims, das einem mittelalterlichen Karmeliterkloster in den Alpen angegliedert war, die zweite in einem unpersönlichen Hotelzimmer am Stadtrand von Genf. Ich hatte meinem Erzähler, einem alten Mann – einem *anziano*, wie er sich selbst nannte –, gerade meine letzte Frage gestellt: Warum hat sich Peppe Terranova verändert, warum wurde er vom Mörder in spe zum Retter seines letzten Opfers? Aber er wollte mir keine Antwort geben, und als ich ihn drängte, erklärte er in einem für mich neuen unangenehmen Ton, er habe noch »etwas zu erledigen«.

Ich tat also wie geheißen und schaltete den Kassettenrekorder ab; Anfang der 1970er Jahre noch Wunderwerke der Technik, sind diese Gerät heute fast völlig außer Gebrauch geraten. Der Alte stand auf und streckte die Hand aus. Ich gab ihm die Kassetten, die ich in der zweiten Nacht aufgenommen hatte, so wie die ersten nach der Sitzung in der *casa per anziani*, alles gemäß seinem »Angebot«, wie er es genannt hatte. Er steckte sie in die Tasche seines ausgefransten braunen Jacketts, wünschte mir eine gute Nacht und wandte sich zum Gehen. Ich sagte, wir würden uns dann ja beim Frühstück sehen, und er nickte.

Im Bett dachte ich noch eine Weile über die Geschichte nach, die er mir erzählt hatte und die mir in dem friedlichen Leben, das ich bis dahin geführt hatte – und auch seither führe –, so fremd war wie die Erforschung außerirdischer Wesen. Ich fragte mich, was Peppe Terranova zu seinem Verhalten am Krokodilstrand bewogen haben mochte. Aber es war ein langer Tag gewesen, und ehe ich zu einer brauchbaren Hypothese darüber gelangte, warum er Frank-Bruder Nummer drei verschont hatte, schlief ich ein.

Eine Stunde, bevor es hell wurde, riss mich die vierfache Wirkung einer schweren Explosion aus dem Schlaf: ein gleißender Lichtblitz, wackelnde Wände, ein ohrenbetäubender Knall und ein Scherbenhagel meines Fenster.

Zusammen mit einigen anderen, die ebenfalls nur leicht verletzt waren, wurde ich in einem Privatauto in die Universitätsklinik gebracht. Die vielen Krankenwagen, die dort vorfuhren, und die Hektik in dem Gebäude verrieten, dass es auch Schwerverletzte gegeben hatte.

Ein Chirurg zog Glasscherben aus meiner Schulter und nähte eine ziemlich tiefe Wunde. Ich hätte noch Glück gehabt, meinte er, ein paar Zentimeter weiter rechts, und meine Halsschlagader wäre durchtrennt worden.

Statt nun entlassen zu werden, wie ich erwartet hatte, wurde ich in ein Privatzimmer gebracht und musste mich hinlegen. Anweisung des Arztes. Nach einigen Minuten erschien ein Polizist in Uniform mit zwei Männern in Zivil. Der Polizist stellte sie als »Beamte von Interpol« vor und ließ mich mit ihnen allein. Sie nahmen auf Stühlen an meinem Bett Platz. Beide sprachen ganz gut englisch, der Jüngere mit einem leichten französischen Akzent, der Ältere mit einem starken italienischen.

Als Erstes wollten sie wissen, welcher Art meine Bekanntschaft mit dem »älteren Herrn« sei, mit dem ich »gestern Nachmittag im Hotel angekommen und am Abend auch ausgegangen« sei. Ich fragte zurück, ob der alte Mann bei der Explosion verletzt worden sei, worauf ich die Krimi-Standardformel zu hören bekam: »*Wir* stellen hier die Fragen, nicht Sie.«

Ich antwortete also, ich hätte den Mann zwei Tage zuvor in einem Karmeliterkloster kennengelernt. Er habe sich mir als »*Signor* Xiomar« vorgestellt; ob das sein Vor- oder sein Familienname sei, wisse ich nicht. Die Beamten fragten, ob ich Grund zu der Annahme habe, dass es nicht sein richtiger Name sei. Nein, antwortete ich, aber sie schienen mir nicht zu glauben. Das ärgerte mich, und noch mehr ärgerte es mich, dass sie auch meine Frage, ob die Explosion etwas mit ihm zu tun habe, ignorierten. Sie drehten den Spieß um: Ob ich Grund zu der Annahme habe, dass dem so sei? Ob ich irgendetwas über ihn wisse, was darauf schließen lasse, dass er an einem solchen Gewaltakt beteiligt sein könne? Ich wollte schon verneinen, doch dann wurde mir bewusst, dass ein klares Nein nicht der Wahrheit entsprochen hätte, denn er hatte mir ja zwei Abende lang Gewaltgeschichten erzählt. Die beiden bemerkten mein Zögern und drangen weiter in mich.

Diese erste Sitzung dauerte etwa eine Stunde, und ich gewann den Eindruck, dass mich die Beamten wie einen Verdächtigen behandelten, was ich lächerlich fand. Doch die Befragung – sie kam mir mehr wie ein Verhör vor – ging noch weiter, sogar mit einer gemäßigten Variante der Guter-Bulle-böser-Bulle-Taktik, wobei der Jüngere den Part des Gutmütigen spielte.

Ich beantwortete ihre Fragen so gut ich konnte, aber offenbar nicht gut genug, denn sie fragten mich das meiste mindestens zweimal.

Auch über mich selbst musste ich Auskunft geben. Sie wussten, dass ich Amerikaner war und im Hotel als Beruf »Restaurator« angegeben hatte. Wo ich gewesen sei, bevor ich nach Genf kam? Ich antwortete, ich habe mich zwei Wochen in dem besagten Kloster in den Alpen aufgehalten; dort habe ich den Mann kennengelernt. Was ich dort gemacht habe? Ich sei in meiner beruflichen Funktion eingeladen worden, mir in der alten Kapelle die Fresken aus dem fünfzehnten Jahrhundert anzusehen und ein Angebot für ihre Restaurierung vorzulegen, sagte ich. Warum man mich für den Job ausgewählt habe, wollte der ältere Beamte wissen. Wahrscheinlich weil ich Experte für Fresken sei, lautete meine Antwort. Ob ich für einen Experten nicht zu jung sei? Die Leute, die mich eingeladen haben, seien nicht dieser Ansicht gewesen, erwiderte ich, aber wenn die beiden mehr darüber wissen wollten, könnten sie ja bei der Stiftung nachfragen, die das Projekt finanzieren werde – einer amerikanischen übrigens. Das schien dem Älteren Genugtuung zu bereiten. »Ah« – er grinste spöttisch – »amerikanisches Geld, amerikanischer Experte.«

Dann kamen sie wieder auf »*Signor* Xiomar« zu sprechen, dessen Namen sie jedes Mal gleichsam in Anführungszeichen setzten, um zu betonen, dass sie ihn für frei erfunden hielten. Ob ich ihn schon vor meinem Aufenthalt in dem Kloster gekannt habe? Ich verneinte. Ob ich vorher schon einmal von ihm gehört habe? Ich verneinte wieder. Wie ich dann seine Bekanntschaft gemacht habe? Ich sagte, *er* habe *meine* Bekanntschaft gemacht. In dem Kloster habe ich die Mahlzeiten zusammen mit den *anziani* eingenommen, den Bewohnern des angeschlossenen Altenheims. Man habe mir einen kleinen Extratisch für Gäste zugewiesen, aber da zu der Zeit keine anderen Gäste dagewesen seien, habe ich allein dort gegessen und dabei über Kopfhörer Musik gehört.

An meinem letzten Abend hatte sich der alte Mann – er hatte zuvor schon mehrmals zu mir hergeschaut – mit seinem Teller Zwiebelsuppe an meinen Tisch gesetzt und mich nach meinem Kassettengerät gefragt, das ihn brennend zu interessieren schien. Warum ich es dabei habe, wollte er wissen, und ich sagte, um Musik zu hören. Dann wollte er wissen, ob es nicht nur abspielen, sondern auch aufnehmen könne. Natürlich könne es das, antwortete ich. »Auch die menschliche Stimme?« »Auch die menschliche Stimme.« Ob ich Leerkassetten dabei habe? Ich bejahte. Ich hatte immer welche bei mir, ich war Kirchenmusik-Fan und machte gern Liveaufnahmen.

»*Signor* Xiomar« sagte, er wolle mir »ein Angebot« machen. Er werde mir eine Geschichte erzählen, und ich könne sie aufnehmen, unter der Bedingung, dass ich ihm anschließend die Kassetten aushändigte; für die Kosten (der Leerkassetten) würde er aufkommen. Ich lachte und sagte, das sei kein Angebot, sondern eher ein Gefallen, den ich ihm tun solle, aber er entgegnete, nein, nein, das sei sehr wohl ein Angebot, denn ich würde »eine verdammt gute Geschichte« zu hören bekommen. Ich fragte ihn, wovon sie handle, und er sagte, »von schlechten Menschen«. Ich meinte – wie er es am Ende der Transkription noch einmal wiederholt –, meiner Meinung nach könne man Menschen nicht als »gut« oder »schlecht« etikettieren, das seien »subjektive Begriffe« – ich war noch jung damals, ein Kind der Sechziger –, außerdem könne ein sogenannter »schlechter Mensch« auch zu einem sogenannten »guten Menschen« werden. Wir unterhielten uns eine Weile darüber, ob das möglich sei. Schließlich sagte er, wenn ich mir seine Geschichte aufmerksam anhöre, werde ich »so etwas wie eine Antwort« bekommen – so seine Worte. Am Ende beschloss ich, das »Angebot« anzunehmen. Die beiden Beamten wollten wissen, was mich dazu bewogen habe. Ich sei mit meiner Arbeit an diesem Tag fertig gewesen und habe nichts anderes zu gehabt, sagte ich, außerdem sei ich neugierig gewesen, was an der Geschichte so »verdammt gut« sei. Aber vor allem habe ich wohl nett zu einem armen alten Mann sein wollen. Ich hatte es ehrlich gemeint, doch der ältere Beamte lächelte spöttisch.

Der Jüngere fragte, ob ich die Geschichte des Alten tatsächlich aufgenommen habe, und als ich sagte, ja, in zwei Etappen, drei Kassetten im Kloster und drei im Hotel, erkundigte er sich, ob ich die Kassetten noch habe. Da fragte ich, lauter als beabsichtigt, ob sie nicht zugehört hätten? Ob sie denn nicht zugehört hätten, als ich von dem sogenannten Angebot des Alten gesprochen hatte? Er habe doch ausdrücklich gesagt, ich solle ihm die Kassetten geben. Und an beiden Abenden habe er sie am Ende auch an sich genommen.

Nun konzentrierten sich die Beamten auf die Frage, weshalb der Mann mich angesprochen hatte. Warum gerade ich seine Geschichte aufnehmen sollte? Ich sagte, ich habe keine Ahnung, und so war es auch. Der Jüngere forderte mich auf, es trotzdem mit einer Erklärung zu versuchen, und ich sagte, vielleicht sei ich, seit der Alte in der *casa per* anziani war, der Erste gewesen, der ein Aufnahmegerät dabei hatte, oder der Erste, der gut englisch sprach *und* ein Aufnahmegerät dabei hatte.

Das brachte uns zum nächsten Thema. Ob Englisch »*Signor* Xiomars« Muttersprache sei? Ja, antwortete ich, zumindest habe es so geklungen – amerikanisches Englisch. Ob er einen bestimmten amerikanischen Akzent gehabt habe? Ja, einen ganz ausgeprägten Brooklyn-Akzent. Die beiden wechselten einen Blick und wollten wissen, ob er irgendwelche Ereignisse aus seinem Leben in Amerika erwähnt habe. Nein, sagte ich, er habe nichts aus seinem Leben erzählt, weder in Amerika noch sonst wo, er habe mit keinem Wort über sich selbst gesprochen. Es sei denn – es sei denn, einer der Protagonisten in der Geschichte sei er selbst gewesen.

Zu der Geschichte kommen wir noch, sagte der ältere Beamte und wollte dann wissen, weshalb ich den Mann im Auto mit nach Genf genommen habe und warum wir im selben Hotel abgestiegen seien und zusammen zu Abend gegessen haben. Ich antwortete, wieder wahrheitsgemäß, ich habe ihn mitgenommen, weil er mich freundlich darum gebeten habe. Mein Hotelzimmer sei von der Stiftung, die meine Reise finanziert habe, gebucht und bezahlt worden, und der alte Mann habe gemeint, er könne ja ebenfalls dort übernachten, dann könnten wir die Aufnahme am Abend fortsetzen. Zusammen gegessen haben wir, weil er mich dazu eingeladen habe. Er habe mich in ein ziemlich teures französisches Restaurant geführt. Es sei mir peinlich gewesen, als ich die Preise gesehen habe, und ich habe vorgeschlagen, getrennt zu zahlen, aber davon habe er nichts wissen wollen.

Nach dem Essen seien wir ins Hotel zurück, und der alte Mann sei für die Aufnahme des zweiten Teils der Geschichte in mein Zimmer gekommen. Ob ich diese Kassetten noch habe, fragte der ältere Beamte, bekam diesmal aber nur einen wütenden Blick zur Antwort.

So endete die erste Befragungsrunde. In einer Ecke des Zimmers berieten sich die beiden kurz, dann ging der Ältere. Der andere setzte sich wieder an mein Bett und schlug eine Zeitung auf.

Drei Stunden später, gegen Mittag, kam der Ältere zurück.

Nach einer weiteren kurzen Beratung mit seinem Kollegen in der Ecke setzten sie sich wieder zu mir. Ihr Verhalten hatte sich merklich verändert. Sie waren jetzt wesentlich höflicher, freundlich sogar, fast als besuchten sie einen kranken Verwandten. Als Erstes erkundigten sie sich nach meinem Befinden und sagten, die Ärzte haben ihnen versichert, dass ich außer der Verletzung an der Schulter, die bald verheilt sein werde, keinen weiteren Schaden genommen habe. Wenn ich mich »von dem emotionalen Schock erholt« habe, würde ich wieder okay sein. Ich selbst hatte den Eindruck, dass der einzige emotionale Schock, den ich erlitten hatte, durch die Befragung verursacht war.

Der ältere Beamte hatte ein Kassettengerät mitgebracht, ein sehr viel professionelleres Teil als meines. Er stellte es neben mein Bett, schloss ein Mikrofon an und forderte mich auf, doch bitte – er betonte das »bitte«, wohl um sein anfängliches Auftreten als »böser Bulle« wiedergutzumachen – noch einmal so genau wie möglich zu wiederholen, was mir der Alte erzählt hatte.

Ich lieferte eine etwa halbstündige Fassung der Geschichte der Frank-Brüder, die beste, zu der ich unter den gegebenen Umständen imstande war. Zwischendurch stellten die beiden mir immer wieder Fragen, meist zu Einzelheiten, Orten und Zeitpunkten, Fragen, aus denen ich schließen konnte, dass ihnen die Geschichte in groben Zügen bekannt war – eine indirekte Bestätigung dafür, dass der Alte die Wahrheit gesagt hatte. Wie er schloss ich meinen Bericht mit Leo Franks Rettung.

Nachdem ich geendet hatte, holte der ältere Beamte einen Umschlag hervor und entnahm ihm ein Schwarzweißfoto eines hochgewachsenen, schlanken jungen Mannes, der in einem dreiteiligen Anzug und mit einem Borsalino auf dem Kopf vor einem alten Auto stand. Der Beamte reichte mir eine Lupe und fragte mich, ob dies »*Signor* Xiomar« sein könne. Ich erwiderte, das könne ich unmöglich sagen, der Mann auf dem Bild sei in den Zwanzigern, der aus der *casa per anziani* aber mindestens achtzig. Der Beamte bat mich, es doch bitte noch einmal zu versuchen, und so sah ich genauer hin. Die markantesten Merkmale des Mannes waren seine ausgeprägte Kinnpartie und die harten, ja geradezu grausamen Augen. Mein *anziano* aber hatte einen Vollbart, sodass man seine Kinnpartie nicht sah, und außerdem eine dicke Brille, hinter der sich ein ständiges Blinzeln verbarg, sodass ich auch kein klares Bild von seinen Augen hatte. Nein, wiederholte ich, ich könne nicht sagen, ob der Mann auf dem Foto »*Signor* Xiomar« sei. Gut, ob ich dann vielleicht sagen könne, dass er es *nicht* sei? Nein, erwiderte ich, auch das nicht.

Ich fragte, wer der Mann sei.

»Ein schlechter Mensch«, antwortete der ältere Beamte augenzwinkernd.

Ich zögerte einen Moment und fragte dann: »Ist das Peppe Terranova?«

Der Jüngere lächelte.

»Wir können Ihnen nur sagen, dass er nicht Peppe Terranova *heißt.*«

Die beiden standen auf, um zu gehen. Und erst jetzt, als sei es ihnen eben erst eingefallen, informierten sie mich in Kurzform darüber, was passiert war: Eine sehr starke Bombe war in einem der Hotelzimmer explodiert. »Im Zimmer des alten Mannes?«, fragte ich. »Ja, höchstwahrscheinlich«, lautete die Antwort. Mindestens zwei Menschen seien tot, einer befinde sich in kritischem Zustand, einige weitere seien schwer verletzt. Dann sei einer der beiden Toten wohl der alte Mann? Die Opfer seien noch nicht vollständig identifiziert, bekam ich zur Antwort, es gebe daher noch keine Gewissheit. Sicher sei jedoch, dass der alte Mann *nicht* zu den Toten gehöre. Wie das sein könne, frage ich verwundert, die Bombe habe sich doch in seinem Zimmer befunden, als sie hochging? Die Bombe schon, sagten sie, aber »*Signor* Xiomar« nicht. Er habe wenige Minuten zuvor ausgecheckt. In den frühen Morgenstunden aber sei er noch einmal ausgegangen und wieder zurückgekommen.

Hierzu konnte ich den Beamten berichten, dass er am Ende unserer Aufnahmesitzung gesagt hatte, er habe »noch etwas zu erledigen«. Ich hätte das für eine faule Ausrede gehalten, weil er meine letzte Frage nicht habe beantworten wollen. Ob er sich näher zu dieser »Erledigung« geäußert habe? Ich verneinte. Auch dass er in der Nacht noch auschecken wollte, habe er mir nicht gesagt, auch nicht indirekt. Wir hätten uns zwar nicht für den nächsten Tag verabredet, für mich sei aber klar gewesen, dass wir uns noch einmal sehen würden, und sei es nur, um uns zu verabschieden. Ja, sagten sie, das decke sich mit den Angaben des Portiers: Der alte Mann habe sein Zimmer nicht nur für eine Nacht gebucht. Trotzdem sei er wenige Minuten vor der Explosion mit seinem kleinen Koffer in die Lobby gekommen, habe seine Rechnung bezahlt und das Hotel verlassen. Also, meinte der ältere Beamte, habe »*Signor* Xiomar« entweder mich oder den Portier belogen, was die Dauer seines Aufenthaltes anging, oder er habe sich aus irgendeinem Grund umentschieden, vielleicht als Reaktion auf etwas, das mit seiner »Erledigung« zusammenhing. Letzteres schienen die Beamten für wahrscheinlicher zu halten.

In diesem Augenblick fiel mir ein Detail wieder ein, das ich noch gar nicht erwähnt hatte, nämlich dass der Alte mich bei Beginn unserer Sitzung gebeten hatte, die Vorhänge an meinem

Fenster zuzuziehen. Das schien die beiden Beamten sehr zu interessieren, denn sie nahmen wieder Platz. Ob ich draußen auf dem Parkplatz jemanden gesehen habe, unter meinem Fenster oder vielleicht in einem Auto? (Die Frage verriet, dass sie mein Zimmer inspiziert hatten.) Nein, sagte ich, ich habe aber auch nicht darauf geachtet. Ob ich Grund gehabt habe, die Bitte des Mannes als Ausdruck der Angst vor irgendetwas dort draußen zu interpretieren? Nein, zumindest sei mir das in dem Moment nicht bewusst gewesen, antwortete ich. Doch nach allem, was ich inzwischen erfahren habe, sei mir möglicherweise einen Moment lang der Gedanke gekommen, dass er über irgendetwas besorgt gewesen sei. Nicht über etwas, das er gesehen hatte, sondern über etwas, das er hätte sehen können – oder eher darüber, dass jemand *ihn* hätte sehen können. Das Zuziehen der Vorhänge sei in meinen Augen eher eine Vorsichtsmaßnahme gewesen als eine Reaktion. Ob dies das erste Mal gewesen sei, dass er sich so vorsichtig gezeigt habe? Ob er nicht schon früher eine gewisse Besorgnis habe erkennen lassen? Ob er beispielsweise auf der Fahrt nach Genf in den Rückspiegel gesehen oder in der Stadt über die Schulter zurückgeschaut habe? Wenn, dann habe ich es nicht bemerkt, sagte ich, aber ich sei auch nicht der Typ, der so etwas bemerken würde. Als sie insistierten und mich aufforderten, mir noch einmal genau in Erinnerung zu rufen, was vor dem Kloster oder dem Hotel gewesen sei, sagte ich, dass er sich beim Verlassen des teuren Restaurants umgesehen habe. Da es am See lag, habe ich gedacht, er wolle die Aussicht betrachten.

Das war's mehr oder weniger. Die beiden Beamten wünschten mir baldige Genesung und gaben mir beim Abschied eine Karte mit einer Telefonnummer und einer Adresse, falls mir noch etwas einfallen sollte, das für sie von Interesse sein konnte – was sie, ihrem Ton nach zu schließen, für äußerst unwahrscheinlich hielten.

Ich übernachtete in einem Hotel in der Nähe des Flughafens und flog am nächsten Morgen in die Staaten zurück.

Zwei Tage später kam in dem kleinen Apartment, das ich damals bewohnte, ein Brief an. Er trug eine Schweizer Briefmarke und einen Luftpostaufkleber und war laut Stempel am Morgen des sechsten Januar im Zentrum von Genf aufgegeben worden, also zu einem Zeitpunkt, als ich noch im Krankenhaus lag. Der Absender fehlte.

Ich fand darin ein Blatt Papier mit dem Briefkopf des Hotels, in dem ich den zweiten Teil von »*Signor* Xiomars« Geschichte aufgenommen hatte. Der Brief war von Hand geschrieben, mit blauem Kugelschreiber, in der müden Schrift eines alten Mannes.

6. Januar 1974, 03.00 Uhr

Lieber *Signor* [mein Name],

Sie hatten natürlich recht. Ich habe Ihnen gestern Abend kein Angebot gemacht. Ich habe Sie um einen Gefallen gebeten. Und Sie haben ihn mir erwiesen. Deshalb besitze ich meine Geschichte jetzt in einer Form, die nach meinem Tod weiterleben kann. Das ist mir sehr wichtig, denn ich möchte, dass eine bestimmte Person sie hört, und ich kann es nicht darauf ankommen lassen und warten, bis ich diese Person irgendwann einmal treffe. Wie es scheint, hat Lady Luck Sie gerade noch rechtzeitig mit Ihrem Kassettengerät in die *casa per anziani* geschickt.

Es tut mir leid, dass ich, bevor ich Ihr Zimmer verließ, so unhöflich reagiert habe, als Sie mich fragten, warum Terranova sich verändert hatte und so weiter. Ich hätte nicht so mit Ihnen reden dürfen, aber ich war in Gedanken ganz woanders. Ich entschuldige mich dafür.

Sie waren sehr freundlich zu mir, *Signor* [...], nicht nur, weil Sie meine Geschichte aufgezeichnet haben, sondern auch, weil Sie so aufmerksam zugehört haben, dass ich das Gefühl hatte, zu einem Menschen zu sprechen, nicht nur zu diesem Gerät. Ich komme aus einer anderen Welt, in der Schulden sehr ernst genommen werden, positive wie negative, und deshalb würde ich mich sehr gern für Ihre Freundlichkeit revanchieren. Aber ich bin heute ein armer Mann, und das Einzige, was ich Ihnen geben kann, sind noch mehr Worte: Ich kann Ihnen erzählen, wie es weiterging, nachdem Terranova sich in Ndjolé von Leo Frank getrennt hatte, ich kann sogar versuchen, Ihre Frage nach dem Warum von Terranovas Verhalten am Krokodilstrand zu beantworten. Aber Worte brauchen Zeit, und die habe ich nicht mehr. Die *casa per anziani* war über mehrere Jahre ein gutes Versteck für mich. Doch jetzt bin ich dort nicht mehr sicher und hier im Hotel natürlich auch nicht. Sie haben die Anzeichen der Gefahr nicht bemerkt, ich aber sehr wohl. Ich habe mehr Erfahrung mit solchen Dingen als Sie. Ach ja ... Ich muss Ihnen gestehen, dass ich dachte, ich hätte mit meiner Vergangenheit abgeschlossen, oder besser, meine Vergangenheit mit mir. Aber das ist offensichtlich nicht der Fall.

Lassen Sie mich noch rasch hinzufügen, dass es sich bei allem, was ich Ihnen erzählt habe, um wahre Begebenheiten handelt – plus-minus einige Details wie Orte, Zeitpunkte und so weiter – und bei den Beteiligten um reale Personen. Ihre Namen habe ich natürlich geändert, zu Ihrem Schutz und auch zum Schutz der Person, die sich meinen Bericht anhören wird und für die ich sie auf Band gesprochen habe. Wer sich mit der Geschichte der Mafia auskennt, wird vielleicht zumindest einen Teil des Rätsels lösen und herausfinden, um wen es sich in Wirklichkeit handelt. Sie, mein lieber *Signor* […], werden das nicht können, nicht ohne Hilfe, die Sie sich jedoch, wie ich Ihnen dringend und in Verbundenheit rate, nicht suchen sollten. Meine Geschichte, in der geschützten Form, in der ich sie Ihnen erzählt habe, befindet sich nun in Ihrem Gedächtnis. Lassen Sie sie dort, oder noch besser, lassen Sie zu, dass die Zeit sie löscht. Wecken Sie keine schlafenden Hunde, beziehungsweise keine schlafenden Mafiosi. Denn die können beißen, wenn sie aufwachen, übel zubeißen. Und ihre Geister auch.

Ich danke Ihnen nochmals,
Ihr Freund
X.

Ich hatte dem *anziano* meine Adresse nicht genannt, aber es gab eine ganz harmlose Erklärung dafür, dass er sie dennoch kannte: Sie stand auf dem Namensschild an meinem Koffer, das er während der Aufnahme in meinen Hotelzimmer über mehrere Stunden im Blick gehabt hatte. Doch dass er sie sich gemerkt und sogar ungeniert benutzt hatte, war mir äußerst unangenehm. Nur wenige Tage waren vergangen, seit ich ihn kennengelernt und seine Geschichte gehört hatte und dann seinetwegen fast gestorben wäre – oder besser, der Bombe wegen, die, wie ich inzwischen überzeugt war, ihm gegolten hatte. Das machte seinen Bericht, der mir fast wie ein Märchen vorgekommen war, im Nachhinein viel düsterer.

Eine Woche später rief mich ein höflicher Herr von der Stiftung an, die mich in das Karmeliterkloster geschickt hatte, und teilte mir mit, dass mein Angebot über die Restaurierung der Fresken in der Kapelle aus Geldmangel abgelehnt worden war. Obgleich es eine reizvolle und gut bezahlte Aufgabe gewesen wäre, war ich unendlich erleichtert. Der Ort barg die Erinnerung an den *anziano* und möglicherweise – wissen konnte ich es nicht, und ich wollte es auch nicht herausfinden – ein noch gefährlicheres Relikt. Der »emotionale Schock«, von dem die Beamten in Genf gesprochen hatte, war inzwischen Realität. Es hatte eine Weile gedauert, bis er seinen Tribut forderte, und ich spürte seine Auswirkungen noch geraume Zeit. Das Glück mochte dem *anziano* hold gewesen sein, als unsere Wege sich kreuzten. Mir nicht.

Es dauerte Monate, bis ich mich wieder besser fühlte. Ein notwendiger Schritt in meinem Genesungsprozess war ein Umzug, an eine Adresse, die »*Signor* Xiomar« nicht kannte – inzwischen hatte ich natürlich allen Grund, ebenso wie die Beamten in Genf, davon auszugehen, dass der Name in Anführungszeichen gehörte. Ein weiterer, ebenso entscheidender Schritt bestand darin, den Rat des Alten strikt zu befolgen und keine »schlafenden Mafiosi« zu wecken. Ich sprach mit niemandem über seine Geschichte, nicht einmal mit meiner Frau, die ich ungefähr ein Jahr nach meiner Rückkehr aus Genf kennengelernt hatte.

Einige Monate nach unserer Heirat bekam sie einen attraktiven Job angeboten, für den wir allerdings in eine andere Stadt in einem anderen Bundesstaat würden umziehen müssen. Ich redete ihr zu, das Angebot anzunehmen und sagte, wo sie sei, da sei ich glücklich. Das hätte sie vielleicht nicht ganz so gerührt, wenn sie gewusst hätte, dass ich ihr hauptsächlich deswegen zuredete, weil ich davon ausging, dass »*Signor* Xiomar« dann meine Spur vollends verlieren würde.

Aber so funktionierte das nicht.

Sieben Jahre waren vergangen, und die Geschichte der Frank-Brüder war schon fast aus meiner Erinnerung verschwunden. Doch dann, an einem Sonntagmorgen im November 1981, fand ich ein kleines Päckchen auf dem Dielenboden, ein Stück von der Wohnungstür entfernt; es musste in der Nacht durch die Katzenklappe geschoben worden sein. Mein Name stand darauf. Da ich eine Materialsendung erwartete, öffnete ich es automatisch.

Was es enthielt, hatte ich nie wiederzusehen geglaubt: sechs Kassetten, drei mit »4. Januar 1974« beschriftet, die anderen mit »5. Januar 1974« – in meiner eigenen Schrift.

Der Schock, den die Bombe in Genf ausgelöst hatte, war nichts gewesen gegen den, der mich jetzt traf. Das Päckchen bedeutete, dass der *anziano* noch lebte und meine Adresse kannte, und das, obwohl ich das Telefon in unserer neuen Wohnung auf den Mädchennamen meiner Frau hatte eintragen lassen. »O Gott«, dachte ich, »er verfolgt mich immer noch. Aber warum?« Und dann kam mir ein noch beunruhigenderes Szenario in den Sinn: Was, wenn der alte Mann tot war und jemand anderer mir die Kassetten geschickt hatte, um kundzutun, dass er von mir wusste und auch wusste, dass ich die Geschichte des *anziano* kannte? War das Päckchen eine Warnung? Oder etwas noch Schlimmeres? Unwillkürlich zog ich die Vorhänge zu. Plötzlich stieg die irrationale Hoffnung in mir auf, ich hätte mich geirrt, und die Kassetten wären etwas anderes als das, was doch auf der Hand lag. Ich ging in meine Werkstatt im Garten. Meine Frau und unsere beiden kleinen Kinder schliefen zum Glück noch, sodass ich keine Erklärungen abgeben musste.

Ich legte die erste Kassette ein, setzte Kopfhörer auf und drückte die Wiedergabetaste. Nach einigem Knistern und Knacken hörte ich schaudernd die ersten Worte:

»Als wir diese grauenhafte *zuppa di cipolle* schlürften, mein lieber *Signore*, haben Sie mich gefragt, ob ich aufgrund meiner langjährigen Erfahrung …«

Die Stimme, die damals im Kloster großväterlich freundlich geklungen hatte, kam mir jetzt einen Moment lang wie die eines Höllendämons vor. War meine Reaktion extrem? Natürlich war sie das. Aber meine Situation war es auch. Zum Glück hielt meine Pein nicht lange an. Als ich die Kassetten wieder in die Verpackung schob, um sie irgendwo verschwinden zu lassen, bis ich entschieden hatte, ob ich zur Polizei gehen oder sie vernichten sollte oder was auch immer, sah ich, dass noch etwas anderes darin war. Ich nahm zwei Umschläge heraus. Auf dem Kleineren stand mit rotem Filzstift: »BITTE ZUERST ÖFFNEN«.

Er enthielt eine kurze Notiz, ohne Unterschrift, mit demselben Stift und in derselben Schrift geschrieben wie der Hinweis auf der Außenseite. Ich brauchte nicht erst »*Signor* Xiomars« Brief aus Genf aus seinem Versteck hervorzukramen, um zu sehen, dass es nicht seine Schrift war und dass sie offensichtlich einer gebildeten Person gehörte, den gerundeten Buchstaben nach zu schließen höchstwahrscheinlich einer Frau, einer jungen, wie die Wortwahl nahelegte. (Nachdem ich den zweiten Brief gelesen hatte, kam mir eine starke Vermutung, wer die junge Frau war.) Der Ton war äußerst höflich. Sie schreibe mir, so erklärte die Verfasserin, um mir mitzuteilen, dass es der letzte Wunsch meines »alten Freundes *Signor* Xiomar« sei, die Geschichte der Frank-Brüder weithin bekannt zu machen, und zwar frühestens in soundsovielen Jahren (der Zeitpunkt wurde genannt). Mein »alter Freund« vertraue darauf, dass ich ihm diesen »letzten Gefallen« erweisen und mich dabei so genau wie möglich an seine eigenen Worte halten würde.

Des Weiteren wurde mir versichert, dass niemand – das heißt, niemand außer der Schreiberin – meinen Aufenthaltsort kenne, was auch so bleiben solle. Diese Zusicherung im Verein mit dem Ton der Notiz war Balsam für meine Nerven, ebenso einige Hinweise, die mir die Verfasserin im Auftrag »meines Freundes« zu meinem Schutz gab.

Jahrzehnte sind vergangen, seit ich das Päckchen mit den Kassetten erhalten habe. Und nun ist der Zeitpunkt gekommen, den Wunsch des alten Mannes zu erfüllen.

Seit damals hat sich vieles auf der Welt verändert, so auch – überraschenderweise – meine Berufsbezeichnung. Ich erwähne das nur, weil es erstaunlich gut zu der Sache passt, um die es hier geht. Heute heißt es, dass wir ein Kunstwerk nicht »restaurieren« können – und es deshalb auch nicht versuchen sollten –, weil wir, da wir keine Zeitmaschinen haben, nicht wissen können, wie es zum Zeitpunkt seiner Entstehung genau ausgesehen hat. Dem kann ich nicht widersprechen, und so nenne ich mich, wie meine Kollegen, nicht mehr »Restaurator«, sondern »Konservator«. Getreu diesem neuen Credo meines Berufsstands habe ich mich jedes Versuchs enthalten, die Worte des alten Mannes zu restaurieren oder – Gott bewahre! – zu interpretieren, während ich ihm nun seinen letzten Wunsch erfülle. Bei der Transkription unserer Aufnahmen habe ich seine Formulierungen exakt beibehalten; Schreibweisen und Zeichensetzung stammen zwangsläufig von mir. Mein Bestreben war es, den Fluss der mündlichen Erzählung so authentisch wie möglich nachzubilden (ihn zu »konservieren«). Auslassungszeichen (…) markieren Unterbrechungen, Kommentare oder Fragen meinerseits.

Meine einziges gestalterisches Eingreifen bei der Erfüllung dieses letzten Wunsches besteht darin, dass ich den Brief des alten Mannes an mich, der in dem zweiten Umschlag steckte, mit aufgenommen habe. Weder sein Verfasser noch die Verfasserin der Notiz stellen klar, ob der Brief für ihn zur Geschichte der Frank-Brüder gehörte. Ich denke aber, er bildet einen unverzichtbaren Epilog.

Mein lieber *Signor* [mein Name],

ich habe nicht vergessen, dass ich Ihnen noch etwas schulde, auch wenn seit unserer Begegnung Jahre vergangen sind.

Bevor wir uns in dem Hotelzimmer in Genf trennten, haben Sie mich gefragt, warum »Peppe Terranova« am Krokodilstrand seinen Plan aufgegeben und »Leo Frank« gerettet hat – die Namen sind, wie gesagt, erfunden, deshalb setze ich sie in Anführungszeichen. Aber vielleicht können Sie mir die Mühe ersparen, es jedes Mal von Neuem zu tun, und es beim Weiterlesen einfach im Kopf behalten.

Ich werde jetzt versuchen, Ihre Fragen so gut es geht zu beantworten.

Wissen Sie, mir kommt das menschliche Leben oft wie ein Weg durch eine große Stadt vor, ein Weg, der von der Geburt zum Tod führt. Nur ist es, außer in ganz seltenen Fällen, kein gerader Weg. Es kann natürlich gerade Abschnitte geben, aber viele sind krumm und gewunden. Mal geht es durch enge Straßen, mal durch breite, mal bergauf, mal bergab, es gibt Brücken, Gräben und andere Hindernisse. Bestimmte Straßen haben Namen und Nummern, andere sind gar nicht oder, noch schlimmer, falsch beschildert, wie etwa der Broadway, wo ein Schild die Aufschrift »Amsterdam Avenue« trägt. So ist es auch mit den Verkehrszeichen: Es gibt nicht allzu viele, und die wenigen, die es gibt, stehen oft falsch. Noch mühsamer wird die Sache dadurch, dass diese »Stadt« voll von Kreuzungen ist, an denen man sich für eine Richtung entscheiden muss. Manchmal ist das so einfach wie bei der Frage »Möchten Sie Ihre Spiegeleier normal oder gewendet, Mister?«. Aber meistens ist es komplizierter, mitunter auch verdammt schwierig. Und wenn man vor einer besonders schwierigen Entscheidung steht, sollte man genau wissen, wo man sich befindet und wo es hingeht, denn eine falsche Entscheidung kann das ganze Leben auf den Kopf stellen.

Jetzt aber zurück zu dem Morgen im Frühjahr 1951, als ich in dem kleinen Boot auf dem Fluss Ogooué saß, allein mit dem Mann, den ich töten wollte, diesem Leo Frank, wie ich ihn genannt habe …

Ja, Sie haben richtig gelesen, *Signor* […]: »den ich töten wollte«. Ich. Da dies mein letzter Brief an Sie ist, hat es keinen Sinn mehr, Ihnen noch länger zu verschweigen, was Sie höchstwahrscheinlich ohnehin längst erraten haben. Ich gestehe also, dass der »Peppe Terranova« in meiner Geschichte niemand anderer ist als Ihr alter Freund »Xiomar«, wobei sich hinter zwei falschen Namen ein richtiger verbirgt, den Sie nie erfahren werden.

Hier also die Geschichte.

Ich fahre mit Leo Frank im Boot. Ich bringe ihn dazu, den Krokodilstrand anzusteuern, versetze ihm dann einen Schlag mit dem Paddel und werfe ihn ins Wasser, alles wie in dem »Film«, den ich mir am Abend zuvor im Bett zurechtgelegt hatte.

Ich zweifle keine Sekunde daran, dass ich in jenem Augenblick an die wichtigste Kreuzung meines Lebens gelangt bin. Komischerweise aber wusste ich das nicht, zumindest damals nicht. Ich wusste nicht nur nicht, wie wichtig die Kreuzung war – mir war gar nicht bewusst, dass da überhaupt eine Kreuzung *war*! Wirklich, *Signore*. Bis zu diesem allerletzten Augenblick, als ich meine 357er zog und auf die gottverdammten Krokos feuerte, war ich der Überzeugung, mein Leben bewege sich auf einem schön breiten Boulevard, alle Ampeln stünden auf Grün, und ich hätte das Ziel, das direkt vor mir lag, klar vor Augen: Leo Frank zu töten. Alles war nach dem Drehbuch meines kleinen »Films« abgelaufen. Jetzt brauchte ich nur noch zuzuschauen, wie die Krokos Frank-Bruder Nummer drei verschlangen, dann würden die *maledizione* meines toten *capos* und meine eigene Mission erfüllt sein.

Doch dann passierte etwas. Es war, als hätte sich für einen Sekundenbruchteil ein schmaler Durchlass in diesem »Boulevard« meines Lebens aufgetan, irgendwo seitlich, einer, von dessen Existenz ich bis dahin nichts gewusst hatte – geschweige denn, dass ich geplant hätte, dort abzubiegen. Aber genau das tat ich, so plötzlich, dass die Reifen, wäre ich mit dem Auto in einer realen Stadt unterwegs gewesen, laut gequietscht hätten. So kam es, dass ich von Leo Franks Mörder zu seinem Retter wurde.

Bevor wir uns in Genf trennten, *Signor* […], haben Sie gesagt, Ihrer Meinung nach habe Terranova in diesem Moment »wie ein guter Mensch gehandelt«. Das waren *Ihre* Worte, wohlgemerkt, obwohl Sie in der *casa per anziani* gemeint hatten, man dürfe Menschen »nicht als gut oder schlecht etikettieren« und so weiter. Dabei haben Sie selbst Peppe Terranova »etikettiert«, weil er Leo Frank gerettet hatte. Wenn Sie mir nicht glauben, dass Sie diesen Ausdruck benutzt haben, hören Sie sich's auf der Kassette an. »Ein guter Mensch« haben Sie gesagt, laut und deutlich.

Ich stimme Ihnen natürlich zu, dass ich »wie ein guter Mensch gehandelt« habe, was Leo Frank angeht. Und ich stimme Ihnen auch zu, dass Leo Frank – soweit er hinterher überhaupt fassen konnte, was am Krokodilstrand passiert war, und er schließlich erkannte, wer dieser »Rico Ginsburg« war, nämlich sein von Lupo eingesetzter Mörder –, dass also Leo Frank zu dem Schluss kommen musste, es sei ein Wunder geschehen, Gott, »der Christus« und eine Kompanie Heilige seien vom Himmel in die kleine Bucht herabgestiegen und hätten mir einen Tausend-Volt-Elektroschock an Wohlwollen, christlicher Liebe oder was auch immer verpasst, nur um Leo, ihr geliebtes Kind, zu retten. Übrigens, *Signore*, falls Sie sich wundern, dass ich sage, »soweit Leo hinterher überhaupt fassen konnte, was passiert war«: Was der arme Mistkerl dort im Wasser durchmachte, hilflos den Krokos ausgeliefert, war so grauenhaft, dass er danach vielleicht total verwirrt war, wie es in solchen Fällen ja vorkommen kann. Als wahr behielt er dann möglicherweise nur das in Erinnerung, was ich auf dem Anleger sagte, nämlich dass er einen »Unfall« gehabt, die göttliche Vorsehung aber glücklicherweise dafür gesorgt habe, dass sein »guter Freund Rico« ein Knarre dabeihatte.

Ich gestehe Ihnen zu, *Signor* [...], wenn auch nur deshalb, weil es so verdammt offenkundig ist, dass mein Entschluss, statt Leo Frank die Krokos zu töten, eine komplette *voltafaccia* war, eine Kehrtwendung um hundertachtzig Grad, weg von meinem Plan, also nicht nur von meinem »Film«, sondern auch von den vorangegangenen zweiunddreißig Jahren meines Lebens. Aber was hat mich zu einer so drastischen Kursänderung veranlasst? Warum bin ich von meinem Weg abgebogen? Was habe ich in diesem letzten, entscheidenden Moment gedacht?

Zunächst die einfache Antwort: Ich habe gar nichts gedacht. Wenn irgendeine »kleine innere Stimme« mich in dem Moment, als ich die 375er zog, gefragt hätte, warum ich das tue, hätte ich sie ignoriert oder sie aufgefordert, den Mund zu halten. Und wenn Sie mir heute dieselbe Frage stellen, sage ich Ihnen, dass da kein Gedanke war, bevor ich die Pistole zog, denn das erste Krokodil stand im Begriff, Leo Frank den Kopf abzubeißen – für einen Gedanken blieb also gar keine Zeit –, und definitiv auch keine noch so kurze Auseinandersetzung mit mir selbst, kein »innerer Kampf« oder so etwas, Sie wissen schon, bei dem eine Engelchen- und eine Teufelchen-Version meiner selbst über meinem Kopf miteinander gestritten hätten wie in einem alten Cartoon, an den ich mich erinnere: Ein Hunde-Engel und ein Hunde-Teufel kämpfen um die Seele Plutos, des Köters von Micky Maus, kämpfen darum, ob er das Kätzchen retten wird oder nicht. Nichts dergleichen bei mir.

Hätte aber diese »kleinere innere Stimme«, angenommen, es gibt sie, mich unmittelbar danach – also direkt nachdem Leo Frank mich in Ndjolé abgesetzt hatte –, gefragt, warum ich tat, was ich als Nächstes tat, dann hätte ich ihr eine klare Antwort geben können: »Kleine innere Stimme«, hätte ich gesagt, »ich tu's, um meine Haut zu retten.« Oder um auf das Bild vom Leben als Weg durch eine Stadt zurückzukommen: Ich war am Krokodilstrand zwar völlig unerwartet von meinem Kurs abgewichen, aber ich wusste genau, wohin ich anschließend wollte – und auch ging. Und nicht nur das: Mir war völlig klar, dass ich mich jetzt auf einer Einbahnstraße befand, auf der man nur weiterfahren kann, geradeaus und in hohem Tempo. Denn wenn man stehen bleibt oder die Fahrt auch nur einen Augenblick verlangsamt, kommt von hinten ein riesiger Laster angedonnert und walzt einen nieder.

Nachdem ich mich am Anleger in Ndjolé von Leo Frank getrennt hatte, tat ich Folgendes: Ich ging geradewegs in das Zimmer, in dem ich diesen Mickey untergebracht hatte. Der *brutto* schlief, unrasiert und ungewaschen, ganz der Penner, der er war. Ich weckte ihn und sagte so etwas wie: »Komm mit, Junge, *Zio* Peppe zeigt dir, wofür du hier bist.« »Alfo haft du den Job endlich erledigt?«, lispelte er. »Klar«, sagte ich. Ich verließ das Zimmer und ging los, und er rannte hinter mir her und zog sich dabei die Hosen hoch. Wir nahmen einen Trampelpfad in den Dschungel, und ich blieb sicherheitshalber die ganze Zeit ein kleines Stück hinter ihm. Als wir weit genug von Dorf entfernt waren, machte ich halt und sagte, ich müsse mal pinkeln.

Bevor ich das Zimmer des *brutto* betrat, hatte ich die 357er in meinem Gürtel von der Hüfte nach vorn geschoben, neben die Gürtelschnalle; die Pissposition war ideal, um danach zu greifen. Ich stellte mich an einen Baum, öffnete meinen Hosenschlitz und pisste sogar ein bisschen, um den *brutto* mit dem Plätschern in Sicherheit zu wiegen. Doch dann drehte ich mich um. Und hielt statt meines Schwanzes die Knarre in der Hand.

»Waf zum Teufel ift daf?«, fragte er.

»Eine 357er Magnum, Mickeyboy«, sagte ich. »Und jetzt geh drei Schritte zurück und setz dich auf deinen Arsch, die Hände hinter der Rübe.«

Aber der *brutto*, dieser Trottel, ging auf mich los, und so zielte ich auf die Außenseite seines Schenkels und schoss. Ich wollte ihn nicht töten, nicht bevor ich ein paar Dinge aus ihm herausbekommen hatte. Stöhnend und fluchend fiel er um, und ich stellte ihm meine Fragen, die Knarre auf seine Eier gerichtet, was meiner Erfahrung nach als noch unangenehmer empfunden wird, als wenn man auf die Fresse zielt.

Hier die Kurzfassung seines Berichts, ergänzt durch einiges, was ich später, wieder zu Hause, durch Herumfragen erfahren habe, denn für die Feinheiten war der *brutto* zu dämlich.

Dieser John Basil junior, der Rechtsanwalt, war kerngesund, als ich ihn in seiner Kanzlei in Chicago aufsuchte; ich hatte das schon vermutet, war mir aber nicht sicher gewesen. Sein einziges Problem, ein verdammt großes Problem, war, dass er sich in eine riesige Betrugsaffäre hatte verwickeln lassen, die jedoch schiefgelaufen war, sodass er nun dem größten Kredithai Chicagos, der sich bester Verbindungen zur Gozzoli-Familie erfreute, über eine Million Dollar schuldete. Der Kredithai hatte ihm eine Rückzahlungsfrist von drei Monaten gesetzt, danach würden die Gozzolis die Sache in die Hand nehmen. (Der Junior hatte also in gewissem Sinne nicht direkt gelogen, als er sagte, er habe nur noch drei Monate zu leben.) Er beschloss, seine Schulden mit Lupos Geld, das heißt, mit *meinem* Geld zu bezahlen. Der Don hatte es seinem Großvater in Verwahrung gegeben; nachdem der abgekratzt war, war es auf seinen Vater übergegangen, und nachdem *der* abgekratzt war, auf ihn – meine Bezahlung für die Beseitigung von Frank-Bruder Nummer drei. Gestatten Sie mir an dieser Stelle sozusagen in Klammern eine Bemerkung, *Signore*: Ich habe meinem *capo* nicht ohne Grund den falschen Namen »Lupo« gegeben, als ich Ihnen die Geschichte erzählte, denn er war bösartig wie ein Wolf. Ich hätte ihn aber genauso gut »Volpo« nennen können, weil er auch schlau war wie ein Fuchs. Er hatte die Gelder, die mir für die Ermordung der Frank-Brüder jeweils zustanden, in ein ganzes Bündel von Verträgen, Treuhandkonten und was weiß ich noch alles verpackt, um doppelt sicherzugehen, dass sein Testament bis ins Kleinste vollstreckt wurde, auch noch viele Jahre nach seinem Tod. Das bedeutete de facto, dass der jeweilige Bevollmächtigte – nunmehr der Junior – erst dann an den letzten und größten Teil der Summe herankam, wenn ihm ein Beweis dafür vorlag, dass auch der dritte Frank-Bruder tot war. Dieser Beweis hätte ausgereicht, um dem Junior Zugang zu dem Geld zu verschaffen. Um es aber behalten zu können, musste er den rechtmäßigen Besitzer, also mich, beseitigen. Da er einiges über mich wusste, konnte er sich denken, dass es mir nicht gefallen würde, betrogen zu werden. Deshalb bestand er darauf, dass der *brutto* mich begleitete, um den Job vollends zu erledigen.

»Was für eine nette einfache Mission du hattest, Mickeyboy«, sagte ich, nachdem ich von ihm erfahren hatte, was er wusste. »Sobald ich Leo Frank umgelegt hatte, wolltest du mich umlegen.«

»Mifter Bafil ift schlieflich mein Boff, du blödef Arschloch«, sagte er, als würde ich ihm seine Loyalität hoch anrechnen. »Waf follte ich denn machen? Nein fagen? Auferdem hat er mir fünfzig Riefen dafür verfprochen, daff ich dich umlege. Waf würdeft du denn an meiner Ftelle tun, hä?«

»Ich weiß nicht, was ich an deiner Stelle tun würde, Kumpel«, erwiderte ich. »Aber ich weiß, was du an *meiner* Stelle tun würdest.«

Damit drückte ich ab und schoss ihn mitten in die Stirn, direkt über seinem Riesenzinken. Dann schleifte ich seine Leiche – zentnerschwer war die, *Signore*, ich hob mir fast einen Bruch! – tiefer in den Wald, wobei ich aufpasste, dass ich nicht auf so eine Gabun-Dingsbums trat. Ich bedeckte ihn mit Zweigen und wünschte den Schakalen, Hyänen und Aasgeiern guten Appetit.

Zwei Tage später war ich wieder in den Staaten. Vom New Yorker Flughafen Idlewild nahm ich ein Taxi zu einem dieser Kostümläden in der Forty-Second Street und erstand eine Perücke und eine Brille. Am nächsten Mittag flog ich nach Chicago, setzte in einer Flughafentoilette Brille und Perücke auf und holte meine 357er aus dem doppelten Boden meines Koffers. Dann mietete ich einen Wagen und fuhr mit einem gefälschten Führerschein in die Stadt. Aus einer Telefonzelle in der Nähe des schicken Gebäudes, in dem John Basil junior seine Kanzlei hatte, rief ich unter falschem Namen dort an und verlangte ihn zu sprechen. Eine Sekretärin sagte, er sei in einem Meeting. Ich stellte den Wagen unweit seiner Tiefgaragenausfahrt ab und wartete.

Um kurz nach sechs kam der Junior in seinem Cadillac heraus, demselben, mit dem der *brutto* mich bei meinem ersten Besuch von der Union Station abgeholt hatte. Er war allein. Ich folgte ihm und hielt eine Zeitlang so viel Abstand, dass immer ein oder sogar zwei Autos zwischen uns waren. Er fuhr aus dem Stadtzentrum hinaus in Richtung einer der Nobelvororte. Ich schloss weiter auf. In der ersten leeren Straße setzte ich mich an einer roten Ampel direkt vor ihn und stieg aus. Es war dunkel und bitterkalt – Chicagowetter –, und weit und breit war keine Menschenseele zu sehen. Ich ging zu dem Cadillac und schoss durch das Seitenfenster auf den Junior. Die Kugel durchschlug die Scheibe und erledigte den Job tadellos. Ich setzte noch eins drauf, streckte die Hand hinein und schob dem Bastard den Lauf meiner 357er in den Mund. Wenn ich's mir recht überlege: Wären Knarren zu Dantes Zeit erfunden worden, wären in seinem Inferno bestimmt alle Lügner auf diese Weise bestraft worden: Ein kleiner Teufel hätte ihnen wieder und wieder in den Mund geschossen, in alle Ewigkeit.

Unnötig zu erwähnen, dass ich nach der Beseitigung des Juniors meine eine Million achthundertfünfzigtausend Dollar nicht bekam. Aber ich wusste ja, dass ich sie ohnehin nicht bekommen hätte, weil er längst beschlossen hatte, mich um den Rest meiner Bezahlung zu prellen.

Von Chicago flog ich nach Boston.

An diesen Flug erinnere ich mich genau; es war ein wunderbarer Moment in meinem Leben. Zum ersten Mal seit ewigen Zeiten konnte ich mich entspannen. Ich bestellte bei der hübschen Stewardess einen doppelten Bourbon und trank auf mich selbst, aber auf den *Ulisse* in mir, nicht auf den *Ercole*. Jawohl. Da ich nun über alles Bescheid wusste, trank ich auf den Mann, der diesen Dreckskerl in Chicago ausgetrickst hatte, diesen Anwalt mit all seinen Diplomen an den Wänden seiner Kanzlei.

Wie Sie wissen, *Signor* [...], habe ich Ihnen keinerlei Rechtfertigungen aufgetischt, weder in der Geschichte, die ich Ihnen erzählt habe, noch in diesem Brief – Rechtfertigungen für das, was ich in meinem Leben getan, vor allem für die Morde, die ich begangen habe. Der Hauptgrund ist, dass es solche Rechtfertigungen nicht gibt, jedenfalls keine, die einen Mann wie Sie überzeugen würden. Ich bin mir aber sicher, dass nicht einmal Sie mir die letzten beiden Morde – an dem *brutto* und an dem Junior – verübeln würden. Hätte ich die beiden nicht getötet, hätten sie mich getötet, und um so etwas zuzulassen, müsste man schon ein Heiliger sein. Man braucht kein Gangster zu sein, um an das Sprichwort zu glauben, das ich einmal von einem griechischen Fischer in Newport gehört habe: »Lieber in den Knast als in die Kiste.«

Im Zug von New York nach Boston schlief ich, und am Morgen nahm ich den ersten Bus nach Newport. Als ich zu Hause ankam, war Ekaterina gerade mit dem Frühstück fertig. Noch nie war ich so froh gewesen zurückzukommen, und noch nie war sie so froh gewesen, mich wiederzusehen, vor allem, als ich sie küsste und sagte:

»Ich fahre nie wieder weg, *bella.*« So nannte ich sie nur, wenn ich besonders gut gelaunt war, das wusste sie. »Nie wieder, und wenn doch, dann nehme ich dich mit, zu den Niagarafällen oder nach Paris oder so.«

Dann richtete ich mich wieder in meinem Leben mit Familie und Arbeit ein, dem einzigen Leben, das ich nun noch hatte. Ich ließ meine ganze Vergangenheit hinter mir. Ich brauchte sie nicht mehr. Denn was kann ein Mann mehr vom Leben verlangen, wenn er hat, was ich zum damaligen Zeitpunkt hatte? Ich sage es Ihnen, mein lieber *Signor* [...], und merken Sie sich's gut: nichts.

Aber zurück zu Ihrer Frage nach dem Warum meines Handelns am Krokodilstrand.

Eine Zeitlang hat es mir offen gestanden selbst Rätsel aufgegeben, es hat mich richtig genervt, einige Wochen lang im Herbst 1951, ein halbes Jahr nachdem ich aus Afrika zurückgekommen war. Zwar hatte ich in den ersten Tagen nach meiner Rückkehr irgendwie ein komisches Gefühl gehabt, weil das, was ich getan hatte, nämlich Leo Frank zu verschonen, mir so gar nicht ähnlich sah, zumindest nicht dem Ich, das ich mein Leben lang gekannt hatte. Aber da ich nicht zur Nabelschau neige oder dazu, über die »Natur des Menschen« und ähnlichen Blödsinn nachzugrübeln, machte ich mir weiter keine Gedanken – jedenfalls nicht gleich. Wie die Dinge lagen, hatte ich diesem Schweinehund von Anwalt in Chicago einen Strich durch seine Mordpläne gemacht und meine Haut gerettet, doch über Vergangenes wollte ich mir nicht den Kopf zerbrechen.

Aber dann zwang mich etwas, es doch zu tun. Es war Anfang Oktober, und das Geschäft im Restaurant hatte ein wenig nachgelassen, wie jedes Jahr um diese Zeit. Eines Nachts hatte ich einen schlechten Traum, der in den folgenden Nächten fast unverändert wiederkam. Ich war wohlgemerkt nie der Typ, der an Ammenmärchen glaubt, an dummes Zeug wie etwa »Träume sind Botschaften Verstorbener« oder »Träume sagen die Zukunft voraus« oder dergleichen. Früher hatte es einem bestimmten Zweck gedient, wenn sich ein Traum, ein Albtraum, hartnäckig wiederholte. Ich hatte solche Träume nur gehabt, wenn ich bei einer Operation in der Klemme steckte, zum Beispiel als Al Frank sich in seinem Anwesen auf Long Island verschanzte, oder später, als Nick in Paris Calo und Pinza entwischte und ich nicht wusste, wie ich ihn wiederfinden sollte. In diesen Fällen waren die Träume wie lästige Mücken gewesen, eine Möglichkeit, die mein Ich entdeckt hatte, um nicht lockerzulassen, nicht zu ruhen, bis ich eine Lösung für das Problem gefunden hatte. In jenem Herbst aber, als die Träume immer wiederkamen, gab es kein Problem. Was passiert war, war passiert und nicht mehr zu ändern. Was wollte dieser wiederkehrende Traum, diese Mücke, von mir?

Am besten, ich erzähle Ihnen den Traum.

Ich bin in einer Stadt, die ich nicht kenne, auch wenn sie am Anfang ein bisschen wie Brooklyn aussieht, wo ich aufgewachsen bin. Nach und nach verwandelt sie sich in ein riesiges Ghetto, eine Art Mischung aus den schäbigeren Gegenden Brooklyns und Ndjolé, einem viel schmutzigeren und überfüllteren Ndjolé, mit höheren Gebäuden, düster, als herrschte dort eine immerwährende Abenddämmerung, ein Ort, der sich wie ein Labyrinth nach allen Seiten ausdehnt. Ein paar Kerle sind hinter mir her, und ich versuche zu fliehen, bald hierhin, bald dorthin. Es sind Mafiosi, so viel ist sicher, aber wenn ich ab und zu einen Blick auf sie erhasche, erkenne ich keinen von ihnen. Das wundert mich, und ich frage mich im Traum: »Wer sind diese Typen? Warum kenne ich sie nicht?« Ich renne durch schmale Straßen, die immer enger werden, ich gerate mehr und mehr außer Puste, ich komme durch finstere Seitengassen, springe über Zäune und durchquere Hinterhöfe, einmal renne ich sogar mitten durch ein kleines Haus, eine Bruchbude, in der eine Familie beim Abendessen sitzt, dann geht es über einen Schrottplatz, ich klettere über eine nasse Lehmziegelmauer und laufe mit verschmierten, klebrigen Händen weiter, ich stürze, ich stehe wieder auf, ich renne, und schließlich lande ich in einer Sackgasse. Und ganz am Ende der Sackgasse, als ich überhaupt erst merke, dass es eine Sackgasse ist, sitzt da plötzlich mein *capo*, der Mann, den ich Lupo genannt habe, in einem Sessel aus seinem Haus in Brooklyn, demselben Sessel, in dem er saß, als er mir die Durchführung der Rache für seinen Sohn übertrug. Er hebt die Hand und zeigt mit dem Finger auf mich, einem ellenlangen, knochigen Finger, das Gesicht zu einer schrecklichen, hasserfüllten Grimasse verzerrt. Wispernd und doch irgendwie überlaut, in einer Art ohrenbetäubendem Flüsterton, sagt er: »Verräter.« Nur dieses eine Wort.

An dieser Stelle wachte ich beim ersten Mal auf, mitten in der Nacht. Ekaterina schlief friedlich und ruhig atmend neben mir. Leise, um sie nicht zu wecken, stand ich auf und ging in die Küche hinunter, holte mir Schokolade aus dem Kühlschrank – für die Enkelkinder hatten wir immer welche im Haus –, setzte mich vor den Fernseher und schaute, um mich zu beruhigen, eine Weile einen alten Film.

In der folgenden Nacht träumte ich ungefähr das Gleiche, und in den Nächten darauf ebenfalls, wieder und wieder, mit leichten Abweichungen. Immer war da dieser riesige, düstere, labyrinthartige Ort, diese Stadt oder dieses Ghetto oder was, und ich immer auf der Flucht vor meinen Verfolgern. Nur das Ende war manchmal anders, wenn auch immer noch ähnlich: Statt plötzlich Lupo gegenüberzustehen, wurde ich in einen Gerichtssaal geführt, die Geschworenen waren alte Mafiosi, »Mustache Petes« wie mein Adoptivvater, und mir wurde klar, dass ich die Typen, die mich verfolgt hatten, deshalb nicht erkannt hatte, weil sie alt waren, eine andere Generation, Menschen, die nicht mehr lebten. Und ich war der Angeklagte, ich stand wegen »Hochverrats« vor Gericht – fast dasselbe Wort, das mir mein *capo* entgegengeschleudert hatte. In einem der Träume, dem unheimlichsten von allen, wurde ich zum »Tod durch Zahn« verurteilt – seltsame Worte, Traumworte –, ein uralter Mann, ein Mustache Pete, verkündete das Urteil, dann wurde ich an einen unterirdischen See gebracht, in dem es von Krokodilen wimmelte, und ins Wasser geworfen. Ich tastete in meinem Gürtel verzweifelt nach meiner 357er, fand sie aber nicht und dachte – so verrückte Dinge denkt man manchmal im Traum –: »Dieser verdammte Engel hat sie verlegt, hat sie nicht in meinen Koffer gepackt.« Da kam ein riesiges Kroko mit aufgesperrtem Rachen direkt auf mich zu, und ich sprang schreiend aus dem Bett. Es war das einzige Mal, dass ich Ekaterina aufweckte.

Ein paar Wochen lang hatte ich diese Träume. Ich schlief schlecht und war deswegen am Tag schlecht gelaunt. Nach einigen Nächten fing ich daher an, morgens lange Spaziergänge zu machen, manchmal auch abends nach der Arbeit, wie in alten Zeiten, wenn ich eine Operation plante.

Auf diesen Spaziergängen ließ ich noch einmal Revue passieren, was am Krokodilstrand passiert war, immer wieder von Neuem, um zu verstehen, warum ich so gehandelt hatte. Ich glaubte, wenn ich es verstünde, würden die Träume aufhören, wissen Sie, so wie früher, wenn ich eine Antwort auf die Frage gefunden hatte, was ich als Nächstes tun, wie ich meine nächste Operation planen sollte. Jetzt gab es keine Operation zu planen, aber ich dachte, wenn es beim Planen um die Zukunft geht, dann geht es beim Verstehen um die Vergangenheit und damit um eine Möglichkeit, Ordnung in mein chaotisches Leben zu bringen.

Vor allem die Wörter »Verräter« im ersten und »Hochverrat« in den folgenden Träumen setzten mir zu. Verrat war in der Welt, in der ich aufgewachsen bin, die schlimmste Sünde, die man begehen konnte, müssen Sie wissen. Aber war ich mir im Wachzustand überhaupt wie ein Verräter vorgekommen, weil ich Leo Frank verschont hatte? Die Wahrheit ist: nein. Keine Sekunde. Jedenfalls nicht, bevor die Träume anfingen.

Bisher hatte ich die Sache so gesehen: Zwar hatte ich meinem *capo* geschworen, seine sogenannte *maledizione* zu Ende zu bringen, eine Aufgabe, in deren Dienst ich den größten Teil meines Lebens gestellt hatte, ohne jemals von diesem Weg abzuweichen, auch nicht einen Moment lang – zumindest nicht, bis ich den letzten Bruder rettete. Aber hatte ich damit meinen Schwur gebrochen? Unter anderen Umständen würde ich sofort mit »selbstverständlich« antworten. Doch hier lagen die Dinge anders.

Sehen Sie, *Signor* [...], ich war ein Mann, dem man beigebracht hatte, Loyalität über alles zu stellen, Loyalität gegenüber seinesgleichen, seinen Leuten. Aber Loyalität muss in beiden Richtungen funktionieren, um einen Sinn zu ergeben. Ich meine, ich schuldete nur dem Loyalität, der selbst loyal war. Und das war hier nicht der Fall. Dieser Bastard John Basil junior hatte den Schwur, den ich meinem *capo* geleistet hatte, gebrochen. Gemäß Lupos Testament war er als Einziger berechtigt gewesen, mir bezüglich meiner Mission Anweisungen zu erteilen. Aber er hatte mich hereingelegt. Mit der Loyalität ist es wie mit der Jungfräulichkeit: Wird sie einmal verletzt, ist sie für immer dahin. Mein *capo* hätte sich besser überlegen sollen, wem er das Oberkommando über seine Rache anvertraute. Der Junior hatte mich verraten, also würde ich den Teufel tun und ihm gegenüber loyal sein. So in etwa hatte ich bei meiner Rückkehr im Frühjahr 1951 gedacht, und deshalb war ich so zufrieden mit mir gewesen, als ich, nachdem ich den Junior getötet hatte, auf dem Flug von Chicago nach New York mit dem doppelten Bourbon auf mich selbst trank. Der Junior hatte mir ans Leder gewollt, und ich hatte ihn ausgetrickst.

Da Sie inzwischen meine ganze Geschichte kennen, *Signor* […], wissen Sie, dass ich ein logisch denkender Mensch bin. Damit will ich hier nicht prahlen, ich will nur sagen, dass ich ein funktionierendes Gehirn im Kopf habe – zumindest hatte ich das, als ich jünger war –, und es zu gebrauchen weiß, was ich bei Bedarf auch tat. Aber als ich es während der langen Spaziergänge am Meer, die ich dieser verdammten Träume wegen unternahm, auf mein Handeln am Krokodilstrand anwandte, musste ich mir eine Unstimmigkeit eingestehen, eine Art schlampiges Denken meinerseits. Denn dass der Junior mir ans Leder wollte, war mir erst klar geworden, *nachdem* ich die Nilkrokos erschossen hatte. Wie konnte dann sein Verrat die Ursache dafür sein, dass ich Leo

Frank rettete? Die Ursache kann nicht nach der Wirkung kommen. Das Pferd kann nicht nach dem Wagen kommen.

Folgende Erklärung für diese Unstimmigkeit fand ich, als ich auf meinen Spaziergängen systematischer darüber nachdachte: Ich hatte zwar nichts vom Verrat des Juniors gewusst, bis mir Mickey, The Mick, im Angesicht meiner auf seine Eier gerichteten 357er die Sache gestand, aber einen starken Verdacht, ein Bauchgefühl, hatte ich doch gehabt. Wie schon gesagt, hatte dieser Junior für einen Todkranken zu gesund auf mich gewirkt, und dass er einen Babysitter mit mir nach Gabun schickte, war definitiv suspekt. Aber wie stark war mein Bauchgefühl gewesen? Stark genug, um mich auf den Gedanken zu bringen, dass er Übles plante, dass er mich von seinem *brutto* kaltmachen lassen und mich um mein Geld prellen wollte? Nein. Sonst hätte ich früher reagiert, hätte Mickey, The Mick, in die Enge getrieben, hätte ihn festgenagelt und ausgefragt, bevor ich einen Plan für Leo Franks Beseitigung fasste.

Wollte ich jetzt ehrlich mit mir selbst sein, musste ich zugeben, dass dieses Bauchgefühl nur ein vager Verdacht gewesen war, nichts weiter. Und auf meinen ersten Spaziergängen am Meer kam ich zu dem Schluss, einem eindeutigen Schluss wohlgemerkt, dass eben dies die Botschaft meiner schlimmen Träume war, eine Botschaft meines eigenen Gehirns, eine Mücke, die mich drängte, den Dingen ins Auge zu sehen, zu erkennen, dass ich mein Handeln an Leo Frank mit einer halbgaren Ausrede rechtfertigte, nicht mit einem stichhaltigen Grund.

Ich glaube, deshalb quälten mich die Verratsvorwürfe in meinen Träumen so sehr, Vorwürfe, die ein kleines Ich oder vielleicht sogar ein großes Ich in meinem Innern inzwischen sehr ernst nahm.

Und so ging ich die nächsten Tage – oder Abende – am Meer auf und ab und erwog mögliche Gründe für mein Handeln am Krokodilstrand, Gründe, die so gut waren, dass ich meine Loyalität, den Schwur, den ich meinem *capo* geleistet hatte, vergessen konnte. Das Bauchgefühl, was den Junior anging, mochte ja das Seine getan haben, aber es musste noch etwas anderes im Spiel gewesen sein, etwas Handfesteres.

Ich versuchte es mit meiner üblichen Methode und prüfte alle Optionen.

Die erste, die ich in Betracht zog – und ich fand sie nicht schlecht –, besagte, dass ich mich in einer Situation befunden hatte, die ich nicht geplant hatte und in der jeder andere genauso gehandelt hätte wie ich, einfach weil er ein Mensch war. Ich meine damit die Situation, dass man sieht, wie ein anderer Mensch, egal wer, kurz davor ist, von einem wilden Tier aufgefressen zu werden. Konnte diese Szene nicht irgendetwas Uraltes in mir wachgerufen haben, etwas aus der Zeit, als wir noch in Tierfellen herumliefen und nichts anderes im Sinn hatten, als uns selbst, die Unseren und unseren Stamm vor Bären oder Säbelzahntigern zu schützen? Ja, hatte ich die Krokos vielleicht aus einem Instinkt heraus getötet, hatte der Anblick des aufgesperrten Rachens eines riesigen Krokodils, das im Begriff stand, einem Menschen den Kopf abzubeißen, den gleichen Effekt – in diesem Fall, nach meiner Pistole zu greifen – auf mich gehabt, wie wenn einem der Arzt mit einem Hämmerchen aufs Knie klopft und man den Unterschenkel hochschnellen lässt, obwohl man nichts dergleichen vorhatte? Konnte es sein, dass Leo Frank sein Leben einem Reflex verdankte? Diese Möglichkeit erschien mir nicht gänzlich absurd.

Dann erwog ich eine andere: Dass ich in Gabun nonstop

»Freund Rico« spielte, hatte mich verwirrt, *ich war er gewesen*, wie ein guter Schauspieler, von früh bis spät, und dadurch hatten sich meine beiden Ichs, der echte Terranova und der falsche Ginsburg, miteinander vermischt. Durch die Macht der Gewohnheit gewissermaßen. Du spielst zwei Wochen lang »Freund Rico«, und dann siehst du Leo Frank in akuter Lebensgefahr, und plötzlich ist er, ohne dass du es merkst, »Freund Leo« für dich, und da du »Freund Rico« bist, zieht der »kleine Rico« in dir die 357er und schießt auf die Krokos. War das absurd? Nicht unbedingt. Aber es sagte mir weniger zu als die erste Option, so viel steht fest, denn dann wäre ich in dem Moment ein größerer Idiot gewesen als je zuvor in meinem Leben. Nur ein Idiot vermischt das Falsche mit dem Echten.

Aber es gab noch eine letzte Option, *Signor* [...], die simpelste und zugleich am schwersten verdauliche: War etwa ich es gewesen, der da am Krokodilstrand agiert hatte? Ich selbst, meine ich, kein Reflex, kein Ich-als-Ginsburg, sondern Ich-als-Ich? Hatte ich in dem Moment ganz genau gewusst, was ich tat?

Das hätte nur dann der Fall sein können, wenn mich meine Erlebnisse in den beiden Wochen zuvor irgendwie beeinflusst hätten. Okay, »Heim der Liebe« ist ein kitschiger Name, und was für ein kitschiger, und okay, dieses ganze Gefasel von »Unserem Herrn«, das Leo und »der Engel« Hermine unentwegt von sich gaben, war manchmal wirklich zum Kotzen, aber als ich nun auf meinen Abendspaziergängen am Meer an die Zeit in Gabun zurückdachte, wusste ich, dass dort irgendetwas durch die Luft geschwirrt war – außer den gottverdammten Mücken, meine ich –, irgendetwas, das mich angesprochen hatte, vielleicht weil ich nicht mehr jung war, vielleicht auch weil ich inzwischen fünffacher *nonno* war. Konnte das sein? Hatten mich diese schwarzen Kinder und besonders das klapperdürre kleine Mädchen an meine Enkelkinder erinnert? Macht der Gewohnheit auch hier, der Gewohnheit eines Großvaters? Hatte mich das in jenem Moment am Krokodilstrand … ja, was? *Weich* gemacht? *Mich*? Oder um es mit Leo Frank, mit dem *fifi*-Buch zu sagen: Hatte vielleicht ich selbst beim Aufwachen an diesem Morgen auf Belle Époque eine Verwandlung durchgemacht, ohne es zu merken, hatte ich mich in etwas anderes verwandelt als das, was ich bis dahin gewesen war? In einen guten Menschen etwa?

Aber so leid es mir tut: Ich kann die Frage nicht abschließend beantworten. Eins kann ich jedoch sagen: Nachdem ich diese Optionen einige Wochen lang durchgespielt hatte, wurde ich richtig sauer auf mich, weil ich meine Zeit damit vergeudete, statt bei meiner Familie oder im Restaurant zu sein oder auch ein schönes altes Möbelstück für Ekaterina aufzuarbeiten. Ich hatte keine Antwort auf meine Frage gefunden, die ja eigentlich Ihre Frage ist, *Signor* […]. Am Ende aber beschloss ich – diesmal nicht durch die Macht der Gewohnheit, sondern durch die des Willens –, die Frage und den Versuch einer Antwort darauf ad acta zu legen. Es war Halloween, als ich diesen Entschluss fasste, das weiß ich noch, es war spät nachts, denn Ekaterina schlief schon, und ich schaute im Wohnzimmer ins Kaminfeuer und ließ mir den kandierten Apfel schmecken, den ich von meinen Enkelkindern bekommen hatte, meinen *pizzu* sozusagen, Schutzgeld dafür, dass ich sie auf der Jagd nach »Süßem oder Saurem« begleitet hatte.

Danach wurden die Träume weniger. Sollen sie ruhig kommen, dachte ich, irgendwann werden sie auch wieder verschwinden. Und wenn nicht – na und? Sie stammen aus einer anderen Welt, einer Welt, die für mich nicht mehr existiert. Sie machen ihren Job, ich mache weiter meinen.

Dann kam Thanksgiving – den Truthahn aßen wir bei meinem Schwiegersohn – und dann die Zeit, die mir im ganzen Jahr die liebste ist: der Dezember mit den Weihnachtsfeiertagen, zu denen meine Maria-Teresa nach Hause kam, »meine Tochter, die Ärztin«, die sie bald sein würde. Und wie jedes Jahr versammelte ich am Weihnachtstag die ganze Familie um mich. Alle waren sie da, meine Frau, meine Kinder, mein Schwiegersohn, meine Schwiegertochter, meine Enkelkinder. Wir hatten eine wunderbare Zeit zusammen, eine Zeit der Wunder, glitzernd von Sternenstaub – wie in einem alten Märchen, das mir jetzt in den Sinn kommt. Wir beschenkten einander, wir aßen Truthahn und Plumpudding, all das amerikanische Zeug, und auch ein paar leckere italienische Extras: ein köstliches Kastanien-Rosinen-Risotto, eine Kreation meines Sohnes, und die *Torta alla Monferrina*, die Ekaterina so gut machte. Dazu tranken wir Barbaresco. Und dann verlangte Stella – ich nannte sie Stellina –, mit zweieinhalb mein jüngstes Enkelkind, nach Gorgonzola. Haben Sie so etwas schon mal gehört, *Signore*, ein kleines Kind, das Gorgonzola mag?

Sie sagte »Gogodola« und wollte auf der Stelle welchen haben, und als sie hörte, dass keiner im Haus war, bekam sie einen Wutanfall. Ihre Mutter – eine echte *mamma* – sagte, sie solle still sein. Ich aber – ein echter *nonno* – wollte ihr den Wunsch erfüllen und erbot mich, ins Restaurant zu fahren, das geschlossen war, und welchen zu holen. (Wir hatten in dieser Woche eine Lieferung erstklassigen Gorgonzola aus Brescia bekommen.) »Kommt nicht in Frage«, sagte meine Tochter, aber Stella brüllte weiter. Da erklärte ich, ich würde auf jeden Fall fahren, egal, wie oft ihre *mamma* meinte, ich verwöhne ihr Kind. Meine Tochter wollte Stellina dafür bestrafen, dass sie ihren Willen bekam, und sagte zu ihr: »Okay, aber du fährst mit und hilfst *nonno.*« Das war natürlich keine Strafe, denn Stella war sehr gern mit mir zusammen. Mein Wagen stand direkt vor dem Haus, aber er sprang nicht an. Mein Schwiegersohn gab mir den Schlüssel zu seinem, den er eine Straße weiter abgestellt hatte, und wir fuhren los.

Am Restaurant angekommen, schloss ich die Tür auf und holte den Gorgonzola aus dem Kühlschrank. Stellina musste lachen, weil er so groß war, und bestand darauf, dass wir ihn am Stück mitnahmen, die ganzen fünf Kilo. Sie wollte auch noch Grissini haben, und dann machten wir uns auf den Rückweg.

Wir waren noch gut einen Kilometer von meinem Haus entfernt, als sich ganz plötzlich der Himmel erhellte. Zwei Sekunden später folgte der Knall. Ich wusste sofort, was passiert war, doch ich fuhr weiter, so schnell ich konnte, und hoffte, hoffte trotz allem, dass ich mich getäuscht und jemand überlebt hatte. Aber es hatte niemand überlebt. Wo mein Haus, mein schönes Haus gestanden hatte, war nur noch ein Loch. Alle waren tot, jeder Mensch, den ich auf dieser Welt geliebt hatte, jeder einzelne. Außer Stella natürlich, die sich neben mir die Lunge aus dem Leib schrie.

Einige Stunden lang quetschen mich die Cops aus, beschränkte Typen von der Ortspolizei, und ein paar Feds aus Boston. Ob ich wisse, wer Zielscheibe der Explosion gewesen sei? Klar, ich und meine Familie, sie aber nur, um mich noch härter zu treffen, als Lektion für andere. Ob ich wisse, wer hinter dem Anschlag stecke? Klar, die Gozzoli-Familie aus Chicago. Ob ich wisse, warum die Bombe gelegt worden sei? Klar, zur Strafe dafür, dass ich diesen Drecksack von Anwalt, diesen Junior, umgelegt und damit den Kredithai, den die Gozzolis protegierten, um sein Geld gebracht hatte. Den Feds war klar, dass ich die Antworten kannte, aber da sie wussten, wer ich war, wussten sie auch, dass ich ihnen nichts sagen würde. Bevor sie mich gehen ließen, teilten sie mir noch mit, dass zum Zeitpunkt der Explosion in meinem Haus ein gewisser Calo Russo und ein gewisser Giuliano Nonno alias Pinza in Brooklyn umgebracht worden waren, der eine erdrosselt, der andere erschossen.

Ich blieb nicht, um meinen Toten die letzte Ehre zu erweisen. Ich hinterließ Geld und Anweisungen für die Bestattung, ging aber nicht hin. Es wäre zu riskant gewesen. Wichtiger war meine Verantwortung für die Lebenden.

Ich tauchte mit meiner Stellina unter. Es dauerte einige Zeit, bis ich einen sicheren Ort für sie fand. Aber ich fand einen. Und während ich diese letzten Worte niederschreibe, empfinde ich eine ungeheure Dankbarkeit gegenüber den Menschen, die all die Jahre für sie gesorgt haben, die sie großgezogen haben. Und auch denen bin ich dankbar, die heute bei ihr sind und sie lieben, wie sie es verdient. Sie ist in Sicherheit. Für meine Vergangenheit ist sie unerreichbar. Sie ist eine wunderbare junge Frau, ein ganz anderer Mensch als ihr *nonno* – dieser Abschaum –, der mächtig stolz auf sie ist. Am Ende wurde mir noch die größte und letzte Freude meines Lebens zuteil: Ich konnte ihr begegnen und mit ihr sprechen, obwohl sie nicht wusste, wer ich war – jetzt, da ich nicht mehr bin, weiß sie es. Und dank Ihnen und Ihrem Kassettengerät, mein lieber *Signor* [...], kennt sie auch meine Geschichte. Das hatte ich mir so sehr gewünscht, besonders des Endes wegen, der Szene, die sich an jenem Morgen im Frühjahr 1951 am Krokodilstrand abgespielt hat. Ich hoffe, dass Stellina dadurch ein Andenken an mich hat, das sie lieben kann. Dass etwas Gutes von mir bleibt.

Und nun sage ich Ihnen *addio*. Und ich sage Ihnen, dass ich, wenn ich an alles zurückdenke, was ich in meinem Leben getan habe, an alles und jedes, nicht mehr darüber grüble, warum ich es getan habe. Was zählt, ist nicht, warum man etwas tut. Sondern dass man es tut. Und vor allem, dass man einen Preis dafür bezahlen muss.